講談社文庫

新装版

間宮林蔵

吉村 昭

講談社

目次

間宮林蔵

間宮林蔵探検略図

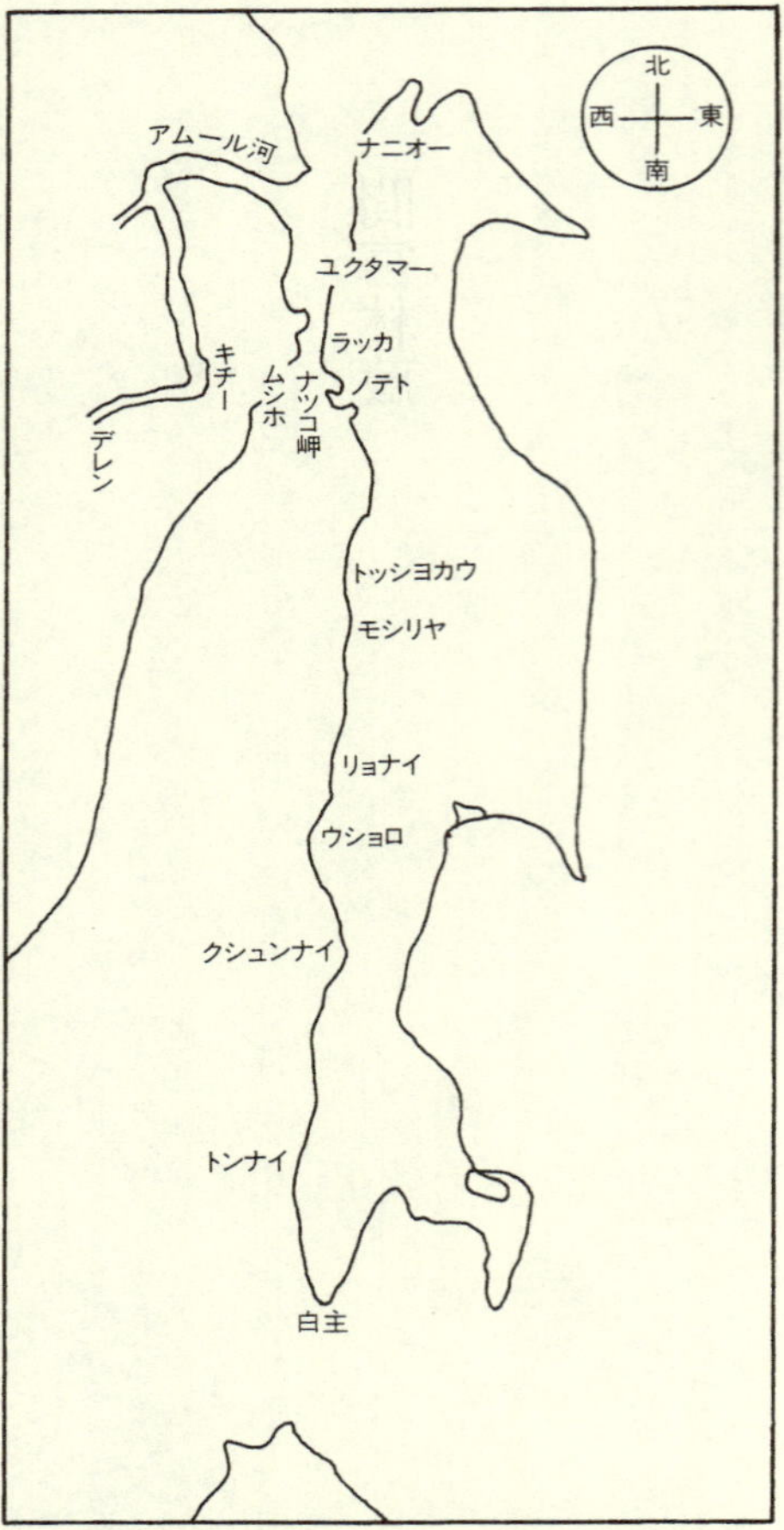
北
西
東
南
アムール河
ナニオー
ユクタマー
ラッカ
キチー
ムシホ
ナッコ岬
ノテト
デレン
トッシヨカウ
モシリヤ
リョナイ
ウショロ
クシュンナイ
トンナイ
白主

一

文化四年（一八〇七）四月二十五日早朝——

千島エトロフ島のオホーツク海沿岸にあるシャナの海岸の三ヵ所に、大きなかがり火がたかれていた。吹きつけてくる風に炎が音を立ててあおられ、火の粉が磯に散る。夜明けの気配がきざし、星の光はうすれていた。

シャナは、島の最大の漁場で、箱館奉行の支配下にある会所がおかれている。会所は、産物を取りしきる役所で、島の警備も統率していた。会所の海に面した部分には堅固な石垣がきずかれ、一の門、二の門があり、大筒も据《す》えられている。役宅、陣屋、長屋、土蔵などが立ちならび、規模の大きい砦《とりで》のような物々しさであった。

海岸のかがり火の近くには、会所の警備にあたる南部、津軽両藩の藩兵が槍《やり》を手に歩きまわっていた。かれらは、冷い風に辟易《へきえき》して時折りかがり火に手をかざしながら、海の方向に眼を向けていた。

不意に、一人の中年の藩兵が南方の海上を見つめたまま動かなくなった。

「おい」

かれは、歩いている若い藩兵に声をかけた。

藩兵は、中年の藩兵の視線の方向に眼を向けた。

かすかに明るみはじめた海上を、小さな舟が近づいてきている。二本の帆柱《ほばしら》の間に扇状《おうぎ》の帆がはられているが、それはアイヌの使うカリンバテシカチップ（板綴舟）と称される舟であった。帆は、追風をうけてはらんでいる。他のかがり火の傍にいた藩兵たちも、小舟に気づいたらしく、槍を擬して舟を見つめている。

舟が、波に乗って小石のひろがる岸に乗りあげた。

アイヌの操《あやつ》る舟から小さな箱をくりつけた棒を手にした男が、おりてきた。その箱は、飛脚《ひきやく》箱であった。

「ナイボから参りました」

男は、藩兵に近づいてくると言った。

ナイボという言葉に、藩兵たちの顔は、こわばった。

前日の朝、シャナとナイボの中間にあるルベツの漁場から、「去る二十二日昼、エトロフ島の南端にあるタンネモイの沖に、異国船と思える大船二隻が、ナイボ方面に北上してゆくのが見えた」という早飛脚があった。その注進は、タンネモイからネモイ、ナイボの各漁場を飛脚から飛脚へと中継されてシャナ会所に到着したのである。会所は、騒然《そうぜん》となった。前年の九月、ロシア軍艦一隻が、樺太《からふと》南部のオフィトマリに近い九春古丹《くしゆんこたん》を襲った。上陸したロシア兵は、米、油、塩、醬油《しようゆ》などの食料品をはじめ貯蔵品を奪った。さらに、住居、倉庫その他に火を放ち、越冬のため残っていた番人富五郎、酉蔵《とりぞう》、源七、福松の四名を捕えて去った。この事件は、九春古丹にいた番人すべてが捕えられて注進する者がいなかったことと、海上交通の杜絶《とぜつ》する冬期前に起ったことで、幕府が知ったのは、七ヵ月もたった十四日前の四月十一日であった。

幕府は、シャナ会所に事件の内容をつたえ、警戒を厳にするよう指令した。そうした折りに、前日、エトロフ島沖に異国船現わるの報を得、さらに、ナイボからの飛脚に、警備の兵は不吉な予感におそわれたのだ。

警備の藩兵は、ただちに飛脚を会所へ案内した。シャナ川の橋を渡り、石垣にかためられた一の門をくぐって石段をのぼり、二の門をぬけ、会所の玄関に立った。

飛脚のもたらしたナイボからの書状は、役人に渡された。

会所の最高責任者は、箱館奉行支配調役《しらべやく》菊池惣内《そうない》であったが、前年の七月二日、エトロフ島に帰還《きかん》した日本人漂流民六名を連れて箱館へむかい、留守であった。漂流民は、奥州北郡牛滝村（青森県下北郡佐井村長後牛滝）の「慶祥丸」（五百二十石積）乗組みの者たちで、江戸へむかう途中九十九里浜沖で遭難《そうなん》した。漂流中に十四名のうち八名が病死し、沖船頭継右衛門《つぎえもん》ら六名が千島列島のホロモシリ島に漂着した。かれらは、その地からカムチャツカに送られたが、帰国の強い望みをいだいて舟で島づたいに南下し、ようやくエトロフ島へたどりつくことができた。

帰国した漂流民に対しては取調べが必要なので、六日前の四月十九日、菊池惣内がかれら六名を同心二名とともに高田屋嘉兵衛《たかだやかへえ》の持船である「辰悦丸」に乗せて箱館奉行所へむかったのである。

留守をあずかる会所の責任者は、調役下役元締戸田又太夫で、かれの下には下役関谷茂八郎、児玉嘉内らがいた。また、会所には、警備のために南部、津軽両藩から派遣された二百三十名の藩兵が駐屯《ちゆうとん》し、大筒数門、鉄砲百余挺と南部藩軍船「瑞祥丸」が配備されていた。

戸田又太夫は、前日の朝、ルベツから第一報の飛脚がついた後、異国船がむかったと言われるナイボ方面へ探索の一隊を出発させた。隊の指揮者は、調役下役の関谷茂八郎で、南部藩士種市茂七郎、南部藩砲術師大村治五平、足軽、水主等三十一名が同行し、大筒二門、鉄砲、熊手、鎌等の武器を携行していた。かれらは、四ツ（午前十時）、軍船「瑞祥丸」でシャナを出発、南方にあるナイボ方面へむかった。

そのような緊迫した情勢の中で到着したナイボ漁場からの飛脚は、最新情報をつたえるものであるだけに、会所の者たちの関心をあつめた。

戸田又太夫は、会所の役人と南部、津軽両藩の重だった者たちを会所に緊急召集した。その中には、幕府の普請役雇《ふしんやくやとい》の間宮林蔵《まみやりんぞう》、雇医師久保田見達もまじっていた。

戸田は、血の気の失せた顔で、

「飛脚が持ってきた書状には、ナイボ沖に二隻のオロシャ船が碇を投げ、赤人（ロシア人）どもが上陸したと記されている」

と、言った。

上陸したのは十人ほどで、それに気づいた番人ら四名の者は番屋の裏口から逃げて森の中にかくれた。かれらがひそかにうかがっていると、ロシア水兵たちは、銃を擬して番屋に入り、島民の家をのぞきこんで浜を歩きまわってから再び革船に乗って艦へ引返していったという。

「狼藉《ろうぜき》をはたらきはしなかったのですか」

南部藩の重役である千葉祐右衛門がたずねると、戸田は、

「そのようなことはせぬようだが、昨年の九春古丹の例もあることであり、どのような乱暴をするかわからぬ」

と言って、顔をしかめた。

ロシア水兵がナイボに上陸したという通報が急飛脚で到着したことは、たちまちシャナの漁場にひろがった。ナイボからシャナまでは、船で三日ほどの行程だが、帆船のロシア艦は、風向きさえよければ二日足らずでやってくるだろう。前日、ナイボに兵を上陸させた二隻のロシア艦が、そのままシャナに舳を向ければ、明日中にはシャナ沖に姿をあらわすにち

がいなかった。

シャナの者たちは恐怖におそわれ、中には山中へ逃げるために手回りの品をまとめはじめる人足たちもいた。

会所では、戸田又太夫を中心に協議がかさねられた。その結果、会所の警備を一層厳しくするとともに、ナイボ方面へ急派した探索隊からの情報を待つことになった。

戸田又太夫は、協議が終ると、会所から落着きを失った眼で海を見つめていた。風が強く、海面には白波が立ち、磯には波が飛沫《ひまつ》をあげている。空は、どんより曇っていた。

かれの顔には、憂鬱《ゆううつ》そうな表情が色濃くうかんでいた。島の最高責任者の菊池惣内は漂流民を送りとどけるため箱館奉行所へむかい、戸田が責任を代行している。ロシア艦の水兵たちがナイボに上陸したという重大な時期に、自分がその責任のすべてを負わねばならぬ立場に身を置いていることが、この上なく不運に思えた。

異国船は、前ぶれもなく沖合から姿を現わす。それは、鎖国政策をとる江戸幕府にとってきわめて扱いかねる厄介《やっかい》な存在だった。

ヨーロッパ諸国が、キリスト教の流布《るふ》によって未開発地域の植民地化をはかる傾向があることを知った幕府は、キリスト教が国内に侵入することを防ぐため、諸外国との交流を断った。わずかにオランダ、中国との交易を、長崎のみにかぎっておこなうにとどめていた。

しかし、江戸中期以後、航路の開発や造船技術の進歩による遠洋航海に堪《た》える船舶の出現で、欧米諸国のアジア方面への渡航がひんぱんになった。それらの国々の関心は、かたく鎖国政策をとる日本に集るようになり、船を近づけ交流を求める。その都度、幕府は、要求を拒否し退去させることを繰返してきた。が、敵視することは紛争をまねくおそれもあるので、異国船から燃料の薪《まき》、水をはじめ食糧などの要求があった折りには無償であたえ、穏便《おんびん》に退去させる方法をとるように指示していた。

異国船との応接にあたるのは、むろん来航地にいる役人たちで、役人は、異国船に退去を命じ、薪、水、食糧をあたえる。それによって素直に去る船もあるが、中には上陸して武器で威嚇《いかく》するような行動をとることもあった。役人は、ひたすらかれらを退去させるようつとめていたが、もしも処置をあやまって幕府の怒りを買えば、きびしいおとがめを受ける。ようやく得た地位を失う者もいれば、中には責任をとって切腹しなければならぬ者もいた。戸田又太夫は、そのような苦しい立場に身をおかされたのだ。

殊に、かれの任地であるエトロフ島の場合は、ロシア艦との間で紛争が十分に起る危険をはらんでいた。

ロシア艦が敵対行動をとるのは無理もない事情がひそんでいた。千島列島は、不凍港《ふとうこう》をもとめて南進を望むロシアの勢力と日本の勢力が相接する地域であった。

まず、幕府は、蝦夷《えぞ》（北海道）に近いクナシリ島を支配下に置いた。これに対して、カムチャツカに進出したロシアは、軍を派して島づたいに南下し、ウルップ島に植民地をもうけた。その結果、クナシリとウルップ両島の中間にあるエトロフ島をめぐって、日本とロシアの勢力が相争う形になった。ロシア側はウルップ島からエトロフ島へ進出をこころみたが、その後、放置されたままになっていたので、幕府はエトロフ島の開発に積極的にとりくんだ。

寛政十年（一七九八）四月、幕府は、近藤重蔵をエトロフ島調査のため派遣《はけん》した。重蔵は、最上徳内らとともにアイヌの舟でクナシリ島からエトロフ島に渡り、島の南部のタンネモイに「大日本恵登呂府《えとろふ》」という標柱を建て、クナシリ島にもどった。

翌年七月、雇船頭高田屋嘉兵衛が、海流、波浪の状況などをしらべて初めてクナシリ島からエトロフ島への航路をひらいた。さらに嘉兵衛は、持船の辰悦丸（千五百石積）に激浪にたえる工夫を加え、それに近藤重蔵らをのせてエトロフ島へ渡った。この航海で、クナシリ、エトロフ島間の航路が確定し、重蔵はエトロフ島の本格的な開発を進めた。かれは、島に住むアイヌと協調して、会所をオイトにもうけ、全島を七郷、二十五ヵ村にわけ、十七ヵ所に漁場をひらいてエトロフ島を日本領土と定めた。その後、会所はオイトからシャナに移された。

これによってウルップ島はロシア領、エトロフ島は日本領となり、両島間の海峡が両国の国境線になった。

日本とロシアの関係は、勢力範囲も定まったことで小康状態をたもっていたが、その後、急激に悪化するようになった。それは、三年前の文化元年の秋にきざしたものであった。

ロシアは、早くから日本との貿易を希望し、十五年前の寛政四年（一七九二）、ラクスマンを使節として蝦夷（北海道）の根室に派遣した。その折り、ラクスマンは、幕府が通商許可をほのめかす回答に満足して帰国した。

ロシア皇帝は、その折りの約束の実行をもとめるため、文化元年、侍従のレザノフを使節として日本に派遣した。レザノフは、幕府との交渉を円滑《えんかつ》にすすめるため、ロシア側で救助、保護していた漂流民津太夫、儀平、左平、太十郎をともなっていた。

レザノフは、艦長クルーゼンシュテルン大佐の指揮する軍艦「ナデシュダ号」に乗り、その年の九月六日、長崎港に入港した。かれは、津太夫ら漂流民を長崎奉行に引渡し、幕府が使節ラクスマンに通商許可をほのめかした約束を実行するよう強く求めた。

長崎奉行は、これを江戸に急報した。

レザノフは長崎にとどまって幕府の回答を待ったが、いつまでたっても来ない。その間、長崎奉行は、ロシア艦の武器、弾薬を取りあげ、物品の購入や乗組員の上陸も許さなかった。その後、レザノフに病気療養という名目で上陸を許したが、居室のまわりを竹矢来でかこみ、幽閉《ゆうへい》同様の状態においた。

レザノフは、苛立《いらだ》ち、長崎で自由を拘束された生活に堪えながら、幕府からの回答を待った。が、江戸からはなんの音沙汰もなく、その年はむなしく暮れた。

翌文化二年三月、ようやく目付の遠山景晋が長崎にやってきて、レザノフは奉行所に呼び出された。そこでつたえられたのは、意外にも通商に対する不許可の回答で、ただちに退去せよという素気ない申し渡しであった。半年も冷遇されて待たされ、その上、約束を無視した幕府の回答に、レザノフは激しい怒りをいだいた。

かれは、報復の念にかられながら長崎を出帆、日本海を北上、北海道のノシャップと樺太南部に上陸してカムチャツカに帰った。

かれの怒りはおさまらず、「ナデシュダ号」艦長クルーゼンシュテルン大佐に命じて樺太北部の探検を命じた。クルーゼンシュテルン艦長は、樺太を視察して帰国後、日本の防備力はきわめて貧弱で、少数の軍艦を派遣するだけで樺太、千島、蝦夷（北海道）を占領することができる、と報告した。そして、もしもこれを実行に移せば日本は大混乱におちいり、通商にも容易に応じるだろう、と進言した。

レザノフは、この意見を採用し、武力で威嚇することによって幕府に通商を認めさせようと企てた。かれは、まず樺太を攻撃することを決意し、二隻の軍艦を進発させた。が、途中、一隻は暴風雨にさまたげられて引返し、フォストフ大尉の指揮する「ユノ号」が樺太南部にむかった。フォストフ艦長は、樺太のオフィトマリに上陸、さらに九春古丹の漁場を襲い、物資を奪い家屋に放火し、さらに番人富五郎ら四名を捕虜にした。これが、九春古丹の事件であった。

それからわずか七ヵ月しかたたぬのに、ロシアの軍艦がエトロフ島に姿をみせ、漁場のナイボに兵を上陸させたという。前年の九春古丹来襲の折りは軍艦が一隻であったが、ナイボに投錨《とうびょう》したのは二隻で、ロシア側が前年よりもさらに大規模な攻撃をしかけてくることが予想された。

エトロフ島の会所のおかれたシャナには、重苦しい空気がひろがっていた。警護にあたる南部、津軽両藩の兵は、武器を手に会所の周辺にたむろし、遠見の者は、小高い場所で海に視線を据えていた。夜になると、海岸にかがり火がたかれ、藩兵は夜を徹して警戒にあたった。

翌日は、なんの情報もつたえられなかった。風は依然として強く、激浪が磯に打ち寄せ、轟《とどろ》くような波の音が空気をふるわせていた。やがて日が没し、海岸と会所の門の内外にかがり火がたかれ、兵の手にする槍の刃先が光りながら動いていた。会所の中にも、灯がともっていた。

四ツ（午後十時）頃、海岸で警備にあたっていた藩兵たちは、南方からシャナ湾にむかって海上を点状の火が近づき、岸の近くでとまるのを眼にした。その火は、船の上でかざす松《たい》明《まつ》であった。

前ぶれもなくシャナ湾へ入ってきた船に、警護の藩兵たちは緊張した。ただちに、会所へ藩兵が報告に走り、海岸で警戒にあたっていた藩兵たちは、一ヵ所に集って夜の海上を見つめた。

　会所から戸田又太夫たちが駈けつけ、船を注視した。船は碇を投げ、小舟がおろされて松明を手にした者たちが移乗するのがみえた。松明の炎が風にあおられ、火の粉が海面に散る。小舟は波に上下しながら近づき、磯についた。

　小舟からおりてきたのは、ナイボ方面に派遣された探索隊《たんさく》の指揮者である調役下役関谷茂八郎、南部藩士種市茂七郎、同藩砲術師大村治五平らであった。また、シャナからオイトに出張していた調役下役児玉嘉内の姿もあった。小舟は、船に残っている足軽たちを上陸させるため、すぐに船へ引返していった。船が、南部藩所属の軍用船「瑞祥丸」であることを知った警備の兵は、安堵したようにそれぞれの持場であるかがり火の傍にもどった。

　関谷茂八郎らは、戸田又太夫の後について浜からあがり、会所の門をくぐった。

　かれらは、評定所に集った。

　関谷が、シャナを出発してからの探索状況を戸田に詳細《しようさい》に報告した。三日前の四月二十四日四ツ（午前十時）、「瑞祥丸」でシャナを出発したが、一里（四キロメートル）ほど漕ぎ進んだ頃から向い風が激しくなって、船は進まなくなった。やむなく、海岸に船を寄せて風向の変るのを待ったが、好転する気配がないので再び漕ぎ出し、翌早朝、ようやくルベツにたどりついた。それからさらに南下しようとしたが、風が強まり、雨も降り出して難航し、午過ぎにフレベツに漕ぎついた。一同、雨でずぶ濡れになっていたので、着物を干し、午食をとった。風雨は一層激しく、その夜はフレベツの番屋で泊った。

翌二十六日、ナイボの番屋からシャナ会所へ向う急飛脚が中継地であるフレベツについたので、関谷茂八郎は、その書状をひらいた。それによると、二十三日正午すぎに二隻のロシア軍艦がナイボの沖に現われた。一隻は七、八千石、他は千石ほどの船で、三本柱から綱が蜘蛛《くも》の巣のように張られ、大小の帆が三段にも四段にもかかっている。艦はナイボの岸に近づいて投錨、その夜、少数の水兵がボートで上陸したが、すぐに艦へ引返したという。関谷は、その書状を飛脚にもどし、シャナへ向わせた。

フレベツには、高田屋嘉兵衛の持船である歓厚丸が荷役をしていたが、船頭の嘉十郎が関谷のもとにきて、重大な情報をつたえた。それは、嘉十郎が、ナイボの番人豊吉からきいたものであった。二十三日の上陸についで、二十四日には二艘のボートで十余名のロシア水兵がナイボに上陸、そのうちの四、五人が番屋にやってきた。番人たちが、ありあわせの冷飯を渡すと、かれらは砂浜に行って食べ、その中の一人は匙《さじ》をとり出して食べた。かれらは、狼藉をはたらくこともなく、艦にもどっていったという。関谷は、ロシア水兵がナイボに上陸したことを知って不安にかられた。

関谷を指揮者とする探索隊の一行は、悪天候をおかして、その日にフレベツからナイボへ向けて漕ぎ出した。が、風は相変らず向い風で波のうねりも高く、夜に入るとさらに風が吹きつのった。船はいっこうに進まず、翌二十七日の夜明けに、岩礁のつらなるホロホロという海岸に辛うじて漕ぎ寄せることができた。

その折り、岩の上に数人の男が立っていて、しきりに手をふり、なにか叫んでいるのがみえた。それは、シャナとナイボの中間にあるオイトにただ一人出張していた調役下役の児玉嘉内で、他は同行しているアイヌたちであった。

児玉は、すぐに船にやってきて、ロシア軍艦の動きについて新しい情報をつたえた。児玉は、ナイボにロシア艦現わる、の報を得て、まず五郎治という番人小頭を探索のためナイボに急がせた。そして、自らもアイヌを案内人として陸路をナイボへむかったが、途中でナイボから引返してきた番人の豊吉に出会った。

豊吉の話によると、二十三、二十四日のロシア水兵の上陸につづいて、二十五日にも三艘のボートでロシア艦乗組の者三、四十人が岸にあがった。かれらは、それまで上陸した者たちとはちがって鉄砲を手に番屋へ押入り、番人小頭の五郎治、左兵衛、六蔵、三介、長内の五名を荒々しく捕え、艦に連行した。そして、倉庫に貯蔵されていた米、塩、鮭、鱒《ます》のメ粕《かす》、酒、煙草等を奪い、番屋、倉庫に火を放ったという。

児玉は、関谷に対して、

「ナイボは、赤人（ロシア人）どもの狼藉によって荒されました。ナイボへ行っても無駄と存じ引返して参りましたが、関谷殿たちもシャナへもどられた方が得策と存ずる」

と、強調した。

関谷は、児玉の意見にしたがい、シャナに引返すことになった。シャナ方面への航海は、往路とは逆に追い風になるので、櫓扱いをやめて帆をあげた。帆は風をはらみ、船は早い速度で北上して、早くもその夜の四ツ（午後十時）にシャナ湾に入ったのだ。

シャナ会所の責任者である戸田又太夫は、関谷の報告を受けて顔色を変えた。前年九月の九春古丹事件についで、エトロフ島のナイボで、九春古丹と同じようにロシア艦乗組員による番人の捕縛、物資強奪、番屋、倉庫その他への放火がおこなわれた。しかも、九春古丹を襲った折りは、ロシア軍艦が一隻であったが、ナイボには二隻の軍艦が来襲した。ロシア側が、さらにナイボ以外の地に大規模な攻撃をおこなうことが予想された。当然、ロシア軍艦がエトロフ島の経済、防備の中心地であるシャナに来襲することは、ほとんど疑いの余地がなかった。

戸田は、明朝、対策をねることにした。夜もふけているし、関谷らも疲れきっているので睡眠をとらせるべきだと考えた。関谷たちは、会所を出ると、それぞれの宿所へ散っていった。

翌日、シャナは早朝から騒然とした空気につつまれていた。探索隊に参加した役人や足軽たちの口から、ナイボが襲われたことが人々につたえられ、さまざまな流言が乱れとんでいた。ナイボはすべて焼きはらわれ、ロシア水兵の手で番人たちが一人残らず殺害されたという説もあったし、二隻の軍艦はロシア軍艦の一部にすぎず、おびただしい軍艦がエトロフ島を完全に包囲しているという話も流れた。ロシア軍艦が、シャナに攻撃目標を据えていることを疑う者はいなかった。

そうした騒然とした空気の中で、戸田又太夫を中心に軍評議がひらかれた。その中には、幕吏である普請役雇の間宮林蔵も加わっていた。林蔵は、幕府の命令をうけてクナシリ島の測量をし、前年の文化三年七月十五日にエトロフ島に渡った。そして、会所のあるシャナに腰を据えて海岸線を測量し、それにもとづいて新しい道路の開設にもつとめていた。その仕事をつづけている折りに、ロシア軍艦のナイボ来襲騒ぎに遭遇したのである。

戸田は、ナイボに派遣した探索隊の関谷茂八郎らが、途中で、ナイボ方面から引返してきた児玉嘉内と会い、嘉内の進言でシャナに急いでもどってきた事情を述べた。

戸田をはじめ坐っている者たちの顔には、複雑な表情がうかんでいた。かれらは、互いに視線をそらせて口をつぐんでいた。

林蔵は、異様なかれらの空気がなにによるものかに気づいていた。まずオイトに出張していた児玉嘉内が、番人の豊吉からナイボが襲われたという話をきいてシャナに引返してきたのは、ロシア艦に対する恐怖によるものであることはあきらかであった。児玉は、シャナに妻と二人の子供がいて、シャナに一刻も早く帰りつきたいとねがったにちがいなかった。また、関谷は、探索隊をひきいてさらに南下しロシア艦の動きを探るべきであったが、児玉のすすめるままにシャナに急いで引返してきたのは、児玉と同じように恐怖にかられたからだ、と推測された。

身を守ることしか考えぬ役人ども……、と林蔵は腹立たしさを感じ、かれらの血の気を失った顔に苦笑した。

関谷と児玉の報告で、ロシア軍艦がシャナに来襲することは確実と断定され、軍議がかさねられた。その結果、兵力を分散することなく会所の建物を唯一の砦《とりで》として、ロシア軍艦の来襲にそなえることに決定した。

ただちにその旨がつたえられ、シャナ警備の南部藩、津軽藩の兵が、それぞれの陣屋から会所へ集結し、また、間宮林蔵も他の役人らとともに長屋を出て会所へ入った。総員が会所へ集結したのは、その日の九ツ（正午）すぎであった。

その間にも軍議がくり返され、本陣を会所の裏手にある丘《きゅう》陵《りょう》の中腹に定めた。一面の笹原であったので、笹を刈りはらった。会所では、武器の点検がおこなわれ、藩兵たちに配られた。会所への出入りは、あわただしかった。

人足たちの中には、早くも山中に身を避ける者もいた。

合戦の準備が、あわただしくすすめられた。会所の門の近くには長柄二十二本、吹流し二本、幟三本、旗二十二本、マトイ一本が立てられ、さらに会所を中心に陣幕が一面にはりめぐらされた。幟や旗が風にひるがえり、幕がはためき、物々しい陣形がととのえられた。また、南部藩陣屋の前にも長柄十本、旗二本、マトイ一本が押し立てられた。

戸田又太夫以下役人たちは、鎧兜《よろいかぶと》をとり出し、弓矢をととのえた。が、むろんかれらには実戦の経験はなく、中には兜の緒の結び方すら知らぬ者もいた。

大筒が据えられていたが、武器としての機能はきわめて心もとないものであった。その部門の指揮者は、南部藩砲術師大村治五平であったが、砲撃をする者も別に定めていず、訓練もほとんどしていなかった。箱館奉行所から百八十貫目（約六七五キログラム）の火薬がシャナに運びこまれていたが、娯楽のない地での淋しさをまぎらすため、花火を揚げて楽しむのに使ったりしていたので、火薬の量は少くなっていた。また、大筒の中には、装塡《そうてん》できる弾丸のないものもあった。

日が没し、空には冴えた星の光がみちた。海岸や会所付近とその後方の丘陵の所々に、かがり火がたかれ、藩兵が交替で不寝番に立った。役人をはじめ、南部、津軽両藩の藩士や同心たちは、それらを巡視して警戒にあたった。

会所には、多くの者たちが移ったので、混雑していた。ふとんが一人に一枚しかなく、かれらはそれにくるまって雑魚寝をした。役人も藩兵も、不意の来襲にそなえて刀、槍、銃を傍に置き、具足をつけたまま横になった。

林蔵は、すすんで見廻り役を引き受け、深夜、提灯《ちょうちん》を手にして海岸を巡視して歩いた。

風が吹きつけ、かがり火は火の粉を吹き散らしていた。

二十九日の朝が、明けた。風が強く、会所を中心に張りめぐらした幕の一部が破れ、再び張り直さねばならなかった。空は、晴れていた。

会所の台所から炊煙がただよい流れ、やがて握り飯がくばられた。合戦準備はととのった。

朝の陽光が海面を明るくさせた頃、小高い岬の上に設けられていた遠見番所の番人の一人が、海岸線を走ってくると、会所の玄関に膝をつき、

「沖合に船とおぼしきもの二つ見え申す」

と、注進した。

役人たちは、すぐに会所の背後の丘陵にのぼり、遠眼鏡（望遠鏡）を沖にむけた。たしかに、二個の帆影がみえるが、余りにも遠く帆柱も船型もわからない。測量で鋭い視覚をもつ間宮林蔵も、遠眼鏡に眼を押しつけてみたが、船の形をとらえることはできなかった。

ロシア艦か、それとも他国の船か、と一同は意見を交し合った。江戸から船がやってくる予定にもなっていたので、日本の千石船かも知れぬと言う者もいたが、二艘であることが不可解だった。ロシア艦の公算が大きい、と判断され、会所ではあわただしく戦闘にそなえて人々は走りまわった。

船は次第に近づき、九ツ（正午）頃には、船の形をようやくとらえることができるようになった。

遠見番のいる岬から、「異国船見え申す」をしめす白い狼煙があがった。

八ツ（午後二時）頃には、大小二隻の船が次第に近づいてきた。海岸から三里（一二キロメートル）ほどの距離で、三本の帆柱に多くの帆が張られていることと船の形から、異国船であることが確認された。

戸田又太夫は、会所の警護にあたる南部、津軽藩兵のそれぞれの指揮者である千葉祐右衛門、斎藤蔵太ら両藩の重だった者たちを会所へ招いた。戸田の両側には、調役下役関谷茂八郎、児玉嘉内らが列坐していた。

戸田は、千葉たちに、

「船は異国船に相違ないが、ナイボ漁場を襲った船とは断定できぬ。オロシャ以外の国の船かも知れぬ。いずれにしても、無法に上陸し鉄砲を打ちかけてくるようなこともあるまい。なにか商い《あきな》（通商）などを求めて来航した異国船かも知れぬ。もしも食物が欲しいなどと言うなら、二、三百俵の米はあたえてもよい。支配人の川口陽助を異国人との交渉にあたらせたいと思う」

と、言った。

幕府は、異国船に薪、水や食糧をあたえて穏便に退去させるようにという通達を出している。戸田は、それに従うのが穏当だと考え、アイヌ語の通詞である陽助を交渉役に選んだのだ。

戸田の意見に対して、千葉と斎藤は、

「異国船はナイボからの注進通り大小二隻で、オロシャの軍船に相違ありませぬ。まず先手をとって鉄砲を打ちかけ、追い払うのが得策と存じます」

と、進言した。

しかし、戸田は慎重な態度をくずさず、決してこちらから鉄砲を打ちかけなどしてはならぬ、と指示した。関谷ら役人も同意見で、千葉たちもそれに従うことになり、異国船の出方次第ではただちに戦闘を開始できるよう態勢をかためることに衆議一致した。

戸田ら会所役人は、南部藩の陣屋から借りた陣笠をかぶり会所の玄関に出た。そして、屏《びょう》風《ぶ》を立てまわした小高い場所に箱を置いて腰を据え、両側に南部、津軽両藩の千葉祐右衛門、斎藤蔵太らが坐った。かれらは白い鉢巻をし、戸田は扇子《せんす》を、関谷は種子島《たねがしま》の小筒を手にしていた。周囲には五十人ほどの役人、藩兵がひかえた。

その頃、大小二隻の異国船は、海岸から二十町（二・二キロメートル）ほどの海上を白波をあげて進んできていたが、やがて停止すると碇を投げた。

戸田らが見守っていると、小さい異国船から四艘のボートがおろされ、一艘は、船の近くにとどまり、他の三艘が岸にむかって漕ぎ寄せてきた。ボートには、四人ずつの黒い帽子をかぶった異国人が乗っていた。

これをみた関谷茂八郎は、ただちに支配人の川口陽助を呼び、

「海岸へ行き、異国人を招き寄せて応接せよ。異国人が書状をさし出した折りには、それを

受け取り会所へ持参せよ」

と、命じた。

また、陽助の護衛として南部藩士宮川忠作、忠平とアイヌ四名をえらび、

「万一、異国人どもが鉄砲を打ちかけ、または陽助を生け捕《ど》りにするような振舞いに及んだ折りには、鉄砲を打って防げ。そのような場合以外には、こちらから発砲するようなことをしてはならぬ」

と、言いふくめた。

川口陽助は、竹に手拭《てぬぐい》をむすびつけ、それを手にして陣幕の間から出た。鉄砲を持った忠作たち六名も、それに従った。

川口陽助は、宮川忠作らとともに進み、手拭をむすびつけた竹竿をふって、ボートに乗る異国人たちに上陸せよという仕種をしてみせた。しかし、三艘のボートはそのまま少しはなれた浜にむかって進み、鉄砲を二発発射した。

小高い場所で陽助の動きを注視していた戸田たちは、一斉に立ち上った。ボートの近くに発砲の白煙が流れている。陽助が竹をふるのをやめて足をとめ、ボートに視線を向けているのがみえた。戸田たちは、顔色を変えた。異国人が発砲してきたのは、自分たちを敵視しているあらわれに思えた。

その時、ボートの動きを見つめていた間宮林蔵が、

「案ずることはないかも知れませぬ。異国では、船が入港する折りに空砲を放つことを習わしとしています。いわば儀礼といったもので、こちら側もそれに応じて迎える態度をとるようにすべきだと思います」

と、戸田にいった。

戸田も関谷も、それをもっともだと諒承し、陽助に海岸へ行って出迎えるように、と声をかけた。

陽助はうなずくと、シャナ川の短い木橋を渡り、浜に近づいていった。その間に、ボートはつぎつぎに着岸して、異国人たちが岸にあがった。林蔵は、かれらの数名が銃口を陽助たちに向けて銃をかまえるのを眼にし、自分の判断がまちがっていたらしいことに気づき、体をかたくした。

銃口からつぎつぎに白煙が湧き、銃声がとどろいた。

陽助は竹竿を捨て、宮川忠作たちもうろたえたようにこちらに逃げてくる。かれらは橋を渡ったが、後から走ってきていた陽助が前のめりに倒れた。それに気づいたアイヌが引返し、陽助をかかえて橋を渡り、陣幕の中にかつぎこんだ。陽助は左腿を射ぬかれ、血が吹き出ていた。

林蔵は、船の近くに残っていたボートが浜に近づいてきているのに気づいた。それは長いボートで三人の水兵がのり、大筒が積みこまれていた。それを眼にしたかれは、戸田と関谷に、大筒を上陸させぬよう一斉射撃を命ずべきだ、と強い口調で進言した。これについて津軽藩の足軽目付小野幸吉の事件後の上申書に、

「(間宮林蔵が)我儘《わがまま》に上陸致せ候は日本之恥辱にも相成申候間、早く御人数差向《さしむけ》候様御手配被成《なされ》候様再三申候……」

と、記している。しかし、戸田と関谷は冷静さを失い、なんの処置もとらない。

林蔵は、会所の門の所に行って大筒を岸に揚げているロシア水兵の動きを見、戸田たちのもとに走り寄ると、

「なにをなさっておられます。大筒を上陸させぬうちに、早く鉄砲を打ちかけて追い払うべきです」

と、叫んだ。

戸田は関谷とともに血の気を失った顔で歩きまわるだけであったが、林蔵の甲高い声に、

「騒がしいことを申して……。あちらへ引取れ」

と、林蔵に言った。

林蔵は、憤然として、

「この上は、なにも申さぬ」

と言って、口をつぐむと戸田たちの前をはなれた。

戸田は、ようやく発砲を命じた。南部、津軽両藩の者たち約三十名が、弁天社の脇に行く

と一斉に鉄砲を打ちはじめた。ロシア水兵たちは、シャナ川の対岸にある粕蔵のかげから銃撃してくる。距離は百間（一八二メートル）ほどであった。しかし、戦闘力には大きなへだたりがあった。ロシア水兵たちは射撃も巧みで、絶え間なく打ちかけてくる。岸にあげた大筒も車で粕蔵の近くに移動させ、発砲をはじめた。たちまち川をはさんで鉄砲声がとどろき、硝煙《しょうえん》が流れた。

川の対岸にあるアイヌの家に残っていたらしい男がとび出しこちらに駈けてきたが、弾丸をうけて即死した。負傷した川口陽助は、南部藩鍼医の平野昌宅が介抱し、平野に付添われて山中へ身を避けた。

その頃、早くも会所の役人の中には、戦闘に恐れをなして山の中へひそかに逃げる者もいた。児玉嘉内もその一人で、妻子とともに森の中へ姿をかくした。

戸田は、大筒を打つことを命じ、南部藩士宮川忠作が大工の清之助に手伝わせて玉薬をこめ、一発打った。その音は大きく、いんいんと海上にひびき渡った。この音に驚いたのか、ロシア艦は碇をあげてわずかながら沖へ移動した。

南部藩重役千葉祐右衛門は、会所の横の山上から射撃すべきだと判断し、十五、六名の藩兵を引き連れて傾斜を駈けあがった。間宮林蔵も同行し、ロシア水兵の動きをさぐって熱心に銃撃目標を指示した。その射撃は効果があり、宮川忠作の放った一弾がロシア水兵に命中し傷を負わせた。

南部、津軽両藩の者たちは、大筒にとりついていたが、砲の口径に適した弾丸がない。会所にある七つの玉薬箱のふたをあけてみたが、中には商品が入っているだけであった。それに、大筒を操作する責任者の南部藩砲術師大村治五平がいつの間にか姿を消し、大筒を扱う者は未経験者ばかりであった。

そのうちに川の対岸にある津軽藩の陣屋が燃え出し、シャナは一層凄惨《せいさん》な様相をおびてきた。ロシア水兵たちは、小人数ながら、敏速に大筒や鉄砲を打ちかけてくる。また、海上の大小二隻の軍艦からも大筒の弾丸が発射されていたが、その一弾が会所の門に命中し、門を打ちくだいた。

日が傾きはじめ、七ツ半（午後五時）頃、しきりに鉄砲や大筒を打ちかけてきていたロシア水兵たちは、手負いの水兵をボートに乗せて艦に引き揚げていった。

日が没したが、津軽藩陣屋から近くの家屋に火が移って炎がたけりくるい、白昼のように明るい。ロシア艦からは、しばしば大筒が発射され、鋭い音響をあげて炸裂《さくれつ》する。また、水兵をのせたボートが、偵察のためか海岸の近くを乗りまわし、互に声をかけたり笛を吹き合ったりしていた。その情景に恐れをなした会所の者たちは、手回りの物を持って裏山へ逃げてゆく。人数は、目に見えて少くなっていた。

その頃、南部藩士宮川忠作は、会所の門に砲弾が命中した直後から、玄関の近くにいた戸田と関谷の姿がみえなくなっていることに気づき、狼狽した。

総指揮者がいなければ、戦闘はつづけられない。

　宮川は、会所の中に入って二人を探した。会所の中に人の姿はなく、大半の者たちが逃げてしまっているようであった。かれが奥の間をのぞいてみると、立てまわした屏風の中に戸田と関谷が青白い顔をして坐っているのを見出した。かれらは、頭を垂れてしきりに溜息をついている。

　宮川は平伏すると、

「はばかりながら、ここへ参りましたのは宮川忠作にございます。このような一大事の折りにもかかわらず、下々《しもじも》の者はみな逃げ散りました様子にござりますが、なにとぞ急ぎ御玄関へお出ましになられ、必死の御下知《げち》（命令）をおくだし下さるよう願い上げます」

と、懇請した。

　これについて、南部藩士千葉政之進が忠作からの聞き書きを記した筆記によると、

「……必死の御下知可然《しかるべし》と申上候処《ところ》、随分尤《もつとも》なりと答へ、ふるひふるひ玄関に出られ候が、又鉄砲しきりに御会所へ飛来るにおそれ、間もなく其所を退き給ひぬ」と記されている。指揮者である戸田と関谷は、全く戦意を失い恐怖にかられていたのである。

　夜がふけたが、相変らずロシア艦からの砲撃はつづけられていた。

　ようやく会所の中の評定所で、戸田を中心に今後の対策について協議がおこなわれた。御雇医師の久保田見達は、間宮林蔵とともに終始、積極的に戦うことを主張していて、評定が

はじまると、すぐに発言した。

「一同、心を一つにして会所その他に身をひそめておりますれば、おそらく赤人（ロシア人）どもは、われらが逃げ去ったものと思い、会所にふみこんでくるにちがいありませぬ。その時に一斉に飛び出し、かれらを斬り倒してはいかがでございましょう」

かれは、戸田たちの顔を見まわした。

砲弾の落下する音がし、蠟燭《ろうそく》の灯が大きくゆらいだ。戸田たちは、不安そうな眼を会所の外に向けた。

関谷が、

「もし、斬り込みをしくじった折りには？」

と、低い声で言った。

「その折りには、会所に火をかけ、逃げる者は逃げるもよし、ここを先途と死を覚悟して斬り死にするも勝手……」

久保田は、張りのある声で答えた。

沈黙が、評定の座にひろがった。

関谷が、口を開いた。

「力のかぎり戦い、討ち死にするのを決していといはせぬが、敵が裏山にのぼって鉄砲を打ちかけでもしてきた折りには、われらはたちまちなすすべもなく打ち殺されてしまうだろう。それは犬死にと申すべきで、口惜しいかぎり。ひとまずここは立ちのくべきではないだろうか」

その言葉をひきつぐように、戸田が、

「多くの者が逃げ散り、大筒の玉薬も乏しくなったからには、一戦交えることも叶わぬ。この場はひとまず立ちのき、アリモイで合戦の態勢をととのえ直すのが得策と思う」

と、言った。

久保田見達は、戸田と関谷の言葉に、呆然とした。かれらは武士であり、エトロフ島防備の責任を負っているのに、夜の闇を利して立ちのこうと言う。距離をへだてて鉄砲を打ち合っただけで、まだ戦いらしい戦いはしていない。退却しようというかれらは、ただ死の恐怖におののいているだけなのだ。

関谷が、久保田に顔を向けると、

「私は、五十歳になる。この年齢の私が言うことに免じて立ちのいて欲しい」

と、真剣な表情で言った。

久保田は、口をつぐんだ。

それによって評定は立ちのくことに決定し、ただちに南部藩、津軽藩の重役である千葉祐右衛門と斎藤蔵太が、会所に招かれた。

戸田が、立ちのくことに決したとつたえると、千葉も斎藤も意外な、という表情をした。

千葉は、

「まだ御会所に玉薬も残っております。それを使えば、明日いっぱいは、戦うことができます。このまま退きましては、われら警護のお役に立ち申しませぬ」

と、反論した。

斎藤も同じことを口にした。

しかし、戸田と関谷は、退却の意志を変えず、やむなく千葉は、

「御下知とあらば、やむを得ませぬ」

と言い、斎藤も退却することに同意した。

あわただしく立ちのきの仕度がはじまった。

そうした中で関谷は、不服そうな久保田が気がかりになったらしく、近づくと、

「立ちのくことに異存はあるまいな」

と、念を押すように言った。関谷は、退却が総意にもとづくもので、自分と戸田だけが強硬に主張し実行に移したと思われたくはなかったのである。

久保田は、

「元締の戸田様の御下知があったことでもありますので、従います」

と、答えた。

「間宮林蔵も納得するだろうか」

関谷が、気がかりらしく言った。

林蔵は、久保田と同じように戦うことに積極的で、事実、藩兵たちをはげまして走りまわっていた。久保田が諒承しても、林蔵はあくまでも戦闘を継続することを主張するように思えた。

しかし、林蔵の姿は、評定の場にも会所の周囲にもみえなかった。久保田は、さすがの林蔵も恐れをなして山中へでも逃げたのか、と思った。

かれが会所の玄関の方へ歩いてゆくと、林蔵が玄関から入ってきた。久保田は、林蔵を会所の一室に呼び入れると、退却に決したことを告げた。

「立ちのく？　愚しいことを言うものではない。まだ、鉄砲の打ち合いがおこなわれただけで戦いらしい戦いもしてはおらぬではないか。それなのに立ちのきなどしては、後に必ず御公儀のお咎《とが》めをうける。私は、お咎めなどうけるのは御免だ。もし、どうしても退くというのなら、私だけは反対したということを、戸田又太夫様に認めさせ、証文を書いてもらう。それでなければ、私はあくまで退くことに反対する」

林蔵は、激しい口調で言った。

久保田は、退却に強く反対する林蔵を持て余した。たしかに林蔵の言う通り、斬り合いもせず総退却してしまえば、エトロフ島警備の責任を放棄したとして、幕府のきびしいお咎めをうける。多勢に無勢であれば退くこともやむを得ないが、日本側は二百三十人もいるのに上陸したロシア水兵たちはわずか十数名にすぎず、弁明も成り立たない。火力に大きな差があることはたしかだが、斬り込みによってそれを補うことはできるはずだった。

林蔵は、恐怖にかられて退却したことが知れれば、必ずお咎めをうけると予想している。それを避けるため自分だけは積極的に戦う意志を持っていたことをしめす証文を元締の戸田又太夫に書かせたい、と言う。

久保田は、立ちのきの混乱時に、そのようなことを真剣に考えている林蔵に呆れ、あらためてかれの一面をみる思いであった。

久保田は、備中（岡山県）松山藩の藩士で、幼い時から武術を学んだが、主家を去って医師となった。そして、御雇医師として蝦夷地（北海道）に勤務し、二年前、シッナイ（静内）で測量の仕事をしていた林蔵に初めて会った。その後、久保田は、前年の五月二十六日、エトロフ島のシャナに転勤になり、また林蔵もその年の七月二十日にエトロフ島の測量をするためシャナへ到着した。再会したかれらは、勝気な性格が似ていて親しくなっていた。

久保田も、退却することには不服だったが、評定で決定したことでもあり、戸田の命令に従う気持になっていた。

「貴殿の気持はよくわかるが、戸田様が証文など書くはずはない。もしも、どうしてもこの地にただ一人でも残ると言われるのなら、私も残る」

久保田は、言った。

林蔵は、口をつぐんでしばらく思案していたが、

「われわれが残ったとしても、二人だけでは戦さもできぬ」

と、気落ちしたように言った。

「それでは、退くことに同意して欲しい」

久保田が、林蔵の顔を見つめた。

林蔵は、かすかにうなずいた。

久保田が腰をあげ、林蔵もそれにならって玄関の外に出た。すでに戸田をはじめ南部、津軽両藩士たちは甲冑《かっちゅう》を脱ぎ捨てていた。

戸田が、

「これからわれらは退くが、会所にわれらがとどまっているように見せかけたい。それには、玄関その他に立てられた高張提灯に長い間灯がともっているよう新しい蠟燭につけかえよ」

と、命じた。

藩士たちは、それに従って提灯の蠟燭を新しいものに取りかえた。

各方面に使いの者が出され、会所の玄関の前に全員が集った。林蔵は、二百三十名もいた者たちがわずか二十名ほどしか残っていないのに呆然とした。重だった者たちの中では、会所役人の児玉嘉内、砲撃の指図役である南部藩砲術師大村治五平、南部藩医高田立察などが

逃げ去ったらしく姿がなかった。

かれは、ようやく会所役人をはじめ警護の藩の者たちの大半が、戦う意志など持っていないことを知った。

夜気は冷え、洟《はな》を垂らしている者もいる。寒さと恐怖で、体を激しくふるわせている役人もいた。

川の対岸にある家屋は、物がはじけるような音をたててさかんに燃えている。蔵が焼け落ちると、きらびやかな炎が舞いあがり、火の粉が夜空に散った。砲弾の飛来する音がし、川岸に青白い光を放って落下した。炸裂《さくれつ》音が、空気の層をたたきながら裏山に木魂《こだま》していった。

そのうちに、東の方に上陸したロシア水兵たちが裏山の一部にのぼったらしく、鉄砲を打ちかけはじめた。

一刻も早く立ちのくことになり、あわただしく釜の中の飯をにぎり飯にして紙につつみ、さらに袂《たもと》に生米を入れて一同打ちそろって会所の裏山への道にわけ入った。藩士や同心たちは鉄砲をもち、他の者は身軽な姿で山の傾斜をのぼった。時刻は九ツ半（午前一時）ごろであった。

空に月はなく、闇の中をわずかに通じる路を急いだ。林蔵は、測量の仕事で早足で歩くことになれていたが、ロシア水兵が追ってくることも予想され、最後尾にあって後方に時折り視線をむけていた。夜空は、焼ける家々の炎の反映で赤く染まり、家が焼けくずれるのか、時に明るさを増すこともあった。

七ツ（午前四時）ごろ、ようやくシャナから南へ一里（四キロメートル）の海岸線にあるアリモイの番屋にたどりついた。沖からは、シャナ会所に大筒を打ちかけるらしいロシア艦の砲声がいんいんととどろいている。ほの暗い海上に、かすかにボートが動いているのもみえた。

一同は番屋で休息をとったが、林蔵は驚くほど早い足どりで海岸線を歩きまわった。そして、番屋にもどると、

「ハシケ（ボート）が近づいてきております」

と、戸田に言った。

戸田は、シャナを退く時、アリモイで合戦の態勢をととのえると言ったが、そのような意志は初めからなかったらしく、

「この地で一戦とは思ったが、今となってはいたしかたもない。海岸を行くと赤人どもの眼にふれるおそれがある。それぞれ覚悟して山中へ入り、船着き場へ出られたがよい。あらかじめこのようなこともあるかと思い、船の用意もしてある」

と、言った。

林蔵は、戸田の言葉に驚きを感じた。ロシア水兵が上陸して鉄砲を打ちかけた頃、すでに

戸田は退却を考え、それに応じた手を打っていたことを知った。

戸田たちは、あわただしく出発の仕度をはじめ、番屋の外に出た。雨が、落ちてきた。行先は、アリモイから四里（一六キロメートル）南方の海岸線にあるルベツと決定した。アリモイとルベツ間は、両方から新道がつくられていたが、途中までしか開設は進んでいなかった。

一行は、路を進んでいったが、戸田と関谷は先頭を急いでゆく。二人は、互にささやき合ったりして、海岸線から突然、山中に入ったりする。それは、人数が多いと船に乗れぬので、後につづく者たちとはなれようとしているようにもみえた。

二

一行は、闇の中を急いだ。

ロシア艦からはしきりに大筒の発砲音がしていて、海岸線を行くのは危険だと判断され、山中に入った。高さ七、八尺もある笹が生いしげり、それを押し分けながら山肌をのぼった。雨は、依然として激しく降っていた。

夜が、明けてきた。笹原をゆくのは難儀だった。わずか一間（一・八メートル）もおくれると前を行く者の姿を見失う。雨水が衣服から体にしみとおり、髷《まげ》が乱れ毛髪が顔にはりついている者もいた。

前方に枝葉をひろげた大きな樹木がみえ、戸田と関谷はその下に入った。二人は幹に背をもたせて腰をおろすと、頭を垂れ、息を喘《あえ》がせていた。やがて戸田と関谷は、激しい疲労でいつの間にか眠ってしまった。その周囲にも多くの者が坐ったまま居眠りをはじめた。

雨が、小降りになった。南部藩の者たちは、少しの間休息をとっただけでルベツにむかって先行した。津軽藩の者たちは、戸田と関谷とともに大木の周辺に残った。

林蔵も、しばらくの間、大木の下に坐っていたが、津軽藩重役の斎藤蔵太と話し合い、南部藩勢の後を追った。斎藤は、林蔵の足の早さに呆れながらも林蔵が押し分ける笹原を進んだ。

やがて、沢のほとりで休んでいる南部藩の者たちを見出し、そこで沢の水を飲み休息をとった。が、半刻ほどたっても戸田たちがやってくる気配がないので、林蔵は斎藤と道を引返した。

林蔵は、戸田らの休む大木の見えるあたりまで行くと、斎藤に、

「シャナの御会所の模様と赤人どもの様子を探って参ります」

と言って、斎藤と別れた。

林蔵は、山の傾斜をくだり、海上に注意をはらいながら磯に沿った道を走った。そして、再び山中に分け入ると、シャナの裏山へ近づいた。かすかに鉄砲の音がし、進むにつれて大

きくきこえてきた。大筒の音もとどろいている。

岩かげをつたい、熊笹をわけて進み、小高い山の中腹にたどりついた。そこからは、シャナが一望のもとに望まれた。ロシア艦が二隻、碇泊し、岸に何艘ものボートがついている。津軽藩陣屋をはじめその近くにあった家々は焼け落ち、焦げた材木から薄紫色の煙がゆらいでいた。

ロシア水兵が橋を渡って会所の近くに進み、さらに車のついた大筒も橋のたもとまで移動していた。かれらは、会所に日本人たちが立てこもっていると思いこんでいるらしく、動きは慎重だった。会所の門は砲撃で跡かたもなく四散し、張られた陣幕もほとんど破れている。幟やマトイも傾いたり倒れたりしていた。

橋の袂でとまった大筒の砲口から白煙が湧き、砲声がとどろいた。会所の玄関が打ちくだかれ、木片が散るのがみえた。その直後、ロシア水兵の喚声が起り、会所の玄関の方へ銃を擬しながら近づいてゆく。林蔵は、後ずさりすると身をひるがえし、足を早めて南の方へ引き返した。ロシア側は、やがて日本人が一人残らず逃げ、シャナが無人の地であることを知るだろう。かれは、自分も敗走者の一人であることをみじめに思った。

かれは、海岸線に出ると磯づたいの路を急いだ。その路は、前年の七月にシャナへ来てからかれが測量し、開設させた路であった。

ロシア艦からの砲声がとどろいていたが、やがて杜絶えた。ロシア水兵が無人の会所になだれこんだにちがいなかった。

雨がやみ、空がわずかに明るくなった。波のうねりは高く、磯でくだける水しぶきが林蔵の体にもふりかかってくる。路が絶え、山の傾斜をのぼった。雨水をふくんだ土はすべり易く、笹をつかんで山腹を南の方にむかった。笹を押し分けてゆくと、枝を四方に張った大きな樹木の梢がみえてきた。その下で戸田や関谷と警護の津軽藩兵数名が休息をとっているはずだったが、すでに出発しているかも知れなかった。

笹の間から足軽の手にする槍先がみえた。かれは、大木の下に近づいた。戸田と関谷は幹に背をもたせていて、眠りからさめたばかりらしく眼をしばたたいていた。

林蔵は、津軽藩重役の斎藤蔵太に近づくと、

「シャナ会所は、赤人（ロシア人）どもに押し入られました。大筒を打ちこむこともやめました」

と、報告した。

斎藤は、無言のままうなずいた。

久保田が、戸田と関谷に、

「お疲れがまだとれませぬでしょうが、この先にゆっくり休息できる場所があると存じます。そこまで参ってから、おくつろぎ下さい」

と言って、出発をうながした。

関谷はうなずくと起き上り、戸田も大儀そうに腰をあげた。戸田の髷はくずれ、雨に濡れた髪が顔にへばりついている。体が冷えているらしく、くしゃみをつづけてした。笹くぐりで、袂《たもと》が大きく裂けていた。

かれらは、再び笹を押し分けて歩き出した。林蔵は、斎藤とともに最後尾を歩き、足をすべらせて倒れた足軽を引き起してやったりした。

笹の繁みが切れ、沢に出た。細い水の流れで、一同は、上流へむかった。目的のルベツへ行くには、峯を越えねばならなかった。沢の石をふんだり流れの中にふみこんだりして、沢をのぼった。

雲が切れ、陽光がさしてきた。沢の両側に笹原がつづき、風が吹きつける度に音を立てて波のようにゆれる。笹原の中を、沢はくねりながらつづいていた。

先の方を歩いていた戸田又太夫たちが、足をとめた。林蔵は、足を早めてかれらに追いついた。沢の水が涸れ、しかも二筋にわかれている。どちらの沢をたどってゆけばよいのか、かれらは戸惑っているようだった。林蔵も、いずれがよいのか判断がつきかねた。笹原をのぼるより、出来るだけ沢づたいに峯の頂きへ近づきたかった。

話し合った末、戸田と関谷が、二筋にわかれた沢を別々に進むことになった。戸田には津軽藩重役の斎藤が、関谷には林蔵と久保田見達が、それぞれ津軽藩兵とともに随行することになった。

かれらは、二手にわかれて水の涸れた沢をのぼりはじめた。

沢は次第にせまくなっていったが、絶えることなくつづいている。関谷や津軽藩の足軽たちは、足をひきずるようにして沢をのぼってゆく。峯の頂きは近いようだった。

四町ほどのぼった時、後方から、かすかに人声がし、林蔵たちは足をとめ、沢の下流を見つめた。

槍をかついだ足軽が、あわただしく沢をのぼってくる。その姿に、林蔵は、なにか大事が起ったらしいことを感じた。関谷の顔にも、不安そうな色が濃くうかんでいた。

足軽が、関谷の前に膝をついた。息が苦しいらしく肩を激しく波打たせていたが、

「戸田又太夫様が……」

と、喘ぐように言った。

「戸田殿が、どうなされた」

関谷が、もどかしそうにたずねた。

「御自害なされました」

足軽が、途切れがちの声で答えた。

「御自害？」

関谷は顔色を変え、林蔵たちに視線を向けた。

林蔵も、体をかたくした。別れて間もない戸田が、すでに死亡していることが信じられな

かった。関谷が、足軽を先に立てて歩き出し、林蔵たちもその後にしたがった。

林蔵は、戸田が自害したのも無理はない、と思った。戸田は、調役菊池惣内の箱館奉行所出張によって、エトロフ島のシャナ会所の最高責任者の立場にあった。が、ロシア艦の来襲に対して、かれのとった処置はあらゆる点で拙劣《せつれつ》なものであった。ロシア艦側の火力は、たしかに日本のそれをはるかにしのぐものではあったが、戸田はロシア艦の存在にすっかりおびえ、初めから戦意を失っていた。かれは、ひたすら身の安全を守ることのみを考え、夜の闇を利して退却することを命じた。そして、雨に打たれながら、アリモイをへてルベツへの道をたどっていった。

戸田は、落ちのびながら行末のことを考えたにちがいなかった。戦いらしい戦いもせず、恐怖にかられてシャナ会所を放棄したことは、むろん幕府にも知れ、きびしい吟味《ぎんみ》をうける。その結果、重いお咎めをうけ、罪は家族にも及び、先祖からうけつがれてきた武家としての家もとりつぶしになる。そのようなことを考え、かれは自ら命を断ったにちがいなかった。

戸田は、武士の身ではあるがむろん戦さの経験などもなく、ロシア艦の来攻に動転しきってしまったのだろう。自害した戸田が、哀れに思えた。

沢が二筋にわかれている個所までもどると、戸田たちがたどっていった沢をのぼっていった。風が渡り、両側にひろがる笹が激しくなびいた。くねった沢の岩のかげをまわると、前方に津軽藩の足軽や働方《はたらきかた》などが坐っているのが見えた。

かれらは、林蔵たちがのぼってくるのに気づいて顔を向けてきたが、暗い表情をして坐ったままであった。

関谷は近づくと、

「戸田殿は？」

と、たずねた。

足軽の一人が、

「この先におられます」

と、沢の上流に顔を向けて答えた。

関谷は、疲れも忘れたように沢をのぼってゆく。林蔵たちもその後からついていった。沢は急にせまくなり、両側から笹がおおいかぶさっていた。笹の中に戸田が、前のめりになって倒れていた。

関谷が近づき、戸田の体を起した。胸から膝《ひざ》にかけて血にそまり、周囲の笹も血まみれになっている。戸田は脇差《わきざし》で咽喉《のど》を突き、その刃先が首の後からのぞいていた。すでに息はなく、刀身をつたわって血がしたたり落ちていた。

関谷の眼に涙が湧き、呆然と戸田の顔に視線を据えている。林蔵は、半ば開いた戸田の眼を見つめていた。

関谷が、

「御遺骸を埋めよ」

と、足軽たちに言った。このまま放置すれば、野獣に食い荒され、鳥についばまれる。

足軽や働方たちは、土を掘り起しにかかったが、土中には笹の強い根が入り組んだように張っていて掘れない。沢の部分も掘ってみたが、そこにも石の下に根が重なり合っていた。関谷は埋めることを諦め、随行している働方の持っていた戸田の小蒲団を遺体にかぶさせた。

かれらは、そのまま同じ行動をとることになり、林蔵が先に立って水の涸れた沢をのぼり、峯に近い稜線《りょうせん》を越えた。そして、笹を押し分けて傾斜をくだり、ようやく海岸線に沿った路に出ることができた。一行は、路を急いだ。海上に帆影は見えなかった。波は荒く、冷い水しぶきが路の上に降りかかってきていた。

不意に短い叫び声がし、林蔵は振返った。後方を歩いていた関谷茂八郎が、路上に坐り、脇差をぬこうとしている。津軽藩士の斎藤蔵太が、関谷の手をつかんでいた。

「自害せねばならぬ」

関谷は叫びながら、斎藤の手をふりはらおうとしていたが、その動きは弱々しかった。

林蔵は、哀れに思った。関谷は戸田につぐ会所の責任者で、シャナの会所を放棄した罪を問われることはまぬがれられない。戸田が自害して果てたことに、関谷は動揺し、自ら命を絶つべきだと考えたにちがいなかった。

関谷はしばらく頭をたれていたが、斎藤にうながされて腰をあげた。眼は充血し、涙が光っていた。関谷の傍に斎藤が寄りそい、一同は再び路を進んだ。

日がかたむき、気温が低下した。前方の海岸に、小屋が並んでいるのがみえた。目的地のルベツで、そこには番人もいるはずであった。

林蔵たちは、足を早めた。番屋から出てきた男が林蔵たちに気づいたらしく、手をふった。槍を手にした足軽であった。番屋から十名ほどの男たちが、姿をあらわした。それは、先に進んでいった南部藩の者たちで、重役の千葉祐右衛門の姿もあった。

林蔵たちは、千葉たちに番屋の中へ導かれた。千葉たちは、宗次郎という地役の者から戸田の自害をつたえきいていて、久保田見達の口にする自害の様子を、神妙な表情できいていた。

南部藩士たちは、番屋に貯えられた米をたいて夕食の仕度にとりかかった。林蔵たちは、南部藩の者たちと炊き上った飯を食べ、焼いた鱒を口にし酒を飲んだ。風が強く番屋はきしみ音をあげる。炉の火にあたる者たちは、酔いに顔を火照らせ居眠りをする者もいた。

関谷を中心に、今後のことについて協議した。まず、ロシア艦二隻がエトロフ島のナイボ漁場と会所のシャナを襲ったことを箱館奉行所に通報するのが、最大の急務であった。そのためには、エトロフ島からクナシリ島をへて箱館へ急がねばならない。クナシリ島へ渡るには、エトロフ島のフレベツからタンネモイにおもむき、そこから海を渡るのが常識的なコースであった。

日は、すでに没していた。とりあえずフレベツへ出発することになり、番人のあっせんでアイヌの漁師たちが集められた。林蔵たちは、番屋を出ると思い思いにアイヌの操る舟に分乗した。

舟はつぎつぎに岸をはなれ、海岸沿いに南の方へ進みはじめた。波が荒く風も向い風なので動きは鈍い。それでも、林蔵と関谷らの乗った舟の漁師は、驚くほど逞《たくま》しい体をした男で、力強く櫂をあやつり舟を進ませてゆく。他の舟の漁師も巧みに櫂をあやつっているが、風波にさまたげられて思うようには進まぬらしく、いつの間にか後方にみえなくなっていた。

小雨が降り出した。濃い闇がひろがり、磯でくだける波の白さがほのかにみえるだけであった。漁師は、疲れも知らぬように櫂の手を休めることもなく、舟を進めていった。

夜が明けはじめた。海上は雨で白く煙り、帆影らしいものは見えない。波が、岬や磯に飛沫をあげていた。

フレベツの番屋が前方にみえてきた。屋根から炊煙が流れ出ていて、番人のいることをしめしていた。

漁師は顔を紅潮させて櫂を動かし、舟を、浜につけた。時刻は、五ツ（午前八時）ごろであった。さすがに漁師は疲れたらしく、浜に腰をおろし息をあえがせていた。

林蔵は、漁師をうながし関谷らとともに番屋へ入り、濡れた衣服を炉の火でかわかした。番人が、火にかけた鍋から雑炊《ぞうすい》をすくい、林蔵たちにすすめてくれた。林蔵たちは、むさぼるように雑炊をすすった。番人の話では、沖にロシア艦を見たことはないという。

林蔵たちは、番屋の中で横になった。波の寄せる音が番屋をつつみこんでいたが、かれらはすぐに深い眠りの中に落ちていった。

かなりの時間がたった頃、林蔵は人声で眼をさました。おくれた者たちが到着し、南部、津軽両藩の重役千葉祐右衛門、斎藤蔵太らが藩士とともに番屋に入ってきた。かれらは、舟がいっこうに進まぬので、夜が明けた頃、岸に上陸して朝食をとった。そして、険しい山中に入って雨に打たれながら歩き、ようやくフレベツにたどりついたという。茨の中をかき分けて進んだため、かれらの体にはかすり傷が多く、血がにじみ出ていた。

それにつづいて夕刻近くに南部藩士種市茂七郎ら一行も陸路をたどって到着、ようやく全員が集ることができた。かれらも、椀《わん》を手に雑炊をすすった。

日が没し、炉の火が番屋の中を明るませていた。

関谷の表情は、暗かった。かれは、炉の火を見つめたまま長い間思案しているようだったが、林蔵の傍に坐ると、一つの提案をした。

「シャナの御会所に、まだ赤人どもが残っているか否か。それに行方知れずになっている児玉嘉内殿の安否もつかめず、このままエトロフ島を去るに忍びない。私は、蝦夷人（アイヌ）に姿をかえ、シャナ方面にもどって御会所の様子をとくと見とどけ、また行方知れずになった者たちの消息もたしかめた上で、箱館御奉行所に注進したいと思う」

関谷は、低い声で言った。

林蔵は、関谷の提案はもっともだと思った。元締の戸田又太夫が自害して果てたことによって、会所の責任は関谷の肩に負わされている。そのような立場に身を置くかれが、このまま島を去っては幕府の怒りを買うだろう。島にとどまって正確な情報をつかむことは当然の義務であった。

「それは、よい考えと存じます」

林蔵はうなずき、念のため近くに坐る久保田見達に関谷の言葉をつたえ、意見をたずねた。

「私も同意する。ぜひ、そのようになされたらよい」

久保田も、即座に賛成した。そして、関谷に近づくと、

「その衣類では赤人どもに日本の役人と思われてしまうでしょう。蝦夷人らしく木綿布子とアツシに着かえるのがよろしかろう」

と、言った。

林蔵は、しばらく思案していたが、

「関谷殿は、蝦夷言葉（アイヌ語）を知らず、また地理にも不案内で、さぞ困られることだと思う。私はそれらに通じているので、関谷殿とこの地に残る」

と、言った。

「それは心強い」

関谷のこわばった顔が、わずかにゆるんだ。

久保田は、所持していた金子二両と調達した衣類を関谷に渡した。

その間に、南部藩の千葉祐右衛門と津軽藩の斎藤蔵太は、二人だけでひそかに話し合っていた。

それに気づいた関谷が、なんの相談ごとかとたずねると、千葉たちもこの島にとどまる、と言う。

「シャナの一戦では討ち死にを覚悟していましたが、戸田様のお指図により、この地まで退きました。無念やるかたなく切腹しようと思いつめたこともありましたが、ここで自害しては犬死にも等しく、人数引き連れて一戦交えんとするも鉄砲の玉薬もなく、それも叶いませぬ。このまま島を去っては、エトロフ島が赤人どもの手に帰し、島の警護に派遣されたわれら両藩の者の大失態となります。それ故、われらはこの島に踏みとどまり、赤人どもがどのように退去したか、または残留しているかを見とどけなければ、藩主様に申し上げる言葉もありませぬ。それ故、斎藤蔵太殿と話し合った末、二人でこの地にとどまることに心を決した次第です」

千葉の悲痛な言葉に、斎藤も深くうなずいた。

「たしかに御警護の両藩の重役としては、そのように考えられるのも当然だと思う」

関谷は、千葉たちの申出に賛意をしめした。

エトロフ島のフレベツにとどまることになったのは、関谷、林蔵、千葉、斎藤の四名になったが、さらに武術に長じ胆力もそなわっている南部藩士宮川忠作も残留することにきまった。他の者は予定通りフレベツからタンネモイに行き、クナシリ島へ渡って箱館へ赴くことになった。かれらを指図するのは、南部藩勘定役種市茂七郎、津軽藩勘定役三橋要蔵であった。

引揚げの準備がはじまり、島へとどまる関谷ら五名の者は、海岸からはなれたアイヌの家を宿舎とすることになった。そして、番屋を打ちくだき、付属した小屋をすべて焼きはらった。

翌五月三日八ツ（午後二時）、種市ら一行は、関谷ら五名の見送る中を三艘の舟に分乗し、フレベツを出発した。舟は、つらなるように南の方へ海岸沿いに去っていった。

林蔵たちは、フレベツで日を過していたが、時折りシャナ会所から逃げた者たちが姿をみせるようになった。同心、番人、小使や南部、津軽両藩の足軽たちで、かれらは陸路をフレベツまで落ちのびてきたのである。

或る日、海岸をアイヌの案内で近づいてくる武士があった。それは、合戦がはじまった直後、いち早く山中に姿をかくした児玉嘉内で、妻と二人の子供を連れていた。関谷は、児玉と妻子の安全を喜んだが、林蔵たちは死の恐怖にかられて逃げた児玉に蔑《さげす》みの眼を向け、声をかけることもしなかった。

関谷は、アイヌたちに依頼して落ちのびてきた者たちと児玉の妻子を舟でタンネモイに送り、クナシリ島へ渡海させるよう手配した。

その間、落ちのびてきた者たちやシャナ方面から来たアイヌたちの情報で、シャナの状況もあきらかになった。ロシア艦は、シャナ会所に貯えられていた多量の米、酒をはじめ雑貨、武具をうばい、会所、倉庫などに放火し、五月三日夕刻、帆をあげて北西にむかって去ったという。シャナの人的被害は、支配人川口陽助が腿を、津軽藩足軽が足の甲をそれぞれ射ぬかれて手負いになった。また漁場の二名の稼方が、一名は大筒が据えられていた場所で、他の一名は崖の付近で鉄砲の弾丸によって即死、さらにアイヌ一名が浜で銃撃により相果てたことがあきらかになった。ロシア側にあたえた被害は、少くとも三人を射とめ、手負いもかなりいると推測された。

会所が焼きはらわれた後も、シャナにはアイヌたちがふみとどまっていたが、一人のロシア人が酒に酔って出帆する艦に乗りおくれ、シャナに残された。かれは、酒癖が悪く、アイヌたちに「我儘之振舞《わがままのふるまい》」をして手がつけられず、激怒したアイヌたちによって打ち殺されたという。

また、行十郎というシャナ会所の番人は、山中に身をひそめていたが、ロシア艦が去った後、二人の親しいアイヌに連れられてアリモイのアイヌの家に行った。その家には、アイヌの兄妹が住んでいた。

行十郎は、その家で夕食を振舞われたが、突然、鉄砲を手にしたロシア人が入ってきた。驚いたアイヌたちは、一人残らず家の外へ逃げた。ロシア艦が去ったので安心していただけに、行十郎は愕然《がくぜん》とし、小舎の隅に積まれた草のかげにかくれ、水兵の動きをうかがった。

水兵は、床に鉄砲を置き、立ったまま行十郎の食べかけていた飯を口にはこびながらあたりを見回していたが、眼に行十郎の姿が映ったらしく、鉄砲を手にすると近づいてきた。そして、うずくまる行十郎の頭から肩をゆっくりと撫でおろし、腕をとって炉ばたに連れてきた。水兵は、なにかしきりに話すが、行十郎には「アメリカ」「ウルップ（島）」などという言葉が辛うじて耳にできただけで恐怖で体をふるわせていた。

水兵は、眠りたいという仕種をしてみせ、行十郎にも手ぶりで寝るようにすすめた。さからえば殺されるかも知れぬと思い、行十郎は寝た水兵の傍に身を横たえた。水兵は、行十郎の脇差を引き寄せると、背後にかくした。

そのうちに逃げたアイヌのうちの二人が、様子を見に引き返してきて家の中をのぞき、行十郎が大きな体をしたロシア人水兵と並んで寝ているのに驚いた。水兵はアイヌたちにも気づき、こちらへ来て寝るようにという仕種をしてみせた。アイヌたちは鉄砲を持っている水兵に恐れをなして、すすめられるままに行十郎の傍に近寄り身を横たえた。そのうちに逃げた兄妹からの通報で村のアイヌたちが続々と集ってきた。

行十郎は、急に気が強くなり、アイヌたちの協力を得てロシア人水兵を生捕りにしたいと思ったが、捕えてみたところで処置に困るので、脇差を抜き、水兵を刺し殺した。

このような情報が関谷や林蔵たちのもとに徐々に集り、シャナの戦いの結果もあきらかになった。殊に、ロシア艦が五月三日夕刻にシャナを去ったという情報は、関谷にとって貴重であった。かれらが最も恐れていたのは、ロシア艦乗組員がシャナに常駐してエトロフ全島を支配することであったが、その気配がないことに深い安堵を感じたのである。

林蔵たちは、なおもフレベツにとどまっていたが、付近に住むアイヌたちが、無償で村にとどまる林蔵たちに反感をいだきはじめている気配を感じるようになった。林蔵は、かれらの感情をやわらげるため関谷にすすめて近くの家に住む足腰の立たぬ老いたアイヌに、飯、酒、煙草などをはこばせた。それを知った村の者たちは、林蔵たちに好意をいだき親しく接してくれるようになった。

フレベツの番屋に貯えられている食糧はかぎられていて、それをシャナから落ちのびてきた多くの者にも食べさせたので、食物は乏しくなっていた。

林蔵たちは、今後の対策について話し合った。一応、シャナ会所の状況も判明し、ロシア艦が退去したことも確認できたので、関谷がフレベツにとどまる目的もなくなったと解された。南部藩と津軽藩の千葉と斎藤は、尚も島にとどまりたい強い意向をいだいていたが、食糧問題を解決する方法はなく、結局、関谷、児玉、千葉、斎藤の四名が、箱館奉行所へ報告のため箱館へむかうことになった。そして林蔵と南部藩士の宮川忠作が、尚もフレベツに踏みとどまることに決した。

関谷ら四名はアイヌの舟でクナシリ島への渡し口であるタンネモイに向って去っていった。

林蔵は、宮川とともにフレベツにふみとどまっていた。その間、宮川は、エトロフ島北端のシベトロに勤務中の箱館奉行所調役下役平島長左衛門宛に、シャナへのロシア艦来攻の詳細をつたえる書状をしたため、アイヌの飛脚に託した。

林蔵は、宮川とともに日を過していたが、シャナ方面からの新しい情報も絶えたので、フレベツにとどまる意味も薄らいだと判断した。それに、シャナに来襲したロシア艦乗組員との戦闘に従事した身であるかぎり、当然、幕府の取り調べを受けねばならず、箱館へむかう必要があった。かれは、名残りを惜しむアイヌたちに見送られ、新たに雇い入れたアイヌの操る舟に乗ってフレベツをはなれた。

海は凪《な》いでいて、舟は海岸ぞいに順調に進み、その日の夕刻には番屋の置かれたママイにつき、番屋で一泊した。その地でママイのアイヌのあやつる舟に乗りつぎ、翌朝、出発し、日が傾きはじめた頃にはタンネモイに到着した。タンネモイは、エトロフ島からクナシリ島へ渡海する渡し口で、番屋をはじめ付属する小屋が軒をならべていた。その地の番人の話によると、箱館へむかったはずの調役下役関谷茂八郎が、クナシリ島から再びエトロフ島へもどり、シャナ方向にむかったという。その後のロシア艦の動きについては諸説みだれ飛んでいて、それをたしかめるためシャナ方面へむかったようであった。

林蔵は、関谷に接触したいと考えてタンネモイにとどまっていたがかれの行先はわからず、やむなくその地をはなれることに決心した。そして、宮川とともにアイヌの操る舟でタンネモイから海を渡り、クナシリ島の北端にあるアトイヤについた。その地の番屋には番人の姿がなく、たずさえてきた米をたいて食事をし、一泊した。

翌日は風向が悪く舟を出すことができなかったが、次の日、気象状況も好転したのでクナシリ島東海岸沿いに南下、ケラムイ崎をまわって島の南端にあるトマリに着岸した。トマリは、クナシリ島の会所がある要衝で、林蔵は会所におもむき、エトロフ島からもどった旨を報告した。会所側の話では、エトロフ島のシャナから落ちのびてきた南部、津軽両藩士らは五月十日にトマリに到着、久保田見達のみが箱館奉行所に事件発生とその内容について急報するため単身で先行し、他の者もそれを追ってネモロ（根室）にむかったという。シャナが襲われたことに会所の空気は緊張し、会所の玄関付近には長々と陣幕が張られ、幟も立ち並んでいる。武器を手にした者の出入りもひんぱんだった。

林蔵たちは、会所側のはからいで長屋を宿舎にした。トマリでは流言《るげん》がしきりで、ロシア艦の帆影をみたという不確定情報が相つぎ、人々は落着きを失っていた。

林蔵は宮川と舟に乗り、クナシリ島からネモロに渡った。そして、霧のたちこめる海上を太平洋岸に沿って襟裳《えりも》岬をまわり、シャマニ（様似）にたどりついた。六月一日の四ツ（午前十時）すぎであった。

そこには、シャナ会所から落ちのびてきていた津軽藩足軽目付小野幸吉らがいた。小野たちは、調役下役関谷茂八郎がやってくるのを待っていたのだが、林蔵から関谷が依然としてエトロフ島にとどまっているという話をきくと、箱館へ出発する支度にとりかかった。

翌朝、林蔵は、小野たちと舟に分乗して出発、六月十三日に箱館へついた。

箱館の町は、騒然とした空気につつまれていた。エトロフ島シャナをロシア艦が襲ったという第一報は、久保田見達によって五月十七日夕刻、箱館奉行所につたえられた。奉行羽太正義は、翌朝、江戸に急飛脚を立てると同時に奥羽諸藩に緊急出兵を命じた。その達書は二十一日に津軽藩、二十二日に南部藩、二十五日に秋田藩、二十六日に庄内藩に到着、諸藩はただちに兵を発した。

諸藩兵は、続々と船をつらねて津軽海峡をわたり、箱館に入った。その人数は南部藩兵六百九十二人（他に定式人数二百五十人）、津軽藩兵五百余人、秋田藩兵五百九十一人、庄内藩兵三百十九人の多きに及んだ。

新たに箱館奉行の任命をうけた戸川安論は、奉行交代のため五月十日江戸を出発、仙台領金成でロシア艦来襲の報をうけ、道を急いで六月十一日に箱館に到着していた。また、幕府も六月四日、目付遠山金四郎景晋、使番小菅猪右衛門正容、村上大学義雄を、ついで二日後には若年寄堀田摂津守正敦、大目付中川飛騨守忠英を箱館へ急派させた。

箱館の町は、奥羽諸藩の藩兵で大混雑を呈していた。一般の民家も兵の宿舎にあてられ、各町々には兵が警備のため屯所を設け、武具、食糧などをのせた牛馬も往き交う。林蔵は、久保田見達の住む借家に身を寄せた。

ロシア艦の動きについて、各地からの情報が奉行所にもたらされていた。まず、クナシリ島付近に異国船二隻の帆影が望見され、帆と船型によってロシア艦と断定された。その進行方向は、箱館方面とも推定され、奉行所は警戒を厳にしていた。町の中には風説が入乱れ、知床半島西南方の斜里沖に大型の異国船四隻が出現したという説をはじめ、異国船の帆影らしきものをみたという情報がつづき、恐慌《きようこう》状態におちいっていた。

そうした混乱の中で、五月十八日七ツ（午前四時）頃、十一枚の帆をもつ一万石積みほどの大型の異国船一隻が、箱館の西南方にある福山の沖に姿を現わした。松前藩では福山城の備えをかため、海岸一帯に兵を配して合戦にそなえた。

日が没し、異国船乗組員の上陸も予想されたが、夜のうちに船は福山沖をはなれ、翌日には箱館に近づいてきた。そして、正午ごろに町の一里半（六キロメートル）ほど沖に停止し、乗員が遠眼鏡で陸地をうかがう様子が望見された。

奉行羽太正養は、役人、兵約一千名を海岸の十八ヵ所に配置し、旗印を立てて陣をかまえた。異国船は、ロシア艦二隻のうちの大型艦と推定された。町の中は大混乱におちいり女子供は泣き叫んで裏山へ避難した。

やがて異国船は碇をあげると次第に近づき、箱館からわずか四町（四三六メートル）ほどの距離まで接近し、停止した。そして、乗員が水深をしきりにはかっているようだったが、夕刻、碇をあげて箱館沖をはなれ、東方に去っていった。その異国船は、津軽海峡をへだてた南部藩領下北半島の北海岸からも望見された。南部藩では兵を繰り出し、夜を徹してかがり火をたき、ロシア艦の来襲にそなえたが、翌朝には帆影を見ることができなかった。その船は、日本側の推測とはちがってロシア艦ではなくアメリカ船「エクリプス号」であった。同船はアラスカ、広東間を往復する貿易船で、広東からの帰途、長崎に寄港して薪、水を求め、日本海を北上、カムチャツカのペトロパヴロフスクに向うため津軽海峡を通過したのである。

林蔵が箱館についた頃、箱館の町の沖合わずか四町まで迫った大型の異国船の話は、町の大きな話題になっていた。奉行所の者をはじめ町の者たちも、その異国船がエトロフ島のナイボ、シャナを襲ったロシア艦の一隻であることを疑う者はいなかった。

その後、ロシア艦についての注進はつづいていた。ナイボでロシア艦乗組員は、番人小頭の五郎治ら五名を捕え、二十名ほどのアイヌを使って掠奪《りゃくだつ》物資を艦へ運ばせた。アイヌたちは運搬が終ると艦から陸地にもどされたが、かれらが得てきた情報がアイヌの首長から箱館奉行所にも通報された。それによると、艦内には昨年秋、樺太の九春古丹を襲ったロシア艦の乗組員によって捕えられた番人の源七、富五郎、福松、酉蔵の四名がいたという。源七は、物資を運んで艦上にやってきたアイヌに、

「オロシア人は殊のほか優遇してくれ、なにも不自由はしていない。故郷の肉親たちは、さぞかし心痛しているだろうが、案じることはないと伝言して欲しい」

と、ひそかに告げたという。

そのような情報が入り乱れる中で、幕府は、六月三日、老中松平信明、牧野忠精、土井利厚、青山忠裕の連名で、箱館奉行戸川安論に対し、
一、赤人（ロシア人）の不法な狼藉は許しがたいが、襲われたエトロフ島を確保することは二の次とし、まず蝦夷（北海道）を守護することが先決であり、エトロフ島を奪回するなどということは考えぬこと。
一、赤人の中に日本の文字、言語に通じる者がいるやも知れず、かれらと接する機会を得てどのような理由による狼藉かを問うこと。

一、赤人の軍船はわずかに二艘だが、さらに多数の軍船が来攻するおそれがあるので、十分に備えをかためること。

と、指示した。

これにもとづいて、エトロフ島への派兵はせず、もっぱら箱館、松前方面の防備に専念することに決し、海岸に応援の奥州四藩の兵を配し、備えをかためた。

ロシア艦の行方については諸説みだれ飛んでいたが、林蔵が箱館へ到着して間もない六月十九日、蝦夷（北海道）北端の宗谷に設けられた会所から早飛脚がついた。会所には箱館奉行調役並深山《みやま》宇平太が、津軽藩兵とともに警備にあたっていた。

その書状によると、ロシア艦二隻は宗谷西南方の利尻島を襲い、碇泊《ていはく》していた官船万春丸と松前の商船誠竜丸から武器、食糧、地図等を奪って放火し、六月五日に上陸して番屋、倉庫、図合船《ずあいぶね》などを焼きはらった。その折りに、昨年九春古丹で捕えた番人四名とエトロフ島で捕えた五名の番人のうち四名、計八名を利尻島に上陸させ、釈放したという。

かれらは、ミカライサンタラエチというロシア艦の総指揮者からの書状をたずさえていた。それはロシア文だが、裏面に日本の片仮名文字が書かれていて、ロシア艦が前年秋の九春古丹についで、エトロフ島その他を襲った理由が記されているという。

箱館奉行は、ただちにその書状を四日で江戸表へ到着可能の大早飛脚によって急報した。そして、宗谷会所に対して、ロシア艦総指揮者からの書簡とともに、釈放された八名の者を急いで箱館へ送りとどけるよう指令した。

ロシア艦艦長の書簡の趣旨は、左のようなものであった。

ロシアは、古くから日本との貿易を望み、幕府はそれを許す気配があったので、三年前の文化元年秋に使節レザノフを長崎へ送ったが、冷遇された上、貿易も拒否された。使節に対する幕府の態度は、属国に対するような無礼至極《ぶれいしごく》のものなので、ロシアは、武威《ぶい》をしめすため樺太につぎエトロフを潰滅《かいめつ》させた。これでも、なお貿易を許さぬというなら、明年、大軍を発し、日本北部一帯を襲うであろう。もしも、貿易について対談したいというなら、明春、宗谷で会談する。

これに対して、宗谷会所の調役並深山宇平太は、

「明年春、武器をたずさえず宗谷にくるなら会談に応じるが、乱暴狼藉を働いた上に、大軍を発して攻撃すると威嚇するような国とは通商などできない。もしも、通商を求めたいなら、悪意のない証拠に尚も艦に拘留《こうりゅう》されている日本人を残らず返し、来年春に宗谷にくるように……」

という趣旨の返書を用意した。しかし、ロシア艦は、海上の気象状態が悪く宗谷に入港できず沖に去ったので、返書を渡すことはできなかった。

ロシア艦が利尻島を襲ったという情報は、奉行所に衝撃をあたえていたが、さらに五月二十一日に樺太のオフィトマリ、翌日にはルウタカでそれぞれ番屋、倉庫を焼き、二十九日に

礼文島沖で伊達林右衛門の持船宜幸丸を襲って積荷をうばった後、焼きはらったことも判明した。

これらの情報で、箱館をはじめ各地は大きく揺れ動いた。

そうした中で、六月二十九日に宗谷から調役下役小川喜太郎が、ロシア艦から釈放された八名の者とともに艦長の書簡を手に箱館に到着した。

ロシア側から釈放された捕虜は、前年の九春古丹の四名、本年のエトロフ島ナイボで捕えられた五名の番人のうちの四名と考えられ、一名がロシア艦に残されていると判断されていた。が、奉行所についた小川の報告ではシャナでも一名が捕われ、艦に残されたのは、ナイボで捕われた四名のうちの番人小頭の五郎治と番人の左兵衛の二人であるという。

シャナで捕えられた者はいないという報告をうけていた奉行所は、不審に思い、シャナで捕えられたという者に面接してみると、意外にもそれは南部藩砲術師大村治五平であった。奉行所の驚きは、大きかった。武士である大村治五平が、ロシア艦乗組員に捕えられるなど想像もしていなかったのだ。

奉行所では、かれをひと通り調べた上、揚屋《あがりや》に投獄した。

前年、樺太の九春古丹で捕われた源七たち四名にも取調べをおこなったが、かれらはカムチャツカのペトロパヴロフスクに連行された後ロシア艦内ですごしていたので、かれらからロシア側の情報を得ることができた。源七らは、ロシア側の不法な行為は通商許可をあたえぬ幕府に対する報復である、と陳述《ちんじゅつ》した。また、ロシア艦の中には日本語の読み書きに通じ、百人一首まで読む者もいること。ロシア側では日本事情に精通していること。ロシア艦がうばった日本の武器のうち大筒は武器として役には立たぬ、と笑っていたことなどを述べた。

また、シャナを襲った後、艦長の命令で一人の水兵をマストに吊し上げて過酷な体罰を加えたが、それは、日本人を決して殺してはならぬという命令にそむいた罰であったという。一人一人のロシア人は温厚な性格である、と源七たちは口をそろえて言った。

ロシア艦の来攻は、遠く江戸の市民の間にもつたわり、人心を激しく動揺させた。若年寄堀田摂津守正敦らの蝦夷地（北海道）への急派によって、一層世情は騒然とし、さまざまな流言が飛び交った。ロシアは数百隻の軍船を発して、津軽の三厩《みんまや》港と下北半島の佐井港を封鎖して津軽海峡を渡る航路を遮断したので、箱館方面は孤立したという説がしきりだった。そのため箱館奉行羽太正養は、恐怖のため発狂したとも、ロシア艦に捕われたとも噂された。また、松前藩の下国某という家老は、ロシア国皇帝と内通し、妻子とともにロシアへのがれ、その手引きでロシア艦が来攻したのだという説も流れた。

これらの流言によって、江戸へもロシア艦が来攻してくるおそれが十分にあるという声がたかまり、鍛冶屋《かじや》に武具の注文が殺到し、また古着屋では陣羽織がさかんに売れるという現象も起きた。

町奉行所では、根拠のない噂話がひろがることを恐れ、蝦夷地の話をみだりにせぬよう町触れを出したりした。

ロシア艦は、利尻島を襲ったのを最後に故国へ去ったらしく、情報は絶え、箱館の町にもようやく平静さがもどった。

箱館の町では、戦さらしいこともせずシャナから逃げた会所の役人や南部、津軽藩の者たちの話でもちきりだった。警備の者の人数が多かったのに、上陸した少数のロシア艦乗組員に恐れをなしてシャナを捨てたかれらを蔑む声がしきりであった。殊に、シャナで捕われ艦に連行された後釈放された、南部藩砲術師大村治五平に対する非難の声は高かった。

奉行所でも、武士らしからぬ大村の行為を憤り、極刑に処すべしという者が多かった。かれは、揚屋から出されて吟味をうけた。大村は、捕われた折りの事情について左のような陳述をした。

ロシア艦乗組員が上陸し、大筒を発砲しはじめたので、大村も応戦しようとして会所に急いだが、大混雑を呈していて玉薬が見当らない。かれは、それを探しに南部藩見張番所の坂を駈け下っていった時、ロシア兵の放った一弾が右足の甲に命中した。かれは、這《は》って陣屋に入りこみ傷口を布で巻いた。出血が多く傷も痛んで歩くことが叶わず、合戦に参加することもできぬ状態になり、会所前のシャナ川の上流十町（約一キロ）ほどの地まで這ってゆき傷の手当をした。

その夜、会所の役人や警護の藩兵が退却したが、傷が痛み、かれらを追うこともできず、その場で野宿した。翌日、ロシア艦乗組員が会所になだれこんで占領、次の日はかれらが艦にもどったらしく静かになった。傷の痛みも薄らいだので、会所の様子を見定めようとして近づいた時、突然、抜刀したロシア艦乗組員が斬りかかってきた。大村も刀を抜いて応戦したが、坂の木製の段に傷ついた方の足をふみはずして倒れ、集ってきたロシア人たちに捕えられたという。

大村の陳述通り、右足の甲には傷痕が残されていたが、吟味に立ち会った奉行所の役人たちは、捕虜《ほりょ》になった罪を軽くするため故意に後からつけた傷ではないか、と疑った。

また、同時にロシア艦から釈放された源七らの証言が、大村の立場を悪くした。ロシア艦の艦長は、大村が二本の刀を帯び、人品いやしからず身につけている衣服も上質なので、上級の武士と考えた。大村は、源七たちに南部藩の砲術師であることを打明けたが、艦長には帳簿づけをする番人にすぎぬというようにしてくれと懇願し、源七が大村を番人だと主張して、ようやく艦長もそれを認めた。武士だと知れば艦長は人質として艦にとどめたはずで、大村が身分を偽ったのは釈放されることを期待した卑劣な行為だ、と判断された。

本格的な吟味は江戸に送られてからおこなわれることになり、かれは揚屋で獄中生活を送ることになった。

間宮林蔵は、六月十三日に箱館へ帰着したことを奉行所に届け出て待機していたが、二十一日に奉行所からの呼出しをうけ、出頭した。吟味は奉行戸川安論立会いのもとにおこなわれ、エトロフ島シャナから敗走した不届き者として取調べをうけた。林蔵は、合戦中の自分の行動と退却を余儀なくされた事情について弁明した。

かれは、元締の戸田又太夫ら会所の役人がシャナ会所を放棄して退く折りに、強く反対してふみとどまる意志をいだいていたことを強調した。その陳述は、御雇医師久保田見達の「林蔵殿は、戸田様に自分だけは立ちのくことに反対したという証文を書かせると主張し、手に余った」という趣旨の証言によって、事実と認められた。

しかし、戸田又太夫らとともにシャナ会所を捨てて敗走したことはまぎれもない事実で、あらためて江戸へ送られ幕府の吟味をうけることになった。

かれは、鬱々として江戸送りの日を待ってすごした。シャナがロシア艦に襲われた時、戸田又太夫ら役人のうろたえていた姿が、苦々しく思い出された。自害した戸田の姿も惨めであり、雨にうたれ髪も乱れて笹を押し分けながら逃げる関谷茂八郎らの姿も哀れであった。そのような役人たちとともに落ちのびた自分が情無く、腹立たしくもあった。

箱館の町では、戦うこともなく逃げ帰ってきたシャナ会所の者たちを蔑む声がしきりであった。林蔵は、かれらの嘲笑するような視線にさらされることがたえられず、家の中にこもりきりであった。

かれは、江戸に送られてからうける吟味が恐しかった。たとえシャナから撤退《てったい》することに反対したことを認められたとしても、会所を捨てて逃げたことに変りはなく、きびしい処罰をうけることが予想された。役職をうばわれ、重い罰をこうむるかも知れなかった。

かれは、ようやく得た現在の職務からはなれたくなかった。下級武士ではあるが、ようやく得た武士としての身分を失いたくはなかった。しかし、それはほとんど絶望に近く、やむなく故郷に帰って百姓の仕事をしなくてはならなくなるかも知れなかった。もしも追放刑をうければ、故郷に足をふみ入れることも禁じられる。僻地から僻地へとあてもなく流れてゆかねばならぬ身になることも予想され、気は滅入るばかりであった。

三

林蔵は、安永九年（一七八〇）、常陸国（茨城県）筑波郡上平柳の農家の子として生れた。先祖は、小田原北条氏の家臣間宮康俊の六男隼人で、康俊が秀吉の小田原攻めの折りに討死後、追放されて上平柳村に落ちのび住みついたと言われていた。

林蔵は、家の近くにある小貝川で遊ぶのを唯一の楽しみとし夏には村の子供たちと泳ぎまわった。利発な子と言われ、九歳の折りには村の専称寺にある寺子屋に通った。一人っ子であったので、両親は林蔵の好むままに読み、書き、そろばんを学ばせたのである。

少年時代、かれが強い興味をしめしたのは小貝川の堰《せき》とめ、堰切りの工事であった。それは、小貝川の水を灌漑《かんがい》用水として、下総国相馬郡の中部にある三十三ヵ村の二万石におよぶ水田に水をおくる施設で、寛永八年（一六三一）に関東郡代伊奈半十郎が創設した。

毎年春の彼岸になると堰をとめて小貝川の水を貯え、土用あけの十日目に堰をひらいて、水を水田に放つのである。その例年くり返される堰とめと堰切りを村の者たちが手つだったが、林蔵は、その作業が面白く、終日堰の傍に立って熱心に見守っていた。作業は、普請掛の役人の指図によってすすめられていたが、林蔵はすすんで雑用を手つだい、役人の使い走りも喜んで引受けた。毎年おこなわれる作業なので、林蔵は、普請掛の役人たちの間に頭の回転の早い子として知られるようになった。

堰の作業を見ているうちに、かれは土木工事というものに強く魅せられるようになった。頭をはたらかせ工夫することによって、自然の力を人の生活を豊かにさせるのに利用できることが興味深かった。水が張られ稲の穂波がゆれる水田を眼にする度に、それが堰工事によるものだと思うと、人間の智恵の深さに感嘆した。

林蔵が十三歳になった年の春も、例年のように堰とめ工事がおこなわれたが、現場にたっつけ袴《ばかま》をはいた肩幅のひろい役人らしい武士が姿をみせた。かれは、普請掛の役人の話をきいて小貝川の岸を歩きまわったりしていた。かれは、いったん去ったが、土用あけ十日目の堰切りの日に再び姿を現わし、堰が切られ貯えられた水が勢いよく流れてゆくのを見守っていた。

その日、林蔵はかれに声をかけられ、下僕にならぬか、と言われた。林蔵は、思いがけぬ言葉に眼をみはった。

役人は、宝暦十年（一七六〇）伊勢国（三重県）宇治山田に生れた普請役雇の村上島之允《しまのじょう》で、天明八年（一七八八）に老中松平定信に見出され、幕府の命をうけて地理調査のため関東諸国を歩きまわっていた。かれは、堰工事の役人から、林蔵が利発で、しかも土木工事に興味をいだき、工事の方法についても幼いながら思わぬ指摘をすることをきき出し、使い走りとして雇おうと思ったのである。

林蔵は、役人である村上のもとで働けることに興奮し、両親を説得して許しを得、村上について江戸へむかった。寛政四年（一七九二）、村上は三十二歳であった。

林蔵は、村上の家に住みこんで下僕として働くようになった。夜明け前に起きて家事の仕事をし、村上の指示で使い走りもした。

村上は、各地を調査して測量をし、地図を作成しては幕府に提出する。夜おそくまで作図につとめ、突然のように旅装をととのえて調査の旅に出ることもある。林蔵も従者としてしたがったが、かれにとって村上は驚くべき人物であった。

かれは、村上の脚力が非凡なものであることに驚嘆した。村上は、老中松平定信がかれの生地である伊勢国におもむいた折りに引見されたが、引見された理由の一つに健脚があった。村上は、見事な字を書き画才にも長じていて地理にくわしく、それが定信を注目させたことはまちがいないが、日に三十里(一一八キロメートル)ずつ十日も二十日も歩いて少しも疲れをみせぬという脚力に強い興味をいだいた。定信は、村上の地図に対する知識の深さを知り、村上を幕府役人に召しかかえたのである。

林蔵は、その逸話《いつわ》が決して作り話ではないことを知った。

村上は、決して力むことなく滑《すべ》るように歩く。その姿は優美にも見え、体の上下動はほとんどない。呼吸はみだれず、汗もかかない。足の動きは驚くほど早く、五里(二〇キロメートル)をひと区切りに小休止するが、決して腰をおろすことはなく立ったままで、再び歩き出す。

林蔵は、村上の後を追うが、たちまち距離がはなれ、走らなければ追いつかない。そのため、目的地につく頃には胸が破れそうなほど息苦しく、足もかたくしこっていた。しかし、林蔵も、村上に随行《ずいこう》することをつづけているうちに、いつの間にか早足で長い間歩くことができるようになった。時折り走って追うことはあっても、遠くはなされることはなくなった。

林蔵は、村上の地図作成を手伝うようにもなった。かれは、生来、絵をえがく資質にめぐまれ、地図をつくるのには適していた。村上も、林蔵に自分の仕事を伝授する才能を認めたらしく、測地の術をきびしく手ほどきした。

寛政十年、林蔵は十九歳になった。村上は、幕府から奥羽地方の宿場から宿場への駅路図を作成する仕事を命じられた。かれは、林蔵をともなって江戸を立った。まず、野州（栃木県）の奈須（那須）と奥州白河の境から測地にかかり、福島、仙台、一関、水沢、盛岡、一戸、野辺地とたどった。幸い天候にめぐまれて仕事ははかどり、さらに陸奥湾に面した津軽半島、下北半島のそれぞれの一部を測地し、駅路図を作成した。

測地法は、たとえば或る岬の先までの距離をはかる時、自分の立っている場所を甲点とし岬の先端への方向と直角の方向に乙点を定める。甲点と乙点の間の距離は、縄をのばしてはかり、それが困難な時は、歩数ではかる。そして、乙点から甲点と岬の先端の角度を方位盤ではかり、甲点と岬の先端までの距離を知る。いわば三角測量で、規矩術《きくじゅつ》と称されていた。また、東西南北の方位は、羅針《らしん》（磁石）で知ることができた。

林蔵は、村上の指示にしたがって縄を手に走り、それを張って距離をはかる。また、一歩の距離が常に一定しているような歩き方の修練にもはげんだ。

林蔵にとって、この調査は大旅行であった。駅路図は、むろん村上が作成したが、林蔵もその図の津軽半島の海岸の部分を担当した。かれの測地術は、村上の指導で一応の成果をあげることができるようになっていた。

村上は、林蔵とともに江戸へもどり、奥羽地方の宿場の地図を作成し、「陸奥州駅路図」として幕府に提出した。さらに、翌寛政十一年（一七九九）には蝦夷地（北海道）の地理調査を命じられた。

蝦夷地は、松前藩が支配していたが、その地の重要性が急速に増しているにもかかわらず政策が積極性を欠いていることに苛立った幕府は、直轄領《ちょっかつ》にすることを決意し、東部をまず用地とした。そして、寛政十年十二月下旬、蝦夷地に強い関心を寄せる書院番頭松平信濃守忠明を筆頭に、五名の者を蝦夷地取締御用掛に任じた。その任務は、松前藩の政策に苦しみ反感をいだくアイヌと協調することを第一義として蝦夷地の安泰をはかり、産業をさかんにし、道路をひらき、外国に対する防備には南部、津軽両藩の兵力をあてることなどであった。それらの政策を推しすすめるためには、蝦夷地に常駐する者が必要で、頑健な体と強い意志力をもつ者が選ばれた。その中に、村上島之允も加えられたのである。

林蔵は、村上の従者として寛政十一年三月二十日に松平信濃守一行にしたがって江戸を出発し、生れて初めて津軽海峡をわたり、四月九日に松前に到着した。

信濃守は、松前藩から蝦夷地東部の状況を聴取し、松前を出立して箱館におもむいた。その地で案内の者を加え、箱館からアブタ（虻田）、ムクチ（浦河）、アツケシ（厚岸）、ネモロ（根室）へと舟をつらねて太平洋岸にそって進んだ。そして、各地の漁場の経営状態を視察、役人、番人たちにアイヌに対する扱いを指導した。その間、村上は、林蔵を助手に精力的に海岸線の測地をし、原図をまとめることにつとめた。

ネモロに到着した一行は、さらに舟をつらねて波のくだける断崖にふちどられた知床半島をまわり、シャリ（斜里）に上陸した。

林蔵は、遠くかすむ千島の島影をながめた。村上は、前年の四月、近藤重蔵らにしたがって最上徳内らとともに東部蝦夷地の調査隊に加わって、クナシリ（国後）島にも渡っていた。村上は、島影を見つめながら、クナシリ島の地勢について林蔵に説明したりした。

シャリで舟を捨てた一行は、山越えをしてクスリ（釧路）に出た。その地で再び舟に乗り、八月一日に箱館に帰着した。

松平信濃守は、蝦夷地に勤務する者にはげましの言葉をあたえ、陸路をたどって松前に行った。八月十七日、海上の状態もよく風向も良好なので舟に乗り、津軽海峡を渡った。一行が江戸へもどったのは九月十日であった。

信濃守一行の東部蝦夷地視察は、蝦夷地の開発を大きく前進させた。航路や道路の新設が推しすすめられ、各地に会所がもうけられた。また、警備のため南部、津軽両藩の兵約一千名が箱館に派せられ、各地に配属された。

村上は、蝦夷地勤務を命じられ、林蔵もそれに従って蝦夷地にとどまることになった。村上にあたえられた任務は、植林であった。箱館付近の樹木は伐採《ばっさい》され禿山《はげやま》になっているところが多く、そこに苗木を植えることを命じられたのである。

林蔵は、村上にしたがって箱館北方五里（二〇キロメートル）余にある一ノ渡で、杉、檜、楮《こうぞ》の植林の指導に従事した。そのかたわら農耕を知らぬアイヌに、畑を耕し種をまく方法を教えた。

紅葉の色がまたたく間に薄れ、枯葉が舞った。林蔵は、村上とともにアイヌの家を借りて寝泊りしていた。家は小さく屋根は熊笹でふかれ、壁は草でつくられていた。

厳寒の季節が、訪れた。林蔵は、蝦夷地の寒気のきびしさを予想はしていたが、それをはるかにしのぐものであった。雪は積るとすぐに凍り、屋根も壁も氷がはりつく。湿度が高く朝になると夜具は濡れ、それが凍ってかたくなっていた。

炉でさかんに火をたいたが、風や雪が隙間から吹きこみ、林蔵も村上も、体をめぐらして背をあたためることを繰返した。あらかじめ村上から犬の毛皮をあたえられていたが、それでも寒気は堪えがたいものであった。それに、米はあったが野菜類が入手できず、体調がくずれた。年を越した頃から足にむくみが生じ、体がだるく歩行も困難になった。

林蔵は、村上がアイヌからわけてもらってきたわらび、ぜんまい、うどなどを食べることを心掛けたが、足はさらにふくれあがり、ほとんど外に出ることもできなかった。

気温がゆるみ、雪どけの季節がやってきた。体調もようやく回復し、林蔵は、再び植林の仕事に従事するようになった。村上とともに骨身惜しまず働く林蔵の存在は、いつの間にか幕吏の眼をひくようになっていた。

八月、かれは奉行所に呼び出され、役人として勤務にはげむよう告げられた。職名は、主として土木の仕事をする普請役で、その下級者である雇の位置をあたえられた。

その頃、林蔵は、一人のすぐれた人物と接する機会を得た。伊能忠敬《いのうただたか》であった。

伊能は、延享二年（一七四五）上総国（千葉県）小関村に生れ、幼時から算術に興味をもち、十八歳の時に江戸に出て平山左忠次の名で昌平坂の学問所に入り学んだ。その年、酒造業をいとなむ伊能家の養子になり、やがて天文学への関心を深めるようになった。伊能家は名主であったので、村の田畑の所在、境界などを知る必要から独自の測地術を実地に応用した。五十歳で家督《かとく》をゆずったかれは、専門に測地術を学ぶことを志し、江戸に出て幕府天文方高橋至時《よしとき》の門に入り、たちまち頭角をあらわした。当時、蝦夷地の地図はすこぶる粗末なもので、実用には程遠いものであった。前年、幕府は東蝦夷地を直轄地としていたが、高橋至時は、その地を調査して地図を作成すべきだと考え、伊能にすすめて幕府に願書を提出させた。幕府もその必要性を認めていたのでただちに許可したが、それに要する調査費を支出することを渋った。伊能は、費用の大半を自分で出すことを申出て、四月十九日に門弟三人、下男二人をしたがえて江戸を出立し、途中、測量をしながら奥州街道を北へ進んだ。そして、津軽海峡をわたり、箱館、室蘭、釧路、厚岸をへて西別（根室支庁別海町）に達し、九月十一日に箱館へもどった。

林蔵は、師の村上島之允をたずねてきた伊能に会ったのである。

林蔵は、村上と言葉を交す伊能を驚きの眼で見つめていた。五十歳で隠居後、測量術を学ぶことに専念し、五十五歳という年齢ではるばる蝦夷地にやってきて測地をした伊能の老いを知らぬ精力と情熱に驚嘆した。さらに、伊能の測量術は、師の村上よりも進んだもので、東蝦夷地の測地も、きわめて高度な質のものであることも知った。

伊能は、象限儀で緯度をはかり、方位を方位盤で知る。距離は、林蔵たちと同じように縄をのばしたり歩いてはかるという。門弟や下男にもたせた測量道具は、象限儀、方位盤以外に羅針（磁石）、竿、縄、遠眼鏡などであった。

伊能は、やがて村上のもとを辞していった。

普請方に任じられた林蔵は、村上とともに植林の仕事に専念した。この年、納戸頭取格戸川安論が、西別川の塩鮭を初めて将軍に献上し、話題になった。

元号が、享和に改まった。

林蔵は、その冬も寒気と野菜不足による足のむくみに悩まされた。春の気配が濃くなっても、体調は回復しなかった。村上は、四月、幕命をうけて蝦夷（北海道）全域にわたる測地に出発したが、林蔵は、それに同行することができなかった。

夏に入った頃、ようやく体も旧に復し、滋養のある食物をとることにつとめた。奥地からもどってきた村上は、測地した地域の地図の作成にとりかかり、林蔵もそれを手伝った。その図は高度なもので、村上が伊能から得た知識を十分に活用していることを知った。

享和二年が明けた。

林蔵は、各地で越年した南部、津軽両藩の者が、自分と同じように寒気と野菜不足に苦しみ、病いを得て死亡する者が多いことを知った。その対策として、春になると藩兵たちは交代するのが常であったが、その年の三月には、交代する南部藩の者を乗せた船が知内沖で破船、四十七名が溺死するという事故が起ったことも耳にした。また、ロシア人がカムチャツカ半島から千島列島、樺太へ姿を現わす傾向が強まり、幕府はその方面の調査の必要性を痛感して、羽太正養をクナシリ島、普請役中村小市郎らを樺太へ派遣し、また支配勘定格富山元十郎をエトロフ島からウルップ島に渡らせて、天長地久大日本属島の標柱を立てさせたことも知った。

その年の冬も、林蔵は、半病人のようになり、春を迎えても外に出ることはできなかった。林蔵は、失望した。蝦夷地には強い興味をもっているが、冬には必ず病気になるようではとどまることもできない。頑健で病気もしたことがなかったかれは、体質が寒冷の地には合わぬようだ、と思った。

夏を迎えても、体調は芳しくなかった。かれは越冬する自信がなく、勤務地の一ノ渡を去り、箱館にもどって商家の一間を借りた。そして、奉行所におもむくと、病状を訴え普請役雇の職を辞した。

かれは、箱館の商家で冬を迎えた。アイヌの小屋とちがって、寒気に苦しむことはなく、野菜も口にすることができた。病いは少しずつ癒えているようだった。

その家に、当主の父がいた。かれは、蝦夷の漁場で何度も冬を越したことがあり、奥地の事情にも通じていた。かれは、林蔵に忠告した。

「あなたは、魚が嫌いらしく食べぬが、どうしても口に合わぬなら蝦夷地から去りなされ。この地に来てから病みがちだと言われるが、当り前のこと。蝦夷人（アイヌ）は主として魚を食い、昆布を口にする。それ故、病むこともなく冬を越す。郷に入らば郷に従え、という。蝦夷地にいたければ、蝦夷人を見習い、大いに魚や昆布を食すことです」

林蔵は、老人の言葉に眼を開くような思いであった。かれの生れ育った地は、海からはなれていて魚を食べる習慣がない。川魚は生臭く口にするのを避けていたので、魚をいとうことにもなった。蝦夷地に来てからも、かれは魚を出されても出来るだけ食べることは避けていた。たしかに老人の言う通り、アイヌは、鮭、マス、タラ、ニシンなどの魚や昆布を常に口にしている。蝦夷地に代々住みついてきたかれらが、病むこともなく過してきたのは、新鮮な魚や海草を好んで食べているからなのだろう。

「よいことを教えて下さいました。これからは、魚を薬と思い、大いに食べることにします」

林蔵は、老人に厚く礼を述べた。

その日から、かれは魚をすすんで食べるようになった。干物にした鮭やニシンを焼いて食べ、干した筋子を放った粥《かゆ》をすすった。かれには好ましい食物ではなかったが、いつの間にか少しずつ舌になじむようになった。

享和三年を迎え、林蔵は二十四歳になった。体調は、食生活を改めたことが効を奏したらしく、足のむくみが日を追うて薄れ、顔の血色もよくなった。歩行も容易になり、体に自信をもつことができるようになった。

気温がゆるみはじめた頃になると奥地で越冬した役人をはじめ警備の藩兵、番人の重病人が箱館に送られてきた。かれらの症状は、一定していた。初めは、便秘状態になり、そのうちに足の甲がむくみはじめ、腰にもひろがってくる。さらに症状が進むと、顔がむくみ、腹部がふくれあがる。あたかも、水ぶくれのようになるので、水腫病と言われていた。林蔵は、医者の家に行った時、身を横たえている水腫病におかされた者を見た。それは、津軽藩の若い足軽で、顔がおどろくほどふくれ上り、眼が糸のように細くなっていた。

医者は、

「貴殿も水腫病におかされていたが、軽症であったのは幸いでした。なぜ水腫病にかかるのか、お恥しいことですがよくはわかりませぬ。症状は脚気に似ているが、それともちがう。脚気は、江戸煩《わずら》いとも呼ばれ、田舎の者が江戸へ行くと脚気をわずらい、故郷に帰ると治ってしまうと言われています。この水腫病も蝦夷の奥地へ入った者がかかる病いであることから考えると、住む場所が変ったことが原因かも知れませぬ」

と、首をかしげていた。

水腫病にかかった足軽は、翌朝、呻き声をあげながら息をひき取った。林蔵は、運ばれてゆく棺桶を見送りながら、自分もその足軽と同じように危うく命を落すところだった、と思った。

症状はなくなったが、安心はできなかった。今後、蝦夷地にとどまって仕事をするかぎり、水腫病にかかる確率は高く、それを避ける方法を考えなければならなかった。医師は病気の原因がわからず、治療法もないと言う。わずかに野菜不足と厳しい寒気がその一因だといわれているにすぎないが、当然、奥地に入れば、野菜の入手はほとんど望めず、むろん寒気にさらされる。水腫病におかされる条件はそろっている。かれは、あらためて寄宿している商家の主人の父の言葉に従うことが病いにかからぬ最も有効な方法だ、と思った。

たしかに主人の父の言う通り、アイヌが水腫病にかかったという話はきいたことがない。古くから代々寒冷地に住みついているかれらは、寒気に堪えられる体質をそなえてもいるのだろうが、南部、津軽の冬も寒く、そこからやってきた藩兵たちも寒さにはなれている。それを考えると寒気が水腫病の主な原因とは思えなかった。野菜をとらぬことが原因だとも言うが、アイヌはむしろ野菜類は少量しかとっていないようだった。かれらは、農作物を栽培することをせず、もっぱら野生の植物を食べている。かれらは、食物を塩に漬けて貯えることは知らず、魚でも植物でも乾燥し、貯蔵する。むろん山菜、キノコ類をそれぞれの季節に採取して乾燥し、それらを食べて冬を越すが、その量は決して多くない。このようなことを考えると、水腫病の原因は、寒気と野菜不足とだけとは言えないようだった。人間の知識だけでは原因のつかめぬ病気が数え切れぬほどあり、水腫病もその一つであると言えるのだろう。ただ一つはっきりしていることは、アイヌが水腫病にかかることがほとんどないという事実であった。

林蔵は、商家の主人の父が言う通り、水腫病を避けるためには食物をはじめアイヌの生活そのものに従うべきで、それが、蝦夷地で生きぬく唯一の心掛けだと、思った。

雪どけがはじまり、どんよりした空も明るさを増した。かれは、戸外に出るとアイヌの家を訪れては、かれらの生活について熱心に観察するようになった。

衣については、どのような防寒具を使用しているかをしらべた。鹿、狐、犬などの毛皮が巧みに利用され、履物《はきもの》などには鮭の皮まで使われていて、かれらが周囲の動物の皮や毛皮を使って工夫していることを知った。殊にかれが関心をいだいたのは、コンチといわれる頭巾であった。それは、頭と顔の側面をおおう防寒用頭巾で、アイヌから借りてかぶってみると、ひどく暖い。眼だけがのぞき、鼻もおおわれていて呼気は下部からぬけ出るようになっていた。かれは、大いに気に入り、アイヌに乞うて譲り受けた。

さらに、アイヌが厳冬期に漁や狩猟などに出ることをせず、家にこもって日を過すことも知った。それは、降雪とともに動物たちが活動を停止し、体の消耗をふせぐことにならったもので、かれらも生物界の秩序にしたがって冬を過そうとしているようで、そこにかれらの深い智恵をみた。

かれは、蝦夷、千島などで生きるためには、それらの地に古くから住むアイヌと同じ生活をしなければ不可能であることを強く感じた。そのためには、かれらの生活様式を知らねばならず、それにはアイヌ語を理解することが先決であった。かれは、アイヌ語の通訳である蝦夷《えぞ》通詞《つうじ》のもとに通って、単語を記録することからはじめた。

蝦夷通詞は、アイヌを苛酷《かこく》にあつかう傾向があって悪評が高かった。が、幕府はアイヌの協力なしには蝦夷地を開発し防備することは不可能であるとして、役人をはじめ通詞たちにも、アイヌに対して誠意をもって厚く遇するよう指令し、それはかなり改善されていた。

林蔵が教えをうけた通詞は、老齢のため仕事からはなれていた男であった。かれは、林蔵の熱意にうたれてアイヌ語を教え、かれらの生活についての知識もあたえてくれた。家庭内のしきたりをはじめ狩猟、漁獲方法、食物、衣服、家屋構造、旅行、信仰など、林蔵の質問に応じて詳細に答えてくれた。

花が咲きはじめ、雪は消えた。

箱館の町は、春の訪れとともに急に活気を呈した。家並の間を、食物を籠《かご》や木箱に入れた女たちが売り声をあげて歩く。港に船の出入りがひんぱんになり、荷卸《おろ》しをする人夫の掛け声もきこえていた。

かれは、しばしば町を出てアイヌの家を訪れた。おぼえたアイヌ語を実地に使い、時にはアイヌの家で食事をさせてもらい、結婚や死者を弔う習慣に耳をかたむけたりした。

節供の季節が近づき、大きな商家では幟がひるがえりはじめた。

かれは、師の村上島之允が箱館にいることを耳にし、訪れた。

家の奥から出てきた村上は、林蔵が艶々とした顔をして立っているのに驚き、家の中に招じ入れてくれた。

「達者になったようだな」

村上は、林蔵の顔を見つめた。

林蔵は、自分の思慮の足りなさで健康をそこね、職も辞さねばならなかったことを深く詫びた。そして、寄宿している商家の主人の父にアイヌの食べる物を口にすることが、病いを癒《い》やす良法だと言われ、それに従ったところ快癒《かいゆ》した事情を述べた。

「そのお方は、よいことを言われた。私も、ようやくこの頃それに気づき、蝦夷人（アイヌ）の口にする食物を食べることを心がけている」

村上は、しきりにうなずいた。

林蔵は、病気が快癒したことをきっかけに、アイヌの生活に強い興味をいだき、言語を習うことにつとめ、風俗、習慣を知ることに日々をすごしている、と近況を述べた。

村上は深くうなずくと、

「よいところに気づいた。蝦夷人のことを知らずして、蝦夷地に生きることはできぬ。それでは、よい物を見せよう。他人に見せるのは初めてのものだ」

と言って立つと、部屋の隅におかれた箱の中から紙を綴《と》じたものを持ってきて開いた。

林蔵は、眼をかがやかすと、叫びに似た短い声をあげた。

紙には、まず二人のアイヌの男と小刀をふるっている男の二枚の絵がえがかれていた。さらに紙をひるがえすと、アイヌの家でしばしば眼にする物の図が次々に眼にふれてきた。それは、アイヌたちがイナオと呼ぶ木幣《もくへい》に類したものであった。アイヌは神に対する信仰があつく、神をまつる所にはイナオを立てる。家の中では、火の女神のいる炉の中、火の女神の夫がいるといわれる居間の東北端、宝物、武器、漁猟具のおかれる場所などに立てられている。イナオは、木をけずってつくられた物だが、眼前の男たちの絵は、かれらが樹木の枝からイナオをつくる姿をえがいたものであった。

さらに紙を繰ると、そこにはそれぞれの絵の解説が見事な筆致で記されていた。林蔵は、文字を眼で追いながらその解説文に驚嘆した。イナオを中心に、アイヌの神に対する心掛けが詳細に説かれている。さらにそれらのアイヌ語の語源が、日本語の語源と通じているとも述べられていた。

かれは、イナオをつくっているアイヌの男たちの絵をあらためて見つめた。絵は見事で、アイヌの男たちの特徴を鋭くとらえていた。

村上は、五年前に調査隊員として蝦夷からクナシリ島まで渡っている。さらに翌年には林蔵を従者として蝦夷に渡り、各地へ調査におもむいている。また植林をするかたわらアイヌに農耕の方法を教えることにもつとめて、その間にアイヌに対する知識を深めたらしい。研究熱心な村上が、アイヌ語に精通して、その生活も熟知し、その上、絵をもとにした解説を書きとめていることは、林蔵も知らなかった。

「まことに見事な絵と文でございますな」

林蔵は、顔を紅潮させて、村上の顔を見つめた。

「測地のかたわら、こんなことをしている。私もようやく蝦夷人のことがわかりかけてきたので、一つ一つ書きとめている。これから、舟づくり、着物、弔《とむら》い、宝器などを絵にえがき、それらの解説も書いてゆきたいと思っている」

村上は、綴《つづ》られた紙を手につぶやくように言った。

林蔵は、村上が地図を作るだけの人間ではないことをあらためて知った。測地のため各地を歩きながらも、それらの地に住むアイヌたちの生活を観察し、理解を深めている。かれにとって測地は、地勢を図にかきとめるだけではなく、それらの地に生きる人間を理解することでもある。

かれは、村上を師としていることを誇りに思った。

「ところで、体も達者になったことだし、職に復して、測地の仕事に精出す気はないか」

村上が、紙の綴りを箱の中に納めながら言った。

「復職したいとは思いますが、たとえ病いにとりつかれたとは言え、ひとたび職を辞した身で復職など叶うとは思いませぬ」

林蔵は、弱々しい口調で言った。

かれは、復職して生涯の仕事と考えた測地の仕事に専念したかった。が、前年に職を辞した身では望みはかなえられそうになかった。

「とりあえず、私から話をしてはみるが、期待はせぬように……」

村上は、思案するような眼をして言った。

林蔵は、運よく職に復した場合にも、蝦夷地で仕事をするかぎりアイヌの生活を知っておかねばならぬことを感じた。村上は、多忙な公務のかたわらアイヌの生活を探究しようとしている。自分も情熱をそそいでアイヌ語の修練につとめ、生活、風俗を観察することにつとめたい、とあらためて思った。

村上の家を訪れてから半月ほどたった頃、外出先からもどると、寄宿先の商家に村上の使いの者が置いていった書簡がとどけられていた。開いてみると、すぐに村上の家へくるようにということが短い文章でしたためられていた。

林蔵は、村上の家へ急いだ。

案内を乞うと、村上が顔を出し、家へあがるように言った。向い合って坐った村上は、

「お前の復職を願い出ていたが、お許しが出た。測地のできる者は少なく、重宝がられるようだな。まずはめでたい」

と言って、頰をゆるめた。

林蔵は、村上の好意に深く頭をさげた。村上の働きかけが効を奏したのだろうが、測地ということが幕府の急務であり人材が不足していることも感じた。測地という道をえらんだことは幸いだった、と思った。

かれは、その日、箱館奉行所におもむいた。村上の言葉通り、奉行所では蝦夷地御用雇に任命することを申渡され、一年間の手当金として十五両が支給されることも告げられた。林蔵は、浮き立つ思いで奉行所を退出した。

夏がやってきた。港への船の出入りは一層さかんになり、町は活況を呈していた。

村上は、測地のかたわらアイヌの生活を絵にえがき解説を付す仕事をつづけ、林蔵もその作業を手伝った。

林蔵は、農家の生れであるだけにアイヌと農業の関係に興味をいだいた。村上の絵の中には、アイヌが稗《ひえ》を収穫する図もえがかれていた。

村上の説明によると、アイヌは漁や狩猟をするだけで農耕には全く関心がないと言われているが、そうとはかぎらないという。かれは、自ら写生した稗の絵をさししめしながら、稗を栽培し、収穫しているアイヌがいることを熱っぽい口調で話した。かれのしめした絵には、稗の収穫までの経過が順を追ってえがかれていた。まず草を刈り、それを焼く。次に種をまき、それが生育してみのった穂を収穫する。

「穂を切るのには刃物を用いず、貝殻で切る」

村上は、貝殻を手にしたアイヌが穂を刈る絵を見つめながら言った。

林蔵は、村上の観察が長い期間にわたったもので、しかも入念であることを感じた。

年が明け、村上は、舟造り、衣服、家屋の構造と建築方法、さらに懲罰《ちょうばつ》などの絵に解説を加え、林蔵も自分の得ている知識を述べて補筆したりした。

これは、後に「蝦夷生計図説」として、アイヌの風俗、生活を紹介した傑作と称され、林蔵が助力をあたえたことも明記されている。

林蔵は、村上の助手として測地の仕事に従事していたが、翌文化二年（一八〇五）八月、村上が江戸へ出発したので、一人で仕事をつづけることになった。

かれは、奉行所の命をうけてシツナイ（静内）におもむき、そこを根拠地として太平洋沿岸の測地と地図作成を手がけた。その地で、幕府の御雇医師久保田見達を識った。久保田は、備中松山藩の藩士であったが、武家をきらって医家になったという変った経歴をもつ男で、武術に長じていた。医家としての経験も知識も豊かで、開業すれば不自由のない生活をすることができるのに、御雇医師として、しかもほとんどの者が赴任することを嫌う蝦夷での勤務を希望し、箱館からさらに奥地のシャマニ（様似）に来て勤務していたが、シツナイに発病した者が出たので往診にきていたのである。

林蔵は、わくにしばられた生活をきらい、未開の地にすすんで身を投じた久保田に関心をいだいた。林蔵自身にしても、蝦夷以外の地で測量する仕事に従事すれば平穏な生活が約束されるのだが、あえて蝦夷にとどまっているのは、見達と同じように未知の世界への憧れからであった。

役人たちや警護の藩兵たちは、蝦夷地への赴任を極端にきらう傾向が強い。蝦夷は、この世の果てに似た遠隔の地であり、死地でもある。冬の厳しい寒気と粗末な住居と食物に命を落とす者も多い。そのような地に、すすんで入ってきている久保田に、林蔵は自分を見るような思いで深い親密感をいだいた。

久保田は、シャマニで病人の治療にあたっていたが、それにも飽きたらず、千島方面への転勤を希望していることを口にした。さすがの林蔵も呆気にとられた。千島は、日本領土の最北端にあり、赴任地としての条件はさらに苛酷であるはずだった。そのような地に出向いてゆこうとしている久保田に、林蔵は元武士である見達を感じた。

やがて、久保田はシツナイを去り、シャマニにもどっていった。

それから間もなく、林蔵に新たな幕命がつたえられた。クナシリ島をへてエトロフ島シャナ会所におもむき、海岸線の地図を作成するとともに新しく道路を開くようにという指令であった。林蔵にとって、それは望むところであった。当然、越冬はしなければならずきびしい生活を余儀なくされるが、アイヌの生活知識を身につけたかれには、冬を越す自信があった。

かれは、ただちに舟でシツナイをはなれ、ネモロ（根室）におもむき、クナシリ島へ向った。遠ざかる蝦夷（北海道）をながめながら、いよいよ北辺の地に足をふみ入れることに胸をおどらせた。

クナシリ島へ渡海したかれは、西海岸の半分を測地して原図を作り、翌文化三年、エトロフ島へ渡り、会所のあるシャナに着任した。そこには、意外にも久保田見達がすでに赴任していた。久保田は、希望通り千島の地をふんでいたのだ。

林蔵は、シャナに腰を据えて海岸線を測量し、新道開設も指揮していたが、その折りにロシア艦の来襲騒ぎにまきこまれたのである。

四

箱館の町には、ロシア艦来襲の余波がのこされていた。

町の中には、来春、再びロシア艦が来攻するのではないかという声がしきりであった。それに関連して、戦さらしい戦さもせずにエトロフ島のシャナ会所を放棄して逃げ帰った者たちの処罰について、さまざまな憶測が交わされていた。

敗走者の一人である林蔵は、町の者たちの蔑みにみちた視線にたえきれず、借りた家の中にとじこもって鬱々《うつうつ》と日をすごしていた。

かれは、シャナ会所を立ちのく時、あくまでも強硬な態度をつらぬけばよかったのに、と繰返し思った。退却に反対し、戸田又太夫に、自分だけはふみとどまって戦おうとしたことを証文に書かせようとしたが、久保田見達にいさめられた形で、証文を取ることもできなかった。もしも、その証文を手にしていたら、それを証拠に自分の立場を明確にすることができ、奉行所も林蔵をとがめるどころか、勇気をたたえ、お賞めの言葉もあたえてくれたにちがいなかった。

かれは、証文を得られなかったことを深く後悔した。

家にとじこもっていたかれの耳に、江戸に帰ったはずの師の村上島之允が箱館に来ているという話がつたわった。暗い日々を送っていたかれは、師に会って自分の苦衷《くちゆう》を訴えたかった。

村上が箱館に引返してきたのは、ロシア艦の来襲と関係があった。ロシア艦がエトロフ島その他を襲ったという急報をうけた幕府は、若年寄堀田摂津守正敦らを蝦夷地に急派させたが、蝦夷、千島の地勢その他に精通している村上も随行員の一人に加えられ、七月二十六日に箱館についていたのである。

林蔵は、村上が近々のうちに東蝦夷地を巡視する堀田正敦にしたがって箱館をはなれるという話もきき、出発前に村上に会いたい、と思った。

かれは、その日、顔を人にみられることを避けるため編笠をかぶって家を出ると、村上の投宿している家を訪れた。村上は外出していて、林蔵は長い間かれの帰りを待った。

日が没して間もなく、村上がもどってきた。村上は、すでに林蔵がエトロフ島シャナでロシア艦来襲騒ぎに遭遇し、敗走者の一人として処罰を待つ身であることを知っていた。

「難儀《なんぎ》だったな」

村上は、坐るとすぐ慰めるように言った。

林蔵は、事件後、初めて耳にする温かい言葉に胸を熱くした。

かれは、事件の概要《がいよう》を口にし、自分だけは退却に反対し、それを証拠立てるため戸田又太夫に証文を書かせようとしたが、敗走の混乱の中で果せなかった事情を述べた。

「証文さえ取っておいたら……と、そのことだけが悔まれます」

林蔵は、眼をしばたたいた。

「証文を書かせようとしたのか。お前らしいな」

村上は頬をゆるめたが、すぐにかたい表情にもどった。かれも、幕府がシャナ会所の放棄を憤り、その場から退却した者を厳罰に処することを予想しているようだった。

林蔵は、背筋を正しく伸ばすと、

「敗走者の汚名をそそぐために、オロシアへ潜入し、かの地を徹底的に調べて復命しようと思います」

と、言った。

「オロシアへ？」

村上は、驚いたように眼を大きく開いた。

林蔵自身も、自分の口からオロシアへ行くという言葉がもれたことに、驚きを感じていた。思いもしていなかった言葉であった。しかし、ロシアに潜入することは名案だ、と思った。敗走者としての汚名をそそぐためには、エトロフ島を襲ったロシア艦の本国に足をふみ入れて徹底的に調査し、その結果を幕府へ報告するのが最も効果がある。もしも、それを果すことができたら自分の恥辱《ちじょく》もぬぐい去られるにちがいなかった。

「オロシア国に入ったりすれば、たちまち捕われの身になるぞ」

村上は、呆れたように言った。

「捕まらぬように工夫はいたしますが、もしも捕まった場合はやむを得ませぬ。覚悟の上です」

林蔵は、強い口調で答えた。

村上は、口をつぐみ、庭に眼を向けた。林蔵が煩悶《はんもん》の余り、そのようなことを口にしたのだろう、とかれは思っているようだった。林蔵は、近々のうちに江戸へ送られ、きびしい吟味をうけ、もしかすると苛酷な処罰をうけるかも知れない。それを予想している林蔵が、思い切って死を覚悟の上でロシアに潜入しようとするのも無理はなかった。

「すべては御奉行所の御指図のままに身を処さねばならぬ。お前がそのような気持をもっているなら、御奉行所に申出でたらよい。私には、どうとも言えぬ」

村上は、林蔵を憐《あわ》れむような眼でながめた。

林蔵は、深く頭をさげると村上の家を出た。追いつめられたような思いであった。村上の前で、オロシアへ、という言葉を無意識に口にしたが、それ以外に自分を救う道はなさそうだった。戦さらしい戦さもせず会所を捨てた卑劣者として処罰されるよりも、生死をかけてロシアに忍びこんでみたかった。

その夜、行灯《あんどん》の灯の下で上申書をしたためた。書き進むうちに感情がたかぶった。ロシア本国に入り、首都まで行って国情を調査し、幕府に報告したいという希望を熱っぽい筆致で書きつづった。

かれは、海難にあった日本人がロシア領に漂着して捕えられ、首都まで送られた後、日本へ送還された前例があることを知っていた。かれらは、帰国後、ロシアの国情を知る貴重な報告者として将軍の謁見《えっけん》まで受け、国益に貢献した功績を賞され、優遇されている。むろん当時のロシアとは国情がちがっていて、新しい情報を幕府に報告することができれば、敗走者の汚名がそそがれるどころか、すぐれた功労者として遇されるにちがいなかった。

翌日、かれは編笠をかぶって家を出ると、奉行所におもむき上申書を提出した。

奉行所には、奉行支配吟味役の高橋重賢（通称三平）が在勤していた。かれは、その年の五月十日、奉行交代のため江戸を出立し六月十二日に箱館に着任した奉行戸川安論に随行して箱館についていた。高橋は江戸生れの幕府役人で、八年前の寛政十一年（一七九九）に、蝦夷地取締御用掛に任命された松平信濃守忠明の随行員として蝦夷地に勤務して以来、蝦夷地の調査と行政に深くたずさわっていた。人となりは誠実で、すぐれた頭脳を持ち、判断力は群を抜いていた。

林蔵の上申書は、高橋の手に渡った。

高橋は、思いがけぬ内容の林蔵の上申書に興味をいだいた。ロシア艦が来攻して間もないのに、その本国に足をふみ入れ、さらに首都までおもむいて国情を徹底的に調査し、幕府に報告したいという。それは、突拍子もない発想であったが、もしも、それが果せたなら、どれほど日本の国益に利するかも知れなかった。

高橋は、林蔵がシャナ会所を放棄した敗走者の一人として江戸へ送られ、吟味をうける身であることを知っていた。江戸送りを待つ林蔵が、吟味を恐れて精神異常をきたし、そのような上申書を提出したのかも知れぬ、と思った。

かれは、他の役人とも相談した上で林蔵から上申書について問いただすことにし、奉行所に出頭するよう伝えた。

高橋は、平伏した林蔵に、

「オロシア国へ入るというが、どのような道をたどって入るつもりだ」

と、たずねた。

「千島のエトロフ島からウルップ島をへてカムチャツカへ渡ることも考えられますし、樺太からオロシア領へ入るのも一法と存じます」

「それはよいとして、オロシア国の都まで行きたい、とあるが、どのような方法でたどりつくつもりだ。都まで行きつかぬうちにまちがいなく捕われるとは思わぬか」

高橋は、問うた。

「そのことは、私も承知いたしております。オロシア国へ入りましたならば、わざと捕われの身となります。赤人（ロシア人）は、必ず私を捕虜として都へ送りとどけ、赤人の役人は私から日本の国情をきき出そうとすると存じます。むろん私は、事実を口にせず、ありもしないことを述べ立てるつもりでございます。そして、すきをみて都を脱け出し、日本へ帰り復命いたす所存でございます」

林蔵は、淀《よど》みない口調で言った。列坐《れつざ》した役人たちは笑ったが、高橋は無言で林蔵をみつめていた。かれは、林蔵の眼に精神の乱れをうかがわせるものはなく、かたい決意をひめた光がうかんでいるのを見た。

変った男だ、と高橋は胸の中でつぶやいた。かれは、林蔵が六月二十一日の取調べの際、シャナ会所を立ちのく折りに戸田又太夫に証文を書かせようとしたが果せなかった、と述べたことも知っていた。その話は、作り話だとうけとられたが、御雇医師久保田見達の証言によって事実であることがあきらかになり、役人たちの間で話題になっていた。その林蔵が、今度はロシアの首都まで足をふみ入れたいと願い出ている。

高橋は、証文一件の陳述があるので林蔵がたとえお咎めをうけても、それは軽いもので終るだろう、と予想していた。この気の強い男を、なにかに活用すべきだ、と思った。蝦夷地に勤務している者たちは、未開の僻地《へきち》であることと、きびしい寒気にさらされる冬を越さねばならぬことで、一日も早く蝦夷地からはなれたいと願っている。そのような者ばかりがいる中で、林蔵は、遠くロシアの首都まで行きたいと願い出ている。それは稀有《けう》な申出で、国益のためにもこのような男を使わねばならぬ、と思った。

ふと、樺太へ派遣《はけん》してみるかという考えが、高橋の頭にうかんだ。

高橋は、江戸で世界地図の作成を志している天文方高橋作左衛門景保や、地図作成の第一人者である伊能忠敬と交流があった。

高橋は、作左衛門や忠敬から樺太が世界地図の中で唯一の謎の地域であるということを耳にしていた。中国、ロシアはもとよりフランス、イギリスの各国人が、樺太方面の地理に大きな関心を寄せて探検を繰返し、それぞれ地図を公表しているが、それらは相異点が多く混沌《こんとん》としている。日本人は樺太の南部に入っていて根拠地をもうけているが、北方がどのようになっているかうかがい知ることもできないでいる。

高橋は、林蔵の顔を見つめながら、もしかすると、この男なら樺太の北方に足をふみ入れ、樺太がどのような地であるかを見きわめる手がかりをつかんでくるかも知れぬ、と思った。

林蔵は、有能な測地家である村上島之允を師として地図作成にも長じているというし、樺太奥地に入ってもただの見聞を報告するだけではなく、その地の地図を作成してもどることもできる。樺太に派遣するには、最も適した人物に思えた。

それに、林蔵が雇というきわめて身分の低い役人であることも好都合であった。

この年の三月、幕府は樺太が松前藩から幕府の直轄地になったのをきっかけに、江戸にいる調役並最上徳内と高橋次太夫に樺太調査を命じた。最上は寛政四年（一七九二）、高橋は享和元年（一八〇一）にそれぞれ樺太の南部を調査した実績をもち、殊に最上は、蝦夷地に過去八回調査のため奥地に入った熟練者で、その樺太派遣には大きな期待が寄せられていた。しかし、最上と高橋が江戸から箱館につかぬ間に、ロシア艦のエトロフ島その他への来襲事件が起り、幕府の命令によって両名の樺太派遣は中止された。それは、最上ら役人が従者を連れて樺太へ渡るのは、ロシア側を刺激し、それが新たな紛争の火種になることをおそれたからであった。

これについて幕府は、箱館奉行に対して、

「からふとの儀……来年軽き者一両人（樺太に）差遣わし」て、その調査の結果、あらためて身分の高い役人を派遣するかどうかを再考せよ、と命じていた。つまり林蔵は、「軽き者」であり、幕府の指令にも適していた。

「林蔵。樺太の奥地へ入る気はないか。オロシアの都よりははるかに近く、それに捕われの身になるおそれも少い。どうだな」

高橋は、淡々とした口調で言った。

「樺太」

林蔵は、顔をあげた。

「行く気があれば、のことだが……」

「参ります。行かせていただきとう存じます。私は、エトロフ島で越冬もいたし、その後、寒冷に堪え、冬を越す工夫も十分にいたしております。なにとぞ樺太へ出張させていただきたく存じ上げます」

林蔵は、熱っぽい口調で言うと、頭を深くさげた。

樺太に行けということは、シャナ会所から敗走した罪が問われぬことを意味しているようにも思える。

喜びと安堵で顔を紅潮させた林蔵は、高橋の口からもれた言葉に、体が冷えるのを感じた。

「樺太へ行かぬか、というのはあくまでも私個人の思いつきだ。江戸へもお伺いを立てねばならぬ。それに、お前は、江戸へ送られ吟味をうけねばならぬ身だ。お咎めをうければ樺太行きなどは論外。万が一、お咎めをうけぬ折りのことだ」

林蔵は、深く頭をさげた。

高橋は、席を立った。

再び編笠をかぶると、林蔵は奉行所の門を出て家にもどった。自分の考えが甘かった、と思った。樺太へ行かぬかと言われて喜んだ自分が、愚かしく思えた。敵におそれをなして逃げ帰った卑劣者として吟味をうけねばならぬ身であり、樺太行きを望むことなどできぬ立場にある。かれは、あらためて戸田又太夫から証文を得なかったことを悔いた。

かれは、家の中にとじこもっていたが、樺太へ行きたいという欲望が頭からはなれなくなった。さまざまな予測が、頭の中に湧いては消えた。吟味役の高橋重賢が樺太という言葉を口にしたのは、自分が江戸に送られても重いお咎めをうけることはあるまい、と予想しているからかも知れなかった。それとも、自分がロシアの首都まで行くなどという奇抜な内容の上申書を提出したので、それをからかい、樺太ではどうだ、と気まぐれな言葉を口にしたとも思えた。

高橋は、常に笑いをふくんだ眼をしていたが、その真意がどこにあるのか、かれにはつかみかねた。

かれは、あれこれと思いめぐらしていたが、樺太へ行きたいという願いがおさえがたいほどつのってゆくのを感じていた。お咎めによって役職をとりあげられたとしても、一個人として樺太に渡ってみたい。しかし、蝦夷地へ足をふみ入れることを禁ずる追放刑を申渡されれば、それも叶わぬことであった。しかし、たとえ、江戸での吟味はどうあろうと、樺太行きの準備はととのえておこうと思った。もしも、お咎めがない折りには、高橋重賢にその実行を願い出て、熱意をこめて陳情すれば、許されることがあるかも知れなかった。

樺太へ行くのは、その地の情勢一般をしらべるためだが、主眼は測地であった。師の村上島之允の訓育をうけて、かれにもそれを果せる自信はあったが、測地の道具に不安があった。殊に、方向をはかる羅針（磁石）が粗悪で、樺太におもむくには心もとなかった。

かれは、七年前の寛政十二年（一八〇〇）に師の村上島之允のもとを訪れた伊能忠敬が、従者のもつ道具箱からまばゆいような測地具を村上に見せているのを眼にしたことを思い起した。その中には、いくつもの羅針があった。林蔵は、その一つが欲しい、と思った。伊能は、その頃よりも、さらに多くの羅針を手に入れているはずだし、熱意をもって懇請《こんせい》すれば譲ってくれるかも知れなかった。羅針の針は、真北をさす。それによって方角を知ることができ、測地をする上で最も重要な器具であった。

かれは、狂いのない羅針をいくつも持っている伊能忠敬から譲り受けたかったが、伊能は江戸にいて連絡もとれない。江戸へ行く者を探し出し、伊能からゆずってもらうよう依頼する以外に方法はなかった。

かれは、ロシア艦の来襲事件によって幕府から蝦夷に急派されていた若年寄堀田正敦が、巡視を終えて近日中に江戸へ引返すことを知った。その一行に随行して顔見知りの奉行支配調役下役の庵原直一も江戸へむかうことを耳にし、かれに伊能から羅針を譲り受けて持ち帰ってもらおうと思った。

問題は、代価であった。羅針はもともと舶来品であったが、伊能はそれを日本で使う場合わずかながら狂いが生じることに気づき、江戸の細工師大野弥三郎に依頼して精巧な羅針をつくり上げ、使用しているという。伊能にとってそれは貴重なものだろうし、かなりの金を払っても手ばなしてくれるか疑問であった。

かれは、貯えておいた五両でそれを入手したい、と思った。測地が自分の生き甲斐であり、それに必要なものなら大金を出しても惜しくはなかった。

かれは、その日の夜、編笠をかぶり庵原の家を訪れた。庵原は林蔵の不意の訪問をいぶかしみながらも、家に招じ入れてくれた。

林蔵は、庵原が若年寄堀田正敦に随行して江戸へ行くという話は事実かを問うた。

「堀田様のお供をして江戸へ行く。が、オロシアの軍船がいつくるやも知れぬので、すぐに箱館へもどることになっている」

庵原は、答えた。

林蔵は、好都合だと思った。庵原がすぐに箱館へ引き返してくるのなら、伊能から譲り受けた羅針も手にすることができる。

かれは、羅針のことを口にし、五両の金をさし出すと、

「伊能様にお頼みしてぜひ羅針を譲りうけていただきたい。御多忙の身であられることは十

分承知しておりますが、なにとぞお願いいたします」

と言って、頭をさげた。

「羅針？　五両もするのか？」

庵原は、驚いたように眼をみはった。

「それでは足りぬかも知れませぬ。どれほど金を積みましても、伊能様がゆずってくれぬかも知れませんが……」

林蔵は、不安そうな眼をした。

「よろしい。それでは、たしかに五両おあずかりした。なにやら私にはわからぬが、伊能様にお願いして、羅針とやら申すものを必ず持ち帰る」

庵原は、うなずいた。

「伊能様にお会いしましたら、私がこれからお話しすることも御伝言下さい」

林蔵は、エトロフ島在勤の折りにロシア艦が来襲した状況とその後の経過を話した。

庵原は、林蔵の体験談に興味深げに耳を傾け、林蔵が話し終えると、

「面白いと言ってはさしさわりがあろうが、この話は必ず伊能様にお伝えしよう。伊能様も喜んで下さるだろう」

庵原は、五両の預り証をしたため、林蔵に渡した。

若年寄堀田摂津守正敦は、巡視の任務も終えて箱館から松前へ行き、九月十二日、船に乗

り、江戸へもどって行った。調役下役の庵原直一も、それに随行して江戸へむかった。

林蔵は、庵原に五両を託したが、果して伊能がそれで羅針をゆずってくれるかどうか、心もとなかった。それに、たとえ羅針をゆずってくれたとしても、自分に対する吟味いかんによっては、それを使えぬ身になることも予想される。かれは、落着かぬ気分で日を過した。

秋の気配がきざし、気温が低下した。箱館から見える峯々の頂きに紅葉の色が湧き、日を追って濃さを増すと徐々に山肌にひろがり峯々を朱の色に染めた。

十月十七日、江戸からの飛脚が箱館奉行所についた。書状は、幕府の老中から奉行宛のもので、エトロフ島シャナ会所から敗走した者を江戸へ送るようにという指令書であった。江戸での吟味のためであった。

江戸へ送るよう指名されたのは、最高責任者の調役菊池惣内、調役下役関谷茂八郎、児玉嘉内、南部藩砲術師大村治五平、間宮林蔵ら多数であったが、菊池はエトロフ島に行っていて留守で、後に江戸へおもむくことになった。奉行所から出頭命令を受けた林蔵は、危惧《きぐ》していた通り江戸へ送られることを知り、失望した。

四日後の十月二十一日、林蔵は関谷らと警護の者にかこまれて箱館奉行所の門を出た。関谷たちは、憔悴しきった表情で道を歩いて行ったが、殊に大村の姿は哀れであった。五十六歳の大村は、奉行所のきびしい吟味を受けたが、獄舎生活をした疲労の色が濃く、老いが急に増しているようにみえた。歩行もおぼつかなく、眼にはおびえと卑屈の色が落着きなくうかび出ていた。

林蔵たちを見送る町の者たちの顔には、蔑みの色が濃く、冷笑している者もいた。縄は打たれてはいなかったが、林蔵たちは罪人のように一列になって道をたどった。翌々日、林蔵たちは松前にたどりつき、空家に押しこめられた。戸はすべて閉ざされ、周囲には警護の者が夜を徹して見張りをしていた。十月二十四日、奉行所は箱館から松前に移され、松前奉行所と改められた。

その地で、林蔵たちは二十日間とどめられた。その間、ロシア艦がクナシリ、宗谷方面を襲った折りに職務を捨てて逃げた者たちも続々と集ってきた。

十一月十四日の朝、林蔵は、関谷らとともに船に乗せられ、松前をはなれた。かれは、遠ざかる蝦夷の山なみを見つめた。再びこの地にくることはないかも知れぬ、という思いがしきりで、かれは山なみが見えなくなるまで立ちつづけていた。

津軽藩領三厩で船からあがり、陸路をたどった。かれの気分は重かった。江戸での吟味で予想以上のお咎めをうけ、もしかすると死罪を申渡されるかも知れない。上陸した少数のロシア艦乗組員に恐れをなして、シャナ会所を放棄して逃げた林蔵たちへの幕府の憤りは激しく、苛酷な処罰が待っているようにも思えた。

奥州の寒気はきびしく、洟《はな》を垂らしている者が多く、吐く息は白かった。大村治五平は、杖をついて足をひきずるように歩いていた。白い無精髭《ひげ》におおわれた顔は痩せこけ、虱《しらみ》が湧いているらしくしきりに背や腹をかいていた。

一行が江戸へたどりついたのは十二月十一日の夕刻であった。林蔵たちは、霊岸島の松前会所に収容された。

かれは、江戸市中でロシア艦来攻の話が、依然として大きな話題になっていることを知った。噂はさまざまであったが、内容は驚くほど正確で、人の口から口に伝わる話の速さには驚くばかりであった。ただ、自害した戸田又太夫が、奮戦の末、戦死したとされ、その折りにロシア艦乗組員五名を斬り倒したという誤った美談も流れていた。

江戸市民の関心は、もっぱらエトロフ島シャナ会所から逃げた者たちの処罰に集中されていた。市民たちの憤りは激しく、蔑みの声がみちていた。

会所に到着した翌日、かれは、早くも南町奉行所内で取調べをうけた。かれは、訊問に答えてロシア艦来攻時からシャナ会所を立ちのくまでの経過を詳細に陳述した。殊に立ちのく折りに、踏みとどまって戦うことを主張、証文を戸田又太夫に書かせようとしたが、立ちのき時の混乱の中で、それを果せなかったことを強調した。

「戸田様から証文を受けとれなかったことが、大痛恨事にござります」

林蔵は、声をふりしぼるように言った。

そのことは、久保田見達の証言もあって、事実と認定されていて、取調べに当る役人は、かすかにうなずいていた。

その日は会所にもどされ、三日後に再び奉行所へ出頭を命じられた。

平伏した林蔵は、

「お咎めなし」

という申渡しを耳にし、一層深く頭をさげた。歓喜と安堵で、かれは眼頭が熱くなるのを感じた。

会所にもどったかれは、松前奉行荒尾但馬守成章から、ただちに蝦夷地勤務にもどるようにという命令書をうけた。

かれは、喜びに身をふるわせた。敗走者の汚名は拭われ、再び蝦夷地の土をふめることに興奮した。すぐに旅仕度にかかり、十二月二十日早朝、蝦夷地にむかって江戸を出立した。

その後、江戸では、エトロフ島シャナ会所関係者のきびしい吟味がつづけられた。すでに一ヵ月前の十一月十八日には、会所を統率する奉行羽太正養に対して、監督不行届《ふゆきとどき》のかどで、奉行職を免じ、さらに門をとざして謹慎する「逼塞《ひっそく》」が申渡されていた。

調役下役関谷茂八郎らの吟味と申渡しは、迅速《じんそく》におこなわれた。関谷らに対する申渡しは、十二月二十七日におこなわれた。関谷については、シャナの会所を放棄して立ちのいたことは、「不届《ふとどき》之至《いたり》に候」として、関八州、山城、摂津、和泉、大和、肥前、東海道駅路、木曾路、甲斐、駿河、蝦夷地の日本の主要地すべてに立入ることを禁じ、さらに家屋敷を没収する重追放を申渡され、児玉嘉内も関谷と同じ刑をうけた。予想されていた処置とは言え、かれらにとっては苛酷な罰であった。

刑の申渡しはつづけられた。エトロフ島シャナ会所に勤務し、調役下役元締戸田又太夫らとともに落ちのびた三名の同心に、南町奉行根岸肥前守鎮衛の役宅で左のような刑が申渡された。

松前奉行支配同心

羽生宗次郎　四十二

小島　勘蔵　二十八

粕屋　與七　三十一

其方共《そのほうども》儀、エトロフ島へ魯西亜《ろしあ》人渡来之節、戸田又太夫、関谷茂八郎倶々《ともども》会所を明退候段、不届《ふとどき》之事に候、依之江戸払申付之

つまり、江戸の品川、板橋、千住、本所、深川、四谷、大木戸の外へ追放される刑を申渡されたのである。

また、同様の罪で松前奉行組同心井瀧長蔵（三十五歳）、橋本幾八（三十二歳）も江戸払いを申渡された。

ロシア艦来襲時に、日本人漂民護送のため箱館へ出張していて現場に居合わせなかった調役菊池惣内への吟味は、翌文化五年におこなわれた。たとえ出張中の出来事とは言え、シャナ会所の最高責任者であった責任をまぬがれることはできなかった。かれに対する罪状は、

警護の備えを怠っていたことを問われたもので、役職を免ぜられ、昼夜とも外出することを禁ずる「押込《おしこめ》」を申し渡された。また、奉行戸川安論も、監督不行届として役を免ぜられた。

菊池惣内に代って責任者となった戸田又太夫に対しては、初めの頃はその自害が美挙とされ、遺族に対して十分な扶助をすべきだとされていたが、戦意を失って落ちのびた末の自害であることが判明し、それらの優遇措置は廃された。

吟味の焦点は、南部藩砲術師大村治五平に集中されていた。

シャナ会所には、幕府から送られた大筒が備えつけられ、玉薬も貯えられていた。大筒を操作する専門家として大村が会所に派遣されていたが、ロシア艦来攻直後に姿を消したため、応戦はできなかった。合戦が日本側に不利であった最大の原因は、大村が戦闘を放棄したことによるとされた。さらに、大村がロシア艦の捕虜となり、その上、武士であるのに番人と身分をいつわって釈放されたことは、卑劣な行為と考えられていた。

大村は、箱館で吟味をうけ、江戸に送られてからもきびしい取調べをうけた。かれは、南部藩下屋敷におあずけの形で軟禁《なんきん》状態にあった。

文化五年二月二十七日には、松前奉行河尻肥後守春之、荒尾但馬守成章によって、最後の吟味がおこなわれた。大村は、玉薬が見当らず発砲ができなかったこと、傷を負ったので戦闘に加わることも不可能であった事情を繰返し陳述した。また、ロシア艦乗組員に捕われた事情についても、傷ついた足をふみはずして倒れた際、右手に持った刀が体の下にはさまり、ロシア水兵たちが体の上にすき間なく打ち重ってきたので身動きもならず捕われたのだ、と弁明した。吟味をおこなった両奉行は、その陳述を記録した書面を老中土井大炊頭利和に提出し、大村の処置についての指示を仰いだ。

三月八日、老中土井大炊頭利和から南部藩砲術師大村治五平に対する処分が申渡された。大村は幕吏ではないので、所属する南部藩の藩主南部大膳太夫に引渡し、藩の法律によって処分すべし、という内容であった。

三月二十四日、大村は、南部藩士の警護のもとに江戸を出発、四月二日に盛岡に到着した。かれの身柄は、藩の重役北監物あずかりになった。盛岡には、エトロフ島シャナ会所の警護の任にあたっていた南部藩士千葉祐右衛門、種市茂七郎ももどっていて、吟味をうけていた。かれらは、会所からのがれ役目を怠ったかどで、家禄、家屋敷を没収されていた。

五月六日、大村治五平は、目付毛馬内庄助、西葛市右衛門、町奉行嶋川英左衛門によって取調べをうけた。すでに大村は、陳弁書を提出していたが、それについてきびしい追及がおこなわれた。毛馬内たちは、砲術師として大筒操作の指揮者でもある大村が、発砲もしなかったことを責めた。また、藩士の宮川忠作に、自分の陣羽織を着せ、大小刀まで貸したのは、逃げ仕度をはじめていたからではないか、と鋭くただした。大村は、弁明につとめ、宮川に刀を渡したのは、宮川の刀が貧弱なので、余分に持っていた刀を渡したにすぎないと答えたりした。

目付の西葛は、死ぬ機会があったはずであるのに、生きて江戸まで引き立てられたことは、他藩にも恥しく、藩の名誉をけがした罪は重い、と大村を激しい口調でなじった。

六月二十一日、大村に対する処分が決定した。申渡しは、ロシア艦来攻の折りに防戦する意志もなく、あわてふためいて立ちのき、ひそんでいたところをロシア水兵たちに捕えられたことは、武士としての「身分不似合《ふにあい》未練至極《しごく》不届《ふとどき》ニ付」重罪に処すべきだが、特別の藩主の配慮で「籠居《ろうきょ》」とするという内容であった。かれは、北監物の知行所あずかりとなって、その地で謹慎することを命じられた。

かれは知行所内にとじこもっていたが、翌文化六年一月、下閉伊千徳村にある藩の重役楢山帯刀の知行所に移された。その地で、ただ一人悶々と過し、文化十年八月四日、千徳村の花厳院で病没した。六十二歳。戒名は孤隣軒徳隠紹入居士で、かれのわびしい生活をそのましめすものであった。

文化四年のロシア艦来攻は、大村治五平をはじめ多くの者の運命を狂わせたが、同時に、幕府の蝦夷地への防備を一層強化させることにもなった。蝦夷地警護の命をうけた津軽藩も、前年の文化三年に派兵された藩兵は二百五十八名で越冬者はなかったが、四年には千二名が派遣され、越冬者も六百三名の多きに及んだ。が、越冬者のうち四十三名が水腫病で死亡し、さらに翌五年には百十九名が命を失った。

ロシア艦来襲事件は、各方面に大きな影響をあたえたが、その中で間宮林蔵は、お咎めをうけることもなく、唯一人、合戦に縦横の戦さをしたという賞讃をうけて、蝦夷地の勤務を命じられたのである。

かれは、健脚をいかして、早くも年が明けた頃には津軽海峡を渡って蝦夷の地をふんでいた。

五

林蔵は、文化五年正月、箱館から松前に移されていた奉行所に行き、江戸から帰着したことを報告した。

幕府は、前年の三月、重要性を増す蝦夷地を松前藩にゆだねておくことに強い不安を感じ、蝦夷地すべてを松前藩から取り上げて幕府の直轄地とした。それにともなって、奉行所を蝦夷地の中心地である松前に移していた。

ロシア艦来攻直後、幕府は、ロシアとの武力紛争を避けるため、ロシア人がエトロフ島を占領したとしても、それを奪回しようと張り合ってはならぬ、とさとした。さらにロシア船が来航して薪、水を求めた場合には、それらをあたえて穏便に帰らせるようにせよ、と、指令していた。が、林蔵が松前に到着した頃には、海岸警備の諸藩に対して、ロシア船が近づいた折りには、捕え、または斬殺し、難破船の場合は乗組員を抑留して、その処置を幕府に仰ぐようにという強硬策に変っていた。

　松前は、緊迫した空気につつまれていたが、正月らしいにぎわいにつつまれていた。

　林蔵は、松前を通過する度に僻地の町とは思えぬ華やかさに驚きを感じていた。立ちならぶ家々は構えがしっかりとしていて、堅牢な土蔵がつらなっている。家の調度も贅《ぜい》をこらし、囲炉裏《いろり》は灰の代りに小砂をしいていて、銅製の灰かきで見事な筋がひかれている。茶棚も設けられていて、高価な茶器や菓子器がおかれていた。

　商店では輪島塗りの椀、膳、重箱や、瀬戸物、呉服、屛風などが売られ、大八車でさかんに荷を運びこんだり積み出したりしている。道を往き交う者たちも上質な衣服を身につけている者が多く、女は化粧をし、中には絹の着物をつけている者もいた。町の風俗は、京都、江戸にも劣らぬ華美なものであった。

　正月を迎えていた町並には、門松が立てられ、注連縄が軒に張られていた。子供たちは、雪すべりに興じていた。

　罪もはれ蝦夷にもどってきた林蔵には、松前の正月風景が殊のほか華やかなものに感じられた。エトロフ島からの敗走者という汚名が拭《ぬぐ》い去られ、町の者の蔑みにみちた視線をおそれて編笠もかぶることなく外出できるのが嬉しくてならなかった。

　奉行所に帰任の報告をした翌日、松前奉行支配吟味役の高橋重賢からの使いの者が、書状を手に旅人宿に泊っている林蔵のもとに訪れてきた。開いてみると、すぐに奉行所へくるようにという内容であった。高橋は、蝦夷地すべてが幕府の直轄地になったことに関連して松前の城を松前藩から引取るために、前年の八月十四日夜以来松前にとどまり、開所した奉行所で奉行を補佐して執務していたのである。

林蔵は、思いがけぬ高橋からの書状に、急いで身仕度をととのえると奉行所の門をくぐった。

一室に控えていると、やがて高橋が姿を現わした。

「お咎めもなく安堵したであろう。江戸でも、お前だけは落ちのびることに強く反対し、また合戦中も戦さをすることに走りまわったことがあきらかになり、好意をいだいたようだ。私もそのことを知っていたので、お前の帰るのを待っていた」

高橋は、にこやかな表情で言った。

林蔵は、高橋の言葉に平伏した。敗走者としての汚名があとかたなく拭い去られ、むしろ奮戦した者として賞讃されていることを知り、歓びが胸にみちた。

「ところで、お前は、樺太に行って地理や住む者たちの生活、風俗などを調べたいと申しておったが、今もその気持は変らぬな」

高橋が、林蔵に視線を据えた。

「変りはありませぬ」

林蔵は、即座に答えた。

高橋は、うなずくと、

「明日からでも私の家に来て寝泊りするようにいたせ。余計なかかりもせずすむ。よいな」

と言って、席を立った。

宿へもどった林蔵は、頬がゆるむのを意識した。高橋が自分に好意をいだいているらしいことが嬉しくてならなかった。

それに、前年の夏、樺太行きを希望したのをおぼえていてくれたことにも感謝したい思いであった。もしかすると、樺太行きを命じられるかも知れぬ、と思った。

翌日、かれは手回りの物を手に宿を出ると、高橋の役宅におもむいた。かれがくることを高橋からきいていたらしく、下僕が一室に案内してくれた。塀の外には、獅子《しし》舞いの笛の音がきこえていた。

数日後、かれは奉行所で、樺太見分《けんぶん》（調査）の役を果すことを命じられた。樺太南部の地勢はおおむねわかっているが、北部については全く見当もつかない。その方面にはロシア人が姿をみせているという説もあり、危険も多いが出来るだけ実情を調査してこいという。

林蔵は、つつしんで役目を果すことを誓い、奉行所を退出した。

その夜、林蔵は、役宅にもどった高橋から樺太行きの命令が出るまでのいきさつをきいた。

幕府は、未知の樺太北部を調査させるため調役並の最上徳内、高橋次太夫を江戸から出発させていたが、ロシア艦来攻事件の発生でロシアを刺激することをおそれ、最上らの派遣を中止し、

「来年（身分の）軽き者一両人差遣わし……」

と、指令していた。林蔵は、雇であり、まさしく「軽き者」であり、かれを樺太に赴かせ、たとえ捕えられたとしてもロシア側に刺激をあたえることはあるまい、と判断されたのである。

高橋は、松前奉行を通じ江戸に対して、林蔵を樺太調査におもむかせたい、という伺書《うかがい》を送った。それと同時に、高橋は、世界地図の中で唯一の謎の地域といわれる樺太北部の地勢を知ることを切望している天文方高橋作左衛門景保に、林蔵を樺太に派遣する予定であることを報せる書状も送った。

また日本の地図作成の第一人者である伊能忠敬にも林蔵を樺太に派遣する伺書を幕府に提出したことを伝えた。樺太については、寛政四年（一七九二）に最上徳内、九年後の享和元年に高橋次太夫がそれぞれ派遣されたが、その調査は南部にとどまっていた。北部の調査に林蔵がおもむくことは、その地が世界地図の上で唯一つ解明されぬ地であるだけに、伊能にとっても大きな関心事にちがいなかった。

その頃、蝦夷地巡察から江戸にもどってきた若年寄堀田正敦の随行者である松前奉行支配

調役下役庵原直一が、伊能の家へ不意に訪れてきた。用件は、林蔵からの依頼で精巧な羅針（磁石）を譲って欲しいという。

林蔵からの伝言には樺太踏査《とうさ》に使用したいとは言っていなかったが、伊能は、樺太行きに使う可能性が大きいと判断し、改良に改良を加えた狂いのない羅針二個を庵原に渡した。庵原は、林蔵が一個でもゆずってくれるかどうか疑わしいと言っていたのに、二個も渡してくれた伊能をいぶかしんだが、伊能の好意によるものだろうと単純に考え、それを受け取った。

その頃、幕府は松前奉行に対して林蔵の樺太調査を許可する旨の書状を送ったが、それが松前にとどいたのは、林蔵が江戸から松前に到着する以前であった。

むろん林蔵は、伊能が庵原に羅針を渡してくれたことは知らなかったが、高橋重賢の口から樺太調査を命じられたいきさつを知り、あらためて高橋の深い配慮と好意に感謝し、役目を確実に果すことを心に誓った。

数日後、かれは庵原直一の訪問を受けた。

庵原は紫色の布につつまれた二個の木箱を林蔵の前に置いた。ふたをとった林蔵は、箱の中におさめられた羅針を眼にし、それを手にした。

かれは、眼をかがやかせて羅針に見惚れた。かれが常用している羅針は南北をさす針が柿の種のように太く短いが、伊能が譲ってくれた羅針の針は、細長く、先端がとがっている。

しかも、南をさす針には朱の色が塗られていて、方角を知る上で好都合であった。

自分の持つ羅針に対する最も大きな不満は、針の中央を支えている台が不安定であることであった。そのため針が水平を保てず文字盤をこすりがちで、正しく南北をさすことをさまたげていた。それと比較して、伊能からゆずりうけた羅針は、支点にメノウがうめこまれていて針が自由に動き、その上、水平を保っていた。

林蔵は、羅針を動かし、針が正しく南北をさすことに興奮した。

かれは、他の箱のふたを開き、そこにも同型の羅針がおさめられているのに感動した。一個を、と願ったのに二個も譲ってくれた伊能の好意に深い感謝の念をいだいた。

かれは、庵原に深く頭をさげて礼を述べた。

「お役に立ててよかった。樺太見分のお役目を仰せつかったそうだな。蝦夷の地でのお勤めですら容易でないのに、樺太まで行かれるとは、大いに御苦労なことだ。私も、イシカリ(石狩)に赴任することになった」

庵原は、軽く息をつくと腰をあげた。

林蔵は、吟味役高橋重賢の役宅に身を寄せ、樺太への出発の命令を待っていた。その間を利用して、エトロフ島図の作成に専念した。

かれは、文化三年(一八〇六)七月十五日にエトロフ島にわたり、測地をした。エトロフ島のオホーツク海沿岸は、東端から西端まで全域にわたって実地をふんで入念に測量し、太平洋岸の一部も実測した。残った太平洋岸の地域も調査しようとしたが、翌四年春のロシア艦来襲によって果さずに終っていた。

かれは、実測しなかった太平洋岸の一部については、点線で概略図をえがき、エトロフ島全図を作り上げた。この地図は、それまでに作られた近藤重蔵名義の「蝦夷図」最上徳内の「エトロフ図」とは比較にならぬ精密なもので、世界地図の中でも最もすぐれたエトロフ島図であった。

林蔵は、高橋重賢が雇という下級役人である自分をひとかどの人物として遇してくれていることに感激していた。高橋は、エトロフ島図の作図につとめている林蔵の部屋へ入ってきては、床にひろげられた地図をながめたりしていた。

林蔵は、樺太行きを前に、あらためて自分に負わされた任務の意義について考えた。樺太南部は、最上徳内らによって調査され、概要はあきらかにされているが、北部は未知で、その実情をさぐることを求められている。幕府にとって、その地域の地勢を知ることは国防、経済の上で重要視されていた。

しかし、天文方の高橋作左衛門や伊能忠敬らは、その地域の解明は、世界の地理学の上で画期的な意義をもつものであることを知っていた。その点については林蔵も師の村上島之允から伝えきいていた。

西欧では、測地術の急速な進歩によって正確な地図の作成が活発におこなわれていた。それは、まず自国の地図づくりからはじまり、関係の深い地や島の地図作成へと及んでいった。

さらに、遠洋航海に堪えられる船の出現によって、それらの船で遠くはなれた地域との貿易がさかんになるとともに、地球上の各地の正確な海図が必要とされ、地理学者たちは、その求めに応じて測量をおこない水深も測って海図をまとめ、航路を設定した。それと平行して、世界各地域の大陸、島の地図作成も積極的に推しすすめられ、互に実測された地図の交換もさかんにおこなわれて、世界の地理の全容があきらかにされていった。

貿易船の往き交う航路沿いの地域は、それによって正確な地図がうみ出されていったが、船の航行することのほとんどない地域の地図は余白のままであった。地理学者は、それを埋めるため探検船に乗って測地をつづけ、ようやく完璧とも言える全世界地図の作成を終えていた。

しかし、その地図の中で、ただ一ヵ所、不明の部分が残されていた。樺太北部の地勢であった。憶測図はいくつか作られていたが、それらはまちまちで一定せず、謎の地域とされていた。

樺太については、日本、中国さらに西欧の三方面からの探究がおこなわれていた。

樺太の対岸にある沿海州を東韃靼《だったん》として領有していた中国では、海をへだててサハリンという島があることを知っていた。その一方では、日本が樺太南部をあきらかにしていたので、サハリン島と樺太とは別々のものであると考えられ、樺太が島であるか、それとも東韃靼との地つづきである半島なのか全く見当もつかなかった。

中国で作られた図はヨーロッパに伝えられ、フランス王室の地図師ダンヴィルによって地図としてまとめられていた。それには、樺太を半島とし、その西方にサハリン島が描かれていて、それが権威のある地図として扱われていた。

この図は、オランダを通じて長崎にもたらされ、林子平《はやししへい》は天明五年（一七八五）に著した「三国通覧図説」で、樺太を東韃靼の地つづきである半島と断定し、老中松平定信も、通詞本木仁太夫が和訳した「阿蘭陀《おらんだ》製全世界地図書訳」によって、樺太は半島であり、それを島らしいと憶測するのはあやまりである、と書き記した。これによって、日本の有識者たちは、樺太半島説を信じ、さらに北方地域の最高の研究者である近藤重蔵も、その説を全面的に支持したことによってそれを疑う者はいなくなった。

幕府は、それを実地に確認するため享和元年（一八〇一）に小人目付高橋次太夫、普請役中村小市郎を樺太に派遣した。かれらは南部を踏査したが、北部に入ることはできず、わずかに北部から交易にきた東韃靼の山丹人に砂の上に地図を描かせて北部の地勢をきいたが、樺太が半島か島かはわからなかった。

近藤重蔵は、高橋、中村両名の調査結果も考慮した上で、西欧で定説化されているように、樺太は東韃靼の大陸との地つづきである半島とし、それとは別にサハリンという島があると判断して「辺要分解図考」を著した。しかし、その説も憶測の域を出ず、依然として世界地図の上でただ一つの謎の地域とされていた。

西欧の地理学者は、この地域の解明に挑戦した。

初めにいどんだのは、フランス人ドウ・ラ・ペルーズであった。

かれは、一七八七年（天明七年）、探検船に乗って黄海から日本海に入り、北上して樺太南部沖合に達した。さらに船を北へ進め、左側に東韃靼（沿海州）大陸を望み、右手に樺太を見る位置にまで進んだ。その間、水深をはかっていたが海は浅くなる一方であった。かれは、樺太が島であるなら船の進行方向である北からも潮流が流れてくるはずなのに、その気配もないので、定説通り樺太は東韃靼大陸と地つづきの半島であると判断した。

海は浅くなる一方で船を進めることができなくなったので、ラ・ペルーズは、船を反転させて引返し、宗谷海峡をぬけてカムチャツカへ向った。

この探検によって、かれは、中国側で唱えるサハリン島を眼にすることができず、サハリン島が樺太と別に存在すると言われていた定説をくつがえし、サハリン島は、半島である樺太と同じものであると断定した。そして、それをしめす地図を作成し、公表した。

この地図は大きな反響を呼び、蝦夷の北部にあるのは樺太のみで、しかもそれは半島だとされた。

ラ・ペルーズの探検の結果を再確認するため、イギリス人のブロートンが、探検船に乗って調査に乗り出した。船は、日本の太平洋岸を北上し、津軽海峡をぬけて樺太の西海岸沿いに北へと進んだ。

ブロートンは、ラ・ペルーズが引返した地点からさらに八マイル（一二・八キロメートル）北上した。北緯五十一度四十五分七秒の地点であった。その位置で水深をはかると、二尋（約三・六メートル）の浅さで、船を進めれば坐洲《ざす》の危険があった。

周囲を観察してみると、北の方向に三マイル（四・八キロメートル）ほどの奥行のある湾が認められた。湾内の水は湖面のように静止していて、かれはそれが樺太半島の付け根にある湾であると考え、船を反転させた。船は、日本海を南下して対馬海峡をぬけ、香港へもどった。

ブロートンは帰国後、一八〇四年（文化元年）、「北部太平洋探検航海記」を発表、樺太が半島であると明記した。

ラ・ペルーズ、ブロートンの探検によるサハリンと樺太が同一であるという説は日本にもつたえられ、樺太は半島であることを疑う者はいなくなっていた。

それらの説を最終的に確認しようとしたのは、ロシア人クルーゼンシュテルンであった。

かれは、文化元年（一八〇四）にロシア遣日使節レザノフを乗せて長崎に来航したナデシユダ号の船長であった。かれは、レザノフとともに翌年三月まで長崎にとどまり、幕府の通商不許可の通告をうけて激怒したレザノフを乗せて長崎をはなれた。帰途、日本海沿岸を北上して樺太東岸を北知床（シレトコ）岬までたどり、東に舳を向けてカムチャツカにもどった。

レザノフは、樺太探査をクルーゼンシュテルンに命じ、かれは翌年、ナデシュダ号を操船して樺太に向った。船は、樺太東岸の北知床岬から測量をしながら北上、八月八日には遂に樺太最北端の岬にたどりついた。かれは、岬をまわり西海岸を南下した。そのまま進めば、樺太と東韃靼の沿海州大陸の間の海峡を通過し、樺太が島であることを確認することができたのだが、水深が浅くなったので船を進めることをやめてしまった。そして、舳をめぐらし、カムチャツカへ引返したのである。

クルーゼンシュテルンは、やはり樺太は、東韃靼大陸を流れるアムール河（黒竜江）河口の南で大陸と接続している半島という結論をくだし、その調査結果を「世界周航記」として発表した。

イギリス人ブロートンについで、ロシア人クルーゼンシュテルンの探検によって、樺太が島ではなく東韃靼大陸から突き出た半島であることが確実に認定された形になり、樺太が半島であることは疑いの余地もないものになった。日本の有識者もそれを全面的に支持し、林蔵には、半島である樺太がどのように東韃靼大陸とつながっているかを調査する役目が負わされたのである。

林蔵は、高橋重賢の役宅で待機していたが、高橋は、林蔵を単身で樺太へ派遣するよりは二人を送りこむ方が好ましい、と考えた。幕府でも身分の「軽き者一両名」を樺太の調査におもむかせるよう指令してきていたので、軽輩の者をさらに一名加えるのが幕府の意向にそうことでもあった。

高橋は、思案した末、蝦夷北端の宗谷に勤務している調役下役松田伝十郎が適任だと考えた。松田は、下級役人ではあるが、蝦夷地のことに精通し、しかも強靱《きょうじん》な精神力と頑健な肉体をもつ人物で、多くの困難が予想される樺太の探査に好適と判断された。

松田は、明和六年（一七六九）、越後国（新潟県）の貧しい農家の子として生れた。幼名を幸太郎と言った。たまたま村の近くの米山峠で幕府の改修工事がおこなわれ、かれも人夫として働いていたが、敏捷《びんしょう》で誠実な働きぶりが監督をしていた幕吏の松田伝十郎の眼にとまった。松田は幸太郎を連れて江戸にもどり、人物を見こんで養子とし、仁三郎と改名させた。幕府に召出され、昇進して小人目付になった。

寛政十一年正月、仁三郎三十歳の年、幕府は蝦夷（北海道）東部を松前藩から取り上げて直轄地にすると同時に、松平忠明を蝦夷地取締御用掛に任命し、蝦夷地の開拓を命じた。開発政策を推しすすめるため、蝦夷地に常駐する役人が選抜されたが、松田仁三郎もその末席に加えられた。

江戸から千島方面へ行くには、陸路をたどって下北半島へおもむき、アッケシ（厚岸）に渡り、それから船でネモロ（根室）をへてクナシリ（国後）島、エトロフ島へ行くのが筋道になっていた。御用掛は、千島への旅の日数を短縮するため、江戸とアッケシ間を船で直航することを企て、官船政徳丸（千四百石積）を用意した。が、江戸から下北半島までの航海はきわめて危険で、乗組員を募ったが、だれも応じない。その時、仁三郎は、すすんで志願し、御目付から一番槍にも等しいと賞讃された。

政徳丸は、寛政十一年三月二十四日、江戸を出帆したが、風波にさまたげられて、途中漂流同様の難航をつづけ、六月二十九日にようやくアッケシにたどりついた。この航海によって、江戸、アッケシ間の直航航路がひらかれ、千島方面の開発に大きな貢献をはたした。仁三郎は、蝦夷にとどまってアブタ（虻田）で冬を越し、翌年十一月に江戸にもどった。

三年後の享和三年（一八〇三）、箱館奉行支配調役下役になってエトロフ島におもむき、会所のあるシャナで越年した。エトロフ島で冬を越すことができた最初の日本人であった。翌年七月、交代して江戸に帰った。

翌文化二年、養父が隠居したため家督をつぎ、伝十郎を襲名《しゆうめい》、翌々年箱館奉行戸川安論の手付として箱館に向う途中、ロシア艦来襲を知った。箱館着後、蝦夷最北端の宗谷勤務を命じられ、冬の寒気の中で勤務にはげんでいた。宗谷には、津軽藩兵二百名が警備のため越冬していたが、大半が水腫病におかされ、春までに多数の者が死亡した。その中で、松田伝十郎は、病気にかかることもなく勤務にはげんでいた。

松田伝十郎は豪胆《ごうたん》で思慮深く、それにアブタ（虻田）、エトロフ島で越冬し、さらに蝦夷最北端の宗谷で、元気に勤務にはげんでいる。かれは病いにかからぬ工夫をこらし、越冬することにもなれていた。

かれは幕吏の中でも最も蝦夷地の越冬経験の豊かな人物で、アイヌ語にも通じていた。それに、樺太行きの条件である「身分の軽き者」にも相当する調役下役であった。豊かな経験と見識をもつ松田と、強靱な精神と肉体に恵まれた上に測地術にも長じた林蔵との組合わせは、絶妙なものに思われた。

高橋重賢は、林蔵の同行者として松田伝十郎を樺太に派遣したいという伺書を江戸へ送った。むろん幕府もそれを適当と考え、許可する旨の返書が送られてきた。

高橋は、ただちに松田に樺太派遣を命ずる書状を送った。それは二月十六日に松田の勤務する宗谷に到着し、同時に松田は、調役下役から昇進して調役下役元締として八十俵三人扶持の禄《ろく》を得、役金十両を支給されることになった。

松田が同行することは、高橋重賢から林蔵にもつたえられた。単身で樺太奥地に行くと思いこんでいた林蔵は、蝦夷地に精通しているという松田と行をともにすることを喜んだ。林蔵は、七人扶持、役金十五両の雇で、むろん松田の下僚であった。

松前は、吹雪につつまれていた。港に入ってくる船もなく、町には深い静寂がひろがっていた。

気温がゆるみはじめ、早春を告げる稲荷神社の祭礼がもよおされ、雪をふんで神社へ参拝する多くの人の姿がみられた。

三月上旬、林蔵は、高橋重賢の指示にしたがって宗谷へ出発することになった。宗谷は、海峡をはさんで樺太を望む地にある。まず宗谷におもむいて、その地に待つ松田と合流し、樺太へむかう準備をととのえる予定であった。

宗谷へ出発するかれに、万四郎という従者がついてゆくことになった。万四郎は、樺太南端の白主《しらぬし》で十九年間も番人をしていた男で、樺太方面の事情にも詳しく、かれを同行することは好都合であった。

林蔵は、万四郎の意見にしたがって熊の皮三枚と夜具を用意し、さらにアイヌからゆずってもらったコンチ（頭巾《のちょう》）も荷物の中に入れた。むろん、伊能忠敬からゆずられた羅針二個と地図をえがく野帳、距離をはかる縄なども加えた。

林蔵と万四郎は、奉行所の図合船に乗って松前の港を出た。風向はよく、帆は風をはらんで北上し、神威岬をまわり、石狩についた。さらに雄冬岬沖を過ぎ、利尻島を西に望み、ノシャップ岬をかわして宗谷へたどりついた。三月十二日であった。

かれは、船からおりると会所へおもむき、責任者の調役荒井平兵衛に着任の挨拶をした。

荒井は、すぐに松田伝十郎を引合わせてくれた。想像していた通り、眼光の鋭い男であった。

宗谷は、緊迫した空気につつまれていた。

前年の六月、宗谷の管轄《かんかつ》下にある利尻島にロシア艦が来襲し、船を焼き荷をうばった。その折り、ロシア艦艦長は、来春、再び宗谷に来て、通商の許可を求め、それが拒絶された場合には大軍を発して攻略する、と書面でつたえて去った。

幕府は、これに対処するため、奥羽諸藩に蝦夷各地への出兵を命じ、ロシア艦が再び姿をあらわすことが最も予想される宗谷にも、近々のうちに会津藩兵約八百名が到着し、警護にあたることになっていた。また、奉行河尻肥後守をはじめ松前奉行所の重だった者たちも、ロシア艦の来航にそなえて、宗谷に出張することも予定されていた。

そうした空気の中で、林蔵は、松田伝十郎とともに樺太行きの準備にとりかかった。

松田の話によると、高橋重賢から樺太行きの命令書をうけた時、それに添えられた書面で樺太へ行くための心構えも指示されていたという。それによると、大きな舟では行動も制限されるので、あくまでも小舟を使用し、また食糧も米などは少量にして干魚を常食とすることが長期間の調査には必要だとつたえてきたという。たしかに、米を常食とすれば、炊くための水が必要であり、副食物も持参しなければならない。それよりも、焼くだけで食べることのできる干魚をたずさえるのが便利にちがいなかった。

林蔵は、アイヌが魚を好んで食べることで水腫病にかからぬことを知っていただけに、高橋の思慮深さに感心した。

宗谷で、かれは、なつかしい人物に会った。警護の任にあたる津軽藩の監督にあたる藩士の山崎半蔵であった。林蔵は、初めて師の村上島之允と蝦夷へ渡る時、弘前で一泊したが、その折り村上につき従ってその地にいた山崎を訪れたことがあった。山崎は、宗谷で越冬をつづけていて、かれの口から樺太の情勢をきくことができた。

さらに、宗谷には、樺太の地理にも詳しい調役並の最上徳内が会所に詰めていた。林蔵は、小柄な男を眼にして、これが蝦夷通として知られる最上徳内かと思った。

最上は、数学、天文を学んで天明五年（一七八五）に幕府の蝦夷地調査に参加し、クナシリ島の地をふみ、さらに翌年には日本人として初めてエトロフ、ウルップ島にも渡った人物として知られていた。寛政元年（一七八九）にも蝦夷に渡り、その後再び千島のウルップ島に足をふみ入れ、さらに樺太の調査にも当った。寛政十年（一七九八）には、またも千島へ渡ったりしたが、上司と衝突することが多く、職を免ぜられた。しかし、蝦夷地に対する深い知識をもつかれは、再び幕府に召出され、松前奉行支配調役並として宗谷に勤務していたのである。

五十三歳になっていた最上は、蝦夷地で十年間をすごし、その間にアイヌとなじみ、同じ食物をとり、衣服も身につけていた。アイヌ語に精通していて、アイヌに日本語も教えていた。

林蔵の眼には、最上が頑《かたくな》で気むずかしそうな老人にみえた。上司に反発することも多いというが、周囲の者たちは、最上を敬遠しているのが感じられた。

宗谷にも、春が訪れた。

林蔵は、松田と樺太行きの準備を終えた。

かれらは、まず図合船で宗谷海峡をわたり、樺太南端の白主におもむく予定であったが、一つの危惧《きぐ》があった。それは、前年、宗谷付近に来襲したロシア艦が再びやってくると予告した時期にあたっていて、南下してくるロシア艦と宗谷海峡上で出会うおそれがあるからであった。林蔵たちの乗る図合船は、乗る者も七、八名を限度とする小型船で、たとえ出会ったとしてもロシア艦は無視して通り過ぎるかも知れなかった。が、万一を考え、乗っている者が日本人だけではかれらの関心をひくおそれもあるので、水主にアイヌたちを雇った。また、林蔵は、伊能忠敬からゆずられた羅針二個のうち一個を松田に貸した。

出発に当って樺太に行く服装が、問題になった。樺太南部にはアイヌが住んでいるが、北部は海をへだてた東韃靼を領有する清国の支配下におかれているらしく、東韃靼のアムール河（黒竜江）下流に住む山丹人が交易のため樺太にきていて出会うことが十分に予想される。山丹人は、アイヌとはちがって粗暴で、十分に警戒する必要があった。

最上徳内は、日本人として行くことは紛争をひき起すおそれがあるので、アイヌと同じ服装をした方がよい、と言った。蝦夷通として知られる最上の言葉だけに、林蔵も松田もそれに従うことにした。

しかし、最上が四月一日に宗谷会所の責任者である調役荒井平兵衛に従って樺太の九春古丹へ出発した後、新たな意見が出された。宗谷会所の留守を守る調役並深山宇平太が、役人の身なりのままがよい、と主張し、林蔵たちと行を共にするアイヌたちも、山丹人を圧伏《あつぷく》するためには役人の服装にすべきだと言った。その意見はもっともなので、役人の姿で行くことに決定した。

林蔵と松田は、案内のアイヌと番人万四郎とともに宗谷を出発することになり、松田は雇人たちに暇を出し、江戸へ帰るよう命じた。が、かれらは一人として承知せず、同行することを強く求めた。

松田は、米も食えず魚のみを口にするような生活では死ぬおそれが十分にあり、それに事故が起った時は足手まといになるから、とじゅんじゅんとさとし、ようやくかれらを納得させた。松田は死を覚悟しているようだったが、林蔵も再び宗谷の地をふむことはおぼつかない、と思った。干魚のみで自分の体が持つとは思えぬし、初めてふみ入れる樺太の奥地でどのような危険にあうかわからない。山丹人などに殺害されることも十分に予想された。

四月十三日早朝、海はおだやかで空は晴れていた。

松田は、浜に見送りに来た雇人たちに、

「困難な見分調査であり、死は覚悟している。もしも、樺太奥地で命を落とすか、異国船に捕われるかして、年を越しても帰って来ない場合には、今日の出帆の日を命日とするよう江戸で留守を守る妻に申し伝えるように……」

と、きびしい表情で言った。

浜には、会所の深山宇平太、警備の津軽藩兵の指揮格である山崎半蔵たちも従者とともに見送りに来ていた。

林蔵は、山崎に近づいた。山崎の眼には、再び生きては帰れぬ者を見る悲痛な光がうかんでいた。

林蔵は、

「成功せぬうちは、帰ってくることはいたしませぬ。もしも、失敗に終った場合には、樺太に残り、その地の土になるか、それともアイヌとして生涯を終えます。再びお眼にかかれるとは思いませぬ。お達者でお暮し下さい」

と、低い声で言った。

山崎は、言葉もなくうなずいていた。

林蔵二十九歳、松田伝十郎四十歳であった。

浜には、役人、番人、アイヌの名主ら多数が見送りに集っていた。松田の雇人たちも身を寄せ合って、松田に涙ぐんだ眼を向けていた。

図合船に荷物がのせられ、アイヌたちが櫂をとった。林蔵は、番人の万四郎とともに松田の後から船に乗った。船が岸をはなれると、松田の雇人たちが泣声をあげながら何度も頭をさげている。松田は、それに気づいていたが、素知らぬふりをよそおって視線をそらせていた。

船に扇形の帆があげられた。林蔵は、遠ざかる宗谷を見つめた。日本人がだれも足をふみ入れたことのない樺太の北部には、どのような危険が待ちかまえているかわからない。銃はなく脇差のみしか持たぬ林蔵たちは、人に襲われても防ぐ力はない。いたずらにさまよい歩き、野垂れ死にするおそれも多分にある。

かれは、船が進むにつれて宗谷の後からせりあがってくる残雪の輝く山なみを眼にしながら、再び蝦夷を見ることはあるまい、と思った。

船が潮流に押されはじめ、アイヌたちは力をこめて櫂をあやつる。帆は微風をはらみ、船は順調に進んだ。樺太の南部には、亜庭湾をかかえこむように東に中知床岬、西に能登呂岬が突き出ている。蝦夷北端の宗谷から最も近い位置にあるのは能登呂岬で、岬の近くの白主《しらぬし》に会所が設けられ、蝦夷から樺太への渡り口になっていた。

前方に白主がみえてきた。船は、十八里（七一キロメートル）の海を無事に渡って、その日の夕刻には白主に到着した。林蔵にとって、初めて踏み入れた樺太の地であった。白主には、支配人、番人が詰め、アイヌの家も五戸あった。

翌日から、林蔵は、松田とともに樺太北部の情報を集めることに専念した。

白主には、清国領のアムール河（黒竜江）下流地域に住む山丹人が、しばしば交易にきていた。かれらは、上質の布、装飾品、日用品などを持ってきて白主のアイヌのもつ獣皮と交換する。かれらの態度は横柄《おうへい》で、不当な商売をしてアイヌをおどし、その粗暴さに、アイヌたちは恐れおののいていた。当然、山丹人は、アムール河下流地域から樺太北部をつたわってやってくるので、その地方の知識をもっているはずだった。

林蔵と松田は、山丹人から樺太北部の地勢についてなにかきいてはいないか、とアイヌたちにきいてみたが、かれらはなにもきいていない、という。林蔵たちは、やはり実地に足をふみ入れなくては地勢をさぐることはできないことを知った。

いよいよ樺太北部へむかうことになり、林蔵は、松田とその方法について打ち合わせた。

樺太が、清国領の東韃靼と地つづきの半島だということが、フランス、イギリス、ロシアの探検家によって定説になり、日本でも、それを疑う者はいない。しかし、外国の探検家たちは、樺太が半島だということを完全にたしかめることができず、途中で船を引返している。島である確率も、わずかではあるが残されていた。

林蔵と松田の役目は、樺太が一般に言われている通り半島であるのか、それとも定説をくつがえして島であるのかを確認することであった。もしも、半島であるとしたら、どの地点が樺太と清国領との国境であるかを知る必要があった。半島か島かをさぐるためには、樺太の西海岸を北上することが最も効果的であった。樺太と東韃靼との間に海峡があれば、島であることが確認できる。

林蔵は、むろん西海岸を北へむかって進みたかったが、松田は、東西両海岸にわかれて北上しようと提案し、自らは西海岸を進む、と主張した。東海岸を行く林蔵が、もしも奥地でそれ以上船を進ませることができなくなった場合には、陸地を横断し西海岸に出て、松田と会うことにしたらよい、と言う。

林蔵は、上司である松田の言葉でもあるのでそれに従うことになった。

林蔵が先に出発することになり、東海岸に行ったことのあるアイヌ二人を案内役にえらび、持ってゆく米、干魚、煙草、酒を用意した。

白主についてから四日後の四月十七日、林蔵は、松田らの見送りをうけてアイヌの使うチップ（小舟）に乗り、岸をはなれた。風向は良く、アイヌは帆をあげ、能登呂岬をまわり、その日にベシーヤムに舟をつけて一泊した。

翌日、亜庭湾を海岸沿いに進み、九春古丹に到着した。その地には役人、番人がいて、アイヌの家も四十戸近くあった。それらの家々には数頭の大型犬が飼われていて、岸にあがった林蔵たちにさかんに吠えかけてきた。

林蔵は、宗谷から出張してきていた調役並の最上徳内に会った。最上は樺太奥地へ入るのにはアイヌの服装をせよ、と主張していたのに、林蔵が役人の身なりのままであるのを不快そうにながめていた。

林蔵は、気まずい思いがしたが、奥地で出会う可能性のある山丹人を威圧するために役人の身なりのままにした、と弁明した。最上は、黙ってうなずいていた。

林蔵は、最上に東海岸へ出る方法について意見を乞うた。

「中知床岬をまわるとかなりの日数がかかる。それを節約するため、岬の付け根の陸地を横切り、東海岸へ出るのがよかろう」

最上は、不機嫌そうな表情で答えた。

九春古丹は、白主よりはるかに寒かった。井戸の水がまだ凍っていて、それを丸太でうちくだき、水を汲《く》んでいる。そのような寒さなのに、蚊《か》がおびただしく、夜は蚤《のみ》になやまされた。

二日後、雨が降っていたが、林蔵は、アイヌの舟に乗って九春古丹をはなれた。そこからは、日本人の住まぬ地であった。

白主を出発してから、林蔵は、海岸線の作図を手がけていた。陸地を歩くわけではなく舟の上からの作図なので、正確なものではなかったが、図をかきとめる野帳《のちょう》を手に、矢立（筆）で海岸線をえがく。むろん羅針を使って方向をたしかめ、さらに長年の勘で距離も目測で書きとめた。白主から九春古丹までの海上の距離を二十二里（八六キロメートル）余と記録した。

四月二十日にアイヌ二人の操る舟で九春古丹を出発した林蔵は、翌日、中知床岬のつけ根にたどりついた。最上徳内の言う通り中知床岬を舟で大きくまわるのは日数がかかるので、岬のつけ根の陸地を横切って東海岸に出ることにした。

アイヌたちは、その横断路を知っていて、かれらは食糧をのせたままの舟を引いて歩き出した。チップは三人乗りの小舟だが、かなりの重さであるのに、かれらは茨《いばら》の生いしげる中を力強く縄で舟を引いてゆく。林蔵たちは、たちまち蚊と虻《あぶ》の群につつまれた。うなり声があたりにみち、白く煙っているようなおびただしい数であった。

アイヌは、手で顔や首筋にたかる蚊や虻をたたくだけでそれ程気にもとめぬようであったが、林蔵は堪えきれず、アイヌから譲りうけたコンチ（頭巾）を取り出してかぶった。

日が傾きはじめ、四町（四三六メートル）ほど舟をひいてゆくと、川にぶつかり、その岸で野宿した。アイヌの話では、中知床岬のつけ根は、沼と川が多く、東海岸へぬけるのには好都合な地勢だという。

翌日、舟を川面にうかべて進むと、アイヌの言葉通り沼に出た。舟は、その沼から別の沼に入り、陸にあがると舟をひいて一里（四キロメートル）ほど陸地を行き、川岸に出た。

翌朝、舟を川面にうかべてさらに北へ進み、大きな湖に出た。富内（トンナイチャ）湖で、それを北上し、夕刻、ようやく樺太東海岸の富内にたどりついた。中知床半島を横断することができたのである。

林蔵もアイヌたちも、顔や手足が蚊と虻に刺され、掻《か》いたため化膿《かのう》していた。林蔵は、治療に効能のある酒をその部分にたらし、アイヌたちにも手当をさせた。天候は悪く、高波が海岸に押し寄せていて舟を出すことができず、翌二十四日から五日間、その地にとどまった。

　波はしずまらなかったが、アイヌたちは舟を出し、五月二日には内淵（ナイブツ）まで北上した。内淵は、享和元年（一八〇一）幕府に樺太調査を命じられた普請役中村小市郎が、最後に足をふみ入れた地であった。その年は、まだ夏に入ったばかりだったが早くも秋風が立ちはじめ、案内のアイヌたちが帰る時機を失うことをおそれて帰途につくことを願ったので、その地から引返したのである。つまり、林蔵は、日本人が到達した樺太東海岸の北限の地をふんだのである。

　林蔵たちは、海が荒れていたのでその地に三日間とどまり、五月六日に北上を開始した。日本人として初めてたどる地であった。舟は、アイヌの村落のある海岸につくことを繰返しながら北へ進み、十七日には、北知床岬のつけ根にあたる多来加（タライカ）湖畔にたどりついた。

　林蔵は、その地に到着するまで、舟の上から海岸線の図を野帳にえがき、村落から村落までの距離を書きとめた。距離は、それらの村落のアイヌたちからきいたものを参考に、長年つちかってきた勘で目測したものであった。原図をえがくと同時に、舟をつけた村落の住民の生活も観察した。それらの村落には、蝦夷（北海道）に住んでいるのと同じようなアイヌたちがいたが、女性は唇の周辺に少し刺青をしているだけで、髪を長く垂らしている者が多かった。

しかし、多来加にくると、そこにはオロッコ人たちだけが住んでいてアイヌの姿はなく、樺太北部の東海岸がオロッコ人の居住地だという説を裏づけていた。

林蔵は、アイヌを通訳にしてオロッコ人から清国の役人が二度ほどこの地に来たという話を耳にした。オロッコ人は、林蔵が興味をもったことを知って、村落内に立てられた標柱の傍に案内した。そこには漢字が彫られていたが、かなり古いものらしく薄れていて判読することはできなかった。林蔵は、その標柱で樺太北部が清国の影響下にあることを知った。

通過してきた村落では、清国領から商売にくる山丹人の評判がきわめて悪かった。かれらは、代金を翌年催促する方法をとっていて、支払いがとどこおると暴力をふるい、借金の代りに子供たちを連れ去って奴隷にするという。かれらと出会うことも予想され、林蔵は、刀をおびた役人の身なりをしてきたことは賢明であった、と思った。

かれは、さらに北上を企てた。東海岸を進んで樺太の最北端をまわり、西海岸に出るのが理想であった。そのためには、まず海に細長く突き出た北知床岬をまわらねばならないが、日数を節約するため半島の最もせまい陸地を横切ることになった。

かれは、北知床半島のシャックコタン（柵丹）に行き、そこからアイヌに舟を引かせて五町（五四五メートル）ほどの砂原を横断、東海岸に出た。

海をながめた林蔵は、アイヌたちとともに顔をしかめ嘆息した。季節が悪いのか、激浪が押し寄せ、しかも潮の流れが驚くほど速い。チップで海に乗り出すことは危険で、樺太の最北端をまわり西海岸へ出ることなど出来るはずはない。気丈なアイヌたちも、顔色を変えて荒れた海をながめていた。林蔵は、樺太の最北端に行くことは不可能だと判断した。

松田伝十郎との約束では、林蔵がもしも舟で進むことができなかった折りには、樺太の最も幅のせまい陸地を横切って西海岸に出て、松田と合流することになっていた。林蔵は、その時が来たことを知った。

アイヌたちに意見を求めると、北上してきた途中に舟を着けた真縫（マアヌイ）から西海岸の久春内（クシュンナイ）との間が、樺太で最も幅のせまい個所だという。林蔵は、真縫まで引返し、陸地を横切って西海岸に出ることを決意した。

かれは、アイヌに舟を引かせて北知床半島のつけ根の陸地を横切り、シャックコタンにもどった。日本人として樺太東海岸の最北の地にきた証拠を残すため、その地に標柱を打ち立てた。樺太最南端の白主を出発してからその地までの距離は、かれの計測によると百三里（四〇五キロメートル）であった。

西海岸に出るため舟で海岸ぞいに引返し、真縫に向った。真縫につくことができたのは、五月三十日であった。日が没すると、急に気温が低下した。林蔵たちは真縫のアイヌの家に泊らせてもらったが、林蔵はそれでも寒く、熊の毛皮を敷き、熊の毛皮をかけて眠った。

翌日は、旅の疲れをいやすため休息をとり、その地のアイヌに西海岸までの道をただした。林蔵のともなってきた案内のアイヌは、むろんその道を知らず、熱心にアイヌたちの話に耳をかたむけていた。

翌六月二日早朝、アイヌは舟を真縫川の上流へ進ませた。進むにつれて小さな蚊の群が襲ってきて、皮膚の露出した部分を刺す。その数はおびただしく、眼もあけられぬほどであった。林蔵は、頭巾をかぶっていたが、わずかにのぞいた眼の部分からも入りこみ、瞼を刺した。

川の流れは急で、アイヌたちは舟に縄をむすびつけ岸から引いて上流へむかう。岸に足場がない所では、川に入って舟を引いたり押したりした。その日は、わずか一里十町（五キロメートル）ほど上流のアイヌ村落にたどりつくことができただけであった。

翌日は、山越えをしなければならなかった。舟を引いてゆけぬ場所が多く、アイヌたちは、二人で舟をかつぎ、山の傾斜を上りおりする。荷も舟にのせてあるので、かなりの重さであるはずだったが、かれらは息をあえがせながらも力強く舟を背に山中を進んだ。

海岸とはちがって山中は寒く、林蔵は、アイヌたちと焚火《たきび》をかこみ、食事をとった。濃霧がたちこめ、それが炎にほの赤く染って乱れ動く。野鳥の羽ばたきの音と鋭い啼き声が、生い繁った樹林の中からきこえていた。林蔵は、アイヌの作ってくれた仮小屋の下で熊の皮をかぶって眠った。

翌日は、谷を五つもわたらねばならぬ山越えであった。さすがのアイヌたちも舟の重さにたえかねて、しばしば休息をとる。かれらの顔は青ざめ、汗がふき出ていた。

三里半（一四キロメートル）の山越えをして、ようやく久春内（クシュンナイ）川の川岸にたどりついた。そこで川面に舟をおろし、川をくだった。アイヌたちは、疲れた体で櫂をあやつり、舟を進めてゆく。川幅が広くなり、流れもゆるやかになって、空気に潮の香が感じられるようになった。

夕刻、舟は、川口にある久春内の岸についた。その日は、八里半（三三キロメートル）の行程であった。林蔵は、松田伝十郎の消息を知りたかった。松田は、林蔵からおくれて白主を出発し、西海岸を北上したはずであった。

やがて、案内のアイヌが、松田の消息をきいてきた。松田とその一行は、この地を半月ほど前、舟で通過し、北へむかったという。

林蔵は、松田が予定通り西海岸を北上し、樺太北部へむかったことを知った。

かれは、苛立った。樺太が東韃靼の半島か、または海上にうかぶ島かを見定めるには西海岸を北進するのが最も効果があり、かれも西海岸を行きたかったが、上司である松田の言葉に従わざるを得ず東海岸の探査を引受けた。

松田は、すでに半月も前に久春内を通過して北へ進んでいったという。松田の乗っていった船は七、八人も乗れる図合船で、林蔵が東海岸を進んだチップよりもはるかに大きい。食糧その他も豊富に載せられ、さらに樺太の白主で何年も越冬経験をもつ万四郎や案内のアイヌも同行していて、かなり奥地まで進み、十分な調査もしているように思える。もしかすると、すでに樺太が半島か島かを見きわめているかも知れなかった。

林蔵は、あらためて東海岸の探査でいたずらに日を費やしたことを悔いた。もしも松田が、樺太北部の地勢を完全に調査し終えていたとしたら、自分が樺太に来た意味はない。樺太北部の調査を申し出たのは自分であり、それによって幕府の許可も出た。松田はその後になって加わってきた男で、林蔵は、松田にすべての功績を独占されるのが腹立たしかった。

海岸には鰊《にしん》が押し寄せ、海は泡立ち、色も変っていた。鰊の大群で海水がかき乱されているため、それに酔ったらしいカレイ、タラ、カスベなどの魚が口を開け閉じして岸にうち上げられている。林蔵は同行のアイヌたちとそれらを手づかみにして食べた。

林蔵は、山越えの折りにいたんだチップの修理をアイヌたちにさせ、二日後に舟を出させた。海には、鰊の群が重り合うようにしてひしめいていた。鰊を押しわけて進むような感じで、かれは、隙間《すきま》なく海面をおおう鰊を呆気にとられてみつめていた。

舟は北へ進み、夕刻には岸にあがって野宿をすることを繰返した。アイヌの家がある地をえらんで舟を寄せたが、海岸は砂浜がつづき、荒涼とした風景だった。

久春内を出船してから三日後に、北方三十三里三町（約一三〇キロメートル）の位置にあるショーヤにたどりついた。その地は、七年前の享和元年（一八〇一）に小人目付高橋次太夫が幕府の命令をうけて調査に来た地であった。高橋は、食糧不足におちいり、その地から引返したのである。

林蔵は、松田が日本人として初めて樺太西海岸の北部に足をふみ入れていることを思うと落着かなかった。その地からは、海をへだてて東韃靼の陸地がかすかにみえる、と土着のアイヌたちが言っていたが、霧が流れていて眼にすることはできなかった。

林蔵は、松田の後を追ってさらに舟を北へ進ませ、モシリヤという海岸沿いの地についたが、松田伝十郎一行が図合船を残し、チップ二艘に乗りかえて北上したことを知った。その地から北へ進むには大きな図合船では不可能だ、と土地のアイヌから忠告されたからだという。

モシリヤの村落に入っていった同行のアイヌが、二十年近く前にその地で起ったという興味深い話をきいてきた。

その年、五人のロシア人がモシリヤに姿をあらわしたが、仲間喧嘩《げんか》をして、一人の男が二人を射殺し、殺した男も、自分のおかした罪を恥じて、石をつけた縄を首にまきつけ海に身を投げて自殺した。二人の男が残ったが、その中の一人は、奥地に住む山丹人が借金を返さぬことを憤り、山丹人の妻を代償にうばって来て同棲した。翌年、夫の山丹人が奥地から出てきてそのロシア人を槍で突き殺し、妻をうばい返して奥地にもどっていった。ロシア人は一人になったが、かれも山丹人に殺された。

林蔵は、この話をきいて樺太北部にはほとんどロシア人が来ていないことを知った。その地のアイヌたちも、その事件以後ロシア人を見かけたことはない、という。

林蔵は、モシリヤを出発し、アイヌをはげましながら北へ舟を進ませた。夜は、数本の竿《さお》を傘のように組み、まわりを蓆でかこって作った仮小屋に身を入れて野宿をした。寒気はきびしく、冬期のようであった。

西海岸の久春内（クシュンナイ）を出発してから十四日目の六月二十日夕刻、ノテトに近づいた。林蔵の計測によると、久春内から直線距離で九十四里二十七町半（三七二キロメートル）の地点であった。

小舟の中央に林蔵が乗り、前後にアイヌが乗って櫂を操っていたが、前部に乗っていたアイヌが短い声をあげた。アイヌの口からはシャモ（和人）という言葉がもれた。林蔵は、舟の進行方向に眼を向けた。海上に二艘のチップがみえ、それぞれの舟の中央に二人の男が坐っている。頭髪は丁髷《ちょんまげ》のようだった。測地家として視力のすぐれている林蔵は、小舟に乗っているのが松田伝十郎と番人の万四郎であることを知った。

松田は気づかぬようだったが、その舟に乗っているアイヌがこちらに顔を向けた。アイヌが教えたらしく、松田が振向いた。

林蔵が手をふると、松田と万四郎も手をあげた。

二艘の舟が近づき、やがて林蔵の舟と並んだ。

「お達者で……」

林蔵が声をかけると、松田もなつかしそうにうなずいた。

三艘の舟は、前後して進んだ。

前方に小さな湾が近づいてきた。砂浜がつづき、小屋のような家が所々に建っている。家に飼われているらしい犬が一斉に吠《ほ》え、その声に家々から多くの男女が出てきて、こちらに近づいてくる。ノテトの村落であった。ノテトは、スメレンクルと呼ばれているギリヤーク人の村落で、近くにはオロッコ人も住んでいた。

ギリヤーク人たちは、舟がつくと水に足をふみ入れ浜に引きあげてくれた。

松田たちは、浜に仮小屋を作り、林蔵たちも仮小屋を張った。

林蔵は焚火で体をあたためながら、東海岸の北知床半島から引返してノテトまでたどりついた経過を説明し、西海岸を北上した松田が、どのような調査結果を得たかをたずねた。

松田は、林蔵が東海岸探査に出発してから十四日後の五月二日、万四郎と道案内のアイヌを引きつれ、図合船で白主を出船した。翌々日には、日本人の漁場の番屋や倉庫もあるトンナイ（真岡）についた。この地で、舟を操るのに巧みなアイヌたちを雇い、調査隊としての態勢をととのえた。

図合船で北上したが、大きな船で進むことはできぬというので、モシリヤでチップ二艘に乗りかえた。

それまでは順調に北上したが、モシリヤから五里（二〇キロメートル）ほど進んだ地で、最大の危機に見まわれた。岸にチップを近づけてゆくと、三、四十人の男たちが山丹人の使う弓に矢をつがえ、抜身《ぬきみ》の槍を手に出てきて、今にも矢を射かけてくる気配をみせた。アイヌたちは恐れおののき、舟を岸に近づけようとしない。逃げようとすれば、一斉に矢が放たれるにちがいなく、もどるにもどれず、松田は、アイヌたちをさとして舟を岸に近づけさせた。

男たちは、走り寄ってきて舟を取りかこみ、甲高い声で口々になにか言うが、アイヌ語とはちがう言葉でわからない。かれらは殺気立っていて、松田も殺されるのではないかと思った。

そのうちに、男の一人がアイヌ語を口にした。松田は、救われた思いでアイヌ語でその男に声をかけた。男はポコノという名のギリヤーク人であった。松田は、ポコノに、

「私たちは日本人で、アイヌを案内人にして調査に来ただけだ。武器は私と家来の万四郎二人が刀を持っているのみで、決して怪《あや》しい者ではない。村の者たちに、自分たちは害のない人間であることを伝えて欲しい」

と、熱心に説いた。

ポコノは、疑わしそうに松田たちを見まわしていたが、ようやく納得したらしく、男たちにギリヤーク語で話しはじめた。男たちの顔から険しい表情が消え、かれらはうなずくと矢をおさめ、槍も捨てた。かれらの態度は一変し、松田たちが夜をすごす仮小屋をつくりはじ

めると手伝い、川から魚をとってきてあたえてくれたりした。

この地から北へ行けば、さらにアイヌ語が通じぬことがあきらかなので、松田はポコノを通訳に雇い、北上した。ノテトについたのは、六月九日であった。

「九日と言いますと十一日前ですが、九日以後、どのようにして過しておられたのですか」

林蔵は、焚火に赤く映えている松田の顔を見つめた。

「貴殿がくるまで、この地にとどまり待っていた。ただし、それも一昨日までで、昨日は、さらに北へ進み、今日、もどってきたところだ」

松田は、串にさした焼魚に手をのばしながら言った。

林蔵と松田伝十郎がノテトにたどりついたことは、大きな意義があった。樺太が島か半島かを見きわめるため西海岸を北上したフランス人ラ・ペルーズと、それにつづくイギリス人ブロートン一行は、ノテトに達することができず、引返している。つまり、かれら西欧の探検家よりも、林蔵たちはさらに北の地をふんだのである。

しかし、松田伝十郎は、一昨日、ノテトを舟で出発し、さらに北へ向い、引返してきたという。松田が、北方の地でなにを見たのか、林蔵は気がかりであった。引返してきたのは、樺太が東韃靼の地つづきである半島か、または島かを見定めることができたためかも知れぬ、と思った。

「この地の北は、どのようになっておりました？　樺太が半島か、それとも島であるのか見きわめることができたのですか？」

林蔵は、松田の顔を見つめた。

「樺太は、島に相違ない」

松田が、淡々とした口調で答えた。

「たしかでござりますか」

林蔵は、うわずった声でたずねた。

「おそらくまちがいはない。海がひどく浅く、潮がひいていて干潟《ひがた》になっていた。対岸に東韃靼の陸地が見え、アムール河（黒竜江）の海に注ぐ河口もかすかに見えた。それで、樺太は島にちがいないと考えたのだ」

松田は、言葉をえらぶように慎重な口ぶりで言った。

「しかし、その付近で樺太と東韃靼の大陸がはなれているとしましても、さらに北の方で地つづきになっているとも考えられますが……」

林蔵は、松田の顔をのぞきこむように見つめた。

「それはそうだ。だから私は、樺太が島だと断言してはいない。おそらく島にまちがいはあるまいと言っておるのだ。私がようやくたどりついたのは、これから北にあるナツコ岬をまわった所にあるラッカという地だ。が、そこから北へはどうしても行けぬ。私も北へ進んで地つづきかどうかをたしかめたかったのだが、海が浅く進むことはできず引返してきた」

松田は、顔をしかめた。

「それでは、これから白主へ引返されるおつもりですか」

林蔵は、問うた。

「やむを得ぬ。私の役目はこれで終った。行きつく所まで行きつき、満足している」

松田は、表情をやわらげた。

林蔵は、焚火の炎を見つめた。松田はナツコ岬の北にあるラッカまで行き、樺太が島らしいと推測し、それで調査の役目も果したという。松田はそれで満足しているようだが、自分は役目を果してはいない。松田だけではなく番人の万四郎すらラッカまで達して地勢を見たというのに、自分がその地に到達せず引返しては申開きも立たない。少くとも松田がたどりついたラッカまでは行き、樺太が半島かどうかを見定めるため、さらに北へも進みたかった。

「松田様。私も樺太見分のお役目をおおせつかりました身でありますし、松田様の行かれましたラッカという地まで行かなくては気持がおさまりませぬ。明朝、海が凪いでおりましたら北へ参りたく存じます」

林蔵は、松田の顔に視線を据《す》えた。

松田は、すぐには返事をせず、焚火に薪《まき》を加えた。

「よかろう。行ってみるがいい」

松田は、うなずいた。

林蔵は、松田の舟を操ってラッカまで行ったアイヌを案内人とするべきだと考え、焚火にあたっているアイヌにそのことを依頼した。しかし、アイヌたちは互に顔を見合わせて黙っている。樺太北部は、粗暴な振舞いをする山丹人が動きまわっている地で、襲《おそ》われ殺されるおそれも十分にある。松田とラッカまで行って引返してきたかれらは、殺されることもなくすんだことに安堵していて、再び身を危険にさらしたくはないのだ。

やむなく林蔵は、白主を出発してから同行してきた二人のアイヌに、

「行ってくれ」

と、頼んだ。が、かれらも松田と行を共にするアイヌが恐れていることに気づき、口をつぐんでいた。

林蔵は、当惑した。アイヌが同行してくれなければ、北へ進むことはできない。松田がラッカまで行き、樺太がほぼ島にまちがいないと推測しただけに、その地までは行きたかった。

「松田様。御迷惑とは十分承知いたしておりますが、私とともにもう一度ラッカまで行っては下さりませぬか。松田様が行くと言われましたら、蝦夷人（アイヌ）たちも舟を出すことを承知してくれるはずです。なにとぞお願いいたします」

林蔵は、坐り直すと頭を深くさげた。

「また行けと言うのか？」

松田は、不快そうに言った。

「蝦夷人の力なくしては、北へ進むことはできませぬ。私もお役目を仰せつかった身でございます。ぜひともラッカにたどりつきたく思います。御足労ながら御同道願いたく存じます」

林蔵は、熱っぽい口調で懇願した。

松田は口をつぐみ、顔をしかめていた。

「私も疲れている。行きつく所まで行き、お役目もこれで果したとほっとしていたのだが……」

松田は、苦りきった表情でつぶやくように言った。

「それは十分にわかります。が、私の立場もおくみとりいただき、ぜひ……」

林蔵は、再び頭をさげた。

「やむを得ぬな。それでは、行くことにするか」

松田は言うと、同行してきたアイヌたちに、明朝、海が凪いでいたら舟を出すように、と指示した。

アイヌたちは無言でうなずいた。

林蔵は喜び、たずさえてきた酒をアイヌたちに振舞った。

かれは、松田と打合せをした。ラッカへむかうのは二艘の小舟だけにし、松田と林蔵が分乗することになった。番人の万四郎は、林蔵と同行してきたアイヌたちとノテトに残ることにきまった。

林蔵は、仮小屋の下に入ると熊の皮をかけて身を横たえた。松田がそれ以上進むことは不可能だと言っているラッカから、さらに北へ足をふみ入れたい、と思った。波の音が、体をつつみこんでいた。

翌日は海の状態が思わしくなくノテトにとどまり、次の日、二艘のチップを海面におろした。

先を行く舟には松田伝十郎、後の舟には林蔵が乗り、それぞれ二名のアイヌが櫂を操った。舟には、扇形の小さな帆があげられた。舟は、ナツコ岬にむかって進んだ。林蔵は、野帳をひらいて海岸線の作図をし、羅針で方向をさぐった。

前方に、ナツコ岬が近づいてきた。風向は好ましくなく、それに潮が引きはじめてきたのでいったん岬のつけ根に舟を寄せた。そこで休息をとってから、帆をあげることは諦めて櫂をこいで岬の先端をまわり、二里半（九・八キロメートル）ほど進んで、ようやく松田が引返したというラッカにたどりついた。

松田が、振向くと声をかけてきた。

「私は、ここから引返した。これ以上は進めぬと思う。私はナツコ岬のかげにもどって野宿する。もしも、貴殿がこれからさらに少しでも北へ進むことができたら、それは貴殿の手柄だ。私は、ナツコ岬で待つ」

かれは言うと、アイヌに舟をもどすように命じた。

松田の舟は、ナツコ岬の方へ遠ざかっていった。

林蔵は、あたりの情景を見まわした。ラッカは、川の河口にあった。海は干潮時で水が岸から一里（四キロメートル）ほども沖にかけて引いている。が、砂地は少く岩や海草があらわれていて波に洗われ、干潟を歩いてゆくことは不可能だった。

かれは、ラッカの海岸にあがってみたい、と思った。が、海岸は波打ちぎわから岸の奥の方まで打寄せられた海草と芥《あくた》に厚くおおわれ、しかもそれらが腐っていて到底足をふみ入れることはできそうになかった。さらに北へむかうには、遠く干潟のはずれの沖合に出て海上を進む以外に方法はないが、それは東韃靼の海岸に接近することになり、山丹人にとらわれるおそれもある。アイヌたちは、ラッカまできただけでも恐れているので、そのようなことに同意するはずはなかった。

林蔵は、少しでも対岸の東韃靼に近づいてみたい、と思った。幸い、ラッカ川の河口から流れこんできている水が、海草におおわれた干潟の中に川のような筋を作って沖に向っているので、かれはアイヌに命じてその水の筋に舟を入れさせた。舟は、海草にふちどられた流れの中を進み、十五町（一・六キロメートル）ほど行った位置で海草にさえぎられた。

かれは、清国領東韃靼の陸影をみつめた。岬がはるかにみえ、その近くにアムール河らしい川の河口がかすかに望まれた。北方に視線を向けると、樺太と東韃靼との間の海はさらに広くなっていて、地つづきになっている様子はなさそうだった。やはり、松田伝十郎の言ったように樺太は東韃靼の半島ではなく離島らしい、と思った。

アイヌが、

「恐ろしい。帰りましょう」

と、ふるえをおびた声で言った。

林蔵は、海草におおわれた海面を見まわした。動く物はなにもない。北の果てに身を置いている実感が、胸にせまった。

かれは、アイヌに舟をもどすように命じた。これ以上北へ進むことは不可能で、自分の役目も一応果された、と思った。アイヌたちは帰路を急ぐように櫂をこぎ、舟はラッカをはなれてナツコ岬にむかって進んでゆく。林蔵は、名残り惜しそうに海草に厚くおおわれた干潟に眼を向けていた。

ナツコ岬の先端をまわると、岬のつけ根の岸に焚火の炎のちらつきがみえ、その傍に仮小屋が見えた。舟は、岸に近づき、舳をのしあげた。

林蔵は、焚火にあたっている松田伝十郎に歩み寄ると、傍に坐った。

「どうだった」

松田が、林蔵の顔をのぞきこむようにみつめた。

「ラッカから北へ進むことはできず、もどりました」

「そうであろう」

松田は、安堵したように頬をゆるめた。もしも林蔵がラッカからさらに北へ進んだとしたら、松田は面目をうしなう。気の強い林蔵がその地点から引返してきたのは、かれにとって歓ぶべきことにちがいなかった。

「測地術を身につけている林蔵殿だが、樺太が東韃靼の地つづきか、それとも離島か、いずれに思ったか」

松田は、探るような眼で言った。

「ラッカの川の水が干潟に押し出しておりましたので、そこに舟を入れ沖まで十五町（一・六キロメートル）ほど進んでみました。そこから望みますと、北の方はさらに海の部分がひらけておりました。狭くなっておりましたら東韃靼の地つづきの半島とも思えますが、ひらけていることから考えますと、松田様の言われる通り樺太は島のように思えます」

「やはりそう思ったか」

松田は、満足そうな眼をした。

「ただし、たとえ海がひらけておりましても、その奥が行きどまりになり半島になっているかもわかりませぬ」

「それはそうだが……」

松田は、かすかにうなずいた。

日が没し、その夜はナツコ岬で野宿した。

林蔵は、松田と調査を無事に終えたことを確認し合い、出発地の白主に引返すことになった。

翌々日の朝、林蔵は松田とともにナツコ岬をはなれ、ノテトの村落にもどった。ノテトは、東韃靼へ渡海する場所で、三十七、八歳のコーニというギリヤーク人が村落の酋長《しゅうちょう》になっていた。かれは、竜の形を織り出した絹の衣服を着、二人の家来を連れて歩きまわっていたが、松田には親切で魚をあたえてくれたりしていた。ギリヤーク人は多数の犬を飼い、荷を運ばせるのに使っていた。

林蔵は、水の悪さに苦しんだ。土中が腐った海草なので、水は赤茶けていて臭気も強い。同行のアイヌたちは腹痛を起していた。

六月二十六日、林蔵は、松田とともにノテトをはなれた。

風向に恵まれ、閏六月十八日には樺太最南端の白主に帰りつくことができた。林蔵がたどった距離は、百六十一里五町半（約六三三キロメートル）であった。

六

白主に到着した林蔵は、二日後、松田伝十郎とともに宗谷海峡を渡り、蝦夷（北海道）最北端の会所のある宗谷に帰った。

宗谷には、昨年春来襲したロシア艦が再び来攻することを予想し、会津藩兵五百人が物々しく警戒にあたっていた。また、松前奉行所から奉行河尻肥後守、吟味役高橋重賢が出張し、さらに海上監視の専門家である長崎の遠見番の日高市郎太、別府新左衛門がはるばる長崎から招かれて、宗谷の遠見番所に勤務していた。長崎のオランダ通詞馬場為八郎も出張してきていた。林蔵は、あらためて日本とロシアの関係がきわめて緊迫化していることを感じた。

林蔵は、松田とともに会所に帰着の報告をし、それぞれ報告書の作成を急いだ。

林蔵と松田が帰ったことを知った奉行河尻肥後守は、ただちに出頭を命じた。林蔵は、松田とともに報告書を手に奉行の宿所におもむいた。宿所には、河尻と高橋重賢が待っていて、林蔵たちに親しげな眼を向けた。

松田が調査結果を報告し、林蔵は、東海岸の北知床半島から引返し、西海岸に出て松田と合流しラッカまで至ったことを述べた。河尻は、高橋とともに興味深げに耳をかたむけ、二人が差し出した報告書を食い入るような眼で見つめていた。

「作図はしたかな？」

高橋が、林蔵の報告書から眼をあげるとたずねた。

「羅針で方向をはかり、野帳に図を書きとめました。ただし、海岸を縄や歩度ではかることはできず、舟の上から目測をいたしました。従って距離に少し狂いがあるとは思いますが、いずれにしましても原図をまとめ、近々のうちに大概図を提出申し上げます」

林蔵は、手をついて言った。

高橋は、うなずいた。

河尻は、

「樺太が島であるか地つづきであるのか、その点はどうか」

と、たずねた。

松田と林蔵は、おそらく島にまちがいありませぬ、と答えた。

高橋は、江戸の天文方高橋作左衛門が、測地術を身につけた林蔵が樺太奥地に入ったことを知り、その地域の謎がとければ世界地図の上で大壮挙《そうきょ》になると書状を送ってきたことを口にした。そして、現在、西欧の常識では、樺太が半島であるという説が専《もっぱ》らだが、それはあくまで想像の域を出ず、出来るならば島か半島かをたしかめて欲しいと依頼してきたともいう。

奉行は、松田に顔を向けると、

「松前に奉行の村垣淡路守殿がおられるが、樺太のことを知りたがっておられる。ただちに松前へ出立せよ」

と、言った。

松田は、平伏した。

林蔵が、手をついた。

「御奉行様にお願いがございます」

「なにかな」

河尻が、林蔵を見つめた。

「私を再び樺太奥地へさしつかわすようお命じ下さい。帰途、考えて参りましたが、ぜひとも樺太の奥深く入りたいのでございます」

林蔵は、熱っぽい口調で言った。

「樺太の奥地へまた入りたいというのか？」

奉行の河尻肥後守は、驚いたように林蔵の顔を見つめた。

「ぜひともお許しを……」

林蔵は、頭を深くさげた。

江戸の天文方高橋作左衛門が、自分の樺太調査に大きな期待を寄せている書簡を高橋重賢宛に送ってきたという。林蔵も、西欧の探検家が樺太北部の地勢をしらべるため船を乗り入れることを繰返したことは知っていた。かれらは、樺太西海岸を北上したが、海が浅くなったため引返し、結局、樺太は東韃靼の地つづきの半島だと断定した。その調査結果をもとに西欧で地図がつくられ、それがオランダを通じて長崎につたえられ、日本でも林子平、近藤重蔵らが樺太半島説を強く支持している。高橋作左衛門も、その説を信じているが、測地家である林蔵が松田伝十郎とともに樺太奥地に入ったことを知り、あらためて半島か島かを確認したいと願っているのだ。

林蔵は、あらためて樺太北部の地勢が日本のみならず世界の地理学者たちの間で最大の関心事になっていることを感じた。西欧の探検家たちは樺太西海岸を北上したが、かれらの乗っていった船は大型船で、吃水《きっすい》も深く、北上するのにも限度があったのだろう。それに比べて自分たちは、わずか三人乗りのチップで北進したので、西欧の探検船よりもさらに奥地へ達することができたのだ、と思った。

かれは、腐った海草に分厚くおおわれていたラッカの干潟を思い起した。干潟の沖には白波が立ち、青黒い海がひろがっていた。その海面に舟を乗り出せば、さらに北へ進むことができるはずであった。自分一人であったなら、アイヌたちをはげましてさらに北上することもできたかも知れぬ、と思った。が、ナツコ岬で待っている松田のことを思うとそのようなことはできるはずもなく、松田の従者のような立場にあったことが悔まれた。

「樺太を再見分《けんぶん》するというが、そのラッカという地まで行ってみると言うのか」

　高橋重賢が、眼を光らせた。

「ラッカよりさらに北へ進みます。もし樺太が島でありましたら、島の最北端をまわり東海岸へ出られるはずで、東海岸を南下し、白主へもどりとう存じます」

　林蔵は、答えた。

「たしかにそれを果すことができれば、樺太が半島ではなく島であることが明白になるな」

　高橋は、うなずいた。

「なにとぞ再見分をお許し下さい」

　林蔵は、力強い口調で言った。

「よし、ただちに出立の仕度にとりかかれ」

　奉行は、言った。

　林蔵は、平伏した。

　奉行と高橋が立ち、林蔵は松田と外に出た。

「難儀なことだが、お役目を無事果すことを祈っている」

　松田が、しんみりした口調で言った。そして、樺太北部は、秋になると海が凍結し、春もおそくなってからようやく氷がとけることを口にした。

「寒気が殊《こと》のほかきびしいことを十分に頭に入れて、仕度をするとよい」

松田は、道の角にくると、気づかわしげな眼をして道を遠ざかって行った。

林蔵は、第一回の樺太調査による地図を作成した。それは東海岸の北知床半島までと西海岸のラッカまでの図で、里程表も別紙に書きとめた。また、それらの地の住民からきいた樺太と対岸の東韃靼の地勢その他も書き記した。

かれは、地図と報告書を宗谷に出張していた松前奉行河尻肥後守に提出した。それらは、松前をへて江戸へむかう松田伝十郎によって幕府にとどけられることになった。また、高橋重賢は、林蔵に対して天文方高橋作左衛門からの樺太に関する質問書に折りをみて回答の書状を送るように指示した。

かれは、準備をととのえることに専念し、七月十三日、図合船に便乗して宗谷を出発し、その日のうちに樺太最南端の白主についた。

白主で舟を操るアイヌを雇おうとしたが、適当な者が見あたらず、北方にある漁場のトンナイ（真岡）で採用することにした。そして三日後、舟に便乗して五日後にトンナイに到着した。トンナイは、松田伝十郎が、その春、北上する折りにアイヌの舟乗りや案内人をやとい入れたアイヌの大きな集落がある地であった。松田が北進できたのはトンナイのアイヌの協力があったからで、林蔵もそれにならって有能な舟乗りと案内人を雇い入れたかった。

しかし、期待は裏切られた。アイヌの村落には、松田と北上したアイヌたちの口から、その調査の旅がきわめて苦難にみちたものであったという話がひろまっていた。途中、弓矢や槍を持った住民におどされ、危うく殺されかけたこともつたわっていた。そのため、林蔵が舟を扱う者と案内人を雇い入れようとしても、応じる者はいなかった。漁場の支配人や番人がアイヌたちを熱心に説得してくれたが、効果はなかった。

林蔵は、当惑した。アイヌたちは、東韃靼から樺太に商売のためやってくる山丹人をひどくおそれている。山丹人は横暴で、借金を返済できない折りには武器でおどし、妻子をうばって連れ去ることもある。樺太北部には、山丹人が横行し、さらにギリヤーク人やオロッコ人もいる。その上、寒気はきびしく、食糧、水も乏しい。そのような地におもむくことを避けようとするのは無理もなかった。

しかし、樺太調査をするためには、アイヌを同行させなければ果せるはずもない。かれは、松前奉行所から乙名《おとな》（役人）の位置をあたえられている老いたアイヌに助力を乞い、一人一人説得してまわってもらった。その結果、七日目にようやく六人のアイヌを雇い入れることができた。使用する舟は、チップ（小舟）よりも大きいポロチップを選んだ。長さ七間（一二・七メートル）幅一間（一・八メートル）の舟で、漕ぎ手は六人であった。

八月三日、舟はトンナイを出発し、海岸沿いに北上した。

前回に東海岸から山越えをしてたどりついた西海岸の久春内も過ぎ、海岸で野宿をかさねながら十二日後にリョナイ（千緒）に到着した。その夜は、仮小屋を作って野宿をした。

翌朝、林蔵は、アイヌの叫び声にはね起き、仮小屋の外に出て海を見つめた。異様な形をした船が、六艘つらなるように近づいてきている。船には弓や槍を手にした男たちが乗り、こちらに険しい眼を向けていた。

「山丹人だ」

アイヌの口から、ふるえをおびた声がもれた。

舟が続々と岸につき、弓や槍を手にした男たちが砂浜にあがってきた。大刀を腰からさげた者を先頭に、五、六十名の男たちが近づいてきた。林蔵にとって初めて眼にする山丹人であった。体が大きく、一人残らず髭をのばしている。笠をかぶっている者が多く、紐《ひも》で笠を背にさげている者もいた。頭は剃《そ》られ、頂きだけにはえた長い髪が三組みに編まれて後に垂れていた。

かれらは、刀を腰にさした林蔵をいぶかしそうにながめながら近づいてくると、男の一人が立ちすくんだアイヌの腕を荒々しくつかんだ。他のアイヌたちは、林蔵に走り寄ってしがみついた。

山丹人たちは、大きな声をあげて威嚇するように槍や刀をふりまわす。言葉はわからず、なにを言っているのかわからない。かれらは、林蔵のまわりを歩き、刺すような眼を向けてくる。そのうちに山丹人が仮小屋の外に置かれた酒壺と米袋をとりあげた。アイヌがそれをとられまいと近づきかけたが、刀を抜いた山丹人に怒声をあびせかけられて、坐りこんでしまった。

林蔵は、アイヌたちに、

「さからってはならぬ」

とさとし、山丹人に歩み寄って、アイヌ語で奥地調査のため来ただけであることを説明した。しかし、山丹人たちは、言葉の意味が通じぬらしく、荒々しく手をふり頭をふるだけであった。

林蔵は、なすすべもなく立っていた。このまま適当な処置をとらなければ、アイヌとともに殺されてしまいそうな気がした。かれらの顔には、人を殺すことなど日常茶飯事のような表情がうかんでいた。

かれは舟に歩み寄ると、米袋と酒の入った壺をかかえて山丹人に近づき、渡した。山丹人たちは、米袋と酒壺のまわりに集り、米粒をかんだり酒の匂いをかいだりした。かれらの中には、林蔵に顔を近々と寄せ鼻をこすりつけてくる者もいた。体に強い異臭があった。

かれらは、林蔵たちに槍や刀をふりかざしていたが、一人が浜の方に歩き出すと他の者もそれに従って舟にもどっていった。かれらは、大声で笑いながら舟に乗ると、櫂を力強くこぎはじめた。

林蔵は、深く息をついた。噂にはきいていたが、山丹人の容貌はたけだけしく、アイヌたちが恐れるのも無理はないと思った。人間と言うよりは、野獣に似たものに感じられた。

「もう心配はいらぬ」

かれは、身をすくめているアイヌたちをなだめた。

かれらの顔色は青く、一様に体をふるわせている。かれらは黙っていたが、一人が、

「南へ帰りたい。これ以上北へは行きたくない」

と、言った。

他のアイヌたちも、

「このような地にいるのは恐ろしい。村へ帰りたい。いつまた山丹人がくるかも知れぬ」

と、口々に叫びはじめた。

林蔵は、無言でかれらをながめていた。山丹人は、米と酒をあたえたので去っていったが、それは偶然と言っていいのだろう。理由もなく殺しかねない男の集団のように思える。ただでさえ同行することを渋っていたアイヌたちが、山丹人に威嚇され、南へ帰りたいと思うのも無理はなかった。しかし、かれらの望みを入れて引返してしまえば、今後、樺太北部へ行く機会は失われるだろう。かれらをはげまし、あくまでも北へ進まねばならなかった。

かれは、アイヌたちが落着きをとりもどすのを待とう、と思った。アイヌたちは、再び山丹人がやってこぬかと恐れているらしく、しきりに海に眼を向けている。海鳥が舞うのがみえるだけで、船影はみえなかった。

日が傾き、林蔵は米を粥《かゆ》にしてかれらにあたえた。かれらは、うまそうに食べていたが、眼にはおびえの色がうかんでいた。

海が荒れはじめ、舟を出すことはできなくなった。アイヌたちは、南へ帰ることを口にし合いながら、押し寄せる波頭をながめていた。

林蔵は、夜になるとアイヌたちと酒をくみ合い、かれらを慰撫《いぶ》することにつとめた。もしも山丹人に危害を加えられそうになった折りには、自分が命をかけてもアイヌたちを守る、と約束した。それでも危うい時は、持っている食糧その他を投げ出すつもりだとも言った。

かれは、根気よくかれらの不安をやわらげることにつとめた。

日がたつにつれて、かれらの気持も徐々にしずまってきた。林蔵は熱意をこめて説得し、かれらもようやく北へ舟をむけることに同意するようになった。

十日後の八月二十五日、海上もおだやかになったのでリョナイを出発した。アイヌたちは、舟を進ませながらも互に南へ帰りたいとささやき合い、落着かぬ様子であった。

九月三日、トッショカウという地についた。アイヌたちは、再び激しい動揺をしめした。この地から北にアイヌは住まず、ギリヤーク人、オロッコ人の居住地帯になっていて山丹人もしばしば姿を現す。その上、寒気が予想以上にきびしく、海が凍結《とうけつ》すれば南へ帰ることもできなくなる。さらに、山丹人に食糧をうばわれたので、残りの食糧も心細くなっていて、このまま氷にとざされれば餓死することは疑いない、という。

林蔵は、かれらの訴えをきいているうちに不安になってきた。たしかに食糧は少く、海が凍結すれば魚をとることもできなくなる。目的地は遠く、これ以上北進することは無謀《むぼう》だ、と思った。かれは、いったんアイヌの居住区にもどって再起をはかるべきだ、と決断し、その旨をアイヌたちに伝えた。

アイヌたちは喜び、舟を翌朝、南へむけた。舟は往路をひき返し、九月十四日にリョナイにもどった。

引返しはしたが、林蔵は、樺太奥地の調査を断念する気にはなれなかった。奉行の河尻肥後守、吟味役高橋重賢に樺太行きを申出て出発したかぎり、あくまでも北へ向って進みたかった。どのような危険をおかしても樺太が半島か島かを自分の眼で確実に見さだめたかった。

雪が降りはじめ、寒気は増した。海岸近くに仮小屋を作って野宿していたが、雪が吹きこみ、体にかけた熊の皮も雪におおわれてかたく凍りつく。焚火は絶やさなかったが、体の芯まで冷えきってしまったような寒さであった。五町（五四五メートル）ほどはなれた所にアイヌの営む小さな集落があった。

十月上旬、酋長のウトニンという中年の男が、村のアイヌの男を従えて林蔵たちの仮小屋にやってきた。

「このような所で野宿していてはこごえ死ぬ。私の家に泊りなさい」

ウトニンは、言った。かれは、海岸に仮小屋を張った林蔵たちをひそかに見守っていたが、危害を加えてくるおそれはないと判断し、迎え入れる気になったのだという。

林蔵は喜び、同行のアイヌたちと雪をふんでウトニンの家に行った。

ウトニンは誠実な男で、林蔵たちを温く遇してくれた。村の者たちも親切で、干した魚や山菜を持ってきてくれる。

林蔵は、ウトニンに感謝しながらも北へ進むことを考えつづけていた。海は連日荒れていて舟など出すことはできなくなっていた。が、やがて海面が凍結すれば、舟を使わず氷の上を北へ歩いてゆくことはできる。もしもアイヌたちが同行を頑にこばむなら、一人ででも歩いて行きたかった。酋長のウトニンは、林蔵のかたい決意を知って畏敬《いけい》の念をいだいているようだったが、同時にアイヌたちの助力を得られぬことにも同情していた。

林蔵は、海面が凍結するのを待った。

寒気は一層つのり、吹雪が昼夜の別なくつづいた。積雪は増し、村の家々は雪に深く埋れた。海には氷塊《ひょうかい》が波に上下して動いていたが、凍る気配はなかった。砂浜にあげられた舟は、雪と氷につつまれていた。

魚がとれなくなり、食糧はつきかけていた。村のアイヌたちは、雪の訪れる前にとった魚や山菜を少量ずつ食べていて、林蔵たちに分ける余裕はないらしくゆずってくれることもなくなった。

林蔵は、この地にとどまることは死につながるおそれがあることを知った。海は凍結せず、北へ進むこともできない。いたずらにこの地にとどまるよりも、思いきって第一歩からやり直す方が賢明だ、と判断した。かれは、アイヌたちを雇ったトンナイ（真岡）に引返すことを決意した。トンナイには、漁場の支配人、番人らもいて、その地で越冬し、来春、再び北上しよう、と思った。

かれは、アイヌたちとトンナイに帰る方法について話し合ったが、海は荒れ、氷塊も流れていて舟を使うことはできず、陸路を歩いて行く以外にないことを知った。リョナイからトンナイまでは、五十四里（二一二キロメートル）の道のりであった。

林蔵は、トンナイに引返さねばならなくなったことが腹立たしかったが、すべては北上する時期をあやまったためだ、と反省した。トンナイにたどりつくには、深い氷雪におおわれた陸地を歩いてゆかねばならない。むろん舟や道具類はリョナイに置いてゆく。

リョナイのアイヌの酋長ウトニンは、林蔵が舟と道具類をあずかって欲しいと申出ると、快く承諾してくれた。そして、村のアイヌたちに命じて海浜に引き上げられていた舟を雪の中から掘り出し、道具類とともに蔵の中に運び入れてくれた。

十月二十四日、林蔵は、同行の六人のアイヌたちを連れてリョナイを出発した。酋長のウトニンは、林蔵たちを犬ぞりに乗せ村のアイヌたちと一里ほど送ってきてくれた。

「来春、再びくるのを待っています」

ウトニンは林蔵に言い、雪原の中に立って長い間見送っていた。

林蔵たちの旅は、困難をきわめた。雪は深く、かき分けるようにして進む。吹雪で方向を見失って立往生することもしばしばだった。

夜は雪中に穴を掘り、上方に枝をさし交して蓆でおおい、穴の中で互いに体を密着させて眠った。降りしきる雪の重みで上方の枝が折れ、雪にうずまることもあった。食糧は乏しく、わずかな米粒をかみ、干魚をむしって空腹をいやした。時折りアイヌの家を見つけて宿を乞い、煖《だん》をとらしてもらうのがわずかな慰めであった。

かれは、十一月六日、泊らせてもらったアイヌの家で矢立をとり書状を書いた。天文方高橋作左衛門宛のものであった。

第一回の樺太調査を終えて宗谷に帰った折り、高橋重賢に、高橋作左衛門からの質問状に対する返書を送るよう指示されていた。作左衛門の質問の要旨は、樺太とサハリンが別の島であるという説が事実か否かを問うものであった。

林蔵は、樺太が島であることはほぼまちがいなく、樺太とサハリンが同一の島であることを知っていた。が、作左衛門への回答書には、

「樺太の北部を西洋ではサハリンと呼んでいるのかも知れませぬ」

と、記すにとどめた。かれは自分の樺太調査が完全なものではなく、断定することをひかえたのである。そして、樺太東海岸は北知床半島、西海岸はラッカまで実測したので、その絵図を送ることも書き添えた。

かれは、書状に封をし、身につけた。トンナイまでの旅は困難で、途中、絶命することも

十分に考えられる。そのような場合でも、書状を遺品として残したかった。

かれらは、海岸沿いに雪と氷の中を歩きつづけた。寒気は想像を絶していて、身につけている物はすべて凍りついた。夜は穴の中で熊の毛皮にくるまって寝たが、朝、毛皮の表面は氷に厚くおおわれていた。それを棒で取りのぞくためにたたいたが、無数の鈴のように垂れた氷は落ちない。焚火に近づけてとかす以外に方法はなかった。

髭も眉も氷がつららのように垂れ、鼻に入ってくる冷い空気は、刺すように痛い。焚火のかたわらに坐って煙草をすっても、煙管が唇に凍りついてはなれなかった。

アイヌたちは、氷雪の中を進みながら凍傷にかかることを恐れ、林蔵にもこまかい注意をあたえてくれていた。かれらの話によると、耳と陰嚢《いんのう》が凍傷におかされると命を失うので、それを避けるためには耳と陰嚢を、環《わ》のようにした狐の尾でくるんでおかなければならないという。かれらは、林蔵に尾をあたえて、くるみ方を指示し、放尿する場合にも陰嚢を決して露出してはならぬ、と言った。尿は、放たれると熱湯のように湯気をあげた。

林蔵は、アイヌたちと同じように眼の部分だけが開いているコンチ（頭巾）をかぶっていた。それでも、鼻や耳が痛く、アイヌの指示にしたがって、絶えず頭巾の上からもんだ。

氷雪の中でも、林蔵の健脚はいかされていた。疲れを知らぬかれは、いつの間にか先に立って雪を押し分けて進み、その踏んだ跡をアイヌたちはついてきた。猛吹雪に会った折りには、雪洞《ほら》をつくり、天候の回復を辛抱強く待った。いつの間にか雪が深くつもり、下から這い出さなければならぬこともあった。

かれは手袋をはめていたが、リョナイを出発してから十日ほどたった頃、手が凍傷におかされた。手の甲や指が赤くはれあがり、やがて紫色に変化して、膿《うみ》がにじみ出るようになった。激しい痛みが起っていたが、それが消えると感覚が失われてしまった。

アイヌたちは心配し、焚火に手をかざさせ、しきりに摩擦してくれる。が、症状は悪化するばかりであった。

かれらがトンナイにたどりつくことができたのは、リョナイを出発してから一ヵ月以上もたった十一月二十六日であった。

突然のように雪原から姿をあらわした林蔵たちは、トンナイの者たちを驚かせた。体は痩せこけ、足もともふらついている。かれらが死ぬこともなく、氷と雪のつらなる五十四里の道のりを歩いてトンナイについたことは、奇蹟《きせき》と言ってよかった。

アイヌたちは、それぞれ家族たちに抱きかかえられて家に向い、林蔵は、雪に埋れた番屋に入った。

手袋から出した手は、すっかりくずれて膿が流れ出ていた。顔をしかめた漁場の支配人が、治療に豊かな知識をもつ乙名の老いたアイヌを呼んでくれた。

「雪焼けは、まず血のめぐりをよくすることです」

乙名は言って、温湯を入れた桶に林蔵の両手をひたさせ、拭き清めてから黒いものをとかして塗った。熊の胆《い》であった。乙名の話によると、さらに症状が重くなった折りには、焼いた刀で凍傷におかされた部分を切り落さなければならないという。

「同行のアイヌたちは、雪焼けにかからなかったが……」

林蔵は、首をかしげた。

「アイヌはかかりませぬ。かかるのは、シャモ（和人）だけです」

乙名は、淡々とした口調で言った。寒冷地に古くから住むアイヌは、本質的に寒さに耐えることのできる体を持っているのかも知れなかった。

手当を終えた林蔵は、木の根のようになった手で椀をかかえ、粥をすすり、焼魚を食べた。久しぶりに口にする食物らしい食物であった。

かれは、炉のかたわらで身を横たえ、深い眠りにおちていった。


文化六年が、明けた。

凍傷は、熊の胆を塗ったことが効を奏したらしく、脹《は》れが少しずつひいた。膿もにじみ出ることはなくなり、正月をむかえた頃には指の皮がきれいにめくれて落ちた。アイヌは快癒したと言ってくれていたが、指が変形し、醜く曲ったまま思う通りには動かなかった。

かれは、不自由な手で矢立をにぎり、野帳を見ながら第一回探検で測地した樺太の地図をえがいた。足をふみ入れなかった樺太東海岸の北知床岬と西海岸のラッカのそれぞれ以北は、点線で推定図をひいた。

その地図とリョナイからトンナイまでの旅の途中に書いた書状を一包みにし、漁場の支配人に手渡した。春が訪れ宗谷との間に舟が往来するようになった折りに、江戸の天文方高橋作左衛門のもとへ送ってくれるよう依頼した。

トンナイの寒気は、年が明けるとさらにきびしさを増した。

番屋は雪がこいがされ、戸のすき間には藁《わら》束がつめこまれていたが、吹雪の日には雪が容《よう》赦《しゃ》なく吹きこんできて家の中に高々と積り、その重さで床がしなう。夜になると、寒気が床から立ちのぼり、柱が下から三尺（九一センチメートル）ほど白く凍りつき、大きな霜柱が立っているようにみえた。冷気で体がしびれて眠ることができず、夜中に起きて火を起し、体をあたためることもしばしばだった。

かれは、アイヌが犬の毛皮を身につけていることに関心をいだいた。頭巾、衣服、腿引、手袋などすべて犬の皮で、熊の毛皮は敷物に使っているだけだった。

リョナイからトンナイまでの旅の間、かれは、熊の毛皮を寝具代りにしたが、朝になるとおびただしい鈴のように氷が付着し、それをたたき落すのに苦労したことを思い起した。同行のアイヌたちの身につけている犬の毛皮も凍りついたが、意外なことに軽くはたいただけで氷が落ちる。防寒具としては、熊の毛皮より犬のそれの方がすぐれているようだった。

林蔵は、トンナイで犬の毛皮を身につけたアイヌの姿をながめながら、その理由をようやく理解することができた。熊は積雪期になると穴ごもりをするが、犬は雪をいっこうに気にかけない。そうした動物の習性から考えて、熊の毛皮は雪に不向きで、それとは対照的に犬の毛皮は雪に順応する性質をもっているのではないか、と思った。犬は、吹雪の日でも戸外で寝ている。雪が積り姿がみえなくなっても、呼吸をする穴だけはあき、呼気が湯気のように流れ出ていて、犬がいることが知れる。餌《えさ》を持ってゆけば、雪の中からむっくりと起き上る。身ぶるいすると、氷化した雪はさらりと落ちた。かれは、樺太の地では、アイヌにならって犬の毛皮を使うべきだということを知った。

海は、かたく凍りついていた。

かれは、北上する準備に手をつけた。問題は、同行するアイヌを雇い入れることであった。リヨナイから共に引返してきたアイヌたちを一人ずつ訪れ、

「海は氷になっていて、歩くのも容易だ。気温もこれからは暖くなる一方なのだから、ぜひ力を貸して欲しい」

と、熱心に説いて歩いた。

かれらは渋っていたが、体格の逞しいラロニという男がまず応じ、かれが他の者を説得してくれて、ようやく六人の男すべてが再び同行することを承諾した。

林蔵は、正月二十九日、かれらに食糧その他を背負わせてトンナイを出発した。

一行は、凍結した海上を北にむかって進んだ。氷の上に降りつもった雪は氷状化してい

て、吹きつける風に高まった部分が所々にあったが、平坦になっている所も多かった。一列になって杖をつきながら進み、夕刻になると陸岸にあがって雪洞をつくり、眠りをとった。

トンナイを出発してから五日目には、早くも四十四里（一七三キロメートル）北方のウショロについた。前年十月に舟その他を置いてきたリョナイには、わずか十里の地点であった。

ウショロには、アイヌの家が八戸あった。林蔵は、同行のアイヌたちを連れてかれらの家を訪れ、煖をとらせてもらった。かれらは、魚や山菜をとって生活していたが、貂《てん》を捕殺して、その皮を時折りやってくる山丹人に渡し、生活用品と交換しているという。雑談をしているうちに、林蔵たちが北へ向うと言うと、村のアイヌの一人が、

「北に行くと、アイヌは山丹人に捕えられ、殺される」

と、言った。

それを耳にした同行のアイヌたちは、前年に十里北のリョナイで、舟で乗りつけてきた数十名の山丹人にかこまれたことを思い出したらしく、顔色を変えた。林蔵は、村のアイヌがまずいことを口にした、と思った。同行のアイヌたちが動揺をしめせば、旅をつづけることは不可能になる。

林蔵は、腰をあげるとアイヌたちを連れて海浜にもどった。そして、村の者が言ったようなことは起るはずがない、となだめた。が、アイヌたちの態度は変らなかった。激しい狼狽《ろうばい》

をしめし、すぐにでも南のトンナイにもどりたい、と言う。かれは、当惑した。舟を置いてあるリョナイに行き、舟で北へ向う予定が根本からくずれてしまう。

その夜、酒をかれらに振舞って説得したが、かれらは頑として承知しようとしない。わずかにラロニが、林蔵と同行することを約束してくれただけであった。

林蔵は、いったんかれらをなだめることができたとしても、北へ進むうちに必ず引返したいと言い出すにちがいなく、これ以上引きとめても無駄だ、と思った。

「わかった。それではトンナイへ帰れ。おれは、ラロニとともに北へ向う」

かれは、五人のアイヌたちに言った。

アイヌたちは、気まずそうに黙っていたが、顔には喜びをおさえ切れぬ表情がうかんでいた。

翌朝、早目に起きたかれらは、手回りの物を手に林蔵の前に立った。思い思いに道中無事であることを祈っていると言い、連れ立って凍結した海上を足早やに去っていった。

林蔵は、無言で焚火にあたっていたが、立つと村の中に入って行った。酋長に会い、村のアイヌを雇い入れたいと申し出た。舟を操るには六名の漕ぎ手が必要で、ラロニ以外に五名の者を同行しなければならなかった。

酋長は、家々をまわって男たちを勧誘してくれた。どの家でも、男たちは渋っていたが、林蔵がしめした報酬にかれらの妻たちが関心をしめした。村では女尊男卑の風が強いらしく、妻たちのすすめで五人の男たちが同行することを承知してくれた。

林蔵は、海をおおう氷のとけるのを待ちながらウショロにとどまっていた。

三月上旬の朝、前夜の風の影響か流氷が沖にむかって移動し、海岸沿いに青々とした海水がひろがった。が、二日後の朝には、後退した流氷が夜の間にもどってきていて、再び海は氷にとざされた。ウショロのアイヌたちは、そんなことが何度か繰返されているうちに氷は去る、と言っていた。

かれらの言葉通り、氷は沖に去ったり海岸に引返すことをつづけ、やがて沖合はるかに流氷が銀色に光るだけになった。

陽光が明るさを増し、気温もゆるんだ。

林蔵は、アイヌたちに二艘のチップを用意させ、食糧、酒などを積ませてウショロを出発した。ただ一人ふみとどまってくれたラロニは、性格も沈着《ちんちゃく》で、かれがついてきてくれていることが心強かった。

その夜は途中で野宿し、翌日の夕刻、舟をあずけてあるリョナイについた。

かれは、すぐに酋長のウトニンの家に行った。

「よくもどってきた。くるのを待っていた」

ウトニンは、なつかしそうに言った。

あずけておいたポロチップ（チップより大きい舟）は、道具類とともに蔵の中に保管されていて、村の男たちが舟を引いて海岸までおろしてくれた。

翌々日、林蔵は、ウトニンたちに別れを告げ舟を出して北へ進んだ。風向きがよい日は帆を張り、帆走が不可能の時はアイヌたちが櫂を操った。

野宿をかさね、四月九日、リョナイから約六十五里（二五五キロメートル）北のノテトにたどりついた。その地は、前年の第一回樺太調査の折りに、松田伝十郎とめぐり会うことができた地であった。ノテトには、ギリヤーク人が六十人とアイヌの男女二人が住んでいた。

林蔵は、そのまま北へむかおうとしたが、その付近ではまだ海が氷におおわれていて舟を出すことができず、その村にとどまって氷のとけるのを待つことになった。

前年の第一回調査の折りに、村にとどまっていた林蔵は、酋長のコーニと顔見知りになっていたが、翌日、コーニが二人の従者と通訳のアイヌの男を連れてやってきた。コーニは、対岸の清国領の役所からカーシンタ（郷長）という役人の資格をあたえられていて、派手な布地に竜と花の模様をあしらった役人服を着ていた。

かれは、林蔵たちの前で虚勢をはるように胸をそらし、髭をなぜながら、

「おれについてこい」

と、言った。腰には、大刀が太い紐で吊るされていた。

アイヌたちは、酋長のコーニの尊大な態度に恐れをなしたようだったが、林蔵はうながさ

れるままにコーニの後からついていった。前年の樺太調査の折りに、林蔵は、コーニの性格を知っていた。コーニは四人兄弟の末子であるが、体力に恵まれ大胆であることから兄たちを押しのけて村の酋長におさまっていた。南方からやってきた日本の役人である林蔵に対して威圧されないことを村の者たちにしめそうとするらしく、必要以上に気負った態度をとっていた。

前を歩くコーニは肩をいからせ、刀の柄をつかんで大股に歩いてゆく。その姿が、林蔵には滑稽《こっけい》に思えた。

コーニに連れて行かれたのは、かれの家であった。かれには一人の息子と一人の娘がいて、林蔵を丁重に迎え入れた。息子は、コーニにあらかじめ命じられていたらしく、竜の模様をあしらった錦の布地のふとんを二枚重ねると、林蔵にその上に坐るようすすめた。

大きな机を間に、コーニも錦のふとんに坐り、向き合った。

コーニがギリヤーク語で言うと、つき従っている村のアイヌが、

「酋長は、あなたに不自由はさせない。もちろん危害などあたえないから安心せよ、と言っている」

と、通訳した。

「昨年も親切にしてくれて感謝している。今回もよろしく頼む」

林蔵は、アイヌ語で言い、頭をさげた。

コーニはアイヌの通訳した言葉をきくと、満足そうに何度もうなずいた。

林蔵は、昨年はこの村の少し北にあるラッカまで行き、そこからは海をおおう海草に行手をはばまれてやむなく引返したが、北へ進む方法はないか、と問うた。

コーニは、

「北の海は浅く、干潮の折りには進めぬ。潮が満ちた時に行けば、さらに北へ行ける」

と、神妙な表情で答えた。

林蔵は、安堵した。

「舟のことだが……」

コーニは、思いついたように言った。

この村から北へ進むにつれて海は波が荒く潮の流れも急になるので、林蔵が乗ってきたアイヌの舟では砕けてしまう。東韃靼大陸の山丹人たちは、コルデッケ人がつくった山丹舟で航海するが、その舟でなければ海を進むことは不可能だという。

「おれは、山丹舟を一艘持っている。だれにも貸さぬが、お前には貸してやる」

コーニは大きな声で言った。

林蔵は、

「ありがたい。好意を感謝する」

と言って、頭をさげた。

林蔵が海岸に張られた仮小屋にもどると、コーニの息子が干魚と乾燥した山菜をとどけてくれた。同行のアイヌたちは、酋長が自分たちに好意をもってくれていることを知り、安堵の色をみせていた。

さらに翌日にはコーニが再びやってきて、

「これから奥地へ行くのは難儀だから、十分体力をつけるためゆっくり逗留《とうりゆう》せよ。不自由なことがあったら遠慮なく申出るように……」

と、言った。

林蔵は、厚く礼を述べた。

氷にとざされていたノテトの海に、ようやく解氷期が訪れた。流氷は、強風の吹いた日に海岸をはなれるが、沖に去ったかと思うとまた海岸線に押し寄せてくる。林蔵は、苛立った眼で氷の動きをみつめていた。

一ヵ月近くたって、ようやく流氷が去ったが、ウショロから連れてきたアイヌたちが落着きを失いはじめた。ノテトにはアイヌの男女二人がいるが、北へ行けばギリヤーク人、オロッコ人のみになり、粗暴な山丹人に襲われるおそれもあるので、ウショロに帰りたいという。

林蔵は、かれらをなだめ、酋長のコーニに頼んでアイヌ語を話せるギリヤーク人の男を道案内兼通訳として雇い入れた。それによって、ようやくアイヌたちの気持もしずまり、同行することを渋々ながら承諾してくれた。

準備もととのい、五月八日、ノテトを出発した。

舟は、北へ進み、ラッカについた。そこは、前年の探査でたどりつくことができた最北端の地であった。前年は干潮時にあたっていてはるか沖まで干潟になっていたが、幸いにも潮が満ちていて無事にラッカを通り過ぎ、北へ進むことができた。

林蔵は、胸をおどらせた。樺太北部の最も奥地へ入った日本人は松田伝十郎と林蔵だが、舟はさらに北方へ進んでいる。フランス人ラ・ペルーズ、イギリス人ブロートンも、むろんはるか南方で引返していて、探検家としては林蔵が最も北の海に舟を乗り入れたことになる。

林蔵は、海岸線をみつめ、羅針で方向をはかりながら野帳に絵図を入念に書きとめた。海は次第にせまくなり、対岸の大陸の小さな半島が近くにみえてきた。雪におおわれた大陸の丘のつらなりが、白く輝いている。

風向は良く、舟は魚皮をつづり合わせた帆に風をはらんで進んだ。海が少しずつひらけ、大陸を流れる大きな川の河口もみえてきた。それは、話にきいたことのあるアムール河の河口にちがいなかった。

その夜は、海岸で野宿し、翌日の夕刻近くにユクタマーという地にたどりついた。そこには、数戸のギリヤーク人の家が点在していた。ノテトから二十五里（九八キロメートル）の位置で、アムール河の河口を正面からながめることができた。

荒涼とした情景に、またもアイヌたちが動揺しはじめた。かれらは、地の果てに来たような心細さをいだいているらしく、北の海をおびえたようにみつめている。

林蔵は、さらに北へ進みたかった。樺太が島であることを確かめるためには、その最北端を見きわめねばならない。北方をながめると海はひらけていて、樺太が大陸と地つづきの半島などではなく、あきらかに島にちがいないと思われたが、それを実際に眼でたしかめたかった。

かれは、その地でギリヤーク人をさらに一名道案内人として雇い入れ、おびえきったアイヌたちをはげまし、出発した。

舟は北へ北へと進んでゆく。右手の陸岸は、樺太の最北端に属する地であった。

その日の夕刻、林蔵は、ナニオーという地についた。

ギリヤーク人の家が数戸あって、かれは、同行してきたギリヤーク人を連れてかれらの家に近づいた。ギリヤーク人たちは、弓矢を手に警戒の眼をそそいでいたが、危害を加えられるおそれがないと察したらしく質問に応じてくれた。

同行のギリヤーク人が通訳をしてくれたが、

「このナニオーの北は、どのような地勢になっているか」

という林蔵の問いに、ギリヤーク人は、

「荒海だ」

と、答えた。

「荒海？　すると陸地は、ないのか」

かれは、甲高い声でたずねた。

「ない」

ギリヤーク人は、無表情に答えた。

林蔵は、眼をかがやかせた。ナニオーから北へ行くと、陸地は絶え、海だという。それは、ナニオーが樺太の最北端に位置していることを意味している。しかし、それだけで樺太を島だとは断定できない。その最北端の岬をまわって東海岸に出ることができた折りに、初めて島であることを実証できる。

林蔵は、樺太が半島だという説は確実にあやまりであることをたしかめたいと思い、

「この地の北方で、東韃靼大陸と地つづきになってはいないだろうな？」

と、たずねた。

ギリヤーク人は、その質問の意味がわからぬらしく、首をかしげていたが、ようやくその趣旨を理解したらしく、

「地つづきになどなっていない。陸地の果てからは広い海だ」

と、答えた。

林蔵は、まちがいなく樺太が島で、自分の立っているナニオーが島の最北端の地であることを知った。

かれは、海に眼を向けると、ノテトを発してナニオーまでの二十七里三十五町半（一一〇キロメートル）に及ぶ海の状態を思い起した。ノテトを出発してしばらくの間は、潮の流れが南下し、それにさからうように舟を進めた。が、アムール河の河口の沖をすぎると、潮流は北に流れるようになり、舟は流れに乗って進んだ。つまり、アムール河の河口から流れ出た水は二分して、一つは南へ、他は北へと流れているのだ。海流が北へむかっているということは、北方が半島などでさえぎられていず、広い海であることをしめしている。ギリヤーク人が、北方に行くと陸地が切れ、海がひろがっているというが、潮流から考えてもそれが事実であることを知った。

かれは、潮流から推測し、樺太が島であると断定した。

歓びが、胸にあふれた。ようやくたどりつくことができたナニオーで、樺太が島であることを確認できたことが嬉しくてならなかった。

役目は終ったが、さらに一歩を進めて、樺太の北端をまわり、東海岸を南下して、出発地の白主にもどりたかった。それが実現できれば、樺太が島であるということを白主の人たちにも立証することができる。

かれは、ナニオーのギリヤーク人に、

「島の北端を舟でまわり、東海岸へ行きたいが、海はどのような状態か」

と、たずねた。

通訳を通じて林蔵の質問をきいたギリヤーク人たちは、一人残らず首をふった。

「行くことはできぬというのか」

林蔵は、かれらの顔を見つめた。

ギリヤーク人の一人が、

「海は絶えず怒り、波がさかまいている。舟など出せば、たちどころにくつがえり、砕け散ってしまう」

と、おびえたような眼をして言った。

林蔵は、顔をしかめた。ノテトの酋長コーニは波に堪えられる山丹舟を貸してくれたが、ギリヤーク人は、それでも進むことはできないという。樺太の北端近くにきていながら、岬をまわることができぬのが口惜しかった。ギリヤーク人は気が弱く、荒海に舟を出す勇気はないのかも知れぬ、と思った。山丹舟を借りてきたかぎり、その舟で海を乗り切りたかった。

その日、かれは、小高い丘にのぼって北方の海をながめた。広い海がひろがっていて、ギリヤーク人の言う通り、樺太の北端に近い場所に立っていることを実感として感じた。と同時に、かれらが口にした北の海は荒れていることも事実であることを知った。海には白波が一面に湧いていて、怒濤《どとう》が荒れ狂っている。たとえ山丹舟でも、その荒海を乗り切ることは不可能に思えた。

かれは失望し、丘をくだった。

樺太北端を舟でまわることは諦めたが、東海岸へ出たい欲望はつのった。残された方法は、ナニオーから陸地を横切って東海岸へ出ることだけであった。むろん、舟を縄で引き、荷物は背負ってゆかねばならない。それは、多くの労力を要する苦痛にみちた旅になるにちがいなかった。

かれは、ナニオーのギリヤーク人に、陸地を横断することについて意見を問うた。

「陸地を行く？」

かれらは、呆れたように顔を見合わせ、首をふった。

「行けぬのか？」

林蔵は、たずねた。

「遠い昔、陸地を横切り東海岸に出て、それから引返してきた大男がいたという話は、村に語りつがれている。しかし、私たちは行くことはしないし、行きつけるとも思っていない」

ギリヤーク人は、かすかに笑いながら答えた。

林蔵は、東海岸に出た男の話に、力を得たような思いであった。そのような男がいたとすれば、自分たちにもできぬはずはない。

かれは、ギリヤーク人の家を出ると、海岸近くに張られた仮小屋にもどった。その付近で、同行してきたアイヌたちが、焚火のまわりに坐って体をあたためていた。

林蔵は、かれらの間に坐ると、山越えの企《くわだ》てを切り出した。

「苦しい旅になるとは思うが、なんとしても東海岸へ出たい。むろん私一人では果せぬことであり、お前たちの力を借りたい」

林蔵は、熱っぽい口調で言った。

アイヌたちの顔に、驚きの表情がうかび、呆れたようにかれの顔を見つめた。

「頼む。おれとともに東海岸まで行って欲しい」

林蔵は、懇願《こんがん》した。

アイヌたちは、ひるんだような眼をして互いに顔を見合わせ、口をつぐんでいた。一人が、かすかに首をふると、他の者もそれにならった。

「だめだと言うのか」

林蔵は、鋭い口調で言った。

「そのような恐しいことはやりたくない。陸地を行く途中、どのような獣におそわれるかも知れない。大熊に見つかれば、食い殺される。それに、蚊や虻が耳や鼻に入りこんでくるし、毒をもつ虫にも刺される。山や谷では、舟をかつがねばならぬが、重さで肩の骨がへし折れてしまう」

アイヌの一人が言うと、他の者たちもしきりに相槌《あいづち》を打った。

林蔵は、顔をしかめ口をつぐんでいた。たしかにかれらの言う通り、山や谷もある陸地を横断することは容易ではない。野獣におそわれる危険もあり、もしも多くの日数がかかれば食糧がつき、飢え死にすることも予想される。

かれは、腕を組み、思案した。アイヌたちの強硬《きょうこう》な態度をひるがえすことは、到底できそうにもない。もしも、かれらを説得することができ陸地を進みはじめたとしても、途中で引返したいと言うにきまっている。諦めるべきかも知れぬ、と、思った。

この地のギリヤーク人たちは、ナニオーの北は陸地のはずれで、そこからは果しなく広い北の海がひろがっているという。その岬が樺太の最北端であることはあきらかで、樺太が島だということは疑いの余地がない。陸地を横切って東海岸に出ることができれば、樺太が島であることが実証できるが、ギリヤーク人たちの証言もあることであり、自分の役目は果せたのだ、と思った。

かれは、うつろな眼を沖に向けた。海をへだててぼんやりと東韃靼の大陸がみえる。樺太と大陸の間には、海峡があり、さらに北方は大海がひらけている。樺太が島であることを確認することができたのだ、と、胸の中でつぶやいた。

かれは、ナニオーから引返すことを決意した。ナニオーは樺太最北端に近い地で、その地に立ったかれは、樺太が島であるのを確認できたことに満足していた。

林蔵が南へ帰ることを口にすると、アイヌたちの顔に喜びの表情があふれた。かれらは、山丹人が横行し、気温も低い樺太北部から一日も早くはなれたがっていた。

凪《な》ぎの日を待ち、ナニオーについてから五日後の五月十七日に、舟を海に押し出した。ギリヤーク人たちは猟にでも出ているのか、見送る者はいなかった。

舟は海岸沿いに南へ進み、夕刻近くにユクタマーについた。その地で雇い入れていたギリヤーク人に報酬として斧《おの》をあたえ、家に帰らせた。

翌朝、海が凪いでいたので舟を出し、その日のうちにノテトに帰りついた。ノテトで雇った道案内のギリヤーク人にも鉄器をあたえ、解雇した。残ったのは、最初にトンナイからついてきたアイヌのラロニと、その後、ウショロで雇ったアイヌ五人の計六人だけになった。

林蔵は、酋長のコーニのもとに行き、樺太北端のナニオーに行って引返してきたことを告げた。

コーニは、

「よくそんな所まで行ったな」

と、驚きの声をあげた。

林蔵は、

「ナニオーの裏山にのぼり、北を見たが、樺太の北端が見え、そこからは大海がひろがっていた。樺太が島であることをたしかめることができた」

と言い、山丹舟を貸してくれた礼を述べた。

コーニは、うなずいた。

林蔵は、役目を一応果しはしたが、白主へ帰る気にはなれず、ノテトにとどまることを決意した。樺太北部の事情をゆっくりと調べてみたかった。

食糧が、つきかけていた。かれは、アイヌたちに指示して、山林の中に入って木の実をとったり、草の根をかじったりした。空腹にたえきれなくなった場合にかぎり、鍋にわずかな米を入れて粥をつくり、それをすすった。

飢えからのがれるには、海に出て魚をとる必要があった。林蔵は、漁のできるアイヌたちに舟を出すよううながしたが、かれらは空腹で体力がつきてしまっているらしく、身を横たえたまま起き上ろうともしない。弱々しく眼をしばたたいているだけであった。林蔵は、足をひきずるようにして木の実などを拾ったり、海草や貝をとってきて、かれらにあたえた。かれ自身も、体の衰弱を意識していた。

このままずごせば餓死するおそれがある、と思った。酋長のコーニは好意をもってくれてはいるが、村の食糧にも限度があって、それをゆずってくれるはずもない。鍋、釜などの鉄器類と交換に食糧を入手することはできるだろうが、それまでの旅で鉄器類の半ば近くは手ばなしてしまっていて、余分の物はなかった。

かれは、寝ころがっているアイヌたちをぼんやりとながめながら、かれらを生地に帰し、自分一人だけでもノテトにとどまろう、と思った。

かれは、アイヌたちに声をかけた。

「私の役目は、一応終った。しかし、私にはまだやらねばならぬことがあるので、この地にとどまる。困ったことに食糧がつきてしまった。漁をすれば生きてゆけるが、お前たちは体を動かしてはくれぬ」

林蔵は、顔をゆがめた。

アイヌたちは、身を横たえたまま黙っている。かれらの顔には、林蔵に同行して樺太北部にきたことを悔いている表情がうかんでいた。

「それで、私も考えた。このまま過せば、飢え死にする者も出るだろう。お前たちが、自分の生まれた村に帰りたいと言うなら、それでもよい」

林蔵の言葉に、かれらは体をかたくして身じろぎもしなかったが、半身を起すと、林蔵に視線を据えた。

「帰りたい」

アイヌの一人が言うと、他の者たちも、同じ言葉を口にした。眼は輝き、顔には喜びの色がうかんでいた。

無理もない、と、思った。かれらがこのままとどまれば死の危険にさらされるおそれがある。かれらには家族もいて、一刻も早くそれぞれの家にもどりたいのだろう。今まで逃げ出すこともせず、舟を操ってついてきてくれたことに感謝したい思いであった。

「それでは、帰れ。私には舟はいらぬから、乗って行け。長い間、苦労をかけた。礼を言う」

林蔵は、頭をさげた。

アイヌたちは、翌朝、出発することになり、急に元気が出たらしく、舟を出して漁をはじめた。嬉しそうに口もとをゆるめ、中には歯並をのぞかせて笑っている者もいた。

林蔵は、酋長のコーニの家に足を向けた。たとえ野宿とは言え、村に滞在を許してくれているコーニに、アイヌたちを生地に帰すことを報告しなければならなかった。

コーニは留守で、家にいた娘が、猟に出ていて夕方近くには帰る、と言った。林蔵は、浜に引返した。

アイヌたちは、海に舟をうかべて漁をしていた。モリで突いたり、釣糸をたれたりし、時折り、魚を舟にあげた。林蔵は、はずんだ声をあげているかれらを見つめた。六人のアイヌのうち、トンナイで雇ったラロニは、前年の八月以来、林蔵と行を共にしている。十カ月もトンナイに帰らぬかれを、家族の者は死んでいると思っているかも知れない。ラロニは、ウショロで雇った他の五人のアイヌとはちがって、胆力《たんりょく》がすわり、思慮分別もある。が、そのラロニすら嬉しそうに漁をしている。かれもやはり生地のトンナイに帰りたいのだ、と思った。

日が傾きはじめ、かれらは漁を終えて舟を浜に近づけてきた。

林蔵は、再び酋長のコーニの家に足を向けた。コーニは、猟から帰ってきたばかりらしく、弓矢を手にしたまま床に腰をおろしていた。

林蔵は、同行のアイヌ六名をそれぞれの生地に帰し、自分だけがこの地にとどまることを口にした。

うなずきながら話をきいていたコーニの顔が、急にこわばった。

林蔵は、なぜコーニの顔に困惑の表情がうかんでいるのか理解できなかった。同行のアイヌ六名をそれぞれの生地に帰せば林蔵だけになり、それは食糧の限られている村にとっても好都合であるはずだった。

コーニが、手ぶりをまじえてたどたどしいアイヌ語で言った。

「従者《じゅうしゃ》を帰すのは、やむを得ぬと思う。しかし、あなたが一人この地にとどまることは承知できない」

「なぜか」

林蔵は、いぶかしそうに反問した。

「この地にとどまっている間に、あなたが病いにとりつかれ、または思わぬ事故で怪我《けが》をし、それが原因で死ぬようなことがあるかも知れぬ。もしも、そのような不幸が生じた場合、どのようなことになるか。あなたが死ねば、あなたの国の者たちは、病いや怪我がもとで死んだとは思わないだろう。私たち村人が、あなたを殺害したと疑うにちがいない。私たちが否定しても、証拠はない。あなたの国の人たちが、怒って私たちに危害を加えるおそれがある」

コーニは、息をついた。顔に憂慮の表情がうかんでいる。

林蔵は、ようやくかれの真意をつかむことができた。酋長として、村人たちの安全を守ろうとしている思慮深さを感じた。

「それでは、私がとどまることを許してはくれぬのか」

林蔵は、たずねた。

「いや、それは自由だ。ただし、従者を一人か二人残すことが条件だ。あなたが病死などした折り、従者がいれば、私たちが殺害したのではないことを証言してくれるだろう。私は、あなたに好意をいだいている。村人が災いをこうむらぬことを願っているだけなのだ」

コーニは、言葉を探りながら言った。

「よくわかった。酋長として村人の安全を守ろうとするのは当然だ。従者を一人か二人残すようにする」

林蔵は、家の外に出た。

夕闇がひろがり、遠くアイヌたちが起した焚火がみえる。人影がちらついていた。

かれは、火に向って歩きながらかれらを説得するのは無理だ、と思った。かれらは、それぞれ自分の村へ帰れることを喜んでいる。この地にとどまることを承諾する者などいるはずもなかった。

かれは、焚火に近づいた。とった魚が串《くし》にさされ、火のまわりに並べて突き立てられている。脂がにじみ出て、それがしたたり落ちる度に小さな炎があがった。

かれは、焚火の傍に腰をおろした。魚が焼け、アイヌの一人がかれに串を渡してくれた。かれらは、顔を炎に映えさせ、うまそうに魚を口に運んでいる。

「困ったことが起きた」

かれは、串を手にしたままつぶやくように言った。

コーニの言葉をつたえ、一人か二人、残ってもらわなければならぬ事情を述べた。

アイヌたちの顔から、喜びの表情が消え、魚を食べることもやめ、身じろぎもせず焚火の炎を見つめている。それぞれ自分の村に帰ることができると思っていた喜びが、たちまち悲嘆に変ったのだ。

林蔵は、かれらの立場に同情した。かれらが自分の村に逃げ帰ることは容易だが、それができぬ事情がある。かれらの住んでいる村は幕府の支配下にあって、役人である林蔵のもとから逃げたことが知れれば、きびしい制裁をうける。かれらは、自分や家族が災をこうむることを恐れ、危険にみちた旅をする林蔵のもとからはなれられないのだ。

これ以上、かれらを自分のもとにとどめておくことは酷だ、と、思った。が、このままテトをはなれアイヌたちと南へ引返したくはなかった。かれには、確かめねばならぬことが残されていた。

　樺太南部は幕府の支配下にあるが、北部は海をへだてた東韃靼を領有する清国の影響下にあると言われ、またロシア人が入りこんでいるとも考えられている。二度にわたる樺太調査で、北部が清国の支配下にあるらしいことを知った。東韃靼の山丹人は、舟で海を渡ってきてさかんに交易をおこなっている。また、第一回目の樺太東海岸の調査の折りに、あきらかに清国の役人が立てた標柱も眼にした。が、ロシア人については、かなり以前に姿を現したことがあるという話を耳にしただけで、ロシア人が浸透《しんとう》している気配はない。ただ、カムチャツカに近い東海岸の北部にロシア人が入りこんでいるかも知れず、その地域にロシア、清国の勢力範囲の接する国境に似たものが設けられている可能性もあった。それを確かめるためにも、ノテトにとどまり、機会を得て陸地を横断し、東海岸へ出たかった。

　ノテトにとどまるためには、従者のアイヌの中で最低一人だけは残ってもらわなければならない。自分の村に一刻も早く帰りたがっているアイヌたちに、それを承諾させることは不可能に近かった。

　かれは、無言で焚火の炎を見つめていた。アイヌたちが、それぞれ自分だけは南へ帰りたいと願い、息をひそめているのが感じられた。林蔵は、どのようにすべきかわからなかった。アイヌたちと南へ引き返すのが最も無難だが、ノテトをはなれる気にはなれない。

長い沈黙がつづき、波の音と焚火の木がはじける音がしているだけだった。

「私が残りましょう」

太い声に、林蔵は、顔をあげた。

最初から随行してきてくれているラロニであった。昨年の夏にトンナイで雇い入れて以来、途中で仲間のアイヌたちが危険の多い旅におびえて南へ帰っていった折りも、かれはただ一人林蔵のもとにとどまった。すでに十ヵ月も旅をし、他の五名のアイヌたちよりも帰りたい思いは強いはずなのに、残ってくれる、という。

林蔵は、胸に熱いものがつきあげてくるのを意識した。ノテトにとどまりたいというのは自分の個人的な欲望で、ラロニに関係はない。それを知っていながら、林蔵のもとに踏みとどまろうとしているラロニに、深い感謝の念をいだいた。

七

翌朝、ラロニをのぞく五人のアイヌたちは、舟に乗ってノテトを去っていった。

林蔵は、樺太が島であることを確認し、幕府から命じられた役目を果すことができたが、樺太がどの国の影響を強くうけているかを知りたかった。樺太の南部にはアイヌが住み、日本が会所をもうけてほぼ支配している形になっている。

問題は北部で、清国の強い影響下にはあるが、領土とまでは至っていないようだった。また、ロシアの影響が及んでいるらしいとも言われているが、その形跡はない。この事情を、ノテトにとどまってたしかめたかった。

ノテトの酋長コーニは、林蔵が忠告にしたがって従者であるラロニを残したことに満足していた。

林蔵は、コーニに、

「樺太について、さらに多くのことを知りたいので、この地に長くとどまりたい」

と、申出た。

コーニは承諾し、かれの家の裏手にある物置小屋に住むことを許してくれた。

まず、生活をする方法を考えねばならなかった。小屋を提供されたので野宿はまぬがれたが、食糧はつきていたので、それを入手する手段を探す必要に迫られた。

かれは、酋長コーニの手助けをして食糧をゆずってもらうのが得策だと考え、それを申出た。コーニは、承諾した。

かれは、ラロニとともにコーニの手助けをして働くようになった。林の中に入って斧で樹木を倒し、焚木をつくってコーニの家に運ぶ。海の凪いだ日には、舟を出し、ラロニの手ほどきをうけて魚を釣った。コーニをはじめ村のギリヤーク人は、山中に入って猟をしていた。木を曲げて作った罠《わな》を使って貂《てん》や狐などの獣類をとってくる。時には、トナカイという鹿に似た大きな獣も、運びこんできた。かれらは、毛皮をとり、肉を焼いて食べる。林蔵もわけてもらったが、美味であった。

かれは、わずかに残っていた米の半ばをコーニに、半ばをラロニに渡した。米を食いたかったが、魚や木の根だけで空腹をいやさねばならぬ、と思った。

林蔵は、ラロニとともに村のアイヌを通じてギリヤーク語を知ることにつとめた。村人たちもアイヌ語を少しは知っていて、片ことのギリヤーク語とアイヌ語をまじえて話すと、なんとか意志をつたえることができるようになった。

日を過すうちに村では女尊男卑の傾向が驚くほど強いことを知った。男たちは、女に対してあたかも奴隷のように仕え、たえず媚《こ》びた態度をとる。酋長のコーニすらも、妻には従順だった。女は、三つ組みにした髪を二束にして後にさげている。髪は長く、坐ると床につくほどであった。長い耳飾りをし、衣服には真鍮《しんちゅう》の飾りをつけ、足にはしなやかな皮の靴をはいていた。彼女たちの目鼻立ちは整い、息をのむような美しい顔をした者もいた。

林蔵は、ギリヤーク人の村であるノテトで生活するには、女たちに好意をもたれるようにしなければならぬことに気づいた。村の生活は、女を中心に営まれていて、男たちは女の奴隷に近いものであった。

かれは、従者であるアイヌのラロニにも女を尊重するように教え、まずコーニの妻の歓心《かんしん》を買うことからはじめた。

コーニの家には、三十頭ほどの犬が、柵に結ばれた縄につながれて飼われていた。夏には、猟をするため川の上流にむかう男たちの乗る舟を岸から曳《ひ》き、冬には橇《そり》をひく。人間や物を運ぶのに、犬は欠かせぬ動物であった。村人たちは犬を大切に扱い、小犬をふところに入れ、共に寝る。食事を日に二回あたえ、干魚を煮て食べさせていた。

林蔵は、とった魚を干し、煮てはコーニの妻に渡す。彼女は、無言でそれを受け取り、犬にあたえていた。

かれは、コーニの妻だけではなく他の女たちの仕事も手伝うようになった。

彼女たちは、川を舟でさかのぼり山中で木の実や草の根をとる。岸から縄をむすびつけた犬に舟を曳かせ、櫂で漕《こ》いでゆく。

林蔵は、すすんで漕ぐ役目を買って出た。女たちは、のんびりと舟の中に坐って、時折り犬に声をかけたりしていた。

かれは、女たちのために薪をつくったり、魚を干すのを手伝ったりした。女たちは、当然のことのように感謝する風もみせなかったが、時には、桜桃のような赤い実を食べさせてくれることもあった。それは油漬けにされたもので、異様な臭いがして食べる気にはなれなかったが、かれもラロニも、女たちの機嫌をそこなうことを恐れて無理にのみこんだ。

林蔵は、自分の持ってきた予備の羽織をほどいて、村の重だった女たちに布地を分けたりした。そうした林蔵とラロニに、女たちは好感をいだいたらしく、親しげに声をかけ、時には家に招じ入れて食物をあたえてくれることもあった。

かれは、女たちの歓心を得たことに満足していたが、いつの間にか村の男たちの自分に向ける視線が険しくなっていることに気づくようになった。かれらの眼には、あきらかに嫉妬の光がうかび出ていた。

迂闊《うかつ》だった、と思った。娯楽というものの乏しい村では、妻の体に接することがかれらの最大の喜びの一つで、それだけにかれらは、殊のほか嫉妬心も強く、そのためには相手の男を殺すことも辞さないだろう。林蔵は、かれらの自分にむけてくる眼に殺意すら感じた。酋長のコーニすら不機嫌そうであった。

林蔵は、ラロニに、女に親切にすることは変えぬが、男たちを刺激せぬように心を配るよう注意した。

かれは、山中に入る女に舟を漕いてくれと頼まれると、女の夫に近づき、低い声で女の依頼を引き受けてよいかをたずねる。男が快く思っていないような気配を感じると、急に激しい腹痛を訴えたりして舟に乗ることを避けた。むろん、女が一人である時には話しかけることも近づくこともしなかった。そうしたかれを、ラロニは可笑《おか》しがり、夜、小屋で焚火にあたりながら林蔵をからかった。

林蔵の慎重な配慮で、村の男たちの顔にうかんでいた険しい表情もうすらぎはじめた。かれは、女尊男卑の激しいノテトでは、あくまで女に好意をもたれるように振舞うことが必要だが、同時に男たちの嫉妬を買ってはならぬ、と自らに言いきかせた。

かれの努力は効を奏し、男たちは林蔵たちに親しげな眼を向け、魚や山中でとった獣の肉をわけてくれる者も多くなった。親密になると、男たちは林蔵の持っている煙草をねだったり、酒を食物と交換してくれとせがんだりした。林蔵は困惑しながらも、少量ずつ煙草や酒を食糧と換えた。

かれは、酋長のコーニに樺太についてさまざまな質問を試みた。殊に樺太北部に大きな影響をあたえているという清国とロシアについて質問を集中した。

清国については、あきらかにその影響は強いようだった。

前年に松田伝十郎とともにおこなった第一回目の樺太調査で、林蔵は、樺太の地名が唐人《からびと》（中国人）のなまったものらしいことを知ったが、コーニの話で樺太北部が清国の半ば領土に近いものであることをたしかめることができた。ノテトをはじめ樺太北部の村の者たちが、海をへだてた清国領東韃靼に貢物《みつぎもの》をささげる習慣があることを、コーニの口からきいたからであった。東韃靼にはデレンという地があって、そこに清国の出張役所がもうけられ、ノテトの酋長であるコーニも、村の代表者として貢物を手におもむいているという。

林蔵は、その話に強い興味をいだき、東韃靼について執拗《しつよう》に質問した。コーニの話によると、その地には、山丹人以外にギリヤーク人、オロッコ人など多くの種族の者たちが混住していて、かれらはすべて清国人の支配下にあるという。清国の勢力は、海をへだてた樺太北部にも及んでいて、村々では、定期的にデレンに入貢している。

林蔵は、疑問に思っていたロシアの樺太に対する影響についても、コーニにただした。樺太北部の西海岸が清国の支配下にあることはたしかめられたが、東海岸にはロシアの勢力が及び、そこに清国とロシアの勢力の接する境界線があるのではないか、と想像していた。

これについてコーニは、

「ロシア人は樺太に来ていない。それ故、清国とロシアの国境などあるはずがない」

と、言った。

さらにコーニは、

「清国とロシアとの国境がどこにあるかを知るためには、東韃靼に入ってたしかめる以外にない」

とも、言った。

コーニの口にするアイヌ語はよく理解できず、正確なことはわからなかったが、かれは、清国とロシアとの勢力範囲を知るには、海をへだてた東韃靼に入り踏査することが必要なことに気づいた。

かれは、東韃靼へ行ってみたいと思ったが、それは身を亡ぼすことになりかねない危険な行為でもあった。幕府は、鎖国政策をかたく守りつづけていて、かれが海を渡って東韃靼へ入ることは国法をおかすことであった。

　幕府は、キリスト教が国内にひろまることを恐れ、寛永十二年（一六三五）に鎖国令をしいた。外国との交流を一切絶ち、貿易も中国、オランダのみに制限し、両国の船の入港を長崎一港にとどめ、さらに貿易業務にたずさわる両国の者や船員も一定の区域にとじこめている。日本人の海外渡航もかたく禁じ、荒天で遭難して異国に漂着し故国に帰りついた船の乗組員たちも、海外渡航をおかした罪人として扱う。異国でキリスト教の洗礼をうけたのではないか、ときびしい吟味を繰返し、その苛酷さで獄死する者も多い。疑いがはれて釈放されても、かれらは再び船に乗ることは許されず、住む場所も極度に制限される。中には、異国の情報をつたえて優遇される者もいたが、それは稀な例であった。

　異国への漂流は、難破という不可抗力の自然現象によるものだが、林蔵が東韃靼に入るのは、自らの意志によるもので、あきらかに国法に対する違反行為になる。幕府からあたえられた役目は樺太北部の調査であって、東韃靼の地に入るのは、役目の範囲を逸脱したもので、海外渡航の罪をおかした行為として極刑に処せられることが十分に予想された。

　かれは、思い悩んだ。

　一昨年のロシア艦来襲事件で辛うじて罪をまぬがれることができたが、異国へ足をふみ入れることは、比較にならぬほどの重罪を科せられる。愚かしいことを考えたものだ、と反省した。樺太が島であることを確認することが自分の役目であり、あえて国法をおかすことまでする必要はない、と思った。

しかし、東韃靼へ入りたいという欲望は、つのるばかりであった。樺太調査を完全なものにするには、東韃靼におもむき、その実情を把握する必要がある。東韃靼に足をふみ入れることは、樺太調査という幕府の命令をより完璧なものにすることであり、特例として許してもらえるのではないか、とも考えた。

酋長のコーニは、東韃靼の清国出張役所のもうけられているデレンという地に貢物を持って行くというが、それに随行してゆくことができれば、望みはかなえられる。かれは、コーニに直接頼んでも、拒絶されるにちがいない、と思った。コーニにとってその旅は、清国の役人に恭順《きょうじゅん》であることをしめす目的をもったもので、従者に日本人を連れて行った場合、思わぬ災いをこうむるかも知れない。コーニは、それを恐れて林蔵の願いをききとどけることはないように思えた。

林蔵は、女尊男卑の村の風習から考えて、まず女たちの助けを借りてコーニに働きかけてもらうのが効果的だ、と考えた。

かれに特に好意を寄せている女が、数名いた。羽織をほどいて布地をあたえた女たちであった。かれは、彼女たちの家を訪れて自分の希望をつたえ、コーニを説得して欲しい、と依頼して歩いた。彼女たちは、かすかにうなずいていた。

かれの工作は、効を奏した。女たちは、酋長のコーニの妻を抱きこみ、コーニに林蔵の望みをかなえるよう説得してくれた。

かれが従者のラロニと漁をして帰ってくると、コーニの息子が来て、家へくるように言った。女たちに依頼した件にちがいない、と思い、コーニの家におもむいた。

コーニは、椅子に坐っていた。表情はかたく、林蔵は、拒絶されるかも知れぬ、と思った。

「東韃靼へ連れて行ってもらいたいとのことだが……」

コーニは、立っている林蔵の顔に眼を向けた。

「貢物を持って行くそうだが、その折りに従者として随行したい」

林蔵は、張りのある声で言った。

「望み通りにしてやりたいが、連れては行けぬ」

「なぜだ」

「東韃靼は、このノテトと風土がちがい、体にこたえる」

「その点は心配ない。私の体は頑健だ」

林蔵は、胸を張ってみせた。

「それはよいとしても、問題は、お前の顔だ。おれたちとは異った顔をしている。東韃靼には山丹人をはじめ多くの種族がいて、異様な顔をしたお前を怪しみ、必ず暴力を加えてくるだろう」

コーニは、眉をしかめた。

林蔵は、コーニの顔をみつめた。コーニが自分を連れて行くのを拒んでいるのは、決して煩《わずら》わしいからではなく、身を案じているからであることに気づいた。何度も東韃靼に行っているコーニは、住民たちが粗暴であることを身にしみて感じているのだろう。

コーニが、口を開いた。

「かれらの暴力は、並大抵のものではない。それは堪えがたいもので、お前が生きて帰れるとは思えぬ。必ず殺される。悪いことは言わぬ。このことだけは思いとどまった方がいい」

コーニの視線が、林蔵に据えられた。

林蔵は、口をつぐんだ。東韃靼に入れば、コーニの言う通り殺されるかも知れない。かれらは、異った容貌をした自分を危険視して、生命をうばおうとするだろう。氷と雪に長い間とざされている東韃靼の住民の生活はきびしく、自然に猜疑心《さいぎしん》も強く、少しでも怪しいと感じられる人間は容赦なく殺すのだろう。

しかし、かれは、宗谷を出発した時からすでに死を覚悟していた。二度にわたる樺太北部の踏査で、今まで生きつづけてこられたことが不思議ですらあった。樺太が島であることを確認し、その間、測地もして野帳に地勢も書きとめた。幸い、この地に従者のラロニがとどまっているので、その調査資料を白主の会所に送りとどけてもらえば、自分の果した仕事も幕府につたえられる。

林蔵は、あらためてコーニの温い人柄を感じた。樺太奥地に入って、異人種であるギリヤーク人にこのような温情をかけられることなど予想もしていなかった。胸が熱くなるのを感じた。

林蔵は、眼をしばたたきながら口を開いた。

「あなたの好意を、うれしく思う。しかし、私は、死を覚悟している身だ。あなたの言われる通り、東韃靼へ入れば殺されるかも知れないが、私は悔いぬ。ぜひ、私を連れて行って欲しい」

コーニは、無言で林蔵を見つめた。

長い沈黙がつづいた。すでに夕闇は濃く、焚かれた炎の反映でコーニの顔が赤く染まっていた。

「それほどまでに言うなら、連れて行こう。実は、近々のうちに東韃靼へおもむくつもりでいた。旅の途中、手助けをしてもらう」

コーニは、息をつくように言った。

「ありがたい。手助けは骨身惜しまずにする」

林蔵は、頭をさげると家の外に出た。

空に、星が光りはじめていた。かれは、小屋の方に小走りに歩いていった。

翌日から、樺太の旅をしながら野帳に書きとめた原図の整理をおこなった。樺太西海岸の地勢、点在する村落の地名を記し、樺太北部が大陸と海をへだてて離れていることも書きとめた。さらに村落と村落の間の距離を別紙に書きつらね、旅の経過も叙述《じょじゅつ》した。また、各村落の住民の生活、気候、風土も書き加えた。筆を置いた林蔵は、これで死んでも悔いはない、と思った。

従者のアイヌであるラロニを呼び、近々のうちに酋長のコーニについて東韃靼へ行くことを告げた。

ラロニは、驚いたように眼を大きく開き、林蔵を見つめた。

「お前には、心から感謝している。昨年夏、トンナイから私についてきてくれて以来、途中、一人残らず南へ帰ってしまったのに、お前だけは、私のもとに踏みとどまってくれた。ありがたく思っている」

林蔵は、頭をさげた。

ラロニは、恐縮したように眼を伏せた。

「私は、これから東韃靼に行く。おそらく生きて還《かえ》ることはあるまい。幸い死をまぬがれたとしても、どのような出来事にあうかもわからぬし、東韃靼にとどまらなくてはならぬことになるかも知れぬ。その時は、これを持ってノテトを去り、白主の御会所にとどけて欲しい」

林蔵は、野帳や書きとめた書類を包んだものをラロニに手渡した。

「これは、私にとってかけがえのない物だ。お前が白主の御会所にとどけてくれれば、死んでも悔いはない。必ず大事にして欲しい」

林蔵が言うと、ラロニは書類を胸にかかえてうなずいた。

その日、コーニの息子がやってきて、明朝、海の状態が良ければ出発する、と伝えた。林蔵は、新しい野帳と羅針、矢立などを袋に入れ、薬、食糧も用意した。

その夜、身を横たえても眠りにつけなかった。遠く故郷に住む両親のことが思われた。樺太へ出発することは手紙でつたえたが、かれらには樺太がどこであるのかわかるはずもなく、地の果てに思えるのだろう。親に二度と会うことはあるまい、と、思った。

翌朝、海は荒れぎみだったが、コーニの使いの者が来て舟を出す、とつたえた。林蔵は、従者のラロニに渡した旅の行程を記した日記の末尾に、

「六月二十六日、ノテトを出船、東韃地方に赴く」

旨を書きとめた。

浜に行くと、コーニをはじめ四人のノテトの男以外に、子供づれの夫婦がいた。それは、ノテトの南四里十二町（一七キロメートル）にあるウヤクトウの者たちで、コーニと同じように東韃靼へ貢物を手に交易をしに行くという。林蔵を入れると男六人、女一人、子供一人の計八人であった。海面に長さ六間（一〇・九メートル）幅四尺（一・二メートル）ほどの山丹舟が浮べられ、貢物や交易品などが積みこまれた。

コーニたちが乗り、林蔵もそれにつづいた。浜には村人たちが見送り、その中にラロニの

姿もあった。かれは林蔵を見つめていたが、その眼には光るものが湧いていた。

舟が、岸をはなれた。林蔵は、ラロニに視線を据えていたが、やがてかれの姿は岬のかげにかくれていった。

舟は進んだが、風向が悪く帆をあげることはできない。それに波が高く潮流も激しいので、櫂で漕いでもほとんど進まない。舟の揺れが増し、その上、風も一層強くなって舟は押し返されるまでになった。

コーニは、舟を進ませることを断念し、舳をかえさせた。舟は、ノテトの北にあるナッコ岬のつけ根のラッカの浜についた。ギリヤーク人たちは、柳の枝を組み樹皮をかぶせて仮小屋をつくり、野宿した。内部はせまく、身を横たえることはできない。林蔵は、かれらの中にまじって膝をかかえて坐り、眠った。

翌日も風波はおとろえず、舟を出すことはできなかった。六月下旬であるのに風が驚くほど冷く、それに濃霧がたちこめていて、衣服が濡れた。魚のいない場所なので、草の実を食べる以外になかった。

その地にとどまってから五日後、ようやく海上もおだやかになり舟を出した。帆をあげ、林蔵も男たちと櫂を扱ったが、霧が濃く、方向がわからなくなった。

林蔵は、羅針をとり出して舟を西の方へ進ませた。

ラッカを出て、推定三里半（一四キロメートル）進んだ頃、ようやく前方に陸影が霧の中からかすかに浮び上がってきた。コーニは、東韃靼のモトマル岬だ、と言った。

舟は岬に近づき、そこから海岸沿いに南下しカムカタ岬をまわった。海岸には大小さまざまな岩がつらなり、海に突き出た岬には激浪が飛沫をあげてくだけ、潮流もはげしい。

舟は大きく揺れ、今にも転覆《てんぷく》しそうであった。林蔵は、ギリヤーク人たちと力を合わせて櫂を漕いだ。舟は押し寄せる波に上下しながら進んだ。波しぶきがたえずふりかかり、滝壺に身を置いているようであった。

十町（一キロメートル強）ほど行くと小さな湾があり、そこに舟をつけ、波のしずまるのを待つことになった。

浜にあがった林蔵は、東韃靼の地をふんだことに興奮した。と同時に、鎖国令に反して異国に足をふみ入れた恐れも感じた。ギリヤーク人たちは、湾の浅い海に鱒がむらがっているのを眼にし、争うように手づかみにした。それらは海水で煮られ、林蔵はかれらとむしゃぶり食った。

やがて波が少し鎮まってきたので、舟を出した。すでに日が西に傾きはじめていて、林蔵はギリヤーク人たちと櫂を漕ぎ、一里半（六キロメートル）ほど南のアルコへという小さな湾に舟を入れた。打寄せる波でくだかれぬように、舟を浜に引き上げ、野宿した。

翌三日、舟を出し、トムシボーをへて夕刻にはムシホという地の入江に入った。その入江の浜には数艘の舟が引き上げられ、火が所々でたかれ、それをかこんで異様な身なりをしたう。

男たちが坐っていた。

林蔵は、コーニからムシホがきわめて重要な地であることをきかされた。清国の役所があるデレンに行く者は、必ずムシホの入江に舟をつけ、そこから山越えをしてタバマチーという川に舟を運び、デレンへむかう。つまりムシホは、デレンへおもむく者が集る地だという。

焚火のまわりに坐っていた者たちが、林蔵たちのもとにやってきて挨拶した。ケヤッカラという朝鮮系の種族とオロッコ、キムンアイノの種族の者たちであった。林蔵は、かれらに少量の粟をあたえた。

かれらは早速、それを炊いて食べたが、驚くほどうまい、と喜び、しきりに頭をさげた。

翌朝、林蔵たちは、おびただしい数の虫につつまれた。カゲロウと蚊で、あたかもヌカかモミ殻をふりまいたように群っている。顔、手、足にはりつき、眼もあけられないほどであった。かれは頭巾をかぶったが、蚊が所きらわず刺し、痒《かゆ》みも殊のほか激しかった。

舟をタバマチー川まで山越えをして運ぶことになり、舟に積まれた荷をおろし、舟をひいて山越えにかかった。曳けぬ場所は、舟をかついで山路をたどった。林蔵は、ムシホが重要な地で、タバマチー川への山路がデレンへの筋道になっていると教えてくれたコーニの言葉が、事実であることを知った。山路と言っても、人がひんぱんに通るためかたく踏みかためられていて、大街道のようであった。後方からは、キムンアイノ族の男たちが、舟をひきながらのぼってきていた。

山路は二十町（二・二キロメートル）ほどで、ようやくタバマチー川にたどりついた。樹木がうっそうと生い繁り、そのあたりにもカゲロウと蚊がむらがっていた。林蔵たちは、舟を川面にうかべてつなぎとめ、山路をムシホに引返した。そして、舟からおろした荷をかつぎ、タバマチー川の岸まで運ぶことを繰返した。運搬を終えたのは、夕刻近くであった。

林蔵たちは、川岸に仮小屋をつくって野宿した。夜になると気温が低下し、霧も湧いた。昼間、むらがっていたカゲロウと蚊は消えていた。

翌朝、川にうかべた舟に乗って下流にむかった。カゲロウはみえなくなっていたが、蚊は舟のまわりにむらがっていた。舟は、思うようには進まなかった。川幅がせまく、所々に石の露出した瀬が行手をはばむ。やむを得ず、舟からおりて川に入り、力を合わせて舟を曳いた。川の水は氷のように冷く、足元に疼痛《とうつう》が起った。川筋には、濃い霧がたちこめていた。

タバマチー川を苦労しながら下り、一里二十九町半（七・一キロメートル）進んだ位置で、キチー湖に流れこんでいる広い川に出た。川の水量は豊かで、順調に舟は進み、キチー湖に入った。

湖は広い所で一里ほどの幅があり、岸にはそびえ立った岩がつらなっていた。水が青々とたたえられていたが、年によっては水が涸れ、泥土の上を舟を曳いて進まねばならぬ苦しみを味わうこともあるという。林蔵は、しきりに地形を測り、野帳に原図を書きとめていった。

その夜は、湖岸に野宿した。風は冷く、日本の厳寒のような寒さであった。

翌七月七日、湖面を進んでキチーという村落についた。キチー湖とアムール河の接する地で、林蔵は、ゆったりと流れる大河を感慨深げにながめた。キチーは山丹人の村落で、二十戸ほどの家があった。家のつくりは樺太北部のギリヤーク人の家と同じで、山丹人の容貌もギリヤーク人と変りはない。ただ、衣服は綿入れの綿服で、男たちの大半は髭をはやしていた。林蔵は、東韃靼に入って初めて土着の住民を眼にしたのだ。

キチーは、その地方の中心地で、さまざまな種族の者たちが品物を持ち寄ってきて交易をしていた。昼間から車座になって酒を飲み、太鼓をたたいたりしている者もいる。波と風の音しかきこえぬ樺太北部の生活に比較すると、キチーは別天地のようなにぎわいだった。コーニの話によると、キチーには清国の出張役所がもうけられていたが、交易のこじれでキチーの住民と他の地からきた者たちの間で殺し合いがあったことから廃止されたという。アムール河の岸にあるキチーは、地理的にも要地としての条件をそなえていることが感じられた。

コーニたちは、舟からあがるとチオーという清国語の通訳の男の家に行った。が、男の姿はなく、二人の女が留守番をしていた。コーニは、女の一人と親しげに会話を交し、女も嬉しそうに笑っていたが、それはコーニの妹であった。

コーニたちは、舟の近くに仮小屋をつくって野宿することになったが、林蔵は、窮屈な仮小屋の中で坐って寝ることが苦痛で、コーニを通じてチオーの家の倉庫に泊らせてくれるよう頼んだ。手足を思う存分伸ばして眠りたかった。

女たちは快く承諾してくれ、林蔵は舟の中に残してきた手回りの物を倉庫にはこびこんだ。かれは、倉庫の中におかれた箱を机がわりにして、それまで地勢を書きとめた野帳の整理をし、地理についての印象も書きつづった。久しぶりに落着いた気分であった。

人の気配を感じ、倉庫の入口に眼を向けると、細い髭をたらした山丹人がこちらを見つめている。その眼には、いぶかしそうな光がうかんでいた。林蔵は、無理もない、と思った。頭髪を丁髷《ちよんまげ》にし、たっつけ袴《ばかま》の着物に羽織をきた林蔵の姿は、異様なものにみえるのだろう。その上、筆を使って書き物をしていることも、読み書きのできぬ山丹人には理解しがたいものに感じられるにちがいなかった。

林蔵がかすかに頬をゆるめると、男は姿を消した。

再び野帳の整理をはじめたかれは、人の足音を耳にし、倉庫の出入口に顔をむけた。人の足音が近づき、倉庫の出入口に姿をあらわした山丹人たちが内部に入ってきた。かれらは、坐っている林蔵のまわりに立ち、無言で見下している。入口からはさらに多くの男たちが入ってきた。

数人の男が林蔵のまわりに膝をつき、顔をのぞきこんだ。丁髷をいじる者もいれば、羽織の布を引っぱる者もいた。男の一人がなにか言うと、他の男たちが大きな声をあげはじめた。ギリヤーク人の言葉ではなく、林蔵にはなにを言っているのかわからなかった。が、かれらの険しい眼の光に、自分を怪しい男と疑い、詰問《きつもん》していることが察しられた。

林蔵は当惑し、「日本の役人だ」と言ってみたが、むろんかれらには通じない。丁髷がつかまれたので、その手をはらうと、男が怒声をあげた。腕をつかまれ、立たされた。かれらが自分をどこかへ連行しようとしている気配を察した林蔵は、コーニの妹のいるこの家の倉庫からはなれることは危険だと思い、ギリヤーク語で鋭く制止し、抵抗した。

それがかれらの怒りを一層つのらせたらしく、荒々しく髷をつかみ、首をおさえ、腕を引く。力は強く、かれは、男たちに引きずられて倉庫から連れ出された。髷はとけ、ざんばら髪になっていた。殺される、と思った。樺太のノテトを出発前に酋長のコーニが口にした言葉が胸によみがえった。その予言が現実のものになったことを感じた。

かれは、男たちに引立てられて行った。かれらはなにかしきりにわめいている。いつの間にか、夕闇がひろがりはじめていた。

男たちは、林蔵を一軒の家の中に引き入れた。内部は、薄暗かった。ビロードのような布地のふとんが置かれていて、林蔵は、その上に引き据えられた。

男たちは、かれをとり巻き、しきりにわめき散らす。そのうちに、一人の男が、突然、抱きつくと頰を林蔵の頰にすりつけてきた。その姿に、かれらの間からはじけるような笑い声が起った。それがきっかけで、かれらは林蔵の体を所きらわずいじりはじめた。手をかみ、足をつかんで持ち上げる。頰をなめ、唇を吸おうとする。陰部をつかんで、ねじり上げる者もいた。

林蔵は、かれらに弄《もてあそ》ばれていることが腹立たしかったが、抵抗することはしなかった。初めから死を覚悟した上での旅であったし、殺されるならそれも仕方がない、と思った。

かれらは、わめいたり笑ったりしていたが、一人が酒を入れた壺と干した魚を持ってくると林蔵の前に置いた。そして、杯を突きつけ、林蔵が手にすると、壺をかたむけ、酒をみたした。男が、なにか言った。飲めと強要していることがわかったが、かれは、杯を床の上に置いた。

その仕種に、男たちは腹を立てたらしく、杯をつきつけ、手にしろと強要する。林蔵は、顔をそむけ、手を出そうともしなかった。かれらの意のままになりたくなかった。酒のようだが毒液かも知れなかった。そんなものを口にして悶え苦しんで死ぬよりは、なぶり殺された方がましだ、と思った。

男たちの中から、老人が押し分けるように出てくると、突然、林蔵の顔を拳《こぶし》でなぐった。眼の前が一瞬暗くなるほどの強い叩き方であった。

老人は、大きな声でなにか言い、杯に酒をそそいで林蔵の口に押しつけて飲ませようとする。林蔵は口をかたく閉じ、顔をそむけた。杯がゆれて酒がこぼれた。老人の拳が、再び林蔵の顔にたたきつけられた。

家の入口で、男の声がした。男たちは振向き、後にさがった。かれらの間から体の大きな男が現われた。ノテトから旅を共にしてきたギリヤーク人のラルノという男であった。ラルノは、男たちにむかって大声をあげ、拳をにぎった。かれの言葉はわからなかったが、男たちを激しく叱っていることはわかった。男たちは、黙ってラルノの顔を見つめている。

ラルノは、わめきつづけ、顔が赤く染った。数人の男たちが後ずさりし、やがて他の者たちも身を寄せ合うように家の外へ出て行った。

林蔵は、ラルノにうながされて戸外に出た。男たちは、遠くからこちらを見守っている。林蔵は、かれらの視線を浴びながらラルノと連れ立ってコーニたちが仮小屋を張っているアムール河の河岸に行った。

コーニたちが、林蔵を安堵したような眼で迎えた。

ラルノが、

「山丹人があなたを殺すため連れ去ったときき、急いであなたを探した。助けることができなければ、殺されていた」

と、言った。

林蔵は、ラルノとコーニに礼を言った。危ういところで死をまぬがれたことに、安堵した。

　寒気がきびしく、林蔵は、焚火で体をあたためた。その間に、ラルノが通訳の家の倉庫に置かれた林蔵の手荷物をとってきてくれた。山丹人は林蔵をもてあそぶことに熱中し、品物をうばうことはしていなかった。

　林蔵は、顔を洗い、乱れた髪に櫛を入れ、後に束ねて垂らした。唇を吸われかけたことが薄気味悪く、唾を吐き、唇をこすった。

　山丹人たちは酒を飲んでいるらしく、太鼓を鳴らす音や笑声がきこえてくる。林蔵は、仮小屋に入りこむと、膝をかかえて坐り、眼を閉じた。

　翌朝、舟はアムール河を上流にむかって進んだ。が、風が激しく吹きつのっていて進むことができず、わずか一里ほど上流のカウスエという所で舟をとめた。そこには、数戸の山丹人の住む家が点在していた。

　その夜は、暴風雨に見舞われた。張られた仮小屋は吹きとばされるのではないかと思うほど激しく揺れ、屋根から雨が流れ落ちた。内部は水びたしになり林蔵たちは濡れ鼠《ねずみ》になった。その上、気温が低いので体は冷え、眠ることなどできなかった。

　夜明け頃、ようやく雨はやんだが、風は相変らず吹きつのっていた。

　コーニは、舟を出させたが風にさまたげられて容易に進まない。林蔵も櫂をこぎつづけ、夕方、岩だらけの岸に舟をつけた。その日は五里（二〇キロメートル）ほどしか進めず、岸に仮小屋を張った。その地は、コルベーという山丹人の家が数戸ある地であった。

翌朝、ようやく風もおさまり、二里（八キロメートル）上流のジャレーについた。コーニは酋長に挨拶し、さらに上流へ向い、ウルゲーという地についた。そこにはコルデッケ人の村落がいとなまれていた。住民は山丹人と顔、髪、衣服も同じであったが、言葉はちがうようであった。周囲にはうっそうと樹木が生いしげっていた。

この地のコルデッケ人は、舟づくりが巧みで、それによって生計を立てていた。かれらは五葉松の樹木を伐って頑丈な舟を作り、他の種族に売っていた。コーニがこの地で一夜をすごすことを考えたのは、持ってきた貂《てん》などの獣皮と交換に舟を一艘ゆずってもらうためであった。

コーニはコルデッケ人とあたかも口争いでもしているような大きな声をあげ、手ぶりもまじえて話し合っていたが、ようやく取引きが成立し、林蔵たちは獣皮をコルデッケ人の家に運んだ。

翌朝、買い取った舟を水面におろし、荷物を二艘の舟に分載《ぶんさい》した。コーニの話によると、清国の出張役所のあるデレンは、四里（一六キロメートル）上流にあるという。林蔵は、旅の目的地が近いことを知り、胸をはずませた。

舟は、ウルゲーをはなれアムール河を上流へむかった。この付近からは、気温が少し高くなり、樹木も、樺太やそれまで通ってきた東韃靼の地とはことなって、うっそうと生いしげっていた。大木が河岸につらなり、草の緑の色も濃かった。林蔵は、樺太のノテトと緯度もそれほどちがわぬはずなのに、風土の差があることを奇異に思った。

「デレンだ」

コーニが、言った。

林蔵は、前方を見つめた。異様な光景が眼に映った。

アムール河の川幅は広くなっていて、二つの島で抱かれた南岸の水面は流れもおだやかであった。河岸に数十艘の舟が並んで引き上げられ、四艘の屋根のはられた大きい舟ももやわれている。岸から陸地には、おびただしい数の仮小屋が作られ、多くの人の姿がみえた。さらに、それらの小屋にかこまれるようにして、奇異な構造物が立っていた。周囲を大きな丸太で組んだ巨大な柵《さく》がもうけられ、その中に建物の屋根がのぞいている。柵は、二重になっているようであった。

舟が進むにつれて、人の騒がしい声がきこえてきた。荒涼とした大陸に突然出現した大集落に、林蔵は夢をみているような思いであった。

「あの柵は？」

林蔵は、うわずった声でコーニにたずねた。

「清国の出張役所だ」

コーニが、答えた。

舟が、デレンの河岸についた。

林蔵は、舟からおりた。思い思いに張られたおびただしい仮小屋の周囲には、さまざまな衣服をきた男たちが歩いたり坐ったりしている。巨大な木製の柵にかこまれた清国の出張役所の背後には、うっそうと樹葉の生いしげった密林がひろがり、柵の内部からえたいの知れぬ人声がふき出ていた。

コーニが、河岸を歩いてゆき、岸にもやわれている屋根をつけた舟に近づいた。そして、岸に立っている男になにか言うと、舟の中に入っていった。同行のギリヤーク人が、手まねをまじえて、その舟は清国役人の宿所に使われていることを教えてくれた。

やがて舟から出てきたコーニが、引返してくると、

「お役人様に日本人も一緒に連れてきていると話したら、すぐに連れてくるように、と命じられた」

と、言った。

林蔵は、気づかわしげなコーニの顔に不安を感じた。デレンは、清国の支配下におかれた地の者たちが貢物をおさめる場所で、それ以外の国の者が、足をふみ入れることは許されていないのかも知れない。もしかすると捕えられ、最悪の場合は殺されることも予想された。かれは、ようやくデレンについたのに、その実情を故国に報告できず殺されるかと思うと口

惜しかった。が、東韃靼への旅は、死を覚悟した上でのことで、殺されても悔いはない、と自らに言いきかせた。

コーニが舟に乗り、林蔵もそれにならった。舟は岸ぞいに移動し役人の舟に横づけされた。

コーニが役人の舟に移り、林蔵もその後について舟の後部に行った。そこには屋形舟のように屋根のついた部屋があり、かれは、コーニとともに内部に入った。

林蔵は、コーニの背後に坐り、額を床にこすりつけて三度ひれ伏し、顔をあげた。

部屋の板壁《いたかべ》を背に二人の役人が、大きな食卓の前に坐っていた。床には虎の皮が敷かれている。役人はリンズで作られているらしい光沢のある衣服を着、飾りのついた帽子をかぶっていた。容貌、服装は、絵で眼にする長崎へ貿易にやってくる清国人のそれと同じであった。コーニの言っていた通り、デレンは、清国の役人が出張してきている地なのだ、と思った。

役人たちは扇子を手にして、髭におおわれた林蔵をながめていたが、眼に感情の色はみられない。かれらにとって、林蔵は初めてみる日本人にちがいなかった。

役人の一人が、なにか言った。

コーニは、うなずくと林蔵に顔を向け、

「本当に日本人か、とたずねている」

と、不安そうな表情で言った。

「まちがいなく日本人だ」

林蔵は、役人に顔を向けた。

コーニが林蔵の言葉をつたえると、再び役人が口を開いた。表情が、少し険しくなった。

「何用でこの地に来たのか、という御質問だ」

コーニは、低い声で言った。

林蔵は、一瞬、思いあぐんだ。舟で難破《なんぱ》し、樺太に漂着した者だ、とでも答えようと思ったが、たとえ殺されようとも事実に近いことを口にしようと思い直した。

「ロシアの軍船が、日本の領地にやってきて乱暴をはたらいた。私は、樺太がロシアに奪われているのかと思い、樺太奥地を調査したが、その様子はない。それならば、東韃靼の地が、ロシアの領土になっているのではないかと気づかい、やってきた。しかし、清国の支配下にあるので安堵している」

林蔵は、手ぶりをまじえてコーニにつたえた。

コーニは何度も首をかしげて、問い直したりしたが、ようやく趣旨がのみこめたらしく、言葉を区切りながら役人につたえた。

役人は、眼を物憂《ものう》げにしばたたいているだけであったが、コーニが口をつぐむと、すぐに口を開いた。

「ロシア人は、日本人にも危害を加えたのか。清国は、ロシア人を追い払った」

コーニが、役人の言葉を通訳してくれた。

役人は、好意をいだいたらしく、林蔵に粟の入った袋を無言で渡してくれた。

林蔵は安堵し、再びコーニと深く頭をさげ、部屋の外に出た。コーニは、一人で舟に乗り移り、役人の舟からはなれると遠くの岸に舟をひきあげた。

林蔵は、役人の舟から河岸におり、役所の建物をながめた。

仮小屋の付近に坐っていた男たちが、立ち上ると林蔵に近づき、声をかけてきた。眼の光は険しく、林蔵は、キチーでうけた暴力を思い出し、さりげない表情でコーニのいる方へ歩き出した。

笠をかぶった大きな男が、前に立ちはだかり、傍をすりぬけるようにした林蔵の腕を荒々しくつかんだ。振りはらうと、多くの男たちが異様な声をあげて所きらわずつかみかかってきた。耳がひっぱられ、鼻の穴に指を突き入れる。胸に手を入れ、なにか所持品を持っていないかとさぐる。

林蔵は必死になって抵抗したが、眼をなぐられてうずくまった。男たちが、上から折重るようにのしかかってきた。息苦しく、背骨が折れそうだった。口から血が流れ出た。

かすみかけた意識の中で、鋭い声を耳にした。体にのしかかってきた男たちの重みが薄れ、仰《あおむ》向いたかれの眼に、細い髭をたらした清国の役人の顔がみえた。役人が腕をとり、引起してくれた。

役人が、激しい声をあげ手にした扇子で周囲の男たちを追いはらうように振ると、男たちは、不服そうな眼をしてはなれていった。

遠くから、コーニが他のギリヤーク人たちと走ってきた。かれらは、気づかわしげに林蔵に怪我はないかと問い、衣服の土をはらってくれた。

役人が、コーニになにか言ったが、コーニは首をふり、林蔵の腕をとると自分の舟の方へ歩きはじめた。

「お役人様は、あなたがまた乱暴されることを心配し、お役人様の舟に泊るように、と言ってくれた。が、ここでは特別扱いをされると激しい恨みを買うのでことわった。おれたちと一緒に仮小屋で寝よう」

コーニは、周囲に警戒の眼を向けながら言った。

林蔵は、切れた唇をなめながら河岸を歩いていった。

林蔵は、デレンにとどまっている間に、その地にもうけられた清国の出張役所がどのような意味をもつかを知るようになった。

アムール河下流地域に中国の勢力がおよんだのは、元の時代からであったという。その地域に住む多くの種族を総称して山丹（または山靼）人と呼ぶが、元は遠征軍を編成してこれらの種族と激しい戦闘を繰返し、遂に圧伏させた。また、樺太北部にも兵を渡海させ支配下においた。

明の時代に入ると、その勢力はおとろえ、約二百年間、アムール河下流地域は、どこの国の支配下にもおかれず放置された形になっていた。

明についで清国が興ると、大軍を発してアムール河下流地域へ進出した。遠征軍は、各種族を降伏させ、その地を完全に支配した。

その頃、ロシアがアムール河方面の領有をくわだて、清国と激突した。両国は、大兵力を注ぎこんで攻防をくり返し、多数の兵が死んだが、清国軍が優勢で、ロシア軍は敗退した。その後、各地で衝突がみられたが、一六八九年、両国間でむすばれた協定によってアムール河流域を清国領と定め、ロシアはこの地域から完全に手をひいた。林蔵がデレンにおもむいた百二十年前のことである。

清国は、海をへだてた樺太北部にも関心をしめし、軍船を放ってギリヤーク人、オロッコ人、アイヌたちを従属させた。そして、村落の酋長にハラタ（氏族長）カーシンタ（郷長）の役人名をあたえ、清国への忠誠をちかわせた。

清国は、アムール河流域と樺太北部の各種族に貢物をさし出すことを命じ、種族の者たちはそれにしたがって貢物を贈る習わしとなった。それらの貢物を受け取るのが、デレンにおかれた役所であった。

デレンでは、役人が貢物をうけ取るとともに、集った種族の間で物々交換の市ももうけられていた。遠く朝鮮やロシアの国境付近からも来ていて、それぞれ持ち寄った品物を必要な品物と交換する。それは、かれらにとって重要な交易の機会になっていた。ノテトの酋長コーニも、清国政府からカーシンタの役職に任じられていて、貢物をおさめることと交易のために海を渡ってデレンの役所にくることを繰返してきていたのだ。

清国から派遣されてきている役人は、上級者が三名、下級者が五、六十名いた。かれらは、毎年、夏の二ヵ月ほどデレンに出張し、秋になると役所をとじて帰ってゆく。上級の役人は、もやわれた屋根つきの舟に泊り、下級の役人は、役所の柵の中で起居していた。

林蔵は、デレンについた翌日、貢物をささげるため役所へおもむくコーニの従者として同行した。

かれは、役所の建物をとりまく柵に近づいた。それは巨大な柵で、十五間（二七メートル）四方の規模であった。不揃《ふぞろ》いの長さの丸太で組まれた柵で、門が一ヵ所にひらいている。それをくぐると、さらに柵がもうけられ、中に役所の建物があった。

林蔵は、コーニたちと役所の内柵の外で足をとめた。そこには、貢物を手にした二組の他の種族の者たちが控えていた。かれらは、貢物をさし出す順番を待っている者たちであった。

下級役人が出てきて名を呼ぶと、貢物を手にした者が門をくぐり、役所の建物の中へ入ってゆく。役人は手ぎわよく応接しているらしく、役所に入っていった者たちは、すぐに出てきた。

コーニの名が呼ばれ、林蔵はコーニの後について門をくぐり、役所の建物に足をふみ入れた。役所と言っても、壁も屋根も白樺の皮を張っただけの粗末な作りで、薄ぎたなかった。進貢所には、一段高い床の上に帽子をかぶった三人の役人が椅子に坐り、床の下には三人の下級役人が並んで立っていた。

コーニが、土の上に膝をついて頭を低く三度さげ、林蔵もそれにならった。貢物は黒い貂の皮一枚で、コーニはそれを捧げて下級役人に渡した。役人は毛皮をなでたり裏返したりしてそれをあらためると、上級役人にさし出した。

これで入貢の儀式は終り、上級役人が、下級役人に命じ、入貢の褒美として長さ四尋（約七・二メートル）の緞子《どんす》のような布地を下賜した。

コーニは、それを押しいただいて役人に礼を述べ、退出した。

大きな柵と小さな柵との間の敷地には、自由に品物を交換する交易所の小屋が立ち並んでいた。交易所は、喧騒をきわめていた。獣皮をわきの下にはさんだ者たちが、交易所をのぞきこみながら歩いて必要な品物を物色し、獣皮をみせて品物と交換する。が、取引は順調にすすむことが少いらしく、互いに大声をあげて交渉している。中には、突然獣皮や品物をうばって逃げ出す者もいて、それを追いかける光景もみられた。

交易は、柵の中だけではなく、柵外の仮小屋が張られた場所や河岸でもおこなわれていた。交渉がまとまらず、なぐり合いをしている者もいれば、いったん交換して得た布地を酒にかえてくれ、とわめく者もいる。異臭があたり一面にただよっていた。

林蔵は、コーニの話でデレンが交易の中心地になっている事情を知ることができた。交易所には、清国から多くの商人が舟に乗ってやってきていた。かれらが手に入れようとしているのは、貂をはじめ獣類の皮で、それを本国へ運ぶと高い価格で売れる。コーニもそうであったが、東韃靼と樺太北部の住民たちは、役所に貢物として黒貂一枚を献上するとともに、多くの獣皮を持ってきて清国の商人たちと物々交換をする。商人たちが本国から持ってきているのは、酒、煙草、布地、金属製品などおびただしい種類の品物であった。商人の中には、持ってきた品物も尽きて、自分の身につけている衣服をぬいで獣皮を手にする者もいた。

交換した品物が粗悪であると憤り、獣皮をうばい返そうとする者もいて、争いが起る。怒声がとび交い、土まみれになって取っ組み合っている者たちの姿もみられた。喧嘩がおこる度に、下級役人がそれを制止するため木を打ち鳴らす。そのうちに、役所の物を盗んだ者がいて、役人が銅鑼《どら》を乱打し、犯人をとらえるため柵の門を閉じた。巻きぞえになることを恐れた男たちが、柵をよじのぼって外にとび降りて逃げる。そのようなことが、絶え間なくつづき、交易所は騒然としていた。

林蔵は、交易をするコーニの後について交易所を歩きまわっていたが、他の種族の者は、林蔵の姿を見なれたのか乱暴をはたらくことはなかった。

デレンの清国出張役所の役人たちは、日本人の林蔵に関心をいだいたらしく、屋根つきの舟にくるようにと使いの者を寄越した。

林蔵は、役所の機構をさらに詳しく知る好機だと考え、かれらの宿所である舟に行った。かれらは親しげに迎え入れ、林蔵はすすめられるままに食卓をはさんでかれらと向い合って坐った。部屋の中には、筆、硯、墨、食器などがあり、それらは長崎から入ってくる清国の品物と変りはない。役人の着ている衣服は絹で織った上質の物で、頂きに金の環の飾りのついた籐笠をかぶっていた。

むろん言葉は通じないので、役人に紙をもらい、矢立を手にして、漢字でどの地から出張してきているかを問うた。紙をうけとった役人たちは、身を寄せ合って驚いたように字を見つめている。林蔵が漢字を知っていることを意外に思っているようであった。

役人は一層林蔵に関心をいだいたらしく、下級役人に酒肴をはこばせ、しきりにすすめる。林蔵は、うながされるままに酒肴を口にした。

かれは文字で役人に問い、役人も筆を走らせて答えることが繰返された。役人たちは、それぞれ姓名を、魯《ろ》　伕勒恒阿《べじけが》、葛《かつ》　撥勒渾阿《ふつしかが》、舒《じょ》　托精阿《はんすいが》と書き、林蔵がデレンに来たことを証明する漢文の書面も渡してくれた。

筆問筆答が、つづけられた。三人の役人は、毎日、役所に行って貢物をうける仕事をし、夕方には宿所である舟にもどるという。日没時に柵の門をとざし、内部には下級役人が交易所に泊るしきたりである、とも書いた。

役人の一人が、

「あなたは文字を巧みに書く。日本人ではなく、本当は清国人なのではないか」

と、いぶかしそうにたずねた。

林蔵が日本人だと答えたが、納得しないようだった。かれらは、清国以外の国の者は無学で、文字の読み書きなどできぬ、と信じこんでいるようだった。

さらに役人は、

「日本は、どの地で清国に貢物をおくっているのか」

と、問うた。

「日本は、清国に入貢はしていない。ただ長崎で貿易をおこなっているだけだ」

林蔵が答えると、役人は、

「世界で清国に入貢していないのは、わずか三つの国だけだときいている。その一国が日本とは思えぬ」

と言って、首をかしげた。

さらに林蔵が、ロシアと清国の国境はどこか、と、たずねると、役人は、

「国境などあるはずがない。ロシアは清国の属国《ぞっこく》だ」

と、言った。

かれらは、大国の民だという自負がきわめて強いらしく、態度も鷹揚《おうよう》としていた。

その日、林蔵は、デレンの地勢を書きとめ、二重の柵をめぐらした役所と、役人が各部族から貢物をうけとる光景を描いた。また、役人の姿、舟、交易所の雑踏なども詳細に描き、舟の中で自分が役人に酒肴を振舞われている図もしるした。

林蔵は、交易に来ている種族にも話しかけ、アムール河流域の歴史や風俗についても質問した。その中で、義経伝説のこともただしてみた。

奥州にのがれた源義経は衣川で自刃し、その首が鎌倉に送られ、義経を知る和田義盛、梶原景時の首実検で立証され、藤沢に葬られたことが「吾妻鏡」に記されている。が、その首は義経のものではなく、義経はのがれたという説が奥州から蝦夷地へひろがった。正徳二年（一七一二）に馬場信意が「義経勲功記」を、五年後には加藤謙斎が「鎌倉実記」をそれぞれ出版し、その流説を支持した。

義経は蝦夷地に渡ったとされ、また、さらにアムール河流域に渡海し、武勇を発揮したという説が強かった。

林蔵は、その説の真偽をたしかめる絶好の機会と考え、歴史に関心をいだく種族の重だった者たちにたずねてまわった。

その結果、数人の者たちが異口同音に、

「たしかな証拠はないが、当時の漢国の天帝は日本人の子孫だときいている」

と、神妙な表情で答えた。

それに関連して、コーニは、アムール河の河口から約五十里（一九六キロメートル）上流にあるサンダゴへという地に、赤い石に彫った馬の絵があるが、それは日本の画法に似ていて、義経がその地を過ぎる時、矢の根で刻みつけたものだと言われている、と言った。

林蔵は、義経が蝦夷からアムール河流域に渡海し、支配者になったという説も、決して根も葉もない浮説ではないらしいことを知った。

種族の者たちは、林蔵にも日本の画法による絵を描いて欲しいと言ったが、かれは、自信がないと断った。

かれは、義経伝説を信じたいような気持になった。

コーニ一行は、獣皮を日用品に代えることも終えたらしく、故郷のノテトに帰る仕度をはじめた。

清国の役人の話によると、貢物を納め交易する諸部族の者たちは、五、六日間デレンですごすのが常だという。コーニも、交易を終え、デレンについてから六日後の七月十七日の朝、二艘の山丹舟を河面におろした。舟には、獣皮と交換した多くの日用品が積みこまれていた。

林蔵は、役人の宿所である舟に行って別れの挨拶をした。役人たちは、別れを惜しんで粟《あわ》酒《ざけ》の入った壺を餞別《せんべつ》として贈ってくれた。

かれが河岸に引返すと、コーニはすぐに舟を出した。

舟は、アムール河をくだりはじめた。

林蔵は、遠ざかってゆくデレンを見つめた。夢を見ているような日々だった、と思った。広大な東韃靼には、稀に人の集落はあるが、戸数はわずかで、ほとんど無人の大地と言ってもいい。その荒涼とした地に、壮大な柵にかこまれた役所が設けられ、数百名のさまざまな部族の者たちが集る交易所の置かれたデレンという地が、不思議な存在に思えた。かれにとって想像もしていなかったことであり、デレンが幻の地のように思えた。

かれは、小さくなってゆく柵を見つめながら、樺太という島の性格を確実につかむことができたように思えた。デレンに来て、樺太北部に最も強い影響力をあたえているのが清国であることを、はっきりと知ることができた。林蔵をデレンにつれてきてくれたコーニは、清国政府からカーシンタという役職名をあたえられ、定期的にデレンの役所に行って貢物をおさめている。カーシンタより上級の役職名のハラタには樺太西海岸のナヨロをはじめ三ヵ所の村落の酋長が任命されている。かれらは、黒貂《くろてん》一枚を入貢するためデレンにおもむき、清国に忠誠をちかっている。その支配圏は、樺太北部一帯から南部の一部にもおよんでいる。

樺太南部に姿をあらわす山丹人の存在も、ようやく林蔵には理解することができた。アムール河下流地域に住むかれらは、海を渡って樺太南部にやってきて、アイヌのもつ獣皮と清国の商品を交換する。かれらが横暴なのは、樺太を清国領と考えているからにちがいなかった。山丹人の虐待《ぎやくたい》を恐れたアイヌは、海峡をへだてた宗谷会所に救いを求め、松前藩は樺太最南端の白主に進出し、会所をもうけた。これによって、日本は樺太南部に進出し、アイヌの村落の酋長に乙名、小使という役職名をあたえて保護下におくようになっている。林蔵は、樺太の大半が清国、南の一部が日本のそれぞれの勢力圏であることを知った。幕府は、樺太北部にロシアの勢力が進出しているのではないかと予想していたが、そのおそれがないことも確認できた。

かれは、たとえ国法をおかしても東韃靼に入ってデレンの地をふみ、入貢、交易の状況を視察できたことは幸いだったと思った。幕府にとってほとんど知識をもたぬ樺太という離島の行政、経済が、かれの報告によってすべてが解明されることはあきらかであった。

デレンの柵も見えなくなり、二艘の舟はアムール河を前後してくだった。河幅は四里（一六キロメートル）もあり、濁水《だくすい》がひろがっている。

風波が激しくなって、舟は揺れはじめた。林蔵は、ギリヤーク人たちとともに力をこめて櫂をこいだが、さらに波が高まってきたので、デレンから六里（二四キロメートル）の位置にあるジャレーに舟をつけた。林蔵たちは、舟を河岸にあげ、火を焚いて夕食の仕度にかかった。あたりは薄暗くなっていた。

突然、林蔵たちのまわりに白いものが舞いはじめた。小さな白い蝶の群で、たちまち数を増した。蝶はひしめき合うように舞い、頭や衣服にたかる。鱗粉《りんぷん》が散り、あたりはかすんだ。

栗の粥を煮ていたが、大鍋の中にも蝶が次々に落ちはじめた。林蔵たちは手で払い、さらに布地をあおって追ったが、鍋の中に重り合うように落ちる。林蔵たちも、顔をはじめ鼻や口に蝶がはりついて呼吸が苦しくなったので、焚火のかたわらからはなれた。

蝶は焚火の光に集ったらしく、遠くからみていると、その部分だけ雪が霏々《ひひ》と舞っているようにみえる。白い蝶の群が炎に映え、おびただしい小さな炎が乱舞しているような情景だった。蝶が次第に少くなり、急に消えた。

林蔵は、コーニたちと焚火に近づいた。最初に走り寄ったオロッコ人の妻が、悲痛な声をあげた。周囲には死んだ蝶が散り、羽をふるわせているものもある。鍋の中には、数百という蝶が堆《うずたか》くつもっていた。女が、杓子《しやくし》で蝶をすくって捨て、その下から栗粥がのぞいた。

コーニたちは、顔をしかめて言葉を交し合った。蝶の鱗粉のまじり合った栗は毒をふくんでいると言う者もいたが、食糧の量はかぎられていて、それを捨てるのは忍びがたいと言う者もいた。炊事を担当する女が、蝶の羽などが浮いている表面の栗を慎重にすくって捨てると、粥は鍋の底にわずかしか残らなかった。

コーニたちは、栗粥を椀に入れて食べ、林蔵もそれにならった。蝶は、いつの間にか消えていた。

林蔵は、張られた仮小屋の中で膝をかかえて坐り、眼を閉じた。が、炎の反映をうけて乱れ舞っていた蝶の姿がちらつき、腹の具合も気になって長い間眠りつくことができなかった。

翌朝、風はおとろえ、舟を河面におろし、ジャレーをはなれた。舟は流れにそって進み、十三、四里下流のキチーにもどった。

林蔵は、再び山丹人に暴力を浴びせかけられるのではないかと思ったが、清国語の通訳も兼ねている酋長のチオーがもどっていて、大いに歓待してくれた。チオーは、林蔵に好意をいだいたらしく、上等の茶をいれてくれた。さらに女たちに米飯を炊かせ、酒、肴をすすめた。

酒宴は、夜おそくまでつづけられた。林蔵は、チオーの饗応《きようおう》にこたえるため、斧《おの》、やすり、さらに着ていた襦袢《じゆばん》をぬいで贈った。チオーは喜び、酒をしきりにすすめた。

翌日、コーニたちはキチーにとどまって物々交換をおこない、犬を二頭手に入れた。

林蔵は、周囲の地勢をしらべて歩き、酋長のチオーからも地理についての知識を得た。往路は、ノテトから東韃靼に渡海し、海岸から山越えをしてキチー湖に入り、キチーをへてデレンに向った。コーニたちは、帰路も同じコースをたどってノテトにもどろうとしていたが、アムール河をこのまま くだって海に出、そこから海峡を渡ればノテトにつけるはずだった。再びこの方面にくることは、決してないはずだった。往路をもどるよりは、出来るだけ多くの地を眼にし、アムール河沿岸の地理についての知識も得たかった。もしも、アムール河をくだって河口に達することができれば、北の海も十分に望見することが可能で、樺太が、東韃靼とは海をへだてた離島であることを完全に確認できるはずだった。

かれは、良いことを思いついたと胸をおどらせたが、コーニたちは、デレンを往復するのに通いなれた道をたどりたいにちがいなく、頼みをきいてくれるかどうか、心もとなかった。

林蔵は、交易に忙しいコーニに近づくと、アムール河をくだるコースをたどって欲しい、と頼んだ。コーニは、少し思案していたが、簡単に承諾してくれた。アムール河をくだれば、山越えの困難もなく、道のりもそれほど迂回《うかい》することにはならないので、河をくだろう、と言った。他の者たちも、コーニに同意し、帰路はアムール河の河口から海に出ることになった。

翌朝、チオーの見送りをうけて、二艘の舟は、キチー湖に入らず、つらなってアムール河をくだった。広大な河には、点々と島がうかび、柳が水辺まで密生している。洪水に見舞われると、それらの島は水没するという。

四里八町（一七キロメートル）ほどの位置にあるカターカに舟をつけ、上陸した。そこには山丹人の家が十四、五戸あり、この地から下流は山丹人の村落がつづくという。

日が西に傾きはじめ、再び舟を出して、六里（二四キロメートル）下流のアオレーにつき、河岸で野宿した。そこにも山丹人の家が十数戸あり、住民は豊からしく家の作りは大きかった。

翌日も河をくだり、シュシュという小さな山丹人の村落についた。山丹人が川に杭《くい》をならべて堰《せき》をつくり、網で鮭をとる習わしがあるらしく、コーニは住民から干した鮭を入手し、焼いて食べた。コーニたちは、山丹人と物々交換し、その日は、わずかに四里くだっただけで、ホルという地で仮小屋を張った。

その地から下流は、ギリヤーク人の居住区で、翌二十三日、ホルを出船した。バットという地で、獣皮と交換に再び犬を入手した。また、サンタンコエという村落にも上陸したが、林蔵は、その地で一つの知識を得た。村落の者たちの話によると、アムール河下流域を一時占領したロシア軍が、サンタンコエに拠点をつくったが、清国軍に追われて故国に逃げ去ったという。明代に建てられた石碑《せきひ》が少し高い所に立っていると言い、舟の上からみると、たしかにそれらしいものが眼にとまった。が、距離がはなれているので、石碑にどのような文字がきざまれているのかは、確認できなかった。

村落の者が、その地にロシア軍の拠点の一つがあったと言ったが、それは事実であった。ロシアは、アムール河流域を支配下におこうと企て、一六八二年、兵を発してその地一帯を占領した。これに対して、清国は、それを奪い返すため、翌年、騎兵一万五千、兵一万一千を乗せた軍船五百五十隻を送り、ロシア軍を攻撃した。その結果、ロシア軍は敗走し、サンタンコエも清国の支配下に帰したのである。

林蔵たちは、サンタンコエを出発してアムール河をくだり、七月二十六日にはカルメーにつき、その地の酋長の家に泊って酒肴の饗応をうけた。

翌日、その地を出船し、四里半（一八キロメートル）下流の、ギリヤーク人の集落があるデボコーについた。その地も、ロシア軍の拠点があった地で、清、ロシア両国軍が激しい攻防戦をくりひろげた古戦場であった。林蔵は、サンタンコエについでその地での話をきき、アムール河流域一帯はロシアの勢力が完全に駆逐《くちく》され、清国の支配下におかれていることを確認した。

翌二十八日、この地を発し、途中、野宿をかさねて四日後にワーシという地につき、河岸に仮小屋を張った。河幅はさらに広くなり、対岸も霧にかすんでいる。それまでみられた島や洲もなく、海の影響がおよんでいるらしく、満干による水位の増減がみられた。

かれは、河面に背びれをのぞかせた大魚が、潮を吹くのを見た。それは鯨で、色が白いのが珍しかった。いずれにしても、鯨の姿に海が近いことを知った。湿地帯がつづいていて、仮小屋を張る時には、柳の枝を切って分厚く敷き、その上に獣皮をのせて就寝した。が、朝になると獣皮が沈み、体が水びたしになっていた。

八月二日、ワーシを出発した。河口が近くなって前面に海がみえ、激浪が河に押し寄せてきていた。舟は上下に激しく揺れ、進むことが困難になり、五里（二〇キロメートル）ほどくだったヒロケーという地の河岸についた。ギリヤーク人の家が四、五戸ある侘しい地であった。ヒロケーは、アムール河の河口に位置していた。

林蔵は、小高い地に立って海をながめた。アムール河から流れ出た水は、南の方向へ三割、北へ七割の割合で注いでいるようであった。

北の海に視線をのばした。樺太の北端がみえ、その後方には果しなくひろがる北の海がひらけていた。かれは、あらためて樺太が離島であり、東韃靼とは海峡をへだてて位置していることを確認した。西欧の地理学者たちは、世界でただ一つの謎の地域である樺太を、東韃靼の地つづきである半島と断定している。日本でも、その説をいれて、樺太が半島であることは定説となっているが、林蔵が眼にしている樺太は、あきらかに島であり、東韃靼との間には海峡が横たわっている。それは、世界の地理学界にとって、定説をくつがえす驚くべき大発見であった。

かれは、風に吹かれながら怒濤《どとう》のさかまく北の海をながめていた。

翌朝、舟はアムール河の河口をはなれ、海岸沿いに南へ進んだ。はるか沖合に、樺太の陸影が望まれた。交易で手に入れた三頭の犬は、海上を舟で進んだことがないらしく、海にむかって吠えることをやめなかった。

荒涼とした海浜がつづき、二日後にチョーメンという地についたが、潮がひきはじめていて進むことができなくなった。かなり沖の方まで干潟になり、林蔵は、この海域の干満の差が激しいことを知った。

日が西に傾きはじめた頃、ようやく潮がさしてきたので舟を出し、途中の砂浜で野宿して翌日にはオッタカバーハについた。その地は、樺太との間の海峡が最もせまい所で、いっきに樺太へ渡ることになった。

翌朝、霧は少したちこめていたが海はおだやかで、二艘の舟は前後して沖にむかって進んだ。魚皮の帆は微風をうけ、林蔵たちは櫂を操った。樺太が近づき、舟は海岸沿いに南へ進んだ。

「ラッカだ」

という声を耳にして、かれは、舟の進行方向を見つめた。

不意に嗚咽《おえつ》が、胸につき上げてきた。それは、第一回の樺太調査で松田伝十郎とともにたどりつくことのできたラッカにちがいなかった。その折りは、干潮時で海は海草と芥でおおわれた干潟になっていたが、黒ずんだ海水がひろがっている。東韃靼に入り、死ぬこともなく樺太北部にかえってきたのだ、という喜びが胸にあふれた。

コーニたちも、歓声をあげている。かれらも無事に故郷へ帰りつくことができたことに、安堵しているようであった。

西日がおとろえはじめ、コーニは、ラッカを少し過ぎた所で舟をとめさせた。

海岸に仮小屋が張られ、かれらは焚火をかこんで坐った。特別に酒が出され、粟粥が煮られた。かれらは、哀調をおびた歌をうたい、泣いたり笑ったりした。林蔵は、うるんだ眼でかれらをながめていた。

翌日、空は、青く澄んでいた。朝食を早目にすませたかれらは、舟を海面におろした。海は、凪いでいた。舟は、順調に進んだ。

前方に、ノテトが見えてきた。村落の家々がつらなり、その後方に小鳥の群が舞っている林がみえる。林蔵たちは、力をこめて櫂をこいだ。

舟が近づいてくるのに気づいたのか、家から人が出てくるのがみえた。かれらは、コーニたちが一艘の舟で出掛けていったのに、二艘の舟が近寄ってくるのに不安をいだいているらしく、身を寄せ合ってこちらを見つめている。

コーニが、手をふり、大きな声をあげた。家の前にいた者たちが、海岸に走り出し、しきりに手をふる。家々で飼われた犬の吠え声が一斉に起り、舟にのせられている三頭の犬も、さかんに吠えた。

舟は、村落の海岸についた。男や女たちが海水の中に入りこんできて舟をかこみ、かれらの手で海岸に引きあげられた。

浜に身じろぎもせず、立っている男がいた。林蔵は、男に眼を向けた。ノテトに残したアイヌのラロニであった。林蔵は、ラロニの頬に涙が流れているのをみた。

かれは、舟からおりると、ラロニに近づき、その逞しい肩をつかんだ。林蔵の眼からも、涙があふれた。

林蔵の樺太見分の旅は、終った。

かれは、満ち足りた気分であった。世界地図の上でただ一つ不明であった樺太北部の地理が、自分の手で完全に解き明かすことができたことに喜びを感じた。

樺太の北端をきわめ、さらにアムール河河口からその北方に広大な海のひろがりを見た林蔵は、樺太が半島などではなく、完全な離島であることを確認し、また、清国側の唱える樺太と東韃靼との間にサハリンという島があるという説も、根拠のない説であることを知ったのである。

さらに、かれが海峡を渡って東韃靼に足をふみ入れたことは、画期的な壮挙《そうきょ》であった。海峡を渡ったことは、樺太が島であることを実証し、清国の出張役所のもうけられているデレンに赴いたことによって、東韃靼と樺太の政治、経済の性格を知ることもできた。

幕府が林蔵に期待したのは、漠然とその存在が知られているアムール河流域の東韃靼と樺太に、ロシアがどの程度進出しているか、であった。が、林蔵の調査によってアムール河流域は完全に清国領になっていて、樺太北部にもロシア側の影響は全くみられず、清国の支配のもとにあることがあきらかになった。

樺太南部の地を守る幕府の役人にとって、北方から集団でやってくる山丹人は、理解に苦しむ人間たちであった。が、それも、林蔵はどのような性格をもつかを知ることができた。山丹人は、東韃靼の住民で、海を渡って樺太に交易をしにやってくる。かれらにとって樺太は支配地であり、征服者として搾取《さくしゅ》しようとする意識をもっている。そのため、樺太の住民を武器でおどし、不法な商取引をおこなう傾向があるのだ。

林蔵の得た知識は、地理学上のみならず、幕府の北方経営に多くの利益をあたえることは確実だった。

ノテトの気温は低下し、海は、凍結前の澄んだ色をみせはじめていた。

海が凍れば、舟を出すことはできなくなる。使命をはたした林蔵は、海が凍る前に帰途につきたかった。

しかし、林蔵のもとに残ったアイヌはラロニだけで、しかも舟は南に引返していったアイヌたちに渡してしまっている。陸路をたどる以外にないが、余りにも距離がありすぎ、途中で餓死または凍死するおそれがあった。

かれは、当惑した。貴重な資料を一日も早く持ち帰りたかった。舟を入手したかったが、その代償となるような品物はない。裸同然の身で、このままノテトで日を過し、来年、気温があがるのを待って陸路を南にむかう以外にない、と思った。が、その場合も、飢え死にするおそれがあった。

ラロニが、耳寄りな話をきいてきた。村のギリヤーク人が、遊猟《ゆうりょう》をするために舟を仕立てようとしていて、その行先は南方だという。

林蔵は、狂喜してすぐに酋長のコーニのもとに行き、その舟に便乗させてくれるように頼んだ。

コーニは林蔵の乞いをいれて男の家に出向き、林蔵とラロニを同乗させてくれる約束をとりつけてきた。

遊猟の舟は、林蔵がノテトに帰りついてから三日後の八月十一日に、南へむかうことになった。

その日の朝、コーニをはじめ村の者たちが浜に見送りにきてくれた。林蔵は、コーニに頭を何度もさげ、わずかに残されていた鍋、小刀などを贈った。コーニたちと二度と会うことはないだろうと思うと、眼頭が熱くなった。

かれとラロニが乗ると、山丹舟が岸をはなれた。コーニたちが海岸に立って手をふり、林蔵もラロニと手をふり頭をさげた。やがて、コーニたちの姿は、海岸の岩かげに見えなくなった。

舟は、南へ進んだ。夜になると、海岸で野宿をし、林蔵はラロニと体を寄せ合って眠った。ギリヤーク人たちは、途中で数日間、舟を浜にあげ、弓矢を手に山中に入ることを繰返していた。かれらは獲ってきた獣の皮をはぎ、肉を焼いて食べた。貂、狐などであった。

かれらは、親切にも林蔵たちをトンナイ（真岡）まで送ってくれた。林蔵は、謝礼としてかれらに酒と煙草を贈った。

トンナイでは、林蔵とラロニの生死を危ぶむ噂が流れていた。それは、二月にウショロから引返した五人のアイヌたちの口からもれたもので、危険にみちた北部へむかった林蔵たちが、生きて帰ることはできるはずがない、と言っていたからであった。それだけに、ラロニの家族は、涙を流して無事に帰ってきたことを喜んだ。

林蔵は、ラロニに予備の衣類、道具類をあたえた。

かれは、トンナイから白主への便船を待ち、ようやくアイヌの舟に同乗することができ、トンナイをはなれた。舟は、帆に風をはらんで進んだ。

かれは、北の方向を見つめた。樺太北端のナニオーの荒涼とした光景、ノテトの酋長コーニ、東韃靼の巨大な柵にかこまれたデレンの清国出張役所などが、胸によみがえる。それらが夢の中でみたもののように感じられたが、現実に眼でたしかめたことだと思うと、あらためて生きているのが不思議な気がした。

かれは、アイヌたちと野宿をかさね、ようやく樺太南端の地にある白主を前方にみることができた。九月十五日であった。樺太再見分のため白主を出発したのは前年（文化五年）の七月十七日で、一年二ヵ月ぶりに白主に帰りつくことができたのだ。

会所のもうけられた白主は、森閑としていた。アイヌの姿はみえたが、日本人はいない。林蔵は、舟からあがり、手荷物を持って会所の建物に近づいた。内部をのぞくと、数人の男たちが炉をかこんでいた。

　かれは、建物に入った。炉ばたに坐っていた男が、林蔵を少しの間、見つめていたが、突然、勢いよく立ち上った。それは、前年、第一回の樺太調査に同行した松田伝十郎であった。

「間宮殿」

　松田の口から、呻《うめ》くような声がもれた。他の者たちも立ち上り、林蔵に視線を据えている。

　林蔵は、頬をゆるめて近づいたが、かれらの顔にうかぶ激しい驚きの色にとまどいを感じた。

「帰着いたしました」

　林蔵は、手荷物を炉ばたに置くと、松田に頭をさげた。

「やはり間宮殿か。顔がすっかり変ってしまっているので、すぐにはわからなかった。苦労なされたな」

　松田が、しんみりした口調で言った。他の者は、無言でいたいたしそうに林蔵を見つめている。

　林蔵は、ようやくかれらがしめした驚きが、自分の面変りのためであることに気づいた。髭でおおわれた顔は痩《や》せこけ、どす黒い。髪は乱れ、衣服は油につけられたように汚れ、しかも所々破れている。かれらが、一瞬見まちがうのも無理はなかった。

番人たちが、急に動きはじめた。白湯を椀に入れて林蔵に持ってくる者もいれば、煙草を煙管《キセル》とともに差し出す者もいる。その間に、風呂桶に水が入れられ、沸かされた。

林蔵は、すすめられるままに風呂の湯につかった。白主を出てから一年二ヵ月ぶりに入る湯であった。体に激しい痒《かゆ》みがわいてきて、かれは所きらわず掻《か》き、顔を洗った。髪に湯をそそぎ、剃刀《かみそり》で長い間かかって髭を剃った。体が軽くなったような快い気分であった。

湯から出ると、洗いさらされた衣服が置かれていて、それを身につけた。

炉端《ろばた》に坐ると、松田が酒をみたした椀を渡してくれた。かれは、ようやく長い旅からもどってきた喜びにひたった。

松田に問われるままに、林蔵は足をふみ入れた地について答えた。松田は、林蔵が、第一回調査の折りに引返したラッカからさらに樺太北端のナニオーまで北進したことに、驚きの色をみせた。さらに、東韃靼へ渡海し、清国出張役所の設けられたデレンまで赴いたことを知ると、呆然として林蔵の顔を見つめた。

「よくそのような所まで……」

松田の口から、言葉がもれた。

体に酔いがまわってきた。松田たちは、林蔵にしきりに問いかけ、林蔵の口から短い言葉がもれる度に、かれらの間から驚嘆の吐息がもれた。

眠気が、急におそってきた。

かれは、番人の敷いてくれたふとんに身を横たえた。久しぶりにふれるふとんの感触と匂いに陶然《とうぜん》としながら、深い眠りに落ちていった。


白主の会所は、越冬にそなえた季節にあった。

例年、秋には会所を閉鎖し、宗谷へ引揚げる定めになっていた。その習わしにしたがって、宗谷の警備にあたっていた多数の津軽藩兵や漁場の支配人、番人たちは、つぎつぎに船に分乗し、白主をはなれていた。が、その年は、役人、津軽藩士の少数が、初めての試みとして越冬することが決定していた。越冬するのは、役人の松田伝十郎をはじめ調役並吉見専三郎、同心吉野藤内、北川弥三郎、柴田角兵衛、御雇医師小林東鴻、津軽藩士の足軽小頭成田孫右衛門ほか足軽六名計十三名であった。

松田は林蔵に山丹人について執拗《しつよう》に質問を繰返したが、それは松田が山丹人問題に積極的に取りくんでいたからであった。

松田は、第一回の樺太見分を終えた後、林蔵の提出した地図を手に、松前をへて江戸におもむいた。年が明け、二月二十一日、樺太詰を命じられて江戸を出発し、松前、宗谷をへて九春古丹に渡り、白主へ着任した。山丹人問題を解決するためであった。

山丹人は、東韃靼から錦衣、綿織物、玉、煙管、扇などの中国製品を舟にのせて樺太へやってきて、ギリヤーク人などの樺太の住民の持つ狐、貂などの毛皮と交換することを繰返していた。かれらは、次第に南下して、アイヌの住む樺太南部に進出し、遂には樺太南端の白主にも姿をあらわすようになり、白主のアイヌたちと交易した。当時、樺太南部を支配していた松前藩は、山丹人がアイヌと交易する場所を白主一ヵ所にかぎったが、交易について関係することは避けていた。

山丹人は、毎年夏に、七、八人乗りの舟をつらねてやってきては、アイヌと交易していたが、取引は横暴をきわめた。かれらは、一年後に決済《けっさい》という方法をとって商品を渡し、翌年、交換する獣皮をアイヌが渡せぬ折りには暴力をふるい、子供を質にとって連れ去る。その上、松前藩から出張している会所の者にまで威嚇するような態度をとった。

白主会所が松前藩の手から幕府の支配下におかれるようになると、幕府は、アイヌを保護するため山丹人とアイヌとの交易の改革を企て、松田にそれを命じたのである。かれは、白主に赴任して、会所の者やアイヌたちから事情をきき、山丹人が無法な行為をほしいままにし、アイヌたちが多くの借りに喘《あえ》いでいることを知った。

山丹人が夏にやってくると、借りを返せぬアイヌたちは、恐れて山中へ逃げる。その間に、山丹人は家の中に入りこんで鍋、漁猟具など手当り次第に奪いとる。もしもアイヌがそれを渡すまいとすると、武器をふりまわし、子供を奪う。さらに役人などにも無礼な態度をとり、会所へ出入りする折りにも、笠をかぶったまま煙管をくわえ、鼻歌をうたって蔑んだ眼を会所の者にむける。

松田は、それらの話をきいて憤りを感じ、徹底的に改革することを決意した。

しかし、山丹人とアイヌとの交易はあくまでも経済問題であり、冷静に対策を立てる必要があった。それについて思案した末、解決策として、アイヌの山丹人に対する借りをすべて返済させることが必要であると判断した。その方法としては、アイヌが自力で返済できる分は返させ、残りをすべて会所側で負担し山丹人に返済することを定めた。

その年の夏に白主へやってきた山丹舟は、三艘だった。

松田は、ただちに貸借関係にある山丹人とアイヌたちを呼び寄せ、松前生れの平兵衛という者を通詞（通訳）として、貸し借りの内容をたしかめさせた。

山丹人たちは、それまでアイヌとの商取引を傍観《ぼうかん》していた会所側が、その年にかぎって積極的に介入してきたことをいぶかしみながらも、アイヌへの貸しの内容を口にした。が、両者の貸し借りは別に記帳されたものではなく、うろおぼえの記憶をたよりにするので、主張に食いちがいが多かった。平兵衛は、両者の間に立って手こずったが、ようやくその内容をつかむことができた。アイヌが山丹人に対して借りていた量は、貂の毛皮にして二千九百七十五枚であった。

松田は、その年に支払わねばならぬ毛皮はすべて会所側から山丹人に渡し、翌年以後の返済分の一部をアイヌに返済させ、残りは会所側ですべて決済することを山丹人に告げた。また、今後の貸借を一切禁止した。山丹人は、商売が円滑に運んだことを喜んだが、相変らず横柄な態度を変えなかった。

松田は、通詞の平兵衛を通じて、山丹人に礼儀を守ることを命じた。会所出入りの折りに笠をかぶったままである時には、笠をはらい落し、履物《はきもの》をはいていれば、向う脛《ずね》を蹴り、くわえ煙管は煙管をとり上げてへし折る、と申し渡した。

しかし、山丹人たちは、たかをくくって態度をあらためない。相変らず笠をかぶり履物もはいたまま鼻歌をうたいながら会所に入ってきたので、松田は、津軽藩兵に、

「かかれ」

と、命じた。

藩兵たちは、山丹人たちに走り寄ると、笠をはねとばし、向う脛を強く蹴った。山丹人たちは悲鳴をあげてひれ伏した。松田は、平兵衛を通じて重ねて礼儀を守るよう厳しく命じ、山丹人たちは恐れおののいて何度も頭をさげた。

これによって山丹人たちの態度はすっかり改まり、神妙な表情で舟に乗って去っていった。

「それは、賢明な方法です。強い態度をとらぬと、かれらは増長するばかりです」

林蔵は、松田に言った。

白主の海の沖に、流氷の輝きがみえていた。海が氷におおわれる日は、迫っていた。

林蔵は、一刻も早く海峡を渡り、宗谷へ帰りつきたかった。もしも海がとざされてしまえば、来年の春おそくまで白主にとどまっていなければならなくなる。

松田は、早速手配をしてくれたが、凍結寸前の海に舟を出そうというアイヌはいなかった。宗谷に行くことはできても、白主にもどることはできず、宗谷で越冬を余儀なくされる。その期間、家族とはなれて日を過すのは苦痛なのだ。

松田は、八方手をつくし、ようやくアイヌを承諾させた。

九月二十八日朝、林蔵は、アイヌと番人の操る図合船で白主をはなれた。峯々にはすでに雪の白い輝きがみえていた。岬の先端をまわると、舟の揺れは増した。

かれは、遠ざかる樺太を見つめていた。やがて霧が流れ、樺太の陸影もその中に没した。舟は、濃霧の中を進んだ。

夕刻、前方に宗谷がかすかに浮び上った。

八

宗谷に着いた林蔵は、調役並の深山宇平太らに迎え入れられた。かれが樺太北端まで行き、さらに東韃靼の地まで足をふみ入れたことは、深山らを驚かせ、そのことはたちまち宗谷で越冬する会所の者や津軽藩士らの間にひろがった。

夢物語に近い話であったが、変貌《へんぼう》し体も痩せこけた林蔵の姿を眼にして、それが事実であることを疑う者はいなかった。殊に、凍傷にかかって醜く変形した手の指に、その旅がどれほど苦難にみちたものであったかを察したようだった。

宗谷の海が氷におおわれるのは、時間の問題であった。かれは、一日も早く松前に帰り、旅の間、地勢を野帳にえがき、方位をはかり、距離を書きとめた資料をもとに、樺太と東韃靼の地図の作成にとりかかりたかった。

かれは、深山宇平太に懇請し、松前へおもむくことができるよう手配を頼んだ。幸い、冬をひかえ最後の引揚げをする津軽藩兵を乗せた舟が出ることになっていて、それに便乗する手筈《てはず》をととのえてくれた。

林蔵は、その舟に乗り宗谷をはなれた。

気象状況が悪く、舟は、途中、入江や湾に入って海がおだやかになるのを待つことを繰返しながら進んだ。林蔵は、衰弱した体を休めるため、舟の中で身を横たえていることが多かった。

舟が松前の港に入ったのは、十一月二十七日であった。

松前の町は、雪におおわれていた。家々は雪がこいがされていて、道を頭巾や衿巻きで頭をつつんだ男女が往き交っている。港には千石船も碇泊していた。

舟からあがった林蔵は、雪道をたどって奉行所に行った。

一室に控えていると、吟味役の高橋重賢が入ってきた。

林蔵は平伏し、

「ただ今、立ちもどりました」

と、言った。

「よく帰ってきた。すっかり痩せてしまっているが、病んでいるのではないか」

高橋は、気づかわしげに林蔵を見つめた。

「どこも病んではおりませぬ。達者で帰着いたしました」

林蔵は、低い声で答えた。

「それならよいが……。ところで樺太見分は、どの程度果せたか」

高橋は、もどかしそうにたずねた。

林蔵は、言葉を句切りながら話しはじめた。昨年七月宗谷から樺太南端の白主に渡海、樺太西海岸を北上したが、寒気と食糧不足にみまわれてやむなくトッショカウから引返し、トンナイで越冬したことを口にした。年が明け、再び北へ進み、遂に樺太北端のナニオーにたどりついたことを述べた。

高橋は、その地で樺太が島であることを確認したという林蔵の言葉に眼をかがやかせ、深くうなずいた。が、さらに海峡をギリヤーク人たちと渡り、東韃靼の地に足をふみ入れたことを耳にすると、絶句して、林蔵を見つめた。

かれは、驚きで眼を大きくひらき、

「東韃靼まで行ったのか」

と、感嘆の声をあげた。

「大儀であった。十分に体を休めるように……。私の家を宿とせよ」

高橋重賢は満足そうにねぎらいの言葉をかけた。

林蔵は平伏し、奉行所を辞した。

かれが樺太北端をきわめ、東韃靼まで足をふみ入れて帰着したという話は、たちまち奉行所をはじめ松前の町の中にひろがった。松前に在住する者には、蝦夷北端の宗谷は、遠い僻地で、冬には水腫病で多くの者が死亡する恐しい地であった。まして樺太は、世界の果てとも言える場所で、その北端まで単身でおもむき、さらに渡海して異国である東韃靼にも足をふみ入れたという話は、かれらを驚かせるのに十分であった。

高橋の用人や出入りの者は、林蔵に畏敬《いけい》にみちた眼を向ける。「難儀なことでござりましたろう」とか、「お見事なお働きで……」などと声をかけてくる。林蔵は、あらためて自分の果した旅が異例のものであることを感じ、日を追うにつれて喜びと満足感が強くなるのを感じた。

かれは、奉行所での報告を終えた後、急に激しい疲労におそわれていた。体が熱っぽく、ひどくだるい。朝、起きるのが辛く、終日、ふとんに身を横たえていたが、いつの間にか体を起こすことも困難になった。用を足す時も廊下を這ってゆき、杖をついて裏庭に出ると厠へ行く。便もとどこおって、板壁に額をつけて長い間しゃがんでいた。

体がようやく復調のきざしをみせたのは、年の瀬も迫った頃であった。

文化七年の正月を迎え、林蔵は、ふとんからはなれて雑煮を祝った。炉のかたわらで酒をふくんでいると、前年の冬、トンナイで孤独な新年を迎えたことが夢のように感じられた。

かれは、高橋重賢が江戸へ林蔵の壮挙を飛脚でつたえたことを耳にしていた。また、高橋が、なるべく早く林蔵を江戸へ報告のため出発させたい、と考えていることも知っていた。

江戸の天文方《てんもんがた》高橋作左衛門は、幕府から世界地図の作成を命じられ、その仕事に全力をかたむけている。その地図を完成する上で、世界の地理学者たちが唯一の謎の地域としている樺太の正確な地図も加えなければならなかった。

林蔵は、自分が松田伝十郎とともに第一回目の樺太調査をおこない、それによって作った地図を手にした高橋作左衛門が、樺太図をつくる有力な手がかりを得て狂喜したことを耳にしていた。さらに、高橋は、林蔵が再び樺太北部へむかったことを知り、その調査結果に大きな期待を寄せていることも知っていた。高橋重賢は、そうした作左衛門の気持を察し、林蔵を一日も早く江戸におもむかせたかったのである。

林蔵は、恩義をうけた高橋重賢の希望にそいたかったが、すぐに江戸へ出立する気にはなれなかった。体が衰弱していて長い旅には堪えられそうもなかったし、それに自分の到着を待ちこがれているにちがいない高橋作左衛門に、未整理の資料をそのまま手渡すことはしたくなかった。もしも、そのようなことになれば、作左衛門は、天文方という地位を活用して、樺太図を作成し、幕府に提出するだろう。林蔵は、苦労して得た資料が作左衛門の手で勝手に整理され、それがかれの栄達に利用されるのは不本意であった。

林蔵は、死の危険にさらされながら旅をつづけた樺太北部と東韃靼の地図は、自分の手でまとめ、幕府に提出したかった。高橋作左衛門は、質問状を寄越したりして、しきりに林蔵の調査結果を知ろうとしている。天文方としてそのような願いをいだくのは理解できるが、作左衛門が上級役人の天文方の地位を利用して、雇にすぎぬ小役人の林蔵の業績を自分の栄達のために使おうとしているのではないか、とも考えられた。

林蔵は、体調も好転したので、旅の間描きつづけた野帳をもとに、樺太と東韃靼の原図の整理に手をつけた。

その仕事がようやく終った頃、未知の男の来訪をうけた。男は、庭先に立って、廊下に出た林蔵に頭をさげた。

「村上島之允の養子貞助にございます」

男の言葉に、林蔵は、師である島之允が養子を得たことを知り部屋にあがるようすすめた。

島之允は各地を積極的に歩きまわり、測地をつづけている。旅の多い仕事の関係からか、四十歳を過ぎても妻帯せず、松前生れの女を妻としたが離別した。独身の島之允が、養子を迎えて家督《かとく》をつがせようとしたのも当然のことであった。

部屋の中で向い合って坐った貞助は、

「父は、一昨年八月十二日にこの世を去りました」

と、言った。

林蔵は、自分の耳を疑った。

「亡くなられた？」

「流行り病いの麻疹におかされまして……。父は江戸におり、私は地方に出ておりましたので臨終も知らず、申訳ないことをいたしました。わびしい野辺送りであった由です。玉林寺という寺に葬り、墓も立てました」

貞助の眼に、光るものが湧いた。

林蔵は、呆然とした。島之允が病死したのは、自分が樺太北端を見きわめようとして白主を出発、北へと向っていた頃であった。弟子として師の死も知らずに過してきたことが申訳ない気がした。

かれは、無言で炉の火を見つめていた。

二人は、島之允の思い出話を交した。貞助も島之允の測地事業の手伝いをし、同心として勤務し、父の死後の整理も終えたので、松前勤務を命じられて赴任してきた。松前につくと、林蔵が樺太調査を終えて帰ってきていることを耳にし、訪れてきたのだという。

「失礼ですが、おいくつになられます」

林蔵がたずねると、貞助は、

「三十一歳でございます」

と、答えた。

知的な眼をした男であった。

「御尊父からは、どのような手ほどきをうけられました？」

「測地、作図、書、画など……」

貞助が、神妙な表情で答えた。

ふと、貞助の力を借りて樺太調査の報告書を作成しようか、と、思った。かれは文書をつづるのが苦手だが、樺太の旅の全容を文章にしなければならず、自分が口述し、それを貞助にまとめさせれば容易にちがいなかった。

林蔵は、数日間思案した末、樺太調査の紀行文の作成に手をつけることを決意した。地勢や距離は野帳と里程表に書きとめてあるので、日がたってから地図を作ることはできるが、紀行文だけは、旅の記憶がうすれぬうちに早目にまとめておく必要があった。

かれは、口述をし、それを村上貞助に書きとめてもらおうと思った。貞助に文才がそなわっているかどうか不安であったが、一応かれに書きとめさせ、もしもそれが拙《つたな》いものであった場合には、他の者に頼んで文章を正せばよい、と思った。

かれは、奉行所におもむき、貞助を探したが、海岸の道路修理に出ていて留守であった。かれは、短い手紙を書いて門に詰める足軽に、貞助に渡してくれるよう依頼した。

夕食を終えてしばらくすると、庭に人の気配がし、貞助です、という声がした。林蔵は戸をあけた。月光で明るんだ庭に貞助が立っていた。

林蔵は、かれと向い合って坐ると、樺太から東韃靼へ入った旅のことをまとめる仕事を手伝って欲しい、と言った。

貞助は、眼をかがやかせ、

「私をお選び下さり、光栄に存じます。樺太奥地のことや東韃靼のことを、いつかおききしたいと思っておりましたが、そのようなことをお願いするのは礼を失するものだと諦めておりました。それが、自然におききできるとは、幸いこれに過ぎるものはありませぬ」

と言って、姿勢を正し、頭をさげた。

「私が樺太奥地から東韃靼まで行ったことを、奉行所内でなにか言っている者がおりますでしょう」

林蔵は、貞助の顔をのぞきこむような眼で見つめた。

「その話で持ちきりです。よくそのような恐しい地まで行き、無事に帰りつくことができたものだと……。人間業ではないと話し合っております」

「それ以外に、なにか言う者がいるはずです。東韃靼へ渡ったことについて……」

林蔵の眼には、不安そうな光がうかんでいた。

「どのようなことでござりましょうか」

貞助は、いぶかしそうに首をかしげた。

「東韃靼は、異国です。そこに渡海したことは御国禁をおかしたことになります」

林蔵は、低い声で言った。

貞助は、急に表情を曇らせると、

「たしかに、そのようなことをささやく方もおられます。禁をおかしたことになりはせぬか、と……」

「そうでしょう。たしかに渡海したのだから御国法にそむいたことになる。しかし、樺太北部は日本国ではなく、いわば異国の地とも言えます。その地の見分を命じられたことは、異国見分を命じられたと同じことです。東韃靼へ渡ったとしてもお咎めはうけぬと思うが、そうは思いませぬか？」

林蔵は、貞助の表情をうかがうように見つめた。

「はい。そのように思います」

貞助は、うなずいた。

「私の見分の旅は、御国禁にふれてはおりませぬ」

林蔵は、自分に言いきかせるようにつぶやいた。

三年前のロシア艦来襲事件の折りのことが、思い起された。エトロフ島のシャナ会所では、調役下役元締の戸田又太夫以下全員がロシア艦におそれをなして、会所を放棄し、逃げた。その責任を問われて、多くの者が処罰されたが、林蔵のみは、逃げる意志がなかったことが立証され、罪をまぬがれた。

東韃靼に入ったことは、かれにとって第二の危機であった。幕府の命令は樺太北部を調査せよ、ということで、清国領の東韃靼へ渡海したのは、鎖国政策をきびしく守る国法にそむいたことになる。異国への渡海は、会所を放棄して逃げたことなどとは比較にならぬ大罪で、極刑に処せられる。

ただ一つの救いは、幕府が調査を命じた樺太北部は、決して日本領土ではなく、清国の支配下にある。その地におもむいた林蔵が、たとえ海峡を渡って東韃靼に足をふみ入れたとしても、命令の範囲をそれほど逸脱《いつだつ》したものとは言えない。

かれは、今回も巧みに罪をまぬがれたかった。それには、すすんで東韃靼に入ったことを幕府に報告するのが最良の方法だ、と思った。事実をかくすよりは、積極的に報告する方が、好意をいだかれるだろう、と判断した。その見聞は、北方経営を志す幕府に限りない利益をあたえるはずだった。

林蔵は、

「見分したことを話しますから、書きとめて下さい。なるべく早くまとめ、報告書を提出したいのです」

と、貞助に言った。

貞助は、喜んで承諾した。

翌日の夜、貞助は林蔵の部屋にやってくると、机の上に紙、硯《すずり》、筆をそろえた。

林蔵は、紀行文の題名を「東韃地方紀行」とするよう貞助に言った。あくまでも東韃靼に入ったことを正面に出すことによって、幕府の追及をそらせようと思った。

かれは、三年前に宗谷を出発し、樺太の白主に渡ったことから話しはじめた。

貞助は、行灯の灯の下で筆を走らせてゆく。その字を眼で追った林蔵は、貞助が文才に恵まれていることを知った。

「文化五辰年の秋、再び間宮林蔵一人をして北蝦夷（樺太）の奥地に至る事を命ぜられければ、其年の七月十三日本蝦夷（北海道）ソウヤを出帆して、其日シラヌシに至る。」

貞助は、この一節を書き出しにして筆を進めた。

林蔵は、旅行中に書いた日記、野帳、里程表を参考に記憶をたどりながら旅の経過を話しつづけた。気象状況、各村落の情景、住民の生活を述べ、時折り貞助の質問に答えることもして、詳細に旅の記憶をたどった。

貞助は、しばしば林蔵の体験談に感嘆の声をあげ、筆をとめる。林蔵も、話に夢中になっ

て、

「ゆっくりお話しを……」

と、注意されることも多かった。

紙の上には、林蔵が樺太北端のナニオーをきわめ、さらに海峡を渡って東韃靼を旅する状況が書き記されていった。すでに尨大《ぼうだい》な紙数が費されていた。

寒気もゆるんだ頃、「東韃地方紀行」の口述筆記を終えた。林蔵は、その中に旅の間にえがいた絵を入れることにし、貞助に模写させた。貞助は画にも豊かな才能をもっていて、絵の出来栄えは見事であった。

野宿の折りに睡眠をとった仮屋、使用した舟、各地の風景。殊に東韃靼のデレンについては、二重の柵にかこまれた役所、役人の姿、諸種族の者が貢物を役人に贈呈する情景、林蔵が役人に饗応されている図など多くの絵が描かれた。さらに、樺太の地理、気候、住民の生活、風俗、漁猟、家屋、習慣などを詳細に述べ、それも貞助が筆記した。それを「北夷分界余話」と名づけた。

「まるで夢物語のような珍しい体験をなされたのですね」

貞助は、筆記の作業をつづけながら口癖のように繰返していた。

貞助が、「東韃地方紀行」と「北夷分界余話」の推敲《すいこう》をおこなっている間、林蔵は、踏査した樺太と東韃靼の地図の作成に手をつけた。

まず、各村落間の距離を記録した里程表を整理し、地勢をえがいた野帳を参考にして少しずつ地図の線をのばしていった。測地をしたとは言っても、測量器材を用いたわけではなく、舟の上から海岸線をえがき、距離をはかるにも住民に質問したり、遠くから目測したことが多く、正確なものではなかった。それだけに自信はなかったが、かれは出来るだけ事実に近くするよう心掛け、凍傷におかされた不自由な手で線をひいていった。樺太東海岸は、第一回目の調査行で北知床岬まで、西海岸は北端のナニオーまで実線でえがき、ナニオーから樺太北端をまわって東海岸の北知床岬までの間は、推定をしめす点線でまとめた。

さらに、ノテトから酋長コーニらとデレンに至る地域と、アムール河をくだって帰途についた区間も実線でえがいた。地図のラッカをしめす地点には「此所迄、松田伝十郎、間宮林蔵見分」、ナニオーには「此所迄、間宮林蔵見分」、デレンでは「此所満州出張之役所有之候、間宮林蔵、此所迄見分仕候」という付箋をつけた。

この図をもとに、かれは三万六千分の一縮尺の大図の作成にとりくんだ。描写は詳細をきわめ、七枚の紙に分けて描かれた。それをつなぎ合わせると縦六丈（一八メートル）余、横二・七丈（八メートル）ほどにもなった。前年六月、幕府は樺太を北蝦夷《きたえぞ》と改称していたので、その地図には「北蝦夷島図」と記した。

松前の町は、盂蘭盆《うらぼん》を迎えていた。夕刻には墓所の灯籠に灯がつらなり、正装した町の者たちが墓所へとむかう。盆踊りの笛の音もきこえていた。

高橋重賢は、時折り林蔵の部屋に入ってきては作図を興味深げにながめていた。貞助のまとめた記録を、無言で読みふけっていることもあった。

「江戸では、お前が樺太見分を果したことが大きな話題になっている。高橋作左衛門殿などは、お前が江戸へくるのを待ちかねていて、いつくるのかと問い合わせの手紙も寄越している」

高橋は、頬をゆるめながら言った。

林蔵は、無言であった。

紀行文と地図をまとめた林蔵は、すぐには江戸へ出発しなかった。激しい疲労で体がだるく、旅立つ気になれなかったが、同時に幕府の意向をひそかに探りたくもあった。東韃靼へ入ったことは、鎖国の禁令にそむくことで、それを知った幕府がどのような動きをしめすか不安であった。松前に帰りついてからすでに八ヵ月以上がたつが、江戸からはなんの指令もないようであった。おそらくお咎めはないとは思っていたが、安心はできなかった。

かれは思いきって、高橋重賢に、そのことをただしてみた。

高橋は、

「それについてはお伺いを立てるまでもないと思っている。東韃靼見分も樺太見分のお役目の中にふくまれていると考えてよい。お咎めなどうけるはずはない。それにしても、林蔵、お前はなかなか用心深い男だな」

と言って、笑った。

林蔵は、苦笑した。洞察力のある高橋の、お咎めはないという言葉に深い安堵を感じた。

「そのような心配などせず、早く江戸へ出立せよ。お前のくるのを多くの者が待っている」

高橋は、笑いの表情を消すと言った。

気温が低下し、峯々を染めた紅葉の色もさめた。

十月に入ると、村上貞助が江戸へむかった。林蔵も同道しようと思ったが、風邪をひきこみ旅に出ることはできなかった。

翌月、かれは、ようやく松前から三厩まで渡海し、冬の奥州路をたどった。体調は好ましくなく、途中、旅宿で寝こむこともあった。

城下町を過ぎる度に、自分が樺太奥地の調査という大役を果した話が、奥州一帯に大きな話題になっていることを感じた。各地で、藩士や商人に温く迎え入れられ、宿を提供されることも多かった。雇という下級役人には破格のもてなしであった。二本松では、最上流算学の会田安明の高弟渡辺治右衛門の出迎えをうけた。渡辺は、林蔵が通過するのを長い間待っていたという。

林蔵は、自分が輝やかしい栄光につつまれているのを感じた。二年間にわたる樺太調査の苦難も、十分むくいられたように思えた。

翌文化八年正月、かれは江戸につき、松前奉行所霊岸島会所におもむいた。そして、帰着の報告をし、調査結果の資料をなるべく早目にまとめて幕府に提出することを告げた。

かれは、人の来訪にわずらわされることなく報告書の作成に専念したかった。殊に、天文方の高橋作左衛門と会うことは避けたかった。松前にいた時、林蔵は、高橋がすでに幕府から命じられている世界地図の作成にとりかかっていることを耳にしていた。世界地理の上で唯一の謎の地域とされている樺太北部については、林蔵が、松田伝十郎とともに第一回の調査を終えた後、作成した樺太の「大概図」を採り入れているようだった。が、高橋は、林蔵が単身で再び樺太北部へ出発したことを知ると、地図作成を中断し、林蔵が帰ってくるのを待っているという。つまり、高橋は、第二回目の林蔵の調査で得た樺太の地図を、世界地図の中に入れようとしているのだ。

林蔵は、苦しい旅によって作成した地図を、自分の手で直接幕府に提出したかった。もしも、資料を高橋に渡してしまえば、高橋が制作をすすめている世界地図に利用され、その功績を独占される。高橋は、高い位置の役人で、最下級の役人である林蔵を軽視し、資料提供を強要するかも知れない。生命をかけて調査をした林蔵は、高橋に利用されたくはなかった。

林蔵は、松前で面識のある伊達林右衛門の店におもむき、寄宿先のあっせんを依頼した。林右衛門は、蝦夷地御用達として箱館に店をかまえ、三人扶持を給与され苗字も許されている豪商で、江戸にも店を置いていた。店の者は、快く承諾し、かれに小さな家を提供してくれた。

かれは、早速、「東韃地方紀行」「北夷分界余話」の推敲をはじめた。が、凍傷で変形した指で矢立をつかむことが難しく、文字をつづるのが困難だった。それでも、終日、矢立を走らせ、ようやく満足できるまで手を入れることができた。

清書することは、不可能であったので、その草稿を筆写の巧みな人に清書してくれるよう依頼した。また、その中におさめる絵も、画をえがくことを業としている人に元絵を渡し、仕上げてもらうことになった。

やがて、清書された「東韃地方紀行」と「北夷分界余話」が出来上ってきた。また、挿入される絵も、色が加えられ、見事に仕上った。かれは、「東韃地方紀行」を三帖、「北夷分界余話」を十帖にして綴り、表紙に間宮林蔵口述、村上貞助編纂と書き記した。

林蔵は、地図とともに「東韃地方紀行」「北夷分界余話」を、江戸に来ていた松前奉行荒尾但馬守を通じ幕府に提出した。

林蔵は、その日から身を横たえるようになった。高い発熱がつづき、それがおさまると激しい消化不良におそわれた。樺太の旅の疲れが、体の異常となってあらわれたようであった。

かれは、終日、天井を見つめながら仰臥《ぎようが》していた。眼を閉じると、樺太北部、東韃靼の荒涼とした光景がうかび上ってくる。粗暴な山丹人たちの間にもまれながら、生きつづけられたことが夢のように思えた。関節もはずれてしまったように、体がだるかった。北辺への旅で、自分の生命力がすべて燃えつきてしまったのかも知れぬ、と思った。

過ぎ去った日々のことが、思われた。農家に生れながら、村上島之允に眼をかけられて従者になり、普請役雇という下級役人にもなった。測地術を身につけ、エトロフ島ではロシア艦来襲事件にまきこまれ、敗走者のお咎めを避けようとしたことがきっかけで、樺太北部調査の役目を引受けた。二度にわたる調査の旅は、予想してはいたものの苦難にみちたものであった。飢えときびしい寒気に堪えはしたが、いつの間にか肉体が深くむしばまれてしまっているらしい。

かれは、仰臥しながら手の指を開け閉じした。凍傷の跡はそのまま残り、曲った指は、十分に開かない。爪は紫色に変化していた。激しい消化不良は、米を食わず魚や獣の肉ばかり食べて飢えをしのいだ影響が、あらわれているのかも知れなかった。

かれは、深い疲労を感じた。

林蔵は、病臥しながら三十二歳という自分の年齢を思った。

一家をかまえる年齢をはるかに過ぎているが、折りにふれて女を買うことはあっても、妻をめとる機会はなかった。測地家の宿命として一ヵ所にとどまることはなく、あわただしい旅の連続で、師の島之允も不惑をすぎてようやく妻帯したが、すぐに離別している。家庭というものも持つことができず、四十九歳で侘しく病死した島之允の生涯は、そのまま自分の姿である、と思った。

故郷に残してきた両親のことが、思われた。一人息子である自分に去られた悲しみが、どれほど深いものか。かれは仕事に明け暮れして、故郷に帰ったこともない。第二回目の樺太見分の旅を終えて松前にもどった時、かれは、故郷の身元保証人である狸淵村の名主飯沼甚兵衛に金を送り、両親の扶養にあててくれるよう依頼した。親不孝を少しでもつぐないたかったからであった。

かれは、病床に臥しながら、矢立をとると父宛に書簡をしたためた。松前から江戸に来て、樺太見分の報告書を幕府に提出したので、折りをみて故郷へ帰る予定だと記した。その書簡は、店の者から故郷へ送ってもらった。

返書は、すぐにきた。

文字を追うかれは、そこに思いがけぬことが書かれているのに驚きを感じた。両親は、林蔵の妻とすべき娘をすでに定めていて、同居させていた。そのことを林蔵にもつたえようとしたが、長い間、蝦夷地方面にいるというだけで居所がつかめず、連絡もできなかったという。その娘が、突然病いにおかされ、二月十九日に死去したというのだ。

林蔵は、呆然とした。両親は、一人息子の自分のために嫁を物色し、おそらく気に入って同じ家に住まわせたのだろう。娘は、老いた父と母の身のまわりの世話をしてくれていたにちがいなく、夫となるべき自分に会うこともなく死亡したことが、哀れであった。

林蔵は、両親だけではなくその娘にも罪をおかしたような後めたさを感じた。

郷里へ帰ろう、と思った。たとえ雇ではあっても、役人として測地の仕事につくことに喜びを感じ、今まですごしてきたが、むなしい日々を送ったような気がする。それに、両親は老い、農作業も難儀になっているにちがいなく、自分が土と向き合って生きることを親も望んでいるはずだった。親不孝も、これが限度だ、と思った。

役人になることに憧れたが、これ以上つづけてみても行末は見えている。師の村上島之允にしても、測地事業に大きな業績をあげ、蝦夷地開発に力をつくしたのに、四十九歳で病死するまで林蔵と同じ雇という低い位置のままであった。結局、役職の上下は家柄にあって、仕事の内容とはほとんど関係がない。高橋作左衛門なども、天文方の家に生れたことで、早くも二十歳で天文方の要職についている。農家の出である林蔵は、上級役人になることは不可能であった。

林蔵は、役職を辞し、故郷に帰って両親に孝養《こうよう》をつくそう、と思った。

農家に生まれた自分は、役人のような絶えず上役の眼を意識し、出世のさまたげにならぬよう神経をつかう生活は性に合わないのだ、と自らに言いきかせた。故郷の土の匂いが、なつかしいものに感じられた。

樺太の旅が、思い起された。厳しい寒気と氷にとざされた地をたどり、食物とも言えぬものを口にして生きつづけたことが不思議に思えた。山丹人に殺されなかったことも、奇蹟と言える。かれは、凍傷でゆがんだ自分の指をみつめ、あらためて樺太北部の調査の苦しみを反芻した。

そのような絶えず死の危険にさらされながら、樺太北端をきわめ、さらに渡海して東韃靼の地もふんだ。その間、地勢を野帳に書きとめて地図を作成し、紀行文もまとめて幕府に提出した。しかし、それらは、天文方の高橋作左衛門に手渡され、作成につとめている世界地図に利用されるにすぎない。世界地理の中で、ただ一つ謎の地域とされている樺太北部と東韃靼との関係は、林蔵が提出した地図によって一挙に解明される。

高橋は、樺太が島であることをあきらかにした世界地図を作り上げ、世界の地理学者の驚きと賞讃《しょうさん》を一身に集めるだろう。その作成のかげに、自分という存在があることは知られず、ただ一部の者にわずかに記憶されるにすぎない。

かれは、拗《す》ねた気分になっていた。体が衰弱しきっているのも、苦難にみちた旅のためだが、幕府からは慰労の気配もない。最下級の役職にある自分のことなど、虫けらのようにしか考えていないのだろう、と思った。

かれは、自分の三十二歳という年齢をしきりに考えた。当然、妻帯し、子供も三、四人はいてもおかしくない。両親に、孫の顔をみせられぬ不孝を思った。

役人をやめて、故郷へ帰ることを心にきめた林蔵は、病床から起き上ると、筆をとった。病身のため永のお暇を仰せつけられたい、と書いた。腹立たしく、もっと早目に役人などやめておけばよかった、と思った。

かれは、それに封をすると、店の者に霊岸島の松前会所へとどけてくれるよう頼んだ。

体調は悪く、寝たり起きたりの生活がつづいた。町々に桜の開花がみられるらしく、花見客がくり出したという話を店の者からきいた。かすかにつたわってくる町の物音にも、春を迎えた明るいにぎわいが感じられた。

その頃から、ようやく体調が好転した。だるさが徐々にうすらぎ、食欲も出てきた。かれは、病床からはなれて庭先を歩くようにもなった。おだやかな春らしい空気に、かれは、樺太とは別天地だ、と思った。夏を迎える前に、故郷へ帰れそうな気がしていた。

その月の下旬、店の者が、一通の書状を持ってきた。中を開くと霊岸島の松前会所からのもので、即刻出頭するように、と書かれている。

胸に、不安がきざした。松前会所からの出頭命令は、東韃靼の地をふんだことと関係がある、と直感した。他国への渡航を厳禁する鎖国令によれば、林蔵の行為は重大な罪になる。かれが幕府から命じられたのは樺太北部の踏査で、東韃靼へ渡海したことは命令を逸脱したことにもなる。

かれは、顔色を変えた。松前奉行所吟味役高橋重賢は、お咎めをうける気づかいはないと言ってくれたが、幕府は罪をおかしたものと断じたのだろう。出頭命令は、吟味のためにちがいなかった。もしかすると、役職を辞したいと申出たことを、幕府は、林蔵が罪を科せられることを事前に回避しようとする工作と考えたのかも知れない、と思った。

かれは、あわただしく身仕度をととのえると、店を出た。

久しぶりに眼にする江戸の町であったが、家並に視線を向けることもせず道を急いだ。

潮の香が、ただよい流れてきた。

かれは、会所に入ると、板の間に控《ひか》えていた。きびしい吟味、投獄、処刑が想像され、胸が息苦しくなった。

江戸出張の役人が並び、奉行の荒尾但馬守が姿を現わした。

林蔵は、平伏した。

「林蔵」

但馬守の声に、かれは、かすかに顔をあげた。

「江戸へ来てから病んでいるときいていたが、顔色がひどく冴《さ》えぬな」

但馬守が、のぞきこむような眼をして言った。

「はい、体の様子が思わしくござりませぬ。それ故、到底御奉公できることはおぼつかなく、永のお暇を仰せつけられたく、申出でました次第にござります」

林蔵は、弱々しい声で言った。

「それはならぬ」

但馬守の鋭い声が、きこえた。

林蔵は、背筋に冷いものが走るのを意識した。異国へ渡海したことについて、吟味がはじまるのを感じた。

「老中牧野備前守様より、御沙汰があった。雇の職を免じ、松前奉行支配調役下役格に任ずるという御内意だ。禄高三十俵、三人扶持を御下賜くださる」

但馬守は、淀《よど》みない口調で言った。

意外であった。異国への渡航の罪を問われると思いこんでいたのに、逆に昇進をつたえられたことに、大きな驚きを感じた。

かれは、但馬守の顔を見つめた。

「その方の提出した地図と紀行文は、御老中様がたの間で大評判になっている。よくぞあのようなものをまとめた、と満足しておられる。病身のため永のお暇を申出たことをお伝えすると、それでは一生無役にせよと仰せられた。ありがたい御沙汰と思え」

但馬守の顔に、おだやかな表情がうかんでいた。

「一生無役」とは、一定の仕事に拘束《こうそく》されることなく、自由に仕事を選べることを意味する恩典であった。

林蔵は、平伏した。罪を問われぬという安堵と昇進の喜びが胸にみちた。破格の恩典は、幕府が自分の果した仕事を高く評価していることをしめしている。

かれは、会所を退出した。

宿所にもどった林蔵は、自分の頬がゆるんでいるのを意識した。

幕閣の者たちは、やはり樺太北部から東韃靼まで入って地勢をはじめ住民の生活を調査してきたことを、高く評価してくれていたのだ、と思った。拗ねきっていた気持は消え、士分としての地位をあたえられたことに満足感をいだいた。

故郷に帰る気持も、薄らいだ。自分の帰りを待つ両親のもとにもどって農業に精出すのも孝養だが、調役下役格に昇進したことは両親にとって誇りとなるだろう。身近にいて親の世話はみられなくても、前年のように生活費を送ることを今後つづければ、両親も労働から解放され、安楽な生活をすることができるだろう。帰農することを断念し、役人として生きてみよう、と思った。

その御沙汰は体に好影響をあたえたらしく、だるさは消え、食欲も増した。

かれは、気力が再び体にみちるのを感じた。自分の役人としての使命は、あくまでも測地で、蝦夷地のみならず各地を精力的に歩きまわらねばならぬ、と思った。

あらためて、自分の過去をふり返ってみた。村上島之允の弟子として測地術を修業し、島之允の供をして各地を測量し、蝦夷（北海道）に入り、さらに樺太北部、東韃靼の調査をお

九

こない、地図も作成して幕府に提出した。それによって、役職も昇進したが、ただ一つ心もとなく思っているのは測地術であった。

むろん、島之允の測量は、かなりの水準まで達していたが、それも高度なものとは言えなかった。まして、林蔵の測地術は、まだ多くのものを学ばねばならぬ初歩の域にあった。

調役下役格として、一層その術を高めねばならぬ、と思った。

五月中旬、林蔵は一通の手紙を受け取った。伊能忠敬からの使いの者が持参したものであった。

書状によると、忠敬は、一昨年の八月に江戸を発し、今年の五月八日に帰ってきたとある。その間、中山道、山陽道の街道筋、また豊前、豊後、日向、大隈、薩摩、肥後の海岸、天草諸島を測量、さらに熊本から大分に至る街道等を実測した。そして、文化八年に入って中国諸街道、三河から信濃に至る街道、甲州街道を実測して、二年近くにおよぶ測量旅行から帰ってきていたのである。

忠敬は、旅行の途中、林蔵が樺太北部から東韃靼にいたる旅を果したことを耳にし、林蔵に会いたいと書いてあった。

林蔵は、忠敬が六十七歳であることを知っていた。その高齢で、大測量旅行をおこなっていることに驚嘆した。

かれは、自分も忠敬に会い、測量の方法についての知識を少しでも吸収したいと思った。

忠敬は、日本で最も高度な測量法を身につけていて、緯度、経度の計測も十分にこなしている。それを自分が理解できるかどうかはわからなかったが、正確な地図を作成するために、忠敬の教えをうけたかった。

五月十九日朝、かれは、深川黒江町の忠敬の家を訪れた。

思いがけず小さな家で、これが高名な忠敬の家かと思った。

忠敬が奥から出てくると、

「よく来てくれましたな」

と親しげに言い、家の中に招じ入れてくれた。

部屋の中には、二年間にわたる忠敬の測量資料が山積していて、林蔵は、わずかな空間に忠敬と向い合って坐った。

「旅先で、間宮殿が北蝦夷（樺太）北部はもとより東韃靼まで踏査されたことをきき、大いに驚きました。まことに見事なお働き、心から感服いたす。御苦労も多かったことと存ずるが、よく生きて帰られましたな」

忠敬は、感嘆したように言った。

林蔵は、日本随一の測量家である忠敬の言葉だけに感激し、頭を深く垂れた。

「御公儀に差し出された地図、紀行日誌は、私もぜひ拝見いたしたい。高橋作左衛門様は、万国地図作成の上で、不明であった北蝦夷北部の地理を間宮殿があきらかにされたことを、ひどく喜んでおられるときいています。まことに意義深いお手柄と存ずる」

忠敬の顔には、畏敬の色が浮び出ていた。

「過分のお言葉、恐縮《きようしゆく》の至りにございます。私は、ただ奥地をきわめただけのことで……」

林蔵は、顔を赤く染めた。

「いや、いや。立派なものだ。私が間宮殿におゆずりした彎窠羅針《わんからしん》がお役に立ち、私も嬉しい」

忠敬は、口もとをゆるめた。

「実は、そのこともふくめてお願いしたいことがござります。私が測地の仕事をしていると申しましても、方位をしらべ、地形を書きとめ、里数をはかるだけにすぎませぬ。師の村上島之允様は、伊能忠敬様と自分の測地の術には、雲泥の差がある、と嘆かれておりました。島之允様は、伊能様のお教えをうけ、格段に術も進まれた、ときいております。その島之允様は、すでにこの世になく、私が教えを乞うこともできませぬ」

林蔵は、弱々しく眼をしばたたき、さらに言葉をついだ。

「御繁忙《はんぼう》の身であることは、十分に承知しておりますが、私にその術の何分の一かをお教えいただけませぬか。私も、雇より調役下役格に昇進の御沙汰《ごさた》をうけ、いつ蝦夷地にむかうかもわからぬ身です。それにそなえて少しでも恥しくない地図を作る術を身につけたく存じます」

林蔵は、手をつき、懇願した。

「お安い御用です。間宮殿のような人物は、まことに得がたい。私がお力になれれば幸いです。善は急げ、早速お教えしよう」

忠敬は、明るい眼をして言った。

林蔵は、深く頭をさげた。

「それでは、まず間宮殿がどのような方法で測地してこられたかを、おうかがいしよう」

忠敬は、言った。

林蔵は、はい、と答えると、これまでの測地法と地図の作成について、とぎれがちの声で述べはじめた。

忠敬の眼にうかんでいたおだやかな色は消え、鋭い光がうかび出ていた。

林蔵は、低い声で説明をつづけた。自分が初歩の測地術しか身につけていないことが、恥しかった。

かれが口をつぐむと、忠敬は、

「よくわかりました。率直に言って、それでは正確な地図を作るのは無理です。まず、里数をはかることからお教えしよう」

と言って、席を立ち、奥の部屋に入っていった。

すぐに忠敬は、異様なものを紐でひいて出てきた。

「これは、量程車と言って、里数（距離）をはかる道具です」

伊能忠敬は、異様な形をした箱車のようなものを林蔵の前に置いた、長さは一尺（三〇センチメートル）以上はあり、幅、深さとも八寸（二四センチメートル）ほどの箱で、後方に大きな車輪、前方に小さな車輪が二個ずつついている。

「量程車は、中国から伝わってきたものですが、私の師の天文方であった高橋至時様が、車輪を真鍮《しんちゆう》製にするなどして改良したのが、これです」

と言って、忠敬は箱の側面のふたをひらいてみせた。その中には、数字のきざまれた大小五個の歯車がおさめられていた。

「この箱車をひいて歩くと、車の回転が歯車につたわり、歯車の目盛りで里数がはかれる」

「なるほど、その通りでございますな」

林蔵は感嘆し、歯車と車輪を見つめた。

「ところが、せっかく作りましたのに役立たずです」

忠敬の笑いをふくんだ言葉に、林蔵は、顔をあげた。

「なぜでござります？」

「地面が平らなら、この道具で正確な里数がはかれます。しかし、道は凹凸があり、箱車が上下しますので車輪が多く回転し、里数が長くなってしまうのです。それに、地面が濡れていたり、砂地であったりしますと、車がすべって、誤差が出る。つまり、役立たずというわけです」

忠敬は、おかしそうに笑った。

林蔵も誘われたように笑ったが、そのような道具まで使って正確な距離をつかもうとしている忠敬の熱意に、敬意をいだいた。量程車の車輪には、泥よけ装置までとりつけられていた。

「それでは、正しい里数を知るにはやはり縄がよろしいのですか」

林蔵は、たずねた。

「結局はそうなのですが、縄にも問題がある。湿っている時と乾いている時では、長さが異る。それに、引っぱると、わずかではあるが伸びる」

「たしかに、そうでございますな」

林蔵は、うなずいた。

「それで、あれこれ縄の質を考え、試みた末、麻縄《あさなわ》に渋をにじませたものが、よいことを知りました。が、それでも誤差が生じるので、駕籠《かご》などに使われている籐の細いものはどうか、と考え、使ってみましたら、この方がはるかに適している」

忠敬の顔には、苦心したことがよみがえるらしく重苦しい表情がうかんでいた。

「それでは、今は籐縄を？」

「そうです。しかし、それでも不満で、遂に鉄鎖を採用しました。これは伸びちぢみはせず、最もすぐれた測縄ですが、石ころだらけの地を引いてゆくと、すりへる。それで、常に鉄鎖が、正しい長さであるかどうかをたしかめるために一間（一・八メートル）の長さの竹竿ではかって点検を怠りません」

林蔵は、忠敬の距離に対する執念の強さを知った。

「ところが、鉄鎖の難点は重いことです。これを持って測量するのは難儀です。意外に正確な里数をはかるのは、なんだと考えますか？」

忠敬は、林蔵の顔をうかがうような眼でみつめた。

林蔵は、首をかしげた。

「足です」

忠敬は、おだやかな眼をして言った。

「鉄鎖、籐縄を長くのばして里数をはかるのが原則ですが、足もばかにはなりません。間宮殿も、歩数で里数をはかっておられるようだが、蝦夷地のような僻地で、道具類など持ってゆけぬ場合は、歩数ではかるのが手っとり早い」

林蔵は、安堵した。

忠敬は、測量をする時に多数の助手を連れ、道具類も舟や牛車ではこばせる。が、林蔵の場合、そのようなことができるはずもなかった。

忠敬は、言葉をついだ。

「もちろん、一歩の幅が必ず一定していなければ意味はありません。私は、測量の旅に連れてゆく従者の中で、歩くことを専門にする者を定めています。その者には、ふだんから一歩の幅の長さを、常に一定にするよう習練をさせ、里数を出しています」

林蔵は、深くうなずいた。

外から帰ってきたらしい中年の女が、手をついて挨拶した。色白の細面の女で、眼に理智の光があった。忠敬は、林蔵に内妻のお栄だ、と言った。

「この度は、並々ならぬお働き、御無事に御帰着、心からお祝い申し上げます」

お栄は、澄んだ声で言うと、再び頭をさげた。

玄関で案内を乞う男の声がきこえ、お栄は立っていった。

長い測量の旅を終え江戸に帰ってきた忠敬には、訪れる者も多いはずだった。林蔵は、これ以上とどまることは礼を失すると考え、近日中に来訪したい旨を忠敬に告げ、家を辞した。

六月二日、林蔵は、再び忠敬の家に足を向けた。

その日、忠敬は、測量の方法についてふれた。それは、量地法という測地術であった。

忠敬は、深川黒江町の住居を原点と定めていた。道路を測量する場合、甲の地点から乙の地点をはかるのに、中間点をつくって、各点を線でむすびつけてゆく。距離は、歩数や縄ではかり、東西南北を方位盤でたしかめる。山や坂などの勾配は、象限儀で計測した。このようにして、点から点へと線をのばし、それを野帳に記録しながら測量を進めてゆく。これは、現在でもおこなわれている導線法という測量法で、忠敬はそれを完全に身につけていた。

林蔵には、初めて知る測量法であった。

「ところが、この量地法で測量をつづけてゆく間に里数に誤差が生じ、それが積みかさなると、途方もなく大きなものになる。歩数や縄で、どのように慎重にはかっても、必ず誤差が生れるものです」

忠敬は、鋭く光る眼を林蔵に据えた。

「そうでございましょうな」

林蔵は、うなずいた。

「それで、測量をつづけながら、時々、誤差を修正しなければなりません。その方法として、星にたよることを心がけております」

忠敬の言葉に、林蔵は、測天法だな、と思った。

かれも、その話はきいていたが、正しい知識はもっていない。正確な地図を作るには星にたよらねばならぬというが、その方法を教えてもらいたかった。

かれは、矢立と紙を手に忠敬の顔を見つめた。

忠敬は、測量の旅をつづけながら、夜になると宿屋の近くの広い地に出て、大象限儀という天体観測の道具を据えて、北極星その他の恒星《こうせい》の高度をはかるという。

西洋では、古くから船で航海する者たちが、北へむかうにつれて北極星の位置が高くなることに気づいていた。それを利用して、船乗りたちは、船の位置を知るようになった。この知識は、緯度をはかって位置をたしかめることにつながっていった。忠敬が、旅の間、北極星の高度をたしかめるのは、緯度をはかるためであった。

かれは、まず甲地点の緯度と乙地点の緯度の差から距離を出すには、緯度の一度の差が、どれほどの距離であるかを知ることからはじめた。

かれは、浅草の司天台に通っていたが、その地が自分の住む深川黒江町の住居の真北にあることに気づいた。そして、私宅と天文台で緯度差をはかり、さらに二地点間の距離を歩数ではかった。その結果、緯度の一度の差は四十里（一五七キロメートル）らしいと知った。しかし、その二地点の距離は短いため正しい数字とは思えず、蝦夷へ測量の旅に出た機会をねらって、深川黒江町と津軽半島北端の三厩の緯度差から、一度は二十七里余と計測した。それでも自信はなく、さらに伊豆の下田から三厩までを実測し、一度は二十八・二里（一一一キロメートル弱）であることをたしかめた。これは、現在の数値と千分の一ほどしかちがわぬ驚くべき正確な数値である。

林蔵は、緯度一度は二十八里七町十二間と紙に記した。

「つまり、測量を進めながら、時々、夜、星の高度をはかって緯度をはかる。それによって、縄や歩数ではかった距離が正しいかどうかをたしかめる。御理解できたかな」

忠敬は、おだやかな表情で言った。

「よくわかりました」

林蔵は、頭をさげた。

「晴れた夜、星の高さをはかりますから、来なされ。緯度のはかり方をお教えする」

忠敬は、言った。

七月八日の午後おそく、林蔵は忠敬の家へむかった。空は青く、夜も好天にちがいなかった。途中、西の空が鮮やかな茜色に染るのをみた。

忠敬の家についた頃には、夕闇がひろがりはじめていた。

林蔵が忠敬の家に行くと、忠敬は、

「よく来られましたな。今日は星も美しいだろう」

と言って、門人に大象限儀を庭に据えるように命じた。

林蔵は、忠敬について裏手の庭に行った。夜空に、星が冴えざえと光りはじめていた。

忠敬は、象限儀の仕組みを説明し、林蔵に北極星の高度をはかるよう指示した。林蔵は、鋭く光る北極星に計器を向け、操作した。

さししめされた数値を見た忠敬は、

「正しくはかっている。これが私の家の緯度だ」

と、言った。

林蔵は、忠敬に測量術を学ぶかたわら、天文地理に造詣《ぞうけい》の深い司馬江漢をはじめ多くの人に会った。かれらは、樺太の踏査や東韃靼について質問し、林蔵の話に興味深く耳をかたむけていた。

その頃、一事件が蝦夷地で起ったことが江戸につたえられた。ロシアの軍艦がまたも千島に現われたが、乱暴ははたらかず、逆に日本側が艦長その他を捕えたという。江戸市中は騒然とし、伊能忠敬の家でも、その話で持ちきりであった。

松前奉行村垣淡路守から事件の経過をつたえる急飛脚がつぎつぎに江戸へ到着し、その内容があきらかにされた。

その年の五月二十七日、国後島南端のケラムイ岬沖に、二隻の帆船があらわれた。近くのトマリには会所がおかれ、調役奈佐瀬左衛門が、南部藩兵らと警護にあたっていた。遠眼鏡でみると、あきらかに異国船であるので、狼火をあげて海をへだてた根室につたえ、厳重に防備をかためた。

翌朝、異国船から九人乗組のボートが、会所のある海岸にむかって近づいてきたので、近くにひきつけ、大筒を放った。これに驚いたらしく、ボートは反転して引返していった。会所では陣幕をはりめぐらし、日没後は、至る所に篝火《かがりび》をたいて警戒にあたった。

夜が明けて間もなく、異国船から一艘のボートがおろされた。遠眼鏡で監視していると、ボートから樽《たる》をおろし、そこに赤い布をつけた二本の竿を立てて、ボートは本船に引返していった。樽は海上にうかんでいて、それは日本側になにかをつたえようとしている物らしかった。

そのため、奈佐瀬左衛門は、小舟を出して樽を回収させた。中には、布地、ギヤマンの徳利《とつくり》、米一合の入った錫《すず》製の容器その他が入っていた。それらの品々が何を意味するかはわからなかったが、おそらく交易を願うものだろう、と判断された。

その日の昼頃、異国船からおろされた二艘のボートが、ケラムイ岬にむかい岸につくのがみえた。遠眼鏡を向けていると、番屋の屋根に異国人がのぼっているのを認めた。トマリの会所からその番屋までは二里（八キロメートル）ほどの距離で、瀬左衛門は、南部藩兵をむかわせようとした。が、藩兵は少人数で、人数を分けると、トマリが手薄になるので、稼方の久兵衛ら四名をケラムイ岬に向けさせた。

やがて、もどってきたかれらは、番屋におかれていた玄米十六俵、酒三斗、薪、鋸、図合船などが奪われたことを報告した。が、その代償らしく、番屋に木綿二反、革手袋二つなどが置かれ、さらにロシア文字の刻まれた銅版が柱にむすびつけられていて、久兵衛たちは、それらを瀬左衛門に差出した。これによって異国船はロシア艦であることがあきらかにな った。ロシア艦は全く発砲せず、米その他を奪ったが代償を置いていったことから考え、敵意はない、と判断された。

瀬左衛門は、南部藩兵を指揮する物頭の玉山六兵衛と相談した結果、異国人が少人数で上陸してくる場合は砲撃せず、多人数の場合は攻撃することをしめすため、一枚の絵には砲撃する図、他は大砲を後にむけている図を作った。また、このことを日本の片仮名で書き、六月一日、それらを海上にうかぶ樽に入れた。それを見ていたらしく、異国船からおろされたボートが樽に近づき、それらを持って本船に引返していった。

その日、西海岸のセンベコタンに異国人が上陸し、偵察《ていさつ》の者を出すと、かれらが水を汲んで本船へ引返したという。水の礼らしく、雑貨品が残されていた。

翌二日、またボート一艘に乗った異国人が、ポンタルベツという地へ上陸したので、同心の名鏡儀右衛門に南部藩足軽五人、稼方とアイヌたち十四名を派遣した。儀右衛門は、ロシア領の千島列島ラショワ島にいたことのあるアイヌのタカンロクに、使者に立つよう命じた。少人数で上陸するなら、会所の責任者が会談に応ずることを伝えさせようとした。

タカンロクは、単身で水を汲んでいるロシア人たちに近づいた。そして、手ぶりをまじえおぼつかない言葉で、儀右衛門の伝言をつたえた。ロシア人たちは、ようやくタカンロクの言おうとしていることを理解し、承諾した。そして、ロシア艦では鼠《ねずみ》に食い荒されるなどして食糧が尽き、水も少くなっているので、それをあたえてもらいたいために来航したのだ、と述べた。

かれらは、タカンロクに布地と練玉をあたえ、タカンロクはそれを手に引返した。

その日の八ツ（午後二時）すぎ、ロシア艦から六人を乗せたボートが、海にうかぶ樽に近づき、とまった。それを見た瀬左衛門は、番人与左衛門、タカンロクら七人をのせたアイヌの舟を出させ、ロシア人と対面させた。ロシアのボートには、ラショワ島の住民のアレクセイが通訳として乗っていた。

タカンロクとアレクセイの間で、言葉が交された。ロシア側は、食糧、水の供給を乞い、日本側はロシア艦の責任者が上陸すればあたえる、と回答した。ロシア側は本船へ引返し、日本側も岸にもどった。

やがて、一艘のボートが海岸に来て、米、水が欲しいと言い、応待に出た支配人八右衛門は、通詞の利左衛門を通じて、責任者の上陸をうながした。ロシア側は、本船にもどって相談し、翌朝、艦長が上陸することになるかも知れぬ、と、言った。さらに、ロシア艦は、エトロフ島のフレベツ会所へ行って、食糧、水を乞うたが、日本の役人から国後島のトマリ会所へ行くよう指示されてきた、と述べた。また、艦長はゴロブニンという名であることも伝えた。

ボートは、本船に引返していった。

六月四日の朝五ツ（八時）、七人のロシア人と通訳のラショワ島住民のアレクセイが一艘のボートで近づき、上陸した。その中には、艦長の海軍少佐ゴロブニンがまじっていた。

かれらは、日本側の者に案内され、会所へ入った。会所は、武装した南部藩兵や会所の者たちでかためられていた。奈佐瀬左衛門は武具を身につけ、ゴロブニンたちと挨拶を交し、対坐《たいざ》していた。

ゴロブニンは、瀬左衛門に食糧、水をゆずって欲しい、と言った。

日本側は、昼食を用意し、ゴロブニンたちにすすめた。米飯に見事な魚その他を並べ、日本酒も出した。ゴロブニンたちは、警戒するような眼をしながらも、それらを口にした。

ゴロブニンは、重ねて食糧、水の譲渡を申出た。

瀬左衛門は、

「私一存ではお求めに応じることはできませぬ。松前奉行にお伺いを立て、お許しを得てから、食糧、水をあたえます。それ故、御返事があるまでこの地にとどまり待っていて欲しい」

と、言った。

「その返事がくるまでの日数は？」

ゴロブニンがたずねると、瀬左衛門は、

「およそ十五日」

と、答えた。

ゴロブニンは危険を感じたらしく、席を立つと会所の外へ走り出した。会所をかためていた藩兵たちは、ただちに二人のロシア水兵と通訳のアレクセイを捕え、喚声《かんせい》をあげてゴロブニンたちを追った。藩兵たちは、ゴロブニンたちの足もとに木などを投げたが、倒れる者はなく、海岸に走った。

海は干潮になっていて、ボートが岸の上の方に残され、ゴロブニンたちは舟を海面におろそうとしたが、その余裕もなく藩兵たちに包囲され捕えられた。

海上のロシア艦では、遠眼鏡でそれを見ていたらしく、発砲し、会所側でも大筒から弾丸を放った。

艦は、沖に碇泊していたが、六月七日、救出を断念したらしく、帆影を没した。

会所では、南部藩兵六名その他二名によってゴロブニンら八名を根室へ船で送り、陸路をたどって、七月二日箱館に到着した。

二日後、吟味役大島栄次郎によって取調べがおこなわれた。通詞は、上原熊次郎であった。

七月二十二日には、再び役所で吟味がおこなわれた。追及は、四年前の文化四年春、海軍大尉フォストフを指揮官とするロシア艦乗組員が、エトロフ島シャナをはじめ樺太、利尻を襲い、番人をとらえ、多量の物資を掠奪し、船や倉庫その他に放火したことに集中した。これに対してゴロブニンは、フォストフらの乱暴は、かれの独断によるもので、ロシア政府は関係ない、と陳述した。その証拠に、ロシア政府はフォストフを罪人として捕えたが、ひそかに逃亡し、その後、死んだことを告げた。また、エトロフ島で捕えた番人五郎治と左兵衛は、オホーツクに住んでいたが、或る夜、小舟に乗ってのがれ、行方不明になっていることも口にした。

ゴロブニンたちは、八月二十五日、箱館から松前へ移送され、獄舎にとじこめられた。

この事件は、刻々と江戸へつたえられ、江戸の市中の大きな話題になっていた。

林蔵は、エトロフ島のロシア艦の乱暴を直接眼にしただけに、それについての関心が深く、ゴロブニンらを捕えたという話に興奮した。

林蔵は、多くの人の来訪をうけ、樺太北部、東韃靼について質問され、それに答えることを繰返していた。伊能忠敬の紹介で、天文方の高橋作左衛門も識《し》った。

林蔵は、しばしば忠敬の家に足を向けていた。星の観測もし、経度についてはよくわからなかったが、緯度の測定法を身につけた。忠敬が、自分を並々ならぬ人物として扱ってくれているのに満足していた。

忠敬は六十七歳であるのに、老いを感じぬほど積極的に日本各地の測地にとりくんできている。日本随一の測地家としての名声は高く、幕府の信頼もあつかった。そのような輝かしい栄光につつまれながらも、家庭人としてはきわめて不幸な身であることを知った。

忠敬は十八歳で伊能家の養子になり、家つき娘の四歳年長である達《みち》と結婚した。達は、再婚で、前夫は病死していた。かれは、家運をさかんにして名主ともなり、一男二女に恵まれたが、三十九歳の年に妻が死亡した。その後、妾との間に二人の男子を得た。

四十六歳の六月、仙台藩医桑原隆朝の長女のぶを後妻として迎えたが、五年後に病死した。その間に、すでに嫁いでいた次女、三男を病いで失っていた。

後妻が死んでから三年後に、お栄を迎え入れたが、世をはばかって正妻とすることはしなかった。お栄は知的な女性で、読み書きの造詣が深く、算術にも長じ、絵も巧みであった。家事をてきぱきと仕切ると同時に、忠敬の作図の助手として、目ざましい働きをしめしていた。忠敬は、五十歳半ばに達して、ようやく理想とすべき女性にめぐり会えたのだ。

かれの不幸は、子供であった。

長男の景敬は、平凡な男であったので、忠敬は不満だった。景敬は妻帯したが、すぐに離別し、りてという女と再婚していた。りては、家事を巧みに処理する良妻で、三治郎をうんだ。忠敬は、景敬に望みを託《たく》すことができなかったが、五十歳の冬、家督をゆずった。

かれが最も愛情をいだいていたのは、長女の稲であった。稲は、布留川盛右衛門のもとに嫁ぎ、夫とともに江戸で米穀商をいとなんでいた。が、盛右衛門は、投機に手を出すことが多く、破産した。謹厳な忠敬は、そのような男の妻になっている必要はないと稲に説き、離別するようすすめた。稲は父に従順であったが、意外にもそれに激しく反発して、伊能家は混乱した。忠敬は激怒して、稲と父子の縁を断った。その後、盛右衛門は病死し、前年の文化七年、稲は剃髪して妙薫と名を改めた。

長男の景敬に望みを失っていた忠敬は、妾にうませた次男の秀蔵に測量術をうけつがせようとして、秀蔵が十五歳の時から蝦夷をはじめ各地への測量の旅に連れていった。が、秀蔵は、測量に関心をもたず、大酒を飲んで粗暴な振舞いにおよぶことが多くなっていた。

林蔵は、忠敬と子との間に温みが全く感じられないのに驚いていた。それは、忠敬が幼い頃に母を失い、冷い家庭にそだったからであるのだろうか、と思った。忠敬は学者として少しの誤りも許さず、それが子供への厳しい態度になってあらわれ、子供も一様に反発しているようであった。

忠敬の家では、さかんに作図がおこなわれ、その間に来客がひきもきらなかった。林蔵もその一人であったが、忠敬の家で高橋重賢とも顔を合わせたりした。

忠敬は、十一月末にはまたも九州地方への測量の旅に出ることになり、その仕度がはじまった。

十月に入って間もなく、林蔵は、高橋重賢から松前に出発するようにという幕府の密命をうけた。四年前の文化四年に、エトロフ島でロシア艦の襲撃を体験した林蔵に、松前で捕われの身になっているゴロブニンと接触させ、ロシア側の態度についてさぐらせようとしたのである。江戸出発は、十一月二十日頃と予定された。

林蔵は、忠敬が九州へ出立する前に少しでも多く測量の知識を得たいと願い、訪れる回数も多くなった。

その頃、松前奉行所では、ゴロブニンへの取調べをつづけ、ゴロブニンの弁明を理にかなったものと認め、奉行荒尾但馬守が幕府に対して釈放を許可して欲しいという嘆願書を送った。これによって、幕府内では、釈放すべしという意見と、それを拒否する強硬論が起った。

林蔵は、エトロフ島シャナでロシア艦乗組員の粗暴な行為を眼にしただけに、強硬論を支持していた。

忠敬は、林蔵を深く信頼し、家庭のことも相談するようになっていた。

十一月二十五日、忠敬は多くの人々の見送りをうけて第二回目の九州測量の旅に深川黒江町の自宅を出発した。随行者は、十九名にも及んだ。

忠敬は、深川の富岡八幡宮に参拝し、旅の無事を祈った。そして、見送りについてきた林蔵に樺太北部、東韃靼調査の功をたたえる「贈間宮倫宗（林蔵）序」という一文を贈った。

忠敬は、測量用の竿や縄をもった者たちをしたがえて道を遠ざかっていった。

林蔵の蝦夷地への出立は十一月二十日頃とされていたが、幕府から、少し延期するようにという命令をうけた。その理由が、ゴロブニンの処置と関係があるのか、と思っていたが、それは樺太北部、東韃靼見分への褒美《ほうび》のためであることを知って感激した。幕府から林蔵に対して、金子《きんす》百両が下賜されたのである。かれは大金を手にして、自分の苦難にみちた旅が十分に報いられるのを感じた。

かれは、蝦夷地へむかう途中、故郷の常陸国（茨城県）筑波郡上平柳村に立ち寄ろう、と思った。

故郷には老いた両親が、日を過している。ただ一人の子供である自分は、測地の仕事に追われて蝦夷、千島、北蝦夷（樺太）からさらに東韃靼へも足をのばし、故郷に立ち寄る余裕もなかった。その淋しさに堪えきれなかったらしく、両親は、林蔵の妻とする者を定めて家に同居させていたが、その娘も今年の二月中旬に病死したという。

この機会に親不孝を詫び、妻となるべき女の菩提《ぼだい》もとむらいたい、と思った。

役職も松前奉行所の普請役雇から調役下役格に昇進し、三十俵三人扶持を支給される身になっている。さらに蝦夷地への路用として百両もあたえられ、それらを報告すれば両親は喜んでくれるにちがいなかった。

江戸では、餅つきがはじまり、師走のあわただしい空気がひろがっていた。道を行き交う人の足取りもせわしなかった。

十二月晦日の朝、林蔵は、家を出発した。千住をへて亀有から舟で新宿に渡り、昼食をとった。さらに新利根川を渡し舟で松戸へつき、小金、我孫子をへて取手で宿をとった。

翌朝、宿を出た林蔵は北への道をたどり、小貝川のほとりに立った。なつかしい故郷の川で、水遊びをした少年時代のことがよみがえった。

かれは足を早め、上平柳村に入った。道を歩いてくる村人が、驚いたように林蔵を見つめ、両刀を帯び、立派な羽織を着ていることに気づいて頭をさげる。林蔵は、顔見知りの村人に声をかけたりした。

家についたが、人の気配はない。かれは、両親が正月の墓参りに行っているのだろう、と考え、手荷物を置くと、菩提寺である専称寺にむかった。正装した村人たちが寺の境内を出入りし、かれは墓地に足をふみ入れた。

先祖伝来の墓のある場所に、老いた男女が背をかがめて香華を供えている。胸に、熱いものがつき上げてきた。父の頭髪は白く、丁髷も小さくなっている。母は腰が曲り、体が小さくなっていた。

かれは、近づくと声をかけた。

父がこちらに顔を向け、母が林蔵を見つめた。父は、体を硬直させたように立っていたが、母が近寄ると無言でしがみついてきた。温い体であった。母の頬に涙が流れていた。

林蔵は、墓に詣《もう》で、両親とともに寄り添うようにして家にもどった。話したいことは多かったが言葉にならず、父も母も「よく帰ってきてくれた」「達者な顔をみて嬉しい」と言うだけで、しきりに涙をぬぐっていた。

母が落着きをとりもどし、雑煮を運び、酒を飲むようにすすめた。嬉々としている母に、林蔵は涙ぐんだ。

父に問われるままに、樺太北部、東韃靼を調査し、その功によって役職も昇進し、御褒美の金もあたえられたことを話し、百両を畳の上に置いた。そのような大金を眼にしたこともない父と母は、驚いたように眼をみはった。

父が、仏壇から新しい位牌《いはい》を手に林蔵の前に坐り、差出した。

林蔵は、受けとり、林誉妙慶信女と刻まれた戒名を見つめた。前年の二月十九日に死亡した、両親が林蔵の妻と定めていた女の位牌であった。

「お前と祝言をさせてやることも出来ず、死んでしまった。せめて戒名に、お前の妻であったことを残してやりたいと思い、専称寺の御住職様にお頼みして、林蔵の林という字を入れていただいた」

父は、悲しげな眼をしてつぶやくように言った。

林蔵は、位牌を見つめた。顔を合わせたこともない自分の妻。両親の世話をしただけで死んでしまった女が、哀れに思えた。

かれは、仏壇におさめると合掌した。

かれは、雑煮を祝い、酒を飲んだ。久しぶりの故郷で迎える正月は、格別のものに思えた。

父母を前に、樺太北部から東韃靼へ旅した折りのことを話した。父も母も驚きの声をあ

げ、母は、

「よく生きて帰ってこられたものだ」

と、何度も言った。

酔った林蔵は、日没後、すぐに寝に就いた。

眼をさましたのは、夜明け前であった。

かれは、ふとんの中に身を横たえたまま、自分の墓を建てておこうと思った。これから蝦夷地へむかうが、今後、どのような運命が待ちかまえているか知れない。再び故郷の地をふめぬおそれもある。もしも自分が死ねば、両親はただ一人の子である自分のために墓を建てるだろう。が、それは老いた両親に大きな負担になる。幸い、幕府から路用として金子百両という大金をあたえられているし、この機会に墓石を建てておくのが賢明だ、と思った。

暁を告げる鶏の声が、しきりに起っていた。

かれは、再び眼を閉じた。

眼をさますと、隣室から薪の燃えはぜる音がきこえ、煮物の匂いがただよってきていた。

かれは起きると、身仕度をととのえ、ふとんを畳んだ。隣室をのぞくと、父が炉端《ろばた》に坐っていた。

林蔵は、手をついて朝の挨拶をし、父の傍に坐った。母が、土間から漬物を盛った木鉢を手に入ってくると、炉にかかった鍋のふたをとった。米を主とした雑炊であった。

林蔵は、母が雑炊をすくってくれた椀を手にし、箸を動かした。雑炊がうまく、漬物は故郷の味がしてなつかしかった。

食事を終えた林蔵は、煙草を父にすすめ、墓のことを口にした。

「縁起でもないことを言わないで欲しい」

母は、顔をしかめた。

「いえ、そうじゃありません。生前に墓を建てると長寿《ちょうじゅ》を全うすると言うではありませんか。そうですね」

林蔵は、父に顔を向けた。

父は、とっさのことで返事もできぬらしく林蔵の顔を見つめていたが、

「たしかに、そのようにきいている」

と、言った。

林蔵は、両親の前に膝《ひざ》を正すと、

「私の妻の戒名も、墓石に刻んでやりたいのです。妻の菩提をとむらうためにも、墓を建てたい」

と、言った。

父は無言でうなずき、母は顔を伏していた。

かれは、家を出ると専称寺に行った。住職は、なつかしそうにかれを招じ入れてくれた。

林蔵は、墓のことを口にした。碑面《ひめん》には間宮林蔵墓とし、側面に妻の戒名を刻む。自分は、いつ死ぬかも知れぬので、老いた父母に負担をかけぬためにも自分の墓を建てたい、と、言った。

住職は、よいお心がけだ、と何度もうなずき、墓の建立について引受ける、と約束してくれた。

林蔵は、墓石建立の費用と供養料を住職に渡し、寺を出た。晴ればれとした気分であった。

林蔵は、故郷での役目を終えたように思った。両親は老いてはいるが、病気らしい病気もせず、達者でいることにも安堵した。

かれは、落着かなくなった。幕府からは、松前に拘禁《こうきん》されているロシア艦「ディアナ号」艦長ゴロブニン海軍少佐と接触し、かれが国後島に来航した真意をさぐれ、という密命をうけている。松前奉行所では、ゴロブニンの来航は敵意をふくんだものではなく、釈放すべきだという同情論が支配的で、幕府に釈放の嘆願書も送られてきている。これに対して、幕府は、五年前のフォストフ海軍大尉の指揮するロシア艦の横暴に対する憤りで、釈放など論外だという意見が強い。林蔵は、千島、樺太、東韃靼調査の実績をもち、ロシア通の一人としてゴロブニンの来航目的をさぐるのに恰好《かっこう》な人物と目されている。

林蔵は、そのような密命をうけている身として、いたずらに故郷で日を過すことは許されず、一日も早く松前へおもむかねばならなかった。

その日、かれは、両親に明早朝、蝦夷地にむかうことを告げた。父も母も、そのことは察していたらしくうなずいていたが、顔には淋しそうな表情がうかんでいた。かれは、まとまった金を父に渡した。

翌朝、かれは、夜明け前に起きると朝食をとった。

「達者でお過し下さい。折りをみて立ちもどります」

旅仕度をととのえたかれは、両親の前に手をつき、深々と頭をさげた。

家を出たかれは、足早に歩き出した。

振返ると、両親が路上に出てこちらを見送っている。手をふったが、父と母は化石のように動かない。林蔵が再び眼を向けると、両親の姿は竹藪《たけやぶ》のかげにかくれてみえなくなっていた。

かれは、健脚を利して北へと向った。

積雪地帯に入り、膝まで雪に没しながら歩いた。樺太北部の旅が思い起されたが、寒気が比較にならぬほどちがう。樺太では、呼気が凍り、くわえた煙管が唇からはなれなくなったが、奥州路をたどっていても、そのようなことはない。樺太の雪は粉雪で、風が吹きつけると舞い上り、白くとざされた世界になる。それにくらべて奥州路の雪は、湿気が多かった。

かれは、久しぶりにコンチをかぶって道を急いだ。

一月下旬、早くも津軽の三厩についた。が、海は荒れ、吹雪の日がつづいていて、十日近く滞留を余儀なくされた。その季節に渡海する者などなく、宿屋はかれを除いて二、三人の者しか泊っていなかった。

ようやく海上もおだやかになり、林蔵は、船に乗った。空は、どんより曇っていた。船は、津軽海峡を北へ進み、松前の港に入った。家並は、雪の中に埋れていた。

かれは、宿を定めると、奉行所に来着の挨拶に赴いた。

門に詰める足軽をはじめ奉行所の者たちの眼には、かれに対する畏敬の光がうかび出ていた。それは、調役下役格に昇進したというよりも、樺太、東韃靼の調査を果したかれの業績によるものであることはあきらかだった。

広間に控えていると、奉行の荒尾但馬守が入ってきた。

「間宮林蔵、ただ今来着いたしました」

林蔵は、平伏した。

「体の疲れはとれたか」

但馬守は、おだやかな表情をしてたずねた。

「達者になりました」

林蔵が答えると、但馬守はうなずいた。

かれが、ゴロブニンと接触し来航の真意をさぐるようにという密命を江戸からうけたこと

を口にすると、但馬守は、

「今までの吟味では、五年前のオロシア船のような乱暴を働くために来たのでないことは、まちがいないと思われる。オロシアを刺激することもどうかと考え、江戸に釈放をお許し下さるよう嘆願書を提出した。お前は、エトロフ島シャナでオロシア船の乱暴を眼のあたりにし、また北蝦夷（樺太）、東韃靼へも足をふみ入れた身であり、とくとゴロブニンらの心中をたしかめて欲しい。おそらく、私と同じような考えをもつにちがいない」

と、言った。

但馬守は、前年の八月に松前に拘禁して以来のゴロブニンら七名のロシア人と通詞のラショワ島住民であるアレクセイの処遇について説明した。初めは、ゴロブニンらと水兵たちを新たに建てた建物に二つの獄房《ごくぼう》を作って別々に収容したが、今年に入ってから建物の扉に錠をかけるだけで獄房の格子をとりはずしたという。その他、衣服、寝台、便所なども改善し、優遇している、と言った。

林蔵は、ゴロブニンたちに会って真意をきき出すには、かれらの警戒心をとくことが先決だと述べ、松前で壊血病《かいけつびょう》にかかる者が多いことを考慮に入れ、その治療薬を持参したい、と申出た。

「それはよい考えだ。その折りに、私からと言って砂糖と蕃椒《ばんしょう》の砂糖煮を添えてやるがよい」

但馬守は、承諾した。

林蔵は、平伏し、退出した。

かれは、奉行所の役人からゴロブニンについての知識を得ることにつとめた。まず、言葉の問題については、ゴロブニンに随行しているアレクセイが中心であった。かれは、エトロフ、国後島に住むアイヌの言葉は完全に知っていたが、蝦夷のアイヌとは言葉がほとんど通じなかった。そのため、国後島のアイヌ語を知っている蝦夷通詞（アイヌ語の通訳）の上原熊次郎が起用されていた。また六年前にロシア艦の樺太南部襲撃でカムチャツカに連行され、翌年釈放されて帰国した源七、福松も通詞として加わったが、源七たちのうろおぼえのロシア語は全く用をなさず、職を解かれた。

ゴロブニンらの吟味は、アレクセイと熊次郎の通訳で進められたが、意志を十分に通じ合うことは困難だった。その間、熊次郎もロシア語をおぼえることにつとめたが、五十歳という老齢で成果はあがらなかった。

吟味役高橋重賢は、頭脳の殊のほかすぐれた村上貞助に、ロシア語を身につけさせたいと考え、ゴロブニンにロシア語を教えてくれるよう依頼した。貞助は、学習の第一日目からいちじるしい才能を発揮《はっき》し、ロシア文字の読み書きを記録し、発音もすぐに会得する。その上達ぶりは目ざましい、という。

「村上貞助？」

林蔵は、大きな声をあげた。

林蔵は、貞助がゴロブニンにロシア語を教えてもらっていることに驚いた。貞助は、師村上島之允の養子で、二年前、樺太北部、東韃靼探査の経過を口述筆記してくれた。昨年夏には、伊能忠敬の家でも顔を合わせたことがあり、その後、松前へもどったという話はきいていたが、ゴロブニンと深く接しているとは想像もしていなかった。ロシア語習得の成果をあげているというが、頭脳のすぐれた研究熱心な貞助なら、それも当然のことだろう、と思った。

林蔵は、すぐにでも貞助に会いたいと思い、奉行所内を探し、同心の控所にいる貞助を見出した。貞助は、嬉しそうに近寄ってきた。

林蔵は、十二月末日に江戸を出立し、松前に来たことを告げた。

「伊能忠敬様は、九州へ立たれましたか?」

貞助が、たずねた。

「十一月末に出立されました。六十七歳というお年なのに、達者な方だ」

「まことに、そうでござりますな。私など、弱音は吐けませぬ」

貞助は、感嘆したような眼をして言った。

「ところで、ゴロブニンとか申すオロシア船のカピタンと近づきになりたいのだが、貞助殿は、通詞をされておるときいているが……」

林蔵は、貞助の顔をみつめた。

「通詞などと、そんなことは到底……。上原熊次郎殿がアレクセイと申すラショワ人と通訳をしておられます。私はゴロブニンにロシア語は教えてはもらっておりますが、まだ初歩の段階で……」

貞助は、顔を赤らめた。

「いずれにしても、会えるよう手引きをして欲しい」

林蔵が言うと、貞助は、

「お易い御用です。上原熊次郎殿に案内させましょう」

と、答えた。

林蔵は、前年、江戸にいた時、蝦夷地で越冬する者が死病と恐れている腫病《はれやまい》（壊血病）の予防、治療薬には柑橘類《かんきつるい》の汁がよく、また蝦夷地で警護の任にあたる南部藩兵たちがザゼン草を煎じてのんでいることを知っていた。そのため、翌日、柑橘類をしぼった汁を二個の徳利に入れ、蜜柑《みかん》数十個とザゼン草を干したものを用意した。かれがそれらを手に奉行所に行くと、貞助が五十年輩の男を引き合わせてくれた。通詞の上原熊次郎であった。

熊次郎は、林蔵が北辺の探査で目ざましい働きをしたことを知っていて、丁重《ていちょう》な挨拶をした。

「こちらへ……」

熊次郎が、うながした。

林蔵は、熊次郎の後からついていった。

熊次郎は、城壁の裏手にまわり、高い塀の中へ入っていった。内部に塀にかこまれた敷地があり、その中に新しい平屋の建物が建てられていた。塀の門の傍には見張りの津軽藩兵が立ち、詰所ももうけられている。

藩兵が、建物の扉にかけられた太い鉄製の門をあけた。通路には新しい畳が敷かれ、炉が切られている。その傍の縁台に坐っていた異国人が、こちらを振向いた。

「カピタン（艦長）のガワビン（ゴロブニン）殿です」

通詞の上原熊次郎が、言った。

頭髪の黒い長身の異国人が、炉端の縁台から立ち上り、林蔵をみつめた。おだやかな顔つきをした四十歳前後の男で、奉行所であたえたらしい綿入りの服をつけていた。

熊次郎が、手まねをまじえてロシア語で林蔵を紹介し、ゴロブニンが頭をかしげると、村上貞助が言葉をそえた。

「この方は、江戸から来た間宮林蔵殿です。高名な測量家で、この付近ではやっている腫病《はれやまい》にあなた方がかからぬよう、幕府からの依頼で予防薬を持ってきました」

林蔵は、柑橘類のしぼり汁を入れた徳利二個と蜜柑、薬草を渡した。

ゴロブニンは、感謝の意をしめし、受取った。

林蔵は、ゴロブニンと炉をかこんで坐った。炉には薬缶がかけられ、炉端には煙管と煙草入れ、茶碗が置かれていた。

「待遇は、どうか?」

林蔵は、たずねた。

その言葉を熊次郎が通訳すると、ゴロブニンは顔をしかめ、

「初めは、ひどく苦痛であった。日のあたらぬ牢獄にとじこめられ、食物も悪かった。しかし、徐々に改善され、今は満足している」

と、言った。

林蔵は、率直なことを口にする男だ、と思った。

貞助が、おぼつかないロシア語で声をかけ、ゴロブニンは、頬をゆるめると、なにか言った。

貞助は、林蔵に顔を向けると、

「明日から、時折り松前の町のなかを散歩することが許されるようになりました。それについての感想は、ときくと、非常に嬉しいそうです」

と、言った。

熊次郎は、薬缶の湯で茶をいれ、ゴロブニンや林蔵にすすめた。ゴロブニンは、うまそう

に茶をのんだ。

その日から、林蔵は、しばしばゴロブニンを訪れた。熊次郎と貞助が通訳をした。林蔵は、伊能忠敬からゆずりうけたイギリス製の銅の六分儀、磁石つきの観測儀、作図用具などをゴロブニンにしめした。ゴロブニンは、それらの道具で林蔵が測量家であることを認めたらしく、林蔵を興味深そうに見つめた。

林蔵は、天体観測によって土地の緯度をはかることができることをしめすため、その方法を観測具を手に身ぶりをまじえて説明した。ゴロブニンは、しきりにうなずいた。林蔵は、経度についてゴロブニンにその測定法をたずねた。

熊次郎と貞助は、それを通訳したが、専門的なことなので林蔵の言葉をつたえるのに困惑していた。

ゴロブニンはしきりに首をかしげ、何度も首をふる。通訳が幼稚だ、と答え、経度の測定法について教える材料をもっていないなどと言って、不機嫌そうに口をつぐんでしまった。

林蔵は、連日のようにゴロブニンのもとに赴いた。

経度の測定法についてゴロブニンに教わることは期待できなかったが、それはかれに近づく一便法でもあった。

林蔵は、樺太北部から東韃靼への調査をおこなったことを話した。ゴロブニンが疑わしそうな眼をしたので、それらの地図や、旅の途中で描いた絵などをみせた。ゴロブニンは、ようやくそれが事実であることを知ったらしく、驚嘆の眼を向けた。

林蔵は、さらにフォストフ大尉指揮のロシア艦がエトロフ島を攻撃した時、シャナで応戦したことも口にした。ゴロブニンは、自分が捕えられた原因がその折りのロシア艦乗組員の乱暴に対する報復であることを知っていて、

「フォストフの独自な不法行為で、かれは罰せられている。ロシア政府の指令でおこなったものではない」

と、にがりきった表情で言った。

「長崎を通じて入ってくる情報によると、フォストフのとった行動は、ロシア政府の指令によるといわれている」

林蔵は、反発した。

「ちがう。政府は関係ない」

ゴロブニンは、強く否定した。

「あなたの艦は、なぜ国後《くなしり》に来たか」

と、林蔵。

「千島列島を中心とした海岸の測量だ」

と、ゴロブニン。

「国後島は、日本国が治めている。他国を測量することは、なにか好ましくない目的があると疑われても仕方がない、と思わぬか」

「航海の安全をはかるために、どこの国でも航路に接する地を測量している」

ゴロブニンの顔には、不快な表情がうかんでいた。

「フォストフが来攻した後、日本は三隻の軍船をオホーツクに派し、その地を焼き払う計画も立てていた」

林蔵は、言った。

「三隻ではなく、三十隻、三百隻でも送ったらよかったかも知れない。おそらく一隻も日本に帰れなかったろう」

ゴロブニンは、冷笑するように答えた。

二月十三日、松前奉行荒尾但馬守のもとに江戸からの下知状がとどいた。それは、但馬守からのゴロブニン釈放許可の嘆願書に対する回答であった。下知状は、一月二十六日、老中土井利厚から江戸在勤の松前奉行小笠原伊勢守、村垣淡路守につたえられ、翌二十七日、松前へ急飛脚で送られたものであった。

下知状は、ゴロブニンの釈放を許さず、今後、ロシア艦が来航した折りには、ただちに打ち払うべし、という強硬な内容であった。その趣旨は、蝦夷地警備の任にあたる南部、津軽両藩にもつたえられた。

林蔵は、当然のことだ、と思った。ゴロブニンの乗っていたディアナ号の乗組員は、フォストフ大尉指揮の艦とちがって乱暴ははたらかなかったというが、武装船を国後の会所に近づけたことは、威嚇行為と疑われてもやむを得ない。釈放などということは論外で、厳重に拘禁すべきであり、接近してくるロシア艦は、すべて大筒で打ち払うのが正しい処置だ、と思った。

かれは、五年前の文化四年、エトロフ島のシャナに勤務していた時の来攻したロシア艦乗組員の狼藉が、頭にこびりついてはなれなかった。なんの理由もなく大筒や銃を打ちかけ、食糧その他多量の物資をうばい、家に放火、番人まで捕えた。一方的な侵略行為で、それを思い出すと胸が焼けただれる思いだった。

荒尾但馬守は、ゴロブニンに同情し、釈放許可の嘆願書まで江戸に送った。それは幕府にいれられず、不許可の通達とともに、蝦夷地に来航したロシア船は、たとえ漂流船であろうと、容赦なく打ち払い、乗員を決して上陸させてはならぬという下知をくだした。林蔵には、賢明な処置に思えた。

かれは、荒尾但馬守に、ゴロブニンの来航目的が測量のためであるのは、いわば間者（スパイ）行為と同じである、と説いた。また、江戸にも同様の書状をひそかに送り、強硬策をとるべきであると進言した。

しかし、但馬守は、下知状に当惑し、林蔵の意見にも反対であった。ゴロブニンたちに会うと慰めの言葉をかけ、外出の範囲も一層ひろげるよう指示していた。さらに、但馬守は、かれらを上級役人の住んでいた家に移した。その家は、築山や池もある庭にかこまれた邸で、役人と津軽藩兵が昼夜、警備にあたっていた。食事も上質のものがあたえられ、酒も振舞われた。

林蔵は、その家にも行ってゴロブニンに会い、ロシア本国の情勢をたずねたりした。

松前の町は、雪に埋れていたが、寒気はゆるんでいた。桃の節句も過ぎ、雪は、徐々にとけはじめた。

三月二十四日夜、林蔵は、思いがけぬ事件が発生したことを知った。ゴロブニンをはじめ六名のロシア人が、収容されていた家から脱走したのである。かれらは、警備の眼をかすめて、深夜、家から庭にぬけ出し、邸の周囲にめぐらされた塀の下の土を掘り、脱出したことがあきらかになった。

捕虜八名中、二名は邸内にとどまっていたので、かれらに対する吟味がおこなわれた。ムール少尉と通詞のアレクセイであった。

ムール少尉の陳述によると、ゴロブニン少佐らは、早くから脱走の意志をいだいていた。そのうち、幕府から釈放の不許可と来航するロシア船を容赦なく打払うべし、という厳しい下知状がとどいたことを知り、前途に希望を失って脱走行為にふみきったという。ムールは、その企てが危険にみちたものであると考え、極力反対したため、いつかかれは孤立するようになった。アレクセイの場合は、計画の実行からはずされていた。ゴロブニンたちは、外出する折りに地形を十分観察し、周到《しゆうとう》な計画をねって、脱出の機会をねらっていたこともあきらかになった。

奉行所では狼狽《ろうばい》し、松前の町にも騒然とした空気がひろがった。ゴロブニン脱走の報は、江戸へも急飛脚でつたえられた。

林蔵は、荒尾但馬守がかれらを厚遇した結果だ、と思った。牢にとじこめておけば、起らぬ事件であった。

奉行所では、奉行所付の者をはじめ警護の津軽藩兵を四方に放って、ゴロブニンらの後を追った。かれらが舟を奪って海にのがれることが十分に予想され、浦々に警戒するよう触状《ふれじよう》がまわされた。

ゴロブニンら六名の行方は、絶たれたままであった。容貌の異る長身のかれらは、ひと目でそれと知れるが、かれらを眼にしたという情報はなかった。それは、かれらが人家に近づくことなく、雪におおわれた山中の逃避行をつづけていることをしめしていた。かれらが、最終的には舟を奪い海に出ようとすることは確実と判断され、海岸線一帯に警戒の人員が配置された。

脱走してから十三日目の四月五日、松前の北方約十里（三九キロメートル）の海岸線にある木ノ子村（上ノ国町）の裏山の路に、かれらが姿を現わした。発見したのは、村の女であった。

女が、木ノ子村を巡回していた津軽藩兵に大声をあげて告げ、ゴロブニンたちのいる路の方向を指さした。それに気づいたゴロブニンたちは、森の方へ逃げたが、藩兵はそれを追い、馬を走らせて、たちまち四名を捕えた。ゴロブニン少佐と水兵のマカロフは、繁みにひそんでいたが、完全に包囲されたことを知って叢《くさむら》から出た。

藩兵たちは、ゴロブニンらを縛り上げて村内に連行した。かれらは、松前へ護送されたが、かれらを哀れに思い涙を流して見送る女が多かった。途中まで村上貞助も迎えに出て、ゴロブニンたちは松前の町牢に引き立てられた。

松前の町では、その話でもちきりで、ゴロブニンら六名が町牢にむかう姿を、おびただしい人がむらがって見つめた。

かれらに対する待遇は、一変した。ゴロブニンは独居房、水兵たちは雑居房にとじこめられ食事も粗末なものになった。

かれらは、荒尾但馬守の吟味をうけ、脱走から捕われるまでの経過、脱走の理由などを陳述した。その吟味書は、江戸へ送られた。

かれらの脱走に気づかなかった見張りの者たちも、責任を問われて吟味をうけた。見張りの者は、深夜も提灯を手に見まわりをしていたが、ゴロブニンたちが脱け出した塀の下の穴に気づかなかったことは、不届至極であるとして処罰された。当夜の見張り番であった同心今井豊八、仮抱入の高橋津平は百日の押込、同心飯田幸吉、柴田角兵衛、辻滝次郎、仮抱入亀山新太郎が五十日の押込を言い渡された。また津軽藩兵の上番兵士岩川喜間太、足軽小頭柴田八郎次、足軽小山内要七、毛内惣次郎にも、それぞれ五十日押込の罰が告げられた。

六月三日、奉行交替のため江戸から小笠原伊勢守が松前に到着、荒尾但馬守と事務引き継ぎをおこなった。伊勢守も、但馬守と同じようにゴロブニンに好意的であった。脱走も故国へ帰りたいという願望によるもので、日本側に危害を加えようという意図はなかったとして、七月九日、かれらを町牢から出し、松前に初めて来た時に収容した建物に移した。食事も上質のものになり、煙草、酒もあたえられた。

六月十八日、荒尾但馬守は江戸に発ち、村上貞助も随行した。

松前には平穏な空気がもどったが、捕えられたゴロブニンたちを救出するため、ロシア艦が来攻するにちがいないという噂がしきりであった。来航するのは、ゴロブニンらが捕えられた国後島と予想され、その方面に南部、津軽両藩兵が増強された。

松前は、夏を迎えていた。

林蔵は、ゴロブニンらの脱走と逮捕後の奉行所の動きをひそかに見守っていた。新奉行小笠原伊勢守も、前任の荒尾但馬守と変らぬ処置をとっていることも知った。

かれは、自分にあたえられた密命の任務を一応果すことができたと考え、江戸に帰って報告しようと考えた。幸い、親交のある蝦夷地御用達の豪商伊達林右衛門の手代弥兵衛が江戸へ行くことを知り、七月五日、弥兵衛とともに御用船天録丸に乗船して、松前をはなれた。

船は、順風を得て津軽半島の三厩に入港した。林蔵は、弥兵衛と奥州路を泊りをかさねながら江戸へ急いだ。田には稲の穂波がゆれていた。林蔵は、弥兵衛の歩度に合わせてゆっくりと歩を運んだ。

江戸についた林蔵は、幕府に対して、ゴロブニンの収容状況、脱走と逮捕について報告した。ゴロブニンの釈放などは論外で、文化三、四年のロシア艦来襲でもあきらかなように、ロシアを信用することは、その術中にはまることだ、と進言した。

かれは、荒尾但馬守と小笠原伊勢守の両奉行のゴロブニンに対する待遇が穏便すぎるとも告げた。ゴロブニンを救出するため、ロシア艦は必ず来航するだろうが、その折りには武力をもって追い払うべきだ、と主張した。

町々では、夏の祭礼がおこなわれ、夜もにぎわっていた。

かれが江戸について間もなく松前奉行小笠原伊勢守から江戸在勤の松前奉行荒尾但馬守に、事件の発生が急報され、それはただちに幕府につたえられた。

八月三日、国後島トマリ会所の近くにあるケラムイ岬に異国船が突然姿をあらわした。トマリ会所に詰めていた調役並太田彦助は、厳重に陣をかためたので、それを知った異国船は会所の浜には近づかず、センベコタンに乗組員を上陸させて水を汲ませただけであった。幕府は、その異国船がゴロブニンらを奪還《だっかん》にきたロシア艦と断定した。

松前からは、急飛脚が続々と到着し、その後の経過がつたえられた。それによると、異国船からボートがおろされ、トマリの会所からかなりはなれた磯につき、一人の男を上陸させて引返した。男は、二年前の文化七年十一月に難破してカムチャツカに漂着した歓喜丸の与茂吉という舟乗りだった。

かれが会所の方へ歩いてゆくと四人のアイヌが近づき、かれを会所の幕の中へ引き入れた。太田彦助は、その直後、大筒を海にむけて発射させ、近づけば応戦する構えをしめした。

太田は、与茂吉をきびしく取調べ、異国船がロシア艦で、艦長はリコルド大尉であることを知った。リコルドは、前年、国後島に来航した「ディアナ号」の副長で、捕えられた艦長ゴロブニン少佐らの釈放を求めて来航したという。また与茂吉は、自分以外に五名の歓喜丸乗組みの漂民と、五年前の文化四年にフォストフ大尉指揮のロシア艦乗組員によって連行されたエトロフ島番人五郎治が乗っていることも告げた。

さらに、与茂吉は、リコルド大尉からの書簡も手にしていた。それはロシア文字で書かれたもの一通と、ロシア語にも通じている五郎治が日本文に翻訳したもの一通であった。

リコルド大尉からの日本文、ロシア文二通の書状は、封をしたまま太田彦助から、急飛脚で松前奉行所に送られた。

奉行小笠原伊勢守は病臥していたので、吟味役高橋重賢（三平）が封を開いた。五郎治が

日本文に翻訳した書状には、

「カピタン・ゴロビン（ゴロブニン）並《ならびに》六人之者ども、生死在所之程、右七人之者御帰可被下旨、相認候横文字之儀に付、外にヲロシャ言葉通じ候御方も有之候はば、御聞可被下……」

と書かれていた。つまりゴロブニン少佐と六名の生死とその居場所を教え、それら七名をお帰しいただきたい旨を記したロシア文の手紙を添えるので、ロシア語に通じている人が判読して欲しい、というのである。

高橋は、ロシア文の手紙をゴロブニン少佐とムール少尉に見せ、その内容を通詞の上原熊次郎に通訳させた。その結果、リコルド大尉が、ゴロブニンらの釈放を求めて来航したことを確認した。

現地の国後島では、返答のないことに苛立ったリコルド大尉が、歓喜丸漂民の清五郎を使者に立てたが、会所では清五郎を艦に追い返し、強硬な態度をしめした。リコルドはそれにも屈せず、五郎治に翻訳させた日本文の手紙を漂民の忠五郎に持たせて、陸に送った。その手紙には、

「ヲロシャ船のカピタン・リコルドと申（す）者、クナシリ（国後島）御役人之御目に掛《かか》り、何か御相談申上度由《たきよし》に御座候」

と、書かれていた。

太田彦助は、役人が会うからリコルド一人で上陸するようにという返事を忠五郎に持たせ、艦にもどさせた。が、リコルドは、ゴロブニンと同じように捕われることを予想し、上陸しなかった。

かれは、新たに使者として五郎治を立て、忠五郎も同行させた。太田は、五郎治に対して、

「ラショワ島住民のアレクセイをのぞくゴロブニンら七名は、不法な行為をおかしたので打殺した。われらはここで死する覚悟でオロシア船を粉みじんにする。カピタンに伝えよ、どこからでも攻めてくるがいいと……」

と、回答した。

五郎治たちは海岸に引返したが、忠五郎は、そんな回答をすればリコルドたちに殺されると考え、恐怖におそわれて逃げ去り、五郎治のみが艦にもどった。

リコルドは嘆いたが、全員を殺したという話を半ば疑い、五郎治をはじめ清五郎、安五郎、嘉蔵、吉五郎を使者として送った。会所では、五郎治たちをすべて抑留し、艦に日本人は一人もいなくなった。リコルドは、ゴロブニン少佐らの消息をたしかめるため日本人を捕えようと企てた。

八月十四日朝五ツ（八時）頃、高田屋嘉兵衛の持船観世丸が、岬をまわって湾内に入ってくるのを認めた。リコルドは、武装兵二十名を乗せた大型ボート二艘で追わせ、小銃を連射

し停船させた。観世丸に乗っていた者のうち十名は海に飛びこみ海岸にむかったが、二十歳の与右衛門が岸に泳ぎついただけで、他の者は早い潮に流され溺死《できし》した。

船には、奥蝦夷地方最大の海運業者でエトロフ島請負人でもある高田屋嘉兵衛が乗っていて、リコルドのゴロブニンの消息に対する質問に、嘉兵衛は、

「生きて、松前に幽閉されている」

と、答えた。

リコルド大尉は喜んだが、今後、日本側と折衝するのに日本人を捕虜としておくことが得策と考え、嘉兵衛と船頭吉蔵、水主金蔵、文次郎、平蔵、アイヌのシトカを捕え、他の者は釈放した。ロシア艦は、八月十六日夜、帆影を没した。

これらの報が、続々と江戸につたえられ、林蔵も幕府からそれについての意見を求められた。かれは、国後島詰の調役並太田彦助のとった強硬処置は当を得ているとして、あくまでも弱みをみせぬことに終始すべきだと進言した。

高田屋嘉兵衛を捕えて去ったロシア艦が、再びゴロブニン救出のため来航することはまちがいなく、幕府は、警備を一層かためる必要を感じ、南部、津軽両藩に対して兵力を増強し、また越冬する人員もふやすことを命じた。

幕府は、林蔵を再び松前へ派遣することを定めた。松前奉行所が、ロシア艦対策にどのような処置をとるかを探索するためで、九月十九日に、林蔵に蝦夷地御用を命じた。

緊迫した情勢の中で、その年の二月に村垣淡路守が病いのため奉行を辞任、勘定奉行小笠原伊勢守が松前奉行を兼任して松前に着任した。が、伊勢守も発病し、松前奉行所は吟味役高橋重賢が、奉行職を代行していた。

幕府は、奉行所の強化をはかるため、江戸にいた吟味役並柑本兵五郎を調役石坂武兵衛、調役下役長川仲太郎とともに急ぎ松前へ出立させることに決定した。一行に林蔵も加わることになった。

九月二十九日、林蔵は、柑本兵五郎らと江戸を発った。一行は駕籠をつらねて道を急ぎ、十月二十三日に津軽藩領三厩にたどりついた。その地で、松前奉行小笠原伊勢守が、林蔵たちの江戸を出立した日に病没したことを知った。

風待ちをした後、二十八日に松前へ向けて出帆した。が、風向きが悪く、白神岬をかわすことができず、松前の東方三里（一二キロメートル）の吉岡村についた。かれらは、翌朝、出発し、雪におおわれた吉岡峠を越え、途中難儀をしながら山中をたどり、ようやく夕七ツ(四時)頃松前に入ることができた。

林蔵は、高橋重賢に会い、着任の報告をした。

奉行所では、文化四年に来襲したロシア艦乗組員によって捕えられ五年後にもどってきたエトロフ島番人五郎治の陳述に、関心が集中していた。五郎治の話によると、エトロフ島その他を襲撃したフォストフ大尉は、ゴロブニンの陳述通りその不法行為をロシア政府から責められ、拘留された。その後、川に落ちて溺死したという。

高橋は、これらの情報を検討した結果、ロシア艦のエトロフ島その他への襲撃は、ロシア政府とは無関係で、ゴロブニンらを釈放すべきだ、という考えに傾いていた。

林蔵は、そうした奉行所の動きをひそかに観察し、松前から箱館へ移った。かれは、奉行所の動きを見守りながら、本来の仕事である蝦夷地の測量に手をつける準備をはじめた。箱館の町は、深い雪に埋れていた。

文化十年の正月を迎えた。

箱館の町は、正月の行事でにぎわった。元日は正装した者が年始回りをし、二日には年礼をしてまわる町年寄を、家々の者が土下座して迎える。商人は、店蔵開きと称して売買をし、音曲の音が至る所で起っていた。行事はつづき、正月十五、六日は奉公人に暇が出て、職人も休息をとった。

林蔵は、故郷の隣村である狸淵の名主飯沼甚兵衛に手紙を送った。甚兵衛は、林蔵が役人に取立てられた折り、保証人となってくれた人物で、林蔵の両親の面倒もみてくれていた。

林蔵は、前年の六月十六日、七両二分を蝦夷地御用達の商人伊達林右衛門に託し、江戸の北村甚右衛門宛に送ってもらった。その金は甚右衛門から飯沼甚兵衛の手をへて、故郷の両親のもとに手渡されたはずであった。が、両親からも甚兵衛からも受取ったという手紙がなく、それをたしかめるために書簡を書いたのだ。

その中で、かれは、故郷の作物の作柄はどのようであるか、また、両親が困窮しているかどうかもたずねた。かれは、故郷に残してきた父と母のことが気がかりでならなかった。

二月二十八日、小笠原伊勢守死去によって新たに松前奉行に任じられた服部備後守が、松前に着任した。一行の中には、語学の天才であるオランダ通詞の馬場佐十郎と足立左内、村上貞助が同行していた。馬場と足立は、ゴロブニンからロシア語を学ぶため幕府から派遣されて来たので、ただちにゴロブニンに引合わされた。

ロシア語修得で、殊に目ざましい成果をあげたのは、馬場佐十郎であった。馬場は、ロシアから日本へ送還《そうかん》された漂流民の大黒屋光太夫からもあらかじめロシア語を学んでいた。かれは、ロシア語の単語集を作り、ロシア語辞書も持っていた。フランス語にも通じ、仏蘭辞書を手にロシア語についてゴロブニンに質問することを繰返した。

ゴロブニンは、「日本幽囚記」で、

「彼（馬場佐十郎）は、二十七歳位の人物であった。優れた記憶と深い文法の知識をもっていたので、ロシア語の学修に於て、快速な進歩をした。……村上貞助及び馬場佐十郎、殊に馬場氏は文法の規則を解する事に於て、非常に速《すみ》やかであった」

と、記している。

また、足立左内については、

「足立左内は、光太夫がロシアより持帰った公立学校用の算術書を翻訳する事に従事した。

彼は、天文及び数学に長《た》けていた」

と、述べている。

ゴロブニン少佐は、村上貞助、馬場佐十郎、足立左内の才能に驚嘆し、ロシア語を熱心に教えた。かれらの間には、温い友情がうまれ、貞助たちはゴロブニンの人格に敬意をいだいた。

松前に着任した奉行服部備後守は、幕府からの書類をたずさえていた。それは、来航するにちがいないロシア艦に渡されるもので、文化四年にエトロフ島その他を襲撃したロシア艦の行為が、ロシア政府と関係のないフォストフ大尉の独断によるものであることを明らかにした場合は、ゴロブニンらを釈放する、という内容であった。

奉行所では、来航するにちがいないロシア艦に渡す書類を、ゴロブニン少佐とムール少尉にしめし、ロシア文に翻訳させた。ゴロブニンは、ようやく日本側の態度が軟化したことを喜び、感謝の意をしめした。ロシア文に翻訳された書類は、国後島のトマリ会所に送られた。

五月二十六日、リコルドを艦長とするディアナ号が、国後島トマリ沖合に現われた。リコルドは、捕えていた高田屋嘉兵衛を上陸させ、ゴロブニン少佐ら八名の釈放を求めた。在勤中の調役並益田金五郎と太田彦助は、松前奉行から送られてきていた書類を嘉兵衛に渡し、同時に松前へ急報した。奉行服部備後守は、吟味役高橋重賢、調役下役庵原亮平

（直一の子）に通訳として上原熊次郎と捕虜のアレクセイ、水夫シーモノフを随行させ、国後島へむかわせた。

高橋らは六月八日、松前を出発、十九日に国後島へ到着した。

高橋は、リコルドに対して、文化三、四年のロシア艦によるエトロフ島その他への襲撃事件についてロシアの長官の謝罪書の提出と、その折り掠奪《りやくだつ》した武器、財物の返還を要求した。これらの条件を実行すれば、ゴロブニンらを即時釈放すると伝えた。そして、もしもそれを承諾するなら、それらの書簡と返却品をたずさえて、本年中に箱館へ来航するよう指示した。この間、高田屋嘉兵衛は、冷静にリコルドの相談相手になって交渉を円滑に推し進めるようつとめた。

リコルドは、日本側の要求をうけ入れることを決意し、嘉兵衛らを釈放して、七月十五日、北西の方向に去った。その出帆前、嘉兵衛は、艦に魚三百尾をとどけた。

嘉兵衛は、前年に捕えられてからカムチャツカのペトロパヴロフスクに抑留されていたが、その間に船頭吉蔵、水主文次郎、ネモロ場所雇のアイヌであるシトカの三人を、手足のむくむ奇病で失っていた。

松前奉行服部備後守は、ロシア艦の来航にそなえて、南部、津軽藩兵四百五十名を箱館に配した。また、引渡す捕虜のゴロブニンら八名を八月十七日に松前を出発させ、二十日に箱館へ到着させた。途中、多くの人々が見送り、箱館の町では道の両側に人がひしめき合ってゴロブニンらを見つめた。かれらは、役宅に収容され、丁重なもてなしをうけた。

九月十日昼四ツ（十時）すぎ、ウスシリ沖に異国船の帆影が現われ、十六日に箱館沖に碇を投げた。リコルドを艦長とするディアナ号であった。

十九日、リコルドは箱館に上陸、沖ノ口番所に赴いた。そこには高橋重賢、柑本兵五郎が待ち、通詞として村上貞助が控えていた。

リコルドは、満州語、フランス語、日本語の三種の訳文を添えたイルクーツク長官テレスキンからの書簡を提出した。日本語のものは意味不明で、また満州語に通じている者もいず、馬場佐十郎と足立左内がフランス文の翻訳にとりくんだ。また原文のロシア文の書簡を村上貞助とゴロブニンが翻訳した。その書簡は、フォストフ大尉指揮のロシア艦二隻が千島を襲ったのは独自の暴挙《ぼうきょ》で、ロシア皇帝は激怒し、フォストフらを召捕《めしと》った、と記され、その行為を謝罪していた。

交渉は、ようやく成立し、ゴロブニンらはロシア艦に送り還された。

十

九月二十八日、ディアナ号は箱館を去った。これによってゴロブニン事件も解決し、日本とロシアの国際関係は鎮静化した。

林蔵は、ディアナ号の来航、ゴロブニンらの釈放をひそかに見守っていた。ロシア艦のエトロフ島来襲を直接体験したかれは、一通の謝罪書で、ゴロブニンらを釈放した幕府の処置を、手ぬるいものに感じていた。かれは、終始、ゴロブニンを日本側の防備をさぐりにきた危険な人物として、ロシア側の謀略《ぼうりやく》にのってはならぬ、と、幕府に進言する手紙をひそかに江戸へ送っていた。初めの頃は、その主張がいれられていたが、次第に幕府の態度が軟化し、ゴロブニンの釈放となってあらわれたことが不満だった。

かれは憂鬱だったが、六月に故郷の父母の面倒をみてくれている飯沼甚兵衛からの書簡を得て、気持が明るくなっていた。甚兵衛の手紙によると、林蔵が案じていた故郷の作柄はきわめてよく、両親もすこぶる達者だという。

林蔵は、江戸霊岸島におかれた松前奉行所の出張役所に、毎年両親にあたえる金として十五両ずつをあずける手続をとったので、甚兵衛への返書に、その金をうけとって両親に渡して欲しい、と懇請《こんせい》した。

ゴロブニンらをのせたディアナ号が去ると、箱館には、ようやく平穏な空気がもどった。すでに寒気はきびしく、やがて雪が舞った。人々の行動は、雪とともに停止した。

林蔵は、遠く壱岐、対馬等の測量をおこなっている伊能忠敬のことを思い、蝦夷の測量を積極的におこなうことを決意した。

忠敬は、全国地図作成のため測量の旅を繰返し、十三年前の寛政十二年に蝦夷の地をふみ、測量をおこなった。それは、箱館から森、オシャマンベ、ユウブツ、タスリ（釧路）、アッケシ（厚岸）をへて根室海峡に面したニシベツまでの太平洋に面する東海岸だけであった。精力的な忠敬ではあったが、六十九歳という高齢の忠敬が再び蝦夷にきて測量することは不可能にちがいなかった。林蔵は、師の忠敬に代って、蝦夷の全測量を自分の手でなしとげ、それによって作成した地図を忠敬に提供しようと思った。

かれは、翌年、雪どけを待って、従者を雇い入れ、まず松前から北の日本海に面した西海岸の測量の旅に出た。江差をへてイワナイ（岩内）、オタルナイ（小樽）へむかった。

距離の測定は、むろん重い鉄鎖など使えず、主として歩数ではかった。伊能忠敬に教えられた通り、点を設けて線でむすび、方位と距離をはかって線を次々にのばしてゆく量線法をおこなった。さらに、夜、星の高度をはかって緯度をたしかめ、誤差を修正していった。

かれは、石狩からノッシャム（野寒布）岬をへて宗谷に至った。江戸から連れてきた従者は、精力的に測地をする林蔵と行を共にすることができぬ、と訴え、箱館への船便で帰ってしまった。

林蔵は、天体観測具や測量具を、新たに雇い入れた宗谷のアイヌに運ばせ、宗谷からエサシ（枝幸）方向のオホーツク海沿岸を測量し、モンベツ（紋別）で越冬した。

文化十二年も、アイヌの助けを借りて測量の旅をつづけた。

紋別から常呂、網走をへて斜里にいたるオホーツク海沿岸を測地した。さらに国後島に渡って西海岸を踏査し、その間、色丹、利尻、礼文等の島を遠くから方位、距離を測定し、野帳に記録した。

翌年も、かれは、海岸線を歩いた。案内のアイヌに測量具を背負わせ積極的に歩きまわった。苦痛に堪えかねることも多かったが、樺太北部、東韃靼探査の旅にくらべれば容易だ、とその度に自らをはげました。

その年は久しぶりに箱館にもどって越年し、翌春東海岸に足を向けた。その方面は伊能忠敬が測量していたが、歩行困難な場所は舟の上から目測にたよったので完全さを欠いていた。そのため林蔵はその方面の測地をおこなったのである。箱館からオシャマンベ、釧路をへて八月十七日には厚岸に達し、さらに花咲半島、根室、ノサップ（納沙布）岬を実測した。そして、舟便を得て箱館へもどった。

かれは、家を借りて旅の疲れをいやした。

雪が舞い、家は雪に埋れた。

かれは、蝦夷の海岸線のほとんどすべてを測地した資料の整理に手をつけた。樺太北部、東韃靼の測量とはちがって、伊能忠敬からゆずりうけた器材を駆使し、緯度測定で誤差の修正を繰返したため、野帳に記録した原図は精確であった。

年が明け、やがて雪どけがはじまった。地表から雪が消えると、草木の花々が、歓声をあげるように一斉に開き、芳香がみちた。人々の顔は、春の到来に明るくなっていた。

五月には、松前奉行服部備後守の後をついで奉行職にあった本多淡路守が任を辞し、新奉行として夏目左近将監が松前に着任した。その引きつぎで奉行所内は、あわただしい空気がひろがっていた。

五月下旬、林蔵宅に一通の書状が飛脚の手でとどけられた。

開封したかれは、顔色を変えた。書状は、両親の面倒をみてくれている飯沼甚兵衛からで、父庄兵衛の死が記されていた。庄兵衛は四月十五日に病死し、専称寺に埋葬されたという。戒名は、安誉性運養穏居士であった。

かれは放心したように手紙の文面を見つめていた。涙が頰を流れた。四年前の正月に帰郷した自分が立ち去るのを、母とともに化石のように身じろぎもせず見送っていた父の姿が思い起された。

一人息子であるのに故郷をはなれて動きまわっている自分のことが、あらためてくやまれた。老いた両親は、寄り添うように生き、ひたすら自分の帰りを待って過していたのだろう。臨終にも立ち会えぬ自分が、薄情な男に思えた。今年は江戸へ帰る予定になっていて、その途中、故郷にも立寄るつもりであったが、その前に父の死の報せをうけたことが口惜しくてならなかった。

母のことが、思われた。孤独な身になって、家にとり残されたように生きている母が、哀れであった。母は、父の死に衝撃をうけ、寝こんでしまっているかも知れない。母の死の報せが、つづいて送られてくるような予感さえした。

かれは立ち上ると、仏壇に灯明《とうみょう》をともし、合掌した。

かれは、原図の整理をあわただしく進めた。それは、かなりの量で、江戸にいる伊能忠敬あてに送ることになっていた。

荷造をし、舟便に託すことができた頃は、すでに夏の季節を迎えていた。

松前におもむいた林蔵は、三厩に渡海し、奥州路を急いだ。一人きりになった母のもとに一刻も早くたどりつきたかった。かれの足は早く、旅人たちをつぎつぎに追い越し、旅人や荷をのせた馬も追い越す。旅人たちは、呆気にとられたようにかれの後姿を見送っていた。

九月中旬、降雨の中を上平柳村に入った。

かれは、笠もとらず家の土間に足をふみ入れた。仏壇の前に坐って合掌している母の小さな体がみえた。

かれは、あわただしく草鞋《わらじ》をぬぎ、母に近寄ると体を抱きしめた。

「林蔵」

母は体をふるわせ、かれにしがみついていた。

かれの眼から涙があふれ出た。母の体がいとおしかった。母は、静かに泣いていた。

しばらくして、かれは、母とともに専称寺へ行った。雨は、やんでいた。

かれは、僧の読経をききながら雨に濡れた父の墓石を見つめていた。墓所の樹葉は黄ばみはじめていた。

飯沼甚兵衛は父の葬儀と埋葬一切をすませ、さらに一人きりになった母の世話をする女を雇い入れてくれていた。林蔵は、甚兵衛の家に行き、厚く礼を述べた。

「家のことは心配しないでよい。それよりも御公儀のお役目に精を出して欲しい」

甚兵衛は、おだやかな表情で言った。

かれは母を残すことが堪えられなかったが、甚兵衛にすすめられ、故郷をはなれると江戸へ向った。

林蔵にとって、母以外に気にかけていたことがあった。それは伊能忠敬のことであった。かれは、箱館で江戸からきた者の口から忠敬の消息をきいていた。六年前の文化八年、九州へ測量の旅に出て、中国、近畿を測地して三年後に江戸へもどったが、その後は、さすがに老齢で、部下を伊豆七島、伊豆半島、箱根、相模などに派して測量させ、地図の作成につとめているという。さらに林蔵は、忠敬の長男景敬が、四年前の文化十年に病死し、その子の三治郎が家督をつぐことになっていることも耳にしていた。林蔵は、忠敬の悲しみを思い、南部藩領内で忠敬の長孫三治郎と次孫の錶之助への土産として縞の反物二反を買い求めた。

忠敬は、居宅を深川黒江町から八丁堀の亀島町に移していた。

林蔵は、江戸に入るとすぐに忠敬の家を訪れた。家は黒江町の家より広く、作図には事欠かぬようであった。

門弟たちに丁重に迎え入れられたかれは、病臥している忠敬の姿を呆然と見つめた。九州測量の旅を終えた頃から労咳《ろうがい》（肺結核）におかされ、経過はおもわしくないという。顔は痩せこけ、弱々しく咳《せき》をする。別人のような衰えであった。

「林蔵殿か。よく来て下さった。私は、この有様だ。まだ生きて、年来の仕事を完成したい。死にたくはない」

忠敬の眼に、涙がうかんだ。

「死になどいたしませぬ。気持をしっかりお持ち下さい」

林蔵は、言った。

忠敬は、うなずいていたが、

「いかがであろう。家も広いので、この家に同居しては下さらぬか。貴殿が身近にいてくれると心強い」

と、すがるような眼で言った。

「御好意ありがたく存じます。一人身でおります故、そのようにしていただけますと、助かります」

林蔵は、頭をさげた。

翌日、林蔵は、手廻りの物を持ってくると、忠敬の家に同居した。

勘当した長女の稲は、その後、夫の病死にあって剃髪《ていはつ》し、妙薫と名を改めていた。妙薫は、忠敬に詫びを乞い、許されてかれの看護につとめていた。が、内妻であったお栄は、なにか事情があったらしくかれのもとを去っていた。

長男景敬の死についで、忠敬の不運はつづいた。次男の秀蔵は六年前に桜井家へ養子として入ったが、大酒におぼれ酒乱の癖もあって三年後に離縁になった。忠敬は心痛し、節酒を忠告したが効なく、乱行のかぎりをつくしたので、二年前に勘当していた。

七十三歳という高齢で病み、しかも家庭的に悲運な忠敬に、林蔵は同情した。

林蔵は、長孫の三治郎と次孫の銕之助への土産品の反物をさし出した。忠敬は、林蔵の好意が嬉しいらしく、枕もとにおかれた反物を涙ぐんだ眼で見つめていた。

さらに忠敬を喜ばせたのは、林蔵が、蝦夷のほとんど全海岸線を実測し、その原図が近々のうちにかれ宛にとどくことであった。日本全国の地図を作成しようとしている忠敬にとって、蝦夷の原図を得ることは悲願を達成することを意味していた。

忠敬は、気分が良い時には半身を起し、全国地図の作成をつづける門人たちに指示をあたえていた。

医師から病いには生卵がよいと言われ、長女の妙薫がそれを買い求めて忠敬にあたえていた。林蔵も、新鮮な卵を七十個も手に入れて、忠敬にさし出した。女中のりきやつるの親もとからも鯉や鮒がとどけられ、忠敬は鯉の生血を飲んだりした。

やがて、林蔵が蝦夷の海岸線を測量した原図が到着、忠敬は、それが精確なものであることを認め、門人たちの動きはさらに活潑になった。

寒気がきびしくなり、江戸の町に雪が舞った。

年が明け、林蔵は、忠敬たちと正月を祝った。

作図を指揮していた忠敬の病勢が、急に進んだ。身を起そうとしても力はなく、体を横たえたままであった。熱も高く、咳が激しさを増した。

節句が過ぎた頃から忠敬の病いは、さらに重くなった。長女の妙薫がつききりで看護し、孫の三治郎と鋏之助も枕もとからはなれなかった。

忠敬の食欲は失われ、わずかに生卵をすするだけであったが、それも咽喉を通らなくなった。かれは、日本全国の測量という大事業を成しとげることができたのは、高橋作左衛門の父である前天文方高橋至時のおかげであるので、死んだ折りには至時の墓の傍に葬ってもらいたい、と遺言した。

四月十三日、忠敬の意識はうすれ、やがて息も絶えがちになった。妙薫をはじめ孫たちが死水をあたえ、林蔵も水をふくませた筆を唇にあてた。

忠敬の呼吸が、絶えた。号泣が起り、林蔵も肩をふるわせて泣いた。忠敬、七十四歳であった。

日本全図の作成はまだであったので、それが完成した折りまで忠敬の死は公表されぬことになった。家督をつぐのは、長孫の三治郎であったが、まだ十三歳で、妙薫が訓育を引受けた。

四月二十二日、元号が改まり文政元年となった。

林蔵は、悲しみにひたりながらも忠敬の埋葬とその後の処理にあたった。忠敬の遺体は、遺言にしたがって、浅草の源空寺にある高橋至時の墓の傍に葬り、爪と遺髪を佐原の観福寺にある伊能家の墓所におさめた。

盂蘭盆《うらぼん》を迎え、忠敬の居宅の門口で迎え火が焚かれた。喪は公表されていないので初盆の祈禱もひっそりとおこなわれた。

林蔵は、忠敬の全国地図作成に、自分が測量した蝦夷の海岸線の原図が貢献したことを喜んでいた。が、かれは、蝦夷図を完璧なものにするためには、内陸部の測量もおこなわねばならぬ、と思った。

かれは、霊岸島の松前奉行出張役所にその旨をつたえ、蝦夷行きの許可を得た。盆送りをすませたかれは、旅仕度にとりかかり、従者に測量具を背負わせ、江戸を出立した。

林蔵は、従者とともに街道を北へと進み、いつもの道とちがって南部藩領に入った。盛岡、福岡、三戸、五戸、野辺地と泊りを重ね、下北半島の北端にある大畑についた。

その地一帯からは、蝦夷に出稼ぎに行く者が多く、沖にかすかに蝦夷の陸影が望まれた。

かれは、風待ちをして三日間とどまった後、船に乗って津軽海峡を渡り、箱館へ入った。

八月二十七日の夕刻であった。

役宅に腰を落着け、旅の疲れをいやした。従者は、初めてふんだ箱館の町が珍しいらしく、しばしば出歩いていた。

秋の気配がきざしはじめた頃、かれは従者をしたがえて箱館をはなれ、西海岸のイシカリブトから石狩川にわけ入った。蝦夷地の内陸部の測量に手をつけたのである。

しかし、例年より雪が早くやってきて、やむなくかれは馬に乗って箱館にもどると越年し、体力の充実につとめた。

やがて雪どけがはじまり、かれは物につかれたように箱館を出立すると、測量の旅をつづけた。

海岸線の測量とちがって、内陸部のそれは苦難にみちたものであった。山中にわけ入ると、たちまちおびただしい蚊の群につつまれる。糠蚊《ぬかか》と称される小さい蚊で、かゆみが殊のほかはげしい。それに湿気が強く、夏でも寒い。そのような中を野宿をかさねながら測量をつづけていった。

かれの旅は、殺気に似たものすら感じられた。健脚を利して川をさかのぼり、谷をわたり峯を越える。さすがの従者もついてゆくことができず、暇を乞うて帰ってしまった。

案内人は、アイヌに頼み、器材を運んでもらっていたが、山中での旅に辟易し、さらに羆《ひぐま》に食い殺されることを恐れて同行をこばみ、引返してゆく者もいた。やむなく林蔵は、一人で器材を背負って測地を強行することもあった。

かれは、冬が近づくと箱館にもどって疲労をいやし、春とともに旅に出ることを繰返した。その足跡は、精力的にのび、石狩川、天塩川、網走川、十勝川、シブチャリ（染退）川などをそれぞれ上流までさかのぼった。シブチャリ川を舟でさかのぼった時は、急流でアイヌの操る舟が岩と岩の間にはさまり、流れにのまれそうになった。荷物と刀を流され、アイヌに探させたが押し流されてしまったらしく、見出すことはできなかった。かれは、それにも屈せず、さらに上流をきわめようとしたが、アイヌはそれ以上進むことを恐れ、やむなく引返した。

東海岸の測地はすでにおこなっていたが、その方面の内陸部の測量にも手をつけた。林蔵は、箱館を発しオシャマンベ、クスリ（釧路）から厚岸、花咲半島をへて根室、ノサップ（納沙布）岬方面の内陸部に分け入って実測した。

文政三年の冬をひかえ、林蔵は箱館にもどった。かれの手もとには、蝦夷地の内陸部を測量した尨大な原図が集められていた。

その年の三月、佐渡奉行に転出していた高橋重賢が越前守として松前奉行に任命され、五月に松前へ着任していた。林蔵にとって長年、目をかけてくれた高橋の奉行就任は大きな喜びであった。

かれは、陸路を松前に急ぎ、奉行所におもむくと、高橋に祝いの言葉を述べ、蝦夷測量の仕事を終えたことを告げた。高橋は、満足そうにうなずいていた。

文政三年が暮れ、新しい年を迎えた。

文政四年五月、勤務交代の奉行夏目左近将監が到着し、高橋越前守は江戸へ帰ることになり、蝦夷地測量を終えた林蔵は随行を命じられた。

一行は、五月十一日、船便を得て渡海、六月上旬には江戸に入った。

林蔵は、ただちに原図をもとに蝦夷地の地図作成にとりくんだ。伊能忠敬に学んだ高度な測量術が十分に活用されていたので、地図はきわめて質の高いものであった。経度の測定については少しの誤差があったが、緯度は正確だった。蝦夷地の内陸部を苦労して踏査した努力がそのまま地図にあらわれ、河川と地名が詳細に記入され、海岸図では潮流が矢印でしめされているという周到《しゆうとう》さであった。蝦夷地（北海道）のみならずクナシリ（国後）島の東部、エトロフ、ウルップ島の図も作図された。山岳部は緑、平地は白と色分けされ、地図の大きさは一畳半になった。

林蔵は、それを蝦夷全図と名づけたが、それは蝦夷地を実地測量したかれの集大成であった。地図は、その月の下旬に幕府に提出された。

伊能忠敬の死後、門人たちによって忠敬が日本全国を測量した地図の作成がつづけられ、翌月には完成した。それは、大日本沿海輿地全図と輿地実測録で、林蔵の蝦夷全図をあわせたきわめて正確な日本地図が誕生したのである。

びた。
林蔵は、画期的な忠敬とその一門の大事業の一端をになったことを喜び、人々の賞讃を浴
七月十日、天文方高橋作左衛門は、三治郎を忠誨《ただのり》と改名していた忠敬の孫や門人らと大図二百十四枚、中図八枚、小図三枚の大日本沿海輿地全図、輿地実測録をたずさえて江戸城に登城し、大広間に列座する老中、若年寄の前で図をつなぎ合わせて披露した。これによって地図の献上の儀も終え、初めて伊能忠敬の死が公表された。

幕府は、忠敬の偉大な功績に報いるため孫の忠誨に家督をつぐことを許し、五人扶持、永代帯刀の栄典をあたえた。この家督相続についても、林蔵は親身になって力をつくした。

その頃、林蔵は、幕府から一つの密命をうけていた。

津軽家は、南部家に従っていたが、秀吉の小田原征伐の折りに南部家にそむいて独立した。その後、江戸時代に入ってから勢力をのばし、文化年間には南部家をしのぐまでになり、南部藩士たちの憤りを買っていた。南部藩士下斗米《しもとまい》秀之進は、江戸に出て相馬大作と称し、藩にもどってから、参勤交代で江戸からもどる津軽藩主を殺害しようとして、地雷を埋め、大筒をそなえて待伏せしたという説が流れた。が、計画がもれ、江戸にのがれた。

幕府は、秀之進の行方を探索《たんさく》し、蝦夷地で勤務していた頃津軽藩士と親しく、また江戸への往き帰りに津軽藩領を通過する林蔵に潜伏《せんぷく》先を探らせようとしたのである。

林蔵は、伊能忠敬の門人であった松野茂右衛門の子である松野栄蔵にしばしば会い、江戸

に来ていた津軽藩士笠原三郎兵衛の家も訪れたりして、栄蔵と三郎兵衛が、姿をかくしている秀之進と接触があるのではないか、とその気配をうかがった。

やがて、十月八日、秀之進は、かくれ家をつきとめられて召捕られ、後に小塚原で首をはねられた。

その年の暮れ、蝦夷地に大きな政治的変化が起った。

二十二年前の寛政十一年、幕府は、松前藩が統治していた蝦夷地をとりあげて直轄地としたが、十二月七日、突然、松前藩にもどすことを発表したのである。蝦夷地の行政、経済の態勢がととのい、さらにロシアの脅威がうすらいだという理由からであったが、事実は松前藩が復領を老中水野出羽守忠成に乞い、忠成がそれをほとんど独断で許したためであった。

それによって松前奉行所は廃され、翌文政五年、林蔵は、水野出羽守の沙汰によって勘定奉行遠山左衛門尉（金四郎）の配下となり、普請役に任じられた。

その年の四月二十九日、房州（千葉県）沖に一隻の異国船が姿をあらわした。船が三浦郡平根山（神奈川県）沖に進んできたので、近づいた浦賀奉行所の者が、

「いずれの国から来たか？」

と、手まねでたずねると、

「エンゲレス」

と、答えた。そして、江戸の方向を指さし、

「エンド」

と大声で言い、江戸に舳を向けた。

奉行所の者は、あわててこれを制し、船を浦賀に導いて錨を投げさせた。

江戸から通詞馬場佐十郎、足立左内が急派され、その結果、船はイギリスの捕鯨船で、薪、水、食糧を求めて来航したことがあきらかになった。幕府は、水二十二樽、薪五百束、大根十把、魚二十尾、鶏十羽、米二俵等をあたえ、今後、決して日本の国土に近づかぬようにつたえた。

イギリス船は、五月八日に出帆していった。

江戸に近い浦賀への異国船来航であったため、市民の動揺は大きかった。ロシアからの脅威はうすらいだが、異国船に対する恐れはつのった。

幕府は、異国からの侵攻をふせぐために林蔵の意見をきく機会が多くなっていた。文化四年にロシア艦がエトロフ島を襲撃した折り、決戦をとなえて退却をこばんだ林蔵の態度が、あらためて高く評価されていた。さらに、樺太北部から東韃靼にまで入り、ロシアと清国との関係をさぐり、また捕えたディアナ号艦長ゴロブニン少佐とも接触してロシアその他の情勢についてききだした知識が、得がたいものと考えられていた。それらの経歴から、林蔵の国防についての意見は大いに尊重されていたのである。

翌六年八月五日に、またも一隻の異国船が蝦夷地の幌泉にあらわれ、上陸した者が水を汲んで去ったという飛脚が江戸に到着し、異国船への警戒は増した。

この年、江戸には大火が相つぎ、暴風雨が吹き荒れた。

林蔵は、平穏な日を送っていた。かれは、一介の普請役ではなく樺太、東韃靼踏査という壮挙を果した人物として畏敬の眼につつまれていた。

かれは、時折り故郷に足を向けた。老いた母は雇い女の世話をうけ、安楽な余生を楽しんでいた。

文政七年が明けた。

五月下旬、江戸を騒然とさせる事件が起った。二十八日に、江戸に近い常陸国（茨城県）大津浜に二隻の異国船が出現し、乗組員が上陸したという通報がつたえられたのである。

異国船の乗組員が上陸した大津浜は、水戸藩家老中山備前守の領地で、ただちに早馬で水戸藩に通報され、藩から多数の藩士が急派された。上陸したのは、ボート二艘に乗った十二人の男たちで、鉄砲四挺、銛《もり》、刀などをたずさえていたが、中山備前守の家来が一人残らず捕えた。

水戸藩からの急報をうけた幕府は、代官古山善吉と普請役元締格河久保忠八郎に加えて特に普請役間宮林蔵を同行させ、現地に急行させた。通訳には、足立左内と二年前に病死した馬場佐十郎の後をついで天文方の通詞になった吉雄忠次郎が随行した。吉雄はオランダ通詞であったが、英語にも通じていた。

一行が大津浜に到着したのは、六月十日であった。

古山は、水戸藩士を指揮して警備にあたっていた御先手物頭矢野九郎右衛門から、事件の経過を聴取《ちょうしゅ》した。それによると、五月二十八日朝、大型の異国船二隻からおろされたボート二艘に乗った異国人十二人が上陸し、それを捕えたが、いつ奪い返しにくるかも知れぬので、水戸藩からも人数が繰出し、陣をかまえた。捕えた異国人は、「猿の如く、丈高く髪の毛ちぢれ」、黒人もまじっていて、言葉が通じない。

大津浜一帯は大混乱におちいり、人々は家財道具を背負って逃げた。沖には百間（一八二メートル）の長さの大船をまじえた二十隻近い異国船がいるという噂も流れた。

二日前の六月八日朝、四隻の異国船が近づき、五十五人の異国人を乗せた九艘のボートが、浜についた。警備の藩士は合戦の構えをかためたが、異国人たちは戦う様子をみせず、しきりに手真似で捕えられた十二人を返してくれと頼む仕種をした。

異国人を返すべきかどうかは幕府の指示に従わねばならぬので、代官一行がくるまでの日数を考慮し、水戸藩士が手真似で二十回寝る仕種をしてみせ二十日後に来るように、と伝えた。異国人たちは、十回寝た頃来たいと眠る真似をしたが、藩士は手をふって二十回寝る真似をすると、ようやく諦めたらしく、本船に引返していったという。

足立左内、吉雄忠次郎の通訳で、古山善吉が、土蔵に閉じこめられていた異国人を出して訊問《じんもん》し、林蔵も傍に坐って一問一答をきいた。異国人は、イギリス人であった。

「その方ども、一人残らずイギリス人なるか」

「左様に御座候。ロンドンを出帆仕《つかまつ》り、十八ヵ月に相成申候」

「何用あって上陸いたしたるや」

「本船に壊血病の病人御座候に付、果実、野菜、オランダ草様のもの、並びに羊、鶏等得たく候に付、上陸仕候」

「本船は何船にて有レ之候哉」

「鯨漁の船にて御座候」

「沖に本船何艘程有レ之候哉」

「類船三十艘御座候て、所々に散在いたし有レ之候」

イギリス人は、日本近海には鯨が多いので捕鯨船が集っていると言い、悪意があって上陸したのではないことを強調し、本船に返して欲しい、と懇願した。

古山善吉は、訊問に対するイギリス人たちの答に少しも疑わしいことがない、と断定し、今後、決して日本の地に近づかぬよう厳しくつたえ、釈放することに決定した。

翌六月十一日朝六ツ（六時）十二人のイギリス人をボートへ乗せ、さらに林檎《りんご》三百五十個、びわ四升、大根五百本、芋三十二個、鶏十羽、酒五升をあたえた。

かれらは喜び、オールを漕いで本船へもどっていった。

事件は解決し、林蔵は六月十七日、古山に従って現地をはなれ、江戸へもどった。

古山の事件経過についての報告は、幕府に衝撃をあたえた。上陸し捕えられたイギリス人たちは捕鯨船の船員で、かれらの陳述によると、沖には三十隻以上の大型の捕鯨船が散って操業しているという。二年前に浦賀に入った船も捕鯨船で、今後、これらの船の乗組員の上陸さわぎが続発することが予想された。

幕府は、房州（千葉県）から奥州までの海岸線を調査し、異国の捕鯨船についての情報を集める必要がある、と判断した。ただ、公けに調査団を派遣すると、ただでさえ動揺している人心をさらに不安なものにするおそれがあるので、ひそかに調査することが好ましかった。

適任者としては、林蔵以外には考えられなかった。四十五歳という年齢ではあるが、依然として健脚はおとろえをみせていない。単独で樺太、東韃靼を踏破《とうは》し、貴重な資料を持ち帰った林蔵は、的確に情報をつたえるにちがいなかった。

林蔵は、勘定奉行遠山金四郎から安房上総御備場掛手附として内密御用を命じられ、調査するよう指示された。

かれは、深川の家をひそかに出発すると、房総の銚子におもむき、それから海岸線に沿って北上し、隠密《おんみつ》の旅に入った。

役人であることが知れると、後難をおそれて口をとざす者が多いので、身分をかくして浦から浦へと泊りをかさねた。情報をきき出すのは、漁師や荷をはこぶ船の船乗りたちであった。

調べてみると、意外なほど異国の捕鯨船を眼にしている者たちが多いことを知った。海に出て漁をし、または千石船で航行中、それらの船を見つけ、急いで近くの港に難を避ける、という。

捕鯨の方法は、マストの上の見張りが鯨を発見すると本船からボートを何艘もおろし、走るような速さで追い、銛を打ちこむ。漁師たちは、捕鯨船におびえ、その船影を眼にすると舟も出さない。また、廻船も、港に逃げこみ、長い間、帆をあげずにいることが多いことも知った。大津浜で捕えたイギリス人たちが、沖には同じロンドンから来た捕鯨船が三十余隻もいると陳述し、それは日本をおどすための言葉かとも疑ったが、事実であることを確認した。

林蔵は、ひそかに旅をつづけながら続々と情報を幕府につたえ、銚子から奥州の江名浜（福島県）まで達した。その間に得たことは、四年ほど前から異国の捕鯨船が、急激に数を増している事実であった。

かれは、江名浜から海岸線を引返し、さらに情報を集めたが、旅の途中、子生《こなじ》という漁村に泊った時、旅の商人から薩摩国（鹿児島県）の沖合にある島で、異国の捕鯨船が事件を起したらしいことを耳にした。

商人の話は事実で、その年の七月八日朝、鹿児島の南南西七十五里（二九五キロメートル）に位置する薩摩藩領宝島の沖に大型の異国船が現われ、前籠浜の沖合半里（二キロメートル）の位置で碇を投げた。白いボートがおろされ、七人の異国人が上陸した。

薩摩藩士松元次助と横目中村理兵衛がかれらに近づくと、男たちは、草をはむ黒牛を指さし、ゆずって欲しいという仕種をしてみせた。が、牛は、日本人にとって食料ではなく、島に生産される黒砂糖の黍畠《きびばたけ》の耕作と砂糖汁をしぼる労役に使われる労働力なので、次助は、こばむ仕種をしてみせた。

異国人たちは、ボートで引返し、本船も去った。

その夜、島の番所では篝火をたいて警戒していたが、翌朝、再び異国船が現われ、五ツ半（午前九時）頃、前日と同じ位置に投錨した。やがて異国船からボートが一艘おろされ、七名の男が上陸してきた。

薩摩藩の横目吉村九助が、村役人の前田孫之丞と村の若者二名をつれて、かれらに近寄った。男たちは、酒、餅状の食物（パン）、金、銀の硬貨、小刀、時計などをさし出し、それらと交換に牛をゆずって欲しい、と手真似で告げた。

九助は、米、野菜をあたえて追い払うのが得策と考え、米、黒芋、薩摩芋、大根、茄子を浜に運ばせ、持ってゆくようにという仕種をしてみせた。異国人たちは、喜んだ。

九助が、本船に乗っている人数を手真似で問うと、両掌の指をひろげたり閉じたりすることを七回くり返したので、七十人であることを知った。

九助は、船の国籍をさぐろうとし、

「オランダ、ナガサキ」

と、言ってみた。

かれらは、その名称を知っていて、オランダ、ナガサキと口々に言い、男の一人が砂浜に二つの円を少しはなしてえがき、一方の円を指さしてオランダと言い、もう一方の円をエンゲレスと言い、その円の中に姿勢を正して立った。

九助は、それによって船がイギリス船であることを知った。

次に、その男が砂地に魚の絵をえがき、頭部から潮の吹く図もえがいた。そして、手にした銛《もり》でその魚を突き、船に引き上げる仕種をおどけた身ぶりでしたので、九助は、船が捕鯨船であることを理解した。

かれが、異国人の贈物をうけとれぬ、と手をふり、野菜などを持って立ち去るように手真似で指示すると、男たちはそれらをボートにのせて本船にもどっていった。

が、半刻ほどたつと、三艘のボートで二十人ほどのイギリス人が上陸してきて、突然、発砲した。本船からも砲弾が放たれ、海上に水柱があがった。イギリス人たちは村内に乱入し、一頭の牛を射殺し、素早い手つきで解体すると、肉をボートに運び入れた。また、他の男たちは、縄を投げて二頭をとらえ、小舟にのせた。

そのうちに三人の男が、発砲しながら番所に向けて駈けあがってきた。番所の木戸口に待ちかまえていた吉村九助が四間（七・三メートル）の距離から発砲した。弾丸は、走ってきた先頭の男に命中し、それに驚いた他の二人は浜に逃げ、イギリス人たちもボートに乗って本船に引返していった。時刻は、七ツ半（午後五時）すぎであった。射殺されたイギリス人は、二十八、九歳の精悍な顔をした男で、頭取《とうどり》であろうと推定された。

村人たちは、イギリス捕鯨船の乗員たちが報復のため上陸してくると予想し、大混乱におちいったが、七月十一日の日没頃、帆影は水平線に没した。

イギリス人の遺体は、公儀の吟味をうける必要があるので樽に入れて塩漬けにし、鹿児島に運ばれ、厳重な警護のもとに陸路を長崎に送られた。長崎奉行所では遺骸あらためをした後、西坂に埋葬し、吉村九助には褒美としてイギリス人の持っていた鉄砲一挺をあたえた。

この事件は、幕府を一層緊張させ、翌文政八年二月十九日、沿海諸大名に対し、近づく異国船は理由を問わず打ちはらうことを命じた。

林蔵は、旅の途中、事件の詳細を知り、幕府からあたえられた使命の重要性をあらためて感じ、江名浜から銚子までの探査の旅をつづけた。

その旅によって、イギリス捕鯨船について多くの知識を得た。一隻の船の乗組員の数は七、八十名で、捕えた鯨の処理法、また船が必要とする物資などを知ることができた。かれは役人であることをかくすため、時には商人姿に身なりを変えることもあった。

その年の暮れ、かれは江戸にもどり、幕府に一年余にわたる調査結果を報告し、深川の自宅にもどった。

家に、一通の書簡がとどけられていた。

封を切ったかれの顔から血の色がひいた。母の死を報せる飯沼甚兵衛からの書簡であった。

かれが銚子から江名浜への探査の旅に出発して間もない前年の八月四日、母のくまがひっそりと死亡し、遺体を菩提寺の専称寺に葬ったという。戒名は運誉法山知海信女と記されていた。

林蔵は、母が天寿を全うしたことはたしかだが、死の直前、なにを考えたろうか、と思った。父の死の折りと同じように、林蔵は母の場合にも臨終に立ち合うことはできなかった。それどころか、いずれも探査の旅に出ていて、その死を知ったのは、かなりの月日がたってからであった。両親は、少しも苦情はもらさなかったが、非情な子だと考えていたのではないだろうか、と思った。

かれは、翌朝、家を出ると上平柳村にむかった。

専称寺に行くと、母の墓の前にひざまずいた。熱いものがつき上げ、土に手をついた。旅から旅へと自分の思うままに生きてきたが、その陰には両親の悲しみがあった。顔を見たこともない妻のいたましい死もあった。自分一人は、北方探査の壮挙をなしとげた人物として賞讃を浴び、役職も昇進したが、人間としては冷酷な男なのだ、と思った。

かれは、長い間、墓の前で頭を垂れていた。

隣村におもむき、父についで母の葬儀、埋葬をしてくれた飯沼甚兵衛に手をついて礼を述べた。

「林蔵殿も、とうとう一人になってしまったな」

甚兵衛は、涙ぐんで言った。

林蔵は、専称寺に回向料を差出し、江戸への道をたどった。

故郷には、無人の家が残されただけになったことに、深い孤独感をおぼえた。

かれは、村を振返ることもせず足を早めた。

十一

文政九年が明け、林蔵は四十七歳になった。

江戸に桜の開花がみられた頃、かれは、長崎からオランダ商館長一行が江戸に入ったという話を耳にした。五年に一度、長崎の出島におかれたオランダ商館の商館長が、一月中旬に長崎を出発して江戸へくるのが習わしになっていた。江戸城に登城《とじょう》し、将軍の拝謁《はいえつ》を得るためであった。

異国人など見ることのない人々は、かれらを見ようとして街道にむらがる。むろん江戸では大きな話題になり、商館長一行の江戸での定宿である日本橋本石町の長崎屋の前には、早朝から日没まで多くの人々がひしめき合うのが常であった。

殊にその年の商館長一行には、強い関心が集っていた。それは、文政六年に商館に着任したフランツ・フォン・シーボルトという三十歳の医官が随行していたからであった。シーボルトはドイツ人で、医科大学を卒業し、赴任してきた。日本への入国は、オランダ人と中国人のみに限られていたが、かれはオランダ人をよそおって入国を果したのである。

かれの医学知識は最新のもので、多くの優秀な治療具も持ちこみ、着任直後から名医という声が高かった。商館長は、前年に長崎奉行に着任していた高橋越前守重賢を通して幕府に、シーボルトの医学知識を日本の医学徒に積極的に伝授したい、と申出た。高橋重賢は商館長の要請を強く支持し、シーボルトが医学の教授をし、病人の治療に従事できる機会をあたえて欲しい、と願い出た。

幕府は、西欧の医学を導入することによって日本の医学水準をたかめるべきだと考え、まず、シーボルトに出島から出て市中で病人の治療にあたることを許した。出島の外にオランダ人が出ることを厳禁していた幕府は、異例の優遇処置をとったのである。

さらに、幕府は、高橋の申出でをうけいれ、長崎郊外の鳴滝に塾を開かせ、シーボルトに医学の教授をおこなわせた。長崎に西洋医学の修業に来ていた医師たちは、競い合って鳴滝塾に入門し、シーボルトを師と仰いで勉学にはげんだ。

シーボルトの名声は、日増しに高く、それまでに来日したオランダ商館の医官の中では群をぬいたすぐれた医学者であるという評価が定着した。そして、その評判は、京都、大坂から江戸にもつたえられていた。

西洋の知識に関心をもつ医師その他は、早くからシーボルトが江戸にくるのを待ちかねていた。それは、長崎にもつたえられ、シーボルトも、その期待にこたえて多くの医療器具や西欧の器具をたずさえ、江戸に到着したのである。

シーボルトが、長崎屋に入ると、続々と江戸の学者たちがかれを訪れた。長崎から同行してきたオランダ通詞が立ち会って、学者たちの質問をシーボルトに通訳し、シーボルトもそれに答える。さらにシーボルトは医療器具その他をみせ、訪れた者たちは好奇の眼でそれらを見つめた。

長崎屋への訪問者はひきもきらず、人の出入りはひんぱんだった。幕府は、洋学の進歩のために日本人とシーボルトとの接触を黙認するという態度をとった。

林蔵は、江戸にいる一流の人物たちがシーボルトを逗留《とうりゅう》先の長崎屋に訪れていることを耳にしていた。薩摩藩主島津斉興の祖父重豪、中津前藩主奥平昌高、蘭学者大槻玄沢、桂川甫賢をはじめ眼科医土生玄碩、さらに天文方の高橋作左衛門、すでに隠居していた最上徳内らで、殊に作左衛門がしばしば訪れているようであった。

やがて商館長の将軍拝謁の儀も終り、五月十八日、シーボルトは、商館長らとともに江戸をはなれ、長崎へ帰っていった。

その年の八月、林蔵は、筆頭老中大久保忠真に日本近海にしばしば出没する捕鯨船問題について大胆な建言書を提出した。それは異国船打ち払い令が、現実にはほとんど効果がなく、それに代る有効な方法についての提言であった。

かれは、日本近海に異国の捕鯨船が集ってきているのは、捕鯨が莫大な利益をもたらすからである、と説明した。樺太、カムチャツカ方面やアメリカの属島方面には、鯨はもとより海獣、魚類が多いが、捕鯨船の者たちは、その方面で漁はしていないらしい。かれらをその漁場に仕向けることができれば、かれらの漁獲量はあがり、日本の近海にくることもないにちがいない。これを実現するために、林蔵自身が漁師に姿をかえて異国船に近づき、かれらを説得したい、という趣旨であった。

老中たちは、この案について協議した。効果が期待できるという声もあったが、日本人が単独で異国人と接触することは、鎖国令に違反することで許可するわけにはゆかなかった。そのため大久保忠真は、勘定奉行を通じて、不許可をつたえた。

しかし、その建言書は、林蔵の異国船取扱いに対する豊かな知識をしめし、また単身で異国船に乗りこんで問題解決をはかろうとする積極的な姿勢が高く評価された。そのため幕府は、林蔵を海岸異国船掛に任命した。それは、海防関係の隠密御用を意味していた。

秋も深まった頃、林蔵は、幕府から伊豆代官柑本兵五郎の伊豆七島巡見に随行するよう命じられた。兵五郎は、松前奉行所吟味役当時に林蔵と親しく、その後、杉庄兵衛の跡をついで前年の文政八年に伊豆代官に任じられていた。代官は、在任中一度は伊豆七島を巡見することが義務づけられていて、兵五郎は、それにしたがって伊豆七島におもむくことになったのである。

林蔵が兵五郎に随行するのは、勘定奉行村垣淡路守定行を通じて老中大久保忠真の密命によるものであった。

大久保は、しばしば林蔵から海防関係の意見をきいていたが、異国の捕鯨船との紛争が今後も続発するだろう、という林蔵の判断を正しいものと考えていた。

常陸国大津浜でとらえた捕鯨船の乗組員の陳述によると、鯨の肉は捨て、油だけを採って樽に入れ、本国に持ち帰っているという。当然、鯨油をとるには脂肪を煮る薪が必要で、そのため日本に来て薪を採取しようとする。

林蔵は、日本の本土は防備がされているが、かれらは、まず防備の手薄な伊豆七島を襲うことを考えるだろう、と予想していた。そのためには、伊豆七島方面での異国船の動きをさぐり、島々の防衛態勢を少しでも整える必要があると主張していた。大久保は、その意見をいれ林蔵に密命をあたえたのである。

林蔵は、まず伊豆七島に置かれている鉄砲の数を調べ、八丈島四十六、三宅島三十一、御蔵島二十四、新島十九、利島十三、神津島、八丈小島各十、青ケ島五、計百五十八挺であることを知った。さらにかれは、ひそかに御先手鉄砲頭矢部彦五郎定謙を訪れ、鉄砲指南の要領についてただした。彦五郎は林蔵の樺太、東韃靼探査について深い敬意をはらうとともに、海防掛としての隠密の業績も高く評価していて、懇切に林蔵の質問に応じた。

準備は成り、林蔵は、代官柑本兵五郎にしたがい乗船して南下、島々を巡見した。随行者は、普請役元締百瀬慎助、手代池上慎平、土屋弥一、大川五郎作、上原熊次郎、御船手長谷川石蔵、絵師原平吉ほか総勢二十四名であった。

林蔵は、各島々で異国船を目撃した情報を集め、さらに若い男たちを集めて、鉄砲の実射訓練をさせた。

男たちは、弾丸が発射されると、その音と衝撃で後に倒れたりした。が、訓練をつづける間に一応の射撃法を身につけるようになった。発射音がする度に、海鳥が騒がしく鳴き立て、空を舞った。

巡見は終り、七月三日、新島の大吉丸で八丈島を出帆、順風を得て翌日に大島の波浮浦に着船した。さらに風待ちをした後、大島を出帆し、七月二十九日に江戸へもどった。

林蔵は、勘定奉行村垣淡路守に報告書を提出、それは老中大久保加賀守に渡された。大久保は、林蔵を召出し、伊豆七島方面の情勢を聴取した。

すでに秋色は、濃くなっていた。

文政十一年が明け、林蔵は四十九歳になった。当然、隠居すべき年齢であったが、一生無役の身として幕府からの命令をひそかに待ち、深川の家で体調をととのえながら日々を送っていた。

寒気がゆるみ、梅が開花した。

かれは、家の近くを目的もなく歩くことを日課にしていた。常に裸足で足早に歩き、足腰のおとろえを防ぐことに努めていた。

家の近くには、材木問屋が多かった。おびただしい橋が川にかかり、水面には材木がすき間なく浮んでいる。橋の上から見下すと、わずかに材木の間からのぞく水の中に小魚が鱗《うろこ》を光らせて群れているのがみえた。

雛節句が過ぎ、深川八幡宮の祭礼も終った。

三月二十八日、人の訪れがあった。

入口の戸をあけてみると、仲間《ちゆうげん》らしい男が立ち、

「高橋作左衛門様からの使いの者にございます」

と言って、書簡と小包を渡した。

男が去り、部屋にもどった林蔵は、作左衛門からの書簡をひらいた。

文面には、今日、長崎のオランダ商館にいるシーボルトから作左衛門に小包が到着、開い

てみると作左衛門宛のもの以外に林蔵宛のものが入っていたので、使いの者に託してとどけさせる次第、と書かれていた。

かれは、小包を見つめた。三重、四重にも包装してあるらしく、紐がかたく食いこんでいる。

シーボルトとはむろん会ったこともなく、贈物をされるいわれはない。人づてにきくとシーボルトは天文、地理にも強い関心をいだいているらしいが、もしかすると自分が樺太北部、東韃靼を踏査し、樺太が離島であることをたしかめたことを耳にし、敬意を表するため物を贈ってきたのかも知れぬ、と思った。

異国人にも、自分の業績が知られるようになったのか、とかれは頬をゆるめ、小包をとり上げた。

小包の紐はかたく、結び目をとくのは困難だった。

林蔵は、結び目に爪を立てたが、不意に指の動きをとめた。

危い、と思った。

過去の記憶がよみがえった。二十一年前の文化四年に、エトロフ島シャナでロシア艦来襲事件に遭遇し、自分は決戦を主張したためお咎めをうけることをまぬがれた。また文化六年には樺太から東韃靼に渡海し、異国へおもむくのを禁ずる鎖国令にそむいたことに、極刑に処せられる不安におそわれたが、探査の業績を高く評価され、役職も昇進し、御褒美金も下賜された。

第三番目の危機だ、と、かれは胸の中でつぶやき、小包を見つめた。許可なく異国人と接することは禁じられているが、それを広く解釈すれば、異国人から物を受けとることも罪になると考えられる。

高橋作左衛門からの書簡によると、かれは小包をうけとったというが、自分はそのようなことは避けるべきだ、と思った。

小包の処理について、思案した。

作左衛門に返すのは、シーボルトから自分宛に送られてきた物だけに当を得ていない。このまま紐をとかず放置しておくのは好ましいことではなく、上司の勘定奉行村垣淡路守定行に届け出るのが最も理にかなっている、と思った。

一刻も早く処理すべきだと考え、あわただしく外出仕度をととのえて小包を風呂敷に包み、作左衛門からの書簡も手にして家を出た。

かれは足を早めて歩き、日が傾いた頃、勘定奉行の役宅についた。村垣淡路守は、在宅し執務していた。

林蔵は、村垣の前に平伏し、事情を述べ、小包と作左衛門からの書簡を差出した。

村垣は、書簡を読み、控えの者に命じて小包の紐をとかせた。林蔵の予想していた通り、包装は四重にもなっていて、それを開くと、更紗一反と書簡が現われた。

村垣は書簡を手にしたが、オランダ文字で書かれたもので、読むことはできなかった。

「この書簡にどのようなことが書いてあるか、オランダ文に通じている者に和解《わげ》（翻訳）させよう」

村垣は、つぶやくように言い、しばらく思案するように庭に眼を向けていた。

「退りましてもよろしゅうございましょうか」

林蔵は、手をついて言った。

「よい。ただし、このことは決して他言してはならぬ。和解もひそかにやらせるつもりだ。よいな」

村垣の眼に、鋭い光がうかんでいた。

林蔵は、平伏し、退出した。外に出ると、夕闇がひろがっていた。

かれは提灯に火をともし、足を早めて家路をたどった。やはり小包を勘定奉行にとどけてよかった、と思った。村垣の表情から察してシーボルトからの贈物と書簡をとどけなかった折りには、お咎めをうけたかも知れない。

包がとどけられた後、紐をとこうとしたことを思い出し、背筋が冷えるのを感じた。胸をなでおろす思いであった。他言してはならぬ、と村垣は鋭い眼をして言ったが、林蔵には村垣がなにを考えているのか察しはつかなかった。

かれは、提灯で足もとを照らしながら歩いていった。

日がたつにつれて、林蔵は、シーボルトから自分に送られた書簡の内容が気がかりになった。村垣淡路守は、オランダ文に通じた者に翻訳させると言ったが、おそらく和訳は終っているにちがいなかった。

シーボルトと面識はなく、書簡をもらういわれはない。書簡の内容がどのようなものか察しもつかないが、それだけに不安でもあった。村垣は、松前奉行をしたことがあり、その時から林蔵は眼をかけられている。もしも、書簡の内容が林蔵の身を危うくするようなものであっても、かばってくれるはずであった。

林蔵は、五月に入って間もなく村垣の役宅に赴いた。

一室に控えていると、村垣が入ってきた。

「シーボルトから私宛に送られてきましたオランダ文の書簡は、和解《わげ》なされましたでしょうか。どのようなことが書かれておりますかを知りたく参上いたしました」

林蔵は、手をついてたずねた。

「和解した。内容は、林蔵の北海探査を賞讃し、今後、親しく交りたいというものであった」

村垣の言葉に、林蔵は安堵した。

日がかげり、遠雷の音がした。

村垣は、しばらく黙っていたが、

「高橋作左衛門殿は、しきりにシーボルトと書簡、物品を交しているようだ」

と、つぶやくように言った。

林蔵は、村垣の前を退出した。自分に宛てられた小包を村垣に提出したことは、賢明だったと思った。異国人からいわれのない贈物をされるのは迷惑で、そのようなものを自分個人の所有にする気などなかった。

村垣は、作左衛門とシーボルトの間に書簡、物品の交換があるらしい、と言ったが、その推測は当っているのだろう、と思った。いずれにしても人騒がせな、と、かれは、顔をしかめた。面識もないシーボルトから賞讃の手紙と布類を送られるいわれはなく、それを仲介した作左衛門が腹立たしかった。

伊能忠敬は、作左衛門の父である至時を師と仰ぎ、作左衛門にも忠実に仕えていた。そうした関係を知っていた林蔵は、忠敬に紹介されて作左衛門にも丁重な態度で接した。が、忠敬が死んだ今では、会う気もない。

かれには、作左衛門のような男は性に合わなかった。家柄の良さで天文方兼書物奉行という要職につき、尊大な態度をとっているようにみえる。私生活は派手で、妾をたくわえ、妻と三人で芝居見物などもするという。金づかいが荒く借金をし、しかも返済を渋りがちだとも言われている。そうした作左衛門の身を、伊能忠敬はひどく案じていたことを、林蔵は知っていた。

農家の出で普請役にまでなった林蔵は、苦労をかさねてきただけに、家柄の高さに甘えているような作左衛門に嫌悪を感じていた。異国人からの贈物をうけるには、幕府の許しをうける定めになっているのに、シーボルトから送られてきた小包を届け出た気配もないのは、高い役職に身をおいているためのおごりだ、と思った。

雷鳴が近づき、稲光が走った。雨が沛然《はいぜん》と落ち、あわただしく雨戸を繰る音がしている。かれは、玄関の式台の上に立って、雨しぶきで白く煙る前庭をながめていた。

暑熱が増し、町に陽炎が立った。

六月二十八日、林蔵は、動物、植物、鉱物を研究しその薬用について考究する本草学の大家岩崎灌園の家に主賓として招かれた。八の日におこなわれる例会で、樺太、東韃靼から千島にかけての動植物、鉱物についての質問をうけ、それに回答した。出席者は、灌園の門弟十名で、林蔵の話に興味深く耳を傾け、筆記した。一応質疑応答を終えた後、雑談に入り、灌園は、その年の春、長崎屋にシーボルトを訪れた折りのことを口にした。

林蔵は、灌園のような人物までシーボルトと面談したことに、かなり多くの者たちが長崎屋を訪れていることを感じた。灌園は、その日出席していた門弟の医師である高家今川上総介義同の家来阿部友之進をともなってシーボルトを訪れ、本草学の意見を交し、得意の絵筆でシーボルトの肖像画もえがいたという。二十五歳の友之進は、眼を輝やかせて師の話に相槌を打っていた。

林蔵は、村垣淡路守が、御目付と連絡をとり、シーボルトを訪れた人物を洗い出し、殊に高橋作左衛門の身辺をひそかにさぐるため動いている気配を感じていた。

灌園がシーボルトの話をし、友之進も明るい表情をしていることから考え、探索はまだ灌園の周辺に伸びていないのか、それとも気づいていないのか、いずれかにちがいない、と思った。

勘定奉行は、財政をつかさどる勝手方と訴訟を担当する公事方《くじ》にわかれているが、村垣淡路守は公事方で、奉行の役宅で執務していた。お庭番から奉行になった村垣だけに、監察の眼はひときわ鋭いと言われていた。村垣は、隠密として吟味方下役、お庭番を駆使し、林蔵も直属していた。

村垣が連絡をとった御目付は、徒《かち》目付の補佐のもとに役人の非行をあばく役目をもち、隠密として小人目付を使っていた。それらの者が一斉に動き出しているようだった。

本草学の例会があった翌々日、台風が東海道に上陸、北上したために各地の河川が氾濫《はんらん》した。林蔵の住む深川でも川の水があふれ、家屋の浸水騒ぎが起った。

秋の気配がきざした頃、林蔵は、長崎に一つの出来事が発生したことを知った。

八月九日夜、長崎に大暴風雨が襲来した。「古老実験」に、

「空前絶後ノ大風ニシテ　人出デテ歩行スル能ハズ　樹木悉《ことごと》ク倒レテ道路ヲ塞《ふさ》ギ　家宅或

ハ倒レ或ハ大破……家族九人内八人死セシモノアリト」

と記されているが、類のない大型台風に見舞われたのである。翌朝、風雨はおとろえたが、長崎の町の被害は甚大《じんだい》で、隣接の十ヵ村をふくめると倒壊家屋二千六百五十九、圧死者三十、田畑流失九百六十町歩に及んだ。さらに港内にも高波が押し寄せ、五百六十二艘が破壊され、溺死四十一を数えた。

港内に碇泊中の唐船三隻が吹流され、一ヵ月以内に出帆予定のオランダ商船コルネリウス・ハウトマン号も、碇綱が切れて流され、稲佐の海岸の州に乗り上げ、その舳が庄屋の志賀家の二階に突っこんでいた。その船で、シーボルトは帰国することになっていた。

船の被害状況を幕府に報告するため、積荷の検査がおこなわれたが、その中に意外な品々が発見された。

長崎奉行所の役人が調べ上げたコルネリウス・ハウトマン号の積荷は、書類によって江戸に急報された。その内容は、幕府を驚かせた。海外に持出すことを厳禁している日本とその周辺の地図類と、将軍家から下賜された葵の紋の入った羽織などがまじっていた。それらは、当然、日本人からシーボルトに送られたものにちがいなく、シーボルトが国禁をおかしてひそかにそれらを本国へ持ち帰ろうとしていたことが明白になった。

大目付村上大和守は、目付本目帯刀に勘定奉行村垣淡路守と協力し徹底的に調査することを命じた。それまでの調査で、高橋作左衛門が、シーボルトの投宿していた長崎屋に最もひんぱんに訪れ、しかも常に門弟に風呂敷包みその他を持たせていたことからみて、物品の交換をおこなっていたと推測されていた。疑惑は作左衛門に集中し、町奉行筒井伊賀守も支配の者に行動をおこさせ、お庭番、目付、小人目付らが本格的な探索に入った。また、長崎へも目付をはじめ隠密多数が放たれ、シーボルトとその周辺の洗い出しにかかった。

長崎からは、続々と調査結果が早飛脚で江戸へつたえられ、江戸からも昼夜をわかたず長崎へ指令が発せられた。

まず、シーボルトが江戸へ旅した折りに同行した者たちの身辺調査がおこなわれ、シーボルトと日本人との接触が、ほとんど無制限の状態でおこなわれていた事実がうかび上った。また、鳴滝塾の日本人門下生が、さまざまな日本の情勢を論文にまとめてシーボルトに提供していることも突きとめられた。

シーボルトの手伝いをしているオランダ小通詞助吉雄忠次郎をはじめ通詞たちの動向もさぐられた。また、シーボルトの愛人で一女をもうけている丸山の遊女其扇と家族についても、生活状態が調べられた。

隠密たちは、シーボルトが長崎と江戸を往復した街道筋にも放たれ、接触した人物がかなりいることがあきらかになった。下関では山口行斎、加古川で武田昌達、兵庫で藤田百城、京都で小森肥後介、新宮涼庭らの医師、川崎では島津斉彬、奥平昌暢、大森には島津重豪、奥平昌高の各大名が待ちうけ、品川では侍医桂川甫賢、宇田川榕庵が門人とともに出迎えるなど、かなり多くの人の数であった。

またシーボルトが、旅の途中、同行させた絵師川原登与助（慶賀）にしきりに絵図をえがかせていた事実もつきとめられた。さらに、シーボルトが、航行中、錘鉛をおろして水深をはかり、役人の眼をぬすんでさかんに測量をおこない、富士山の高さを門下生の二宮敬作に計測させていたことも判明した。

下関の代表的な寺である阿弥陀寺では、シーボルトのかかげたオランダ語の絵馬額も発見された。それを翻訳した結果、関門海峡をフォン・デル・カペルレン海峡と名づく、という意味であることがあきらかになった。カペルレンはオランダ人総督の名で、日本国土にそのような地名をつけたシーボルトに、幕府の怒りはつのった。

調査は、素早く、しかも綿密に進められ、事件の全容が徐々に浮び上ってきた。

十月十日夜――

江戸の猿屋町と御蔵前方面に、おびただしい御用提灯の光が湧いた。目付に指揮された捕吏たちで、それぞれ家並の間を小走りに急ぎ、浅草の天文台の近くで合流した。

高張提灯もまじった提灯の群は、天文台下の天文方兼書物奉行高橋作左衛門の邸をとりかこみ、一団が門内に流れこんだ。突然のように路上を埋めた御用提灯に、近くの家の人々は恐れおののき、家の中からひそかに外をうかがっていた。

作左衛門の邸の中では、なにか悲鳴に似た女の声と鋭く下知する声が交叉してきこえ、駆け出す足音もした。夜空は雲におおわれ、提灯の灯がひときわ明るくみえた。

しばらくすると、邸内からあわただしく御用提灯の光が流れ出てきた。提灯にかこまれて、青い網をかけた一挺の駕籠がひき出され、捕吏に前後左右を守られ奉行所への道を進んでゆく。駕籠の中には縄をうたれた作左衛門が坐っていた。

残った捕吏たちは、道の通行を禁じ、邸をかたくかこんでいた。

駕籠が去ると、門の中から提灯をかかげた捕吏たちが出てきた。かれらに付添われて、作左衛門の娘婿の御勘定組頭大島九郎太郎、妻の父である荒井平兵衛の伜甚之丞、天文方吉田勇太郎が証人として奉行所に向った。作左衛門の邸では、家族と雇われていた者たちが裸足で隣家へ逃げ、作左衛門の長男の小太郎のみがとどまっていた。

新たな一隊が、到着した。それは、目付本目帯刀の命をうけた徒目付三河口雲八郎、斎藤宗左衛門で、町与力、同心をひきつれて邸内に入り、徹底した家宅捜索をおこなった。徒目付は、不審な品物を一品残らず書きとめ、それらの品物を土蔵に運びこませて扉をとざし、錠前に封印をした。そして、押収《おうしゅう》した多数の書籍、書簡類を集め、邸から出ると目付本目帯刀の役宅に運んだ。

召捕りは入念に打合わされた後におこなわれたもので、作左衛門の逮捕と同時に、かれの右腕になっていた天文方暦作測量御用手伝下河辺林右衛門が自宅で捕えられ、評定所《ひょうじょうしょ》に引き立てられた。

評定所に押送された作左衛門は、ただちにきびしい吟味をうけた。吟味をおこなったのは、待機していた大目付村上大和守、町奉行筒井伊賀守政憲、目付本目帯刀であった。作左衛門は、大名はもとより老中も監察し将軍に直訴の権限ももつ大目付の姿に、事態がきわめて重大なものであることを知り、顔色を変えていた。

まず、吟味は、シーボルトとの交渉に焦点が向けられた。会った回数、日時、場所、同席者の有無。対談の内容、取り交した品物、その数量。また、シーボルトが江戸をはなれて長崎へ帰った後、互に取り交した書簡、品物、その仲介者について、きびしい追及が夜を徹して休みなくつづけられた。

作左衛門は、恐怖と寒気で体をふるわせ、言語も乱れた。が、鋭い吟味に言いのがれる余裕はなく、事実のままを供述した。

取調べは、さらに日本地図の件に移された。

日本地図について、作左衛門は、伊能忠敬が老軀《ろうく》をむちうって全国を旅行し積極的に実測して作りあげた大日本沿海輿地図の複製を、シーボルトに贈ったことを告白した。その複製をつくったのは、作左衛門の部下である暦作測量御用手伝下河辺林右衛門と手附下役川口源次郎、吉川克蔵、門谷清次郎、永井甚左衛門であることも陳述した。

大目付村上大和守たちの顔の表情は、険しかった。日本地図が海外に流出することは国防上深刻な問題で、天文方兼書物奉行という地図を管理する要職にある作左衛門が、自らその禁を破ったことは重大問題であった。

さらに作左衛門が、間宮林蔵の実測し作成した蝦夷（北海道）、千島、樺太の地図もシーボルトの求めに応じて贈ったことを陳述すると、大和守たちの顔から血の色がひいた。大暴風雨によるオランダ船のコルネリウス・ハウトマン号の坐洲《ざす》によって、それらの品々はシーボルトの手で本国へ持ち去られずにすんだが、もしも海外へ流出すれば国防上大きな影響をこうむったにちがいなかった。

町奉行筒井伊賀守は、別室で下河辺林右衛門の吟味もおこない、作左衛門の陳述が事実であることをたしかめた。

その頃、家宅捜索をしていた徒目付三河口雲八郎と斎藤宗左衛門が、目付本目帯刀宅に押収品を運び、帯刀は、夜が明けると登城し、それらの物品を提出した。その数量は多く、主としてシーボルトから送られてきた外国の地図、書籍、書簡類であった。

作左衛門に対する第一回の吟味は、暁八ツ半（午前三時）に終った。

罪状は明白となり、町奉行筒井伊賀守は、

一、一通尋之上　揚屋《あがりや》に被遣　書物奉行天文方兼帯　高橋作左衛門　四十四歳

二の丸火の番測量御用役江出役

下河辺林右衛門　五十一歳

という判決文を読み上げ、揚屋への入牢を命じた。

通例では縄をかけることはしないが、両名は、特に両手を縛られ投獄された。

翌十月十一日も、作左衛門に対する吟味がつづけられた。

大目付村上大和守から事件の報告をうけた老中たちの驚きは大きく、早速協議した末、大和守に日本地図をシーボルトからとりもどすよう命じた。

大和守は、筒井伊賀守とその方法について意見を交し、結論に達した。シーボルトの身辺にいる長崎のオランダ大通詞末永甚左衛門、小通詞助吉雄忠次郎宛に、それぞれ作左衛門から手紙を送り、シーボルトから地図を奪い返すことを命じさせた。

文面を伊賀守が作り、作左衛門が書いた。その内容は、一昨年シーボルトに日本、蝦夷、千島、樺太の地図を贈ったが、それは国禁にふれるので必ず地図を取り返して欲しいと記し、

「右両図返り不申候而者《ては》　某者《それがし》（私は）勿論其元《そこもと》（貴殿たち）にも」罪が及ぶ、と警告した。

その書簡は、伊賀守によって急飛脚で長崎へ送られた。

作左衛門が捕われてから三日後、徒目付斎藤宗左衛門が作左衛門の邸におもむき、土蔵に運び入れて封印しておいた品々を押収し、持ち帰った。押収品の数はおびただしく、主としてオランダから渡った品々で、中には直径四尺（一・二メートル）もの大きなギヤマンの鉢もあった。作左衛門の家には七名の雇い女がいて、日頃の生活が贅沢をきわめていたことも

あきらかにされた。

江戸の町々では、天文方兼書物奉行の作左衛門逮捕の話が大きな話題になっていた。

作左衛門が、町奉行、目付の命令で大通詞末永甚左衛門、小通詞助吉雄忠次郎あてに送った手紙は、宿場から宿場への早飛脚で、十一月一日には早くも長崎奉行所に到着した。奉行本多佐渡守は、江戸で作左衛門が捕われたことを知って驚き、部下を集めて協議した。その結果、夜もふけていたがシーボルトの助手をしている吉雄忠次郎のもとに使いを出し、出頭させた。時刻は八ツ（午前二時）であった。

忠次郎は、作左衛門がお召捕りになったことをきき、顔色を変えた。かれは、作左衛門がシーボルトに日本地図を渡す仲介をしていて、自分にもきびしいお咎めをこうむることを予感した。

奉行は、忠次郎に対してシーボルトから日本、蝦夷、千島、樺太図を必ず取り返し、提出することを厳命した。

忠次郎は、夜が明けると出島に行き、シーボルトの居宅に入った。

口をつぐみ鬱々としている忠次郎をいぶかしんだシーボルトが声をかけると、忠次郎は、流暢《りゅうちょう》なオランダ語で事件が発覚したことを告げた。そして、日本地図、蝦夷、千島、樺太の地図を返して欲しい、と懇願した。

シーボルトは、事件が発覚したことに驚きながらも、日本地図は、昨年秋にオランダへ去った船に載せ、蝦夷、千島、樺太図も手もとにない、と言った。

忠次郎は、重い罪に問われるので、ぜひ返して欲しい、と頼み、シーボルトは、

「ソレデハ、明日、蝦夷、千島、樺太ノ地図ヲ渡ス。タダシ日本地図ハナイ」

と、答えた。

シーボルトは、その夜、商館の画工であるフィレニュフェの協力を得て蝦夷、千島、樺太の地図を複写し、翌日、地図を忠次郎に渡した。

忠次郎は、それを奉行所に提出し、その後シーボルトに、

「日本地図モ返シテ欲シイ」

と、毎日訪れて懇願することを繰返した。

その度にシーボルトは、

「本国ニ送ッタノデ、日本地図ハナイ」

と、頑《かたくな》に答えた。

シーボルトは複写した蝦夷、千島、樺太の地図を押収されることを恐れ、商館長メイランの家の金庫にかくした。また日本地図も複写し、それも同じように金庫に入れ、作左衛門から贈られた日本地図の複製は箱に入れ、出島内の植物園の一郭に埋めた。その他、地図等を壁の中にかくし、飼っている猿の檻の底を二重にしてその間にひそませたりした。

忠次郎の手ではシーボルトから日本地図を取り返せぬことを知った奉行所は、強制捜査に

ふみ切った。十一月十日、奉行本多佐渡守は、用人伊藤半右衛門に対して目安方遠藤兵蔵、吉内蔵丞、矢野平太夫の三人を検使とし、強制捜査することを命じた。

検使たちは、通詞、小役人をしたがえて出島に入り、商館長メイラン宅におもむき、シーボルトを呼出させた。そして、シーボルトの持っている禁制品を一品残らず没収することを告げた。出島は、物々しい空気につつまれ、出入りは一切禁じられていた。

まず、シーボルトの居宅が荒々しく捜索され、おびただしい押収品が積み上げられた。しかし、その中には最も重要な禁制品である日本地図はなかった。

検使が日本地図を自発的に差出すように命じると、シーボルトは、

「本国ニ送リマシタノデ、ココニハアリマセン」

と、答えた。

検使たちは、無言でシーボルトを鋭い眼で見つめていた。その間、押収品が一品ずつ検査され、暮六ツ（午後六時）頃、長持に入れられて大八車で奉行所に運ばれた。

夜五ツ、検使からの報告をうけた奉行所用人伊藤半右衛門が役人をしたがえ、商館長メイランの家に入った。大通詞加福新右衛門も同行していた。

伊藤は、メイランに、シーボルトが日本地図を差出さぬなら、この場で召捕り奉行所に連行する、と鋭い声で伝えた。

シーボルトはメイランと顔を寄せて話し合い、

「二、三日ノ御猶予《ゆうよ》ヲ……」

と、言った。

「一刻も猶予はならぬ。差出さぬならただちに召捕る」

伊藤は、荒々しく言った。

メイランは、シーボルトと困惑しきったように話し合い、少々御猶予を……と再び懇願した。が、伊藤は顔を紅潮させ、

「それでは、この場で召捕る」

と、甲高い声をあげた。

狼狽したシーボルトは、これ以上言いのがれはできぬと諦めたらしく、メイランの家を出ると役人を植物園の一隅に案内し、

「ココニアリマス」

と言って地面を指さした。その個所を掘ると、土中から箱が現われ、その中に日本地図が入っていた。

伊藤は、さらに家宅捜索をつづけさせ、八ツ（午前二時）過ぎ奉行所へ引上げた。それと同時に、作左衛門からシーボルトに贈られた地図の仲介をした大通詞馬場為八郎、小通詞助吉雄忠次郎、小通詞末席稲部市五郎、小通詞並堀儀左衛門が捕えられた。かれらの逮捕は、高橋作左衛門の自白によるもので、きびしい吟味の末、かれらは町年寄年番預けとなり拘禁

された。

シーボルトは、商館長メイランの預りとなり、出島詰めの役人の監視をうけた。

その頃、坐洲したオランダ船コルネリウス・ハウトマン号がようやく離洲したが、シーボルトに対して、

志いほると吟味有レ之候ニ付帰国御差留《さしとめ》

という申渡しがあり、乗船は禁じられた。

十二月二十三日、馬場為八郎、吉雄忠次郎、堀儀左衛門、稲部市五郎が桜町の牢に投げこまれ、追及は他の者へも及んでいった。シーボルトに対する取調べは本格化し、地図その他を入手した過程についての鋭い追及がはじまった。


江戸では、作左衛門を中心にきびしい吟味が加えられていたが、作左衛門が捕えられてから半月もたたぬうちに初の犠牲者が出た。それは、作左衛門の部下の岡田東輔で、容疑をうけたことに激しい衝撃をうけ、脇差を腹に突き立て自殺したのである。

逮捕者が相つぎ、事件の全貌があきらかになっていった。

林蔵は、伊能忠敬の作成した日本地図とともに自分が実測し作りあげた蝦夷、千島、樺太の地図が、作左衛門によってシーボルトにひそかに渡されていたことを知り、驚きと同時に憤りをいだいた。

逮捕者の吟味がつづけられる中で、林蔵は、伊能家のことが気がかりになった。日本地図作成の大事業を成しとげた伊能忠敬の死後、家督は長女の妙薫を後見人として孫の忠誨がついでいた。が、文政五年に妙薫が、さらに前年の文政十年二月十二日に忠誨が二十二歳の若さで病死し、伊能家の血は絶えていた。

伊能家には、忠敬の測量原図や林蔵が提供した蝦夷、千島方面の野帳などおびただしい資料が残され、それらは久保木清淵が保管の任にあたっていた。久保木は、忠敬の生まれた村の隣村に生れ、忠敬より十七歳若く実の兄弟同様の親しい仲にあった。久保木は漢学に長じ、忠敬の測量作業にも積極的に協力した。字が巧みなことから忠敬の著した図録は、すべて久保木が清書したものであった。

作左衛門とその部下は、忠敬の測量した地図を中心にして天文方の仕事をしてきたので、事件の余波が、たとえ血は絶えていても伊能家に及ぶおそれが皆無とは言えなかった。もしも、そのようなことになれば、師の忠敬ののこした業績に傷がつく。

林蔵は、十一月下旬、ひそかに江戸亀島町の地図御用所に久保木を訪れた。

かれは、作左衛門の吟味の経過を口にし、

「吟味の中心は、日本国地図にあります。久保木殿のもとには、その原図などかなりの量のものがありますが、決して外部へ出すようなことはなさりませんように……。災いのもとになりかねませぬ。わずかな覚え書きなどもお出しにならぬよう、くれぐれも御用心を……」

林蔵は、声を低めながらも、心をこめて言った。

「お心づかい、まことに嬉しく存じます。必ず仰言られる通りにいたします」

久保木は、何度もうなずいていた。

江戸には、長崎でシーボルト宅から押収された品々が到着、吟味は一層鋭く進められた。

年が明け、文政十二年を迎えた。

作左衛門に対する追及が繰返され、作左衛門は牢内のきびしい寒気と拷問《ごうもん》で衰弱していた。かれが、部下の下河辺林右衛門の娘を妾にし、さらに他にも情人がいることもあきらかにされ、「身持《みもち》よろしからず」とも判定された。

二月に入ると、作左衛門は病人同然となり、食欲も失われた。

二月十六日朝六ツ（午前六時）、見回りの牢役人が身を横たえている作左衛門に声をかけたが答えはなく、体にふれてみるとすでに冷くなっていた。四十五歳であった。

二月十八日、作左衛門の遺骸は、目付本目帯刀によって検分された。事件の調査はまだ終らず、作左衛門に対する刑も確定していないので、すべての調査が終了するまで作左衛門の遺骸を保存しておく必要があった。

浅草の溜《ため》で、遺骸の塩漬けがおこなわれた。口と尻穴から竹筒で塩が体の中につめこまれ、塩の敷かれた大きなかめに遺骸を坐った姿勢で入れた。さらにかめの中にすき間なく塩が入れられ、遺骸は塩の中に埋れた。使用した塩の量は八斗（約一四四リットル）にも達した。

かめには重石《おもし》をのせた厚い板でふたをし、側面に「高橋作左衛門死骸」と記した木札をつけ、小屋の中におさめられた。小屋の前には昼夜の別なく番人がつき、定期的に死骸改めがおこなわれ、その度に塩が加えられた。

作左衛門の死は、江戸市中にもつたわり、大きな話題になった。

林蔵は、人の運命はわからぬものだ、と思った。家格の高い家に生れ、天文方兼書物奉行という要職にあった作左衛門が、捕えられて獄死し、しかも遺骸は塩漬けにされている。捕えられた後の調べで、作左衛門の生活が贅をこらし、借金を重ねながら返済もしないことが多かったという。部下の下河辺林右衛門の娘を妾にし、その代償として、林右衛門の息子の庫吉が十三歳であるのに十六歳と偽って天文台の見習に採用するなど、公私混同の事実もあきらかにされていた。

林蔵は、作左衛門と伊能忠敬の家で会ったことがあるが、恵まれた地位にあることを意識しているらしい作左衛門に、好感をもつことはできなかった。苦難の末、ようやく普請役になった自分とは、別の世界に住む人間だ、と思った。

事件が発覚してから、林蔵は、作左衛門に対して憤りをいだくようになっていた。作左衛門の罪は、日本の地図をシーボルトに渡したことにあるが、地図を作成、管理する責任者でありながら国法をおかしたことは許しがたいことだ、と思った。日本地図は、伊能忠敬が老齢をもかえりみず長い旅をかさねて精力的に測量し、ようやくまとめることができた貴重なものであった。

押収された贈物の中に、林蔵が幕府に提出した蝦夷と樺太探査によって作成した地図もふくまれていることに、かれは憤然とした。蝦夷での測量は困難をきわめたが、樺太北部から東韃靼への旅は、死の危険にみちたもので、無事に生還できたことは奇蹟というべきであった。そのようにして作られた地図を、幕府の眼をぬすんでシーボルトに贈った作左衛門に堪えがたい怒りを感じた。作左衛門が、苦心の末に作成した忠敬と自分の測量図をシーボルトに贈ったことは、当然、死に価いする行為だ、と思った。

事件の調査は、停滞していた。それは、長崎にいるシーボルトが吟味に対して曖昧な答えしかしないためであった。

その年の夏、事件の関係者であるオランダ通詞猪俣源三郎が獄死し、死者は岡田東輔、作左衛門の三人になった。

九月下旬、ようやくシーボルトに対する吟味は終り、国法をおかした罪として「……以来渡海を禁ずる」旨の永久国外追放が申渡された。

江戸での事件の吟味は最終段階に入り、十二月十六日に、奥医師であった土生玄碩、西丸奥医師の息子玄昌に対して刑が申渡された。玄碩父子の罪状は、将軍家から下賜された葵の紋の入った衣服をシーボルトに贈ったことで、玄碩は改易、玄昌は御切米召放しが申付けられた。改易は、御目見以上の者に対する家名取りつぶし、御切米召放しは御目見以下の者に対する同様の処罰であった。

この刑によって玄碩父子は、家屋敷をはじめすべてを没収され、無一文になった。

文政十三年が明けると、関係者の処分がつぎつぎにおこなわれた。

作左衛門に対する刑は、生きていた場合には死罪。長男小太郎二十五歳、次男作次郎二十四歳はそれぞれ遠島を申渡された。作左衛門からシーボルトに贈られた日本地図、蝦夷、樺太図などの複製をおこなった部下の下河辺林右衛門ら七名は、追放刑をうけて家屋敷などすべてを没収され、または押込の罰をうけた。

長崎に住むオランダ通詞たちの大量処分もおこなわれ、門を閉じて外出を許されぬ押込の刑などをうけ、シーボルトの門人二宮敬作も、江戸、長崎への出入りを禁ずる「江戸御構《おかまい》、長崎払」の刑に処せられた。

それらの中で最も重い刑をうけたのは、作左衛門からシーボルトに贈られた地図の仲介をしたオランダ大通詞馬場為八郎、小通詞末席稲部市五郎、小通詞助吉雄忠次郎であった。かれら三名は、重罪人として長崎から江戸に護送され、それぞれ無期禁錮を意味する永牢を申渡された。馬場六十二歳、稲部四十五歳、吉雄四十四歳で、その後、例外なく悲惨な幽囚生活を強いられた。馬場は、岩城伊予守の領内である羽後国亀田（秋田県由利郡）に送られて獄に投じられ、天保九年に獄死した。稲部も、天保十一年に前田大和守領の上野国七日市（群馬県富岡市）で獄死。吉雄も天保四年に上杉佐渡守領羽前国米沢新田（山形県）で獄死した。温暖な長崎で生れ育ったかれらの肉体は、北国のきびしい寒気にさらされた獄舎の中で生きつづけることができなかったのである。

事件は、落着した。

江戸では、関係者の処罰が大きな話題になり、殊に高橋作左衛門については、私生活に乱れがあったことで悪評がしきりだった。さまざまな戯歌が作られ、

タカハシサクザ〳〵
　唐土ノクニへ日本ノエヅヲ
　　ワタサヌサキニ
オノレガ首ハ　スポポンポン

などという歌もうたわれた。

関係者の処分が決定した頃、林蔵は、勘定奉行村垣淡路守に招かれ、役宅に赴いた。村垣は、長崎へ隠密として出立するように、という。

事件は一応決着をみたが、高橋作左衛門がシーボルトに地図等を贈ることができたのは通詞その他が仲介役をしたからで、通詞たちとオランダ商館員の癒着《ゆちやく》が事件を生んだと言える。通詞たちの商館員との接触は規則によって限界が定められているが、それがなおざりに

されているようであった。幕府は、事件が発覚して以来、多くの者を探索に派遣していたが、林蔵の冷静な眼で実情を調査してくるように、という。

林蔵は、作左衛門からシーボルトへの贈物の中に自分の作成した蝦夷地、北蝦夷（樺太）図も入っていたことに公憤をおぼえていたので、村垣にただちに出立する、と答えた。

林蔵は、ひそかに深川の家を出ると、東海道を進んだ。かれにとって、西下の旅ははじめてであった。

富士山を眼近に仰ぎ、大井川の渡しを越えた。五十一歳でありながら、絶えず歩行の修練をおこたらぬので、足は驚くほど速い。街道を往く旅人たちを次々に追い越し、旅人たちは驚きの眼をみはっていた。

岡崎を過ぎ、京都をへて大坂に入った。さらに街道を進み、姫路藩領の室津についた。その地で船便を得て、瀬戸内海を進んだ。船は下関に入り、そこから他の船に乗り替え海峡を越えて小倉についた。

林蔵は、再び健脚をいかして街道を進み、木屋ノ瀬、飯塚、山家、田代をへて佐賀に至った。さらに長崎道を急ぎ、牛津、小田、成瀬、塩田、嬉野、大村、諫早を過ぎ、長崎に向った。

かれは、峠の上で足をとめた。前方に海の輝きがひろがっているのが見下され、海の色の美しさに立ちつくした。

これが、長崎か、と思った。港は深く入りこんでいて、緑につつまれた丘陵にかこまれている。港には、三本マストのオランダ船がうかび、彩色された唐船も碇泊している。港の入口には島がうかび、漁からもどるらしい小舟がつらなって港に入ってきている。家並が海岸にそってひろがり、扇形をした島が海に突き出ていた。人工島である出島で、洋風の建物が並び、三色旗もみえる。その光景は、いかにも日本が異国にひらいた唯一の町らしく、想像以上に美しかった。

しかし、この町に自分が測量して作成した蝦夷地、北蝦夷（樺太）の地図の複製が、江戸にいた高橋作左衛門からはるばる送られ、危うくシーボルトによって異国へ運び出されそうになったかと思うと、あらためて憤りが湧いた。

勘定奉行の命令は老中からのものだが、たしかにシーボルト事件が起きたのは、役人その他とオランダ商館員の癒着が原因になっている。それを憂えた老中たちが、自分に実情調査を命じたのだが、あくまでも徹底的に探査しよう、と思った。

すでに日が傾き、海は西日に輝いていた。

かれは、足を早めて坂道をくだっていった。

町の宿屋に投宿した林蔵は、翌日、まず出島に足を向けた。

島は高い板塀でかこまれ、その上から洋風の建物の屋根がのぞいている。オランダ国旗の三色旗が、微風にゆらいでいた。島と陸地の間に石橋がかかっていて、門の傍に番人が立っ

ている。禁札が立てられ、近づいてみると、

一　傾城《けいせい》（遊女）之外《ほか》女入（る）事

などと、限られた者以外に出島への出入りを禁ずる旨が記されていた。

何気なく振返ったかれの眼に、一挺の駕籠が映った。後についているのはあきらかに禿で、出島のオランダ人にまねかれた遊女ののっている駕籠にちがいなかった。

駕籠が、正門の前にある家の前におろされ、中から華やかな衣服と飾物をつけた遊女が出てきて、禿《かむろ》をしたがえて家の軒をくぐった。大柄な遊女で、目鼻立ちも大きかった。しばらくすると、小役人に連れられた遊女が家を出て石橋を渡ってゆく。小役人が、扉の閉ざされた大きな門の傍に詰めている役人になにか言うと、くぐり戸があけられ、遊女は禿とともに内部へ消えた。

シーボルトは、前年の十二月五日にオランダ船で帰国していた。国外永久追放の処分は、国禁をおかしたにしてはひどく軽いものであった。それは、幕府がオランダとの国際関係の悪化を避けるための配慮によるものであった。

長崎の町には、シーボルト事件の余波が色濃く残り、通詞たちに重い刑が科せられたことが、人々の話題になっていた。

林蔵は、商人の身なりをして、町の者たちの話に耳をかたむけていたが、自分に関する思いがけぬ説が流れているのに驚いた。事件が発覚したのは、林蔵の幕府への密告によるもの

だ、という。

人々は、作左衛門がシーボルトから送られた林蔵宛の書簡と小包を、林蔵にとどけさせたことを知っていた。そこまではよいのだが、林蔵が、作左衛門とシーボルトの間に親しく書簡、贈物の交換があることを察知し、自分宛の小包を幕府に差出し、作左衛門とシーボルトが国法をおかしていると告げたという。それによって、幕府は、作左衛門とシーボルトの身辺を徹底的に探り、遂に逮捕に踏み切ったというのだ。

人々は、林蔵が隠密で、事件の摘発《てきはつ》の中心人物だと信じこんでいた。

それは、林蔵にとって心外だった。異国人から贈物をうける場合は、幕府にとどけ出るのが定めになっていて、それに従ったまでであった。そのことが、作左衛門とシーボルトとの関係に幕府が疑いの目を向けるきっかけの一つになったかも知れないが、事件が発覚したのは大暴風雨で坐洲したオランダ船コルネリウス・ハウトマン号の積荷の中から、シーボルトが国外持出しをはかった禁制品が発見されたためであった。林蔵は、事件に全く無関係とは言えぬが、密告などしたおぼえはなかった。

また、林蔵が江戸でシーボルトと親しく交ったのに、災いがふりかかるのを恐れて、幕府に会ったことはないと言いのがれをしたという説も流れていた。

言いたい奴には言わせておけ、と思った。

事件の後であるのに、前年は一隻も入港しなかったオランダ船が二隻入っていて、唐船も八隻碇泊していた。その年のオランダ船がもたらした貿易品は例年よりも多く、事件の影響が直接オランダ貿易に及んでいないことを知った。

林蔵は、もっぱら出島の近くに立って出入りする者を監視した。夜、ひそかに宿を出て出島の門に近づくこともあった。そして、門から出てきた役人や通詞を尾行し、行先をたしかめたりした。

その日も、林蔵は、門から出てきた中年の通詞をひそかに尾行した。その通詞は、町の中で買い物をすると、それを懐中におさめて再び出島内に消えることを繰返していた。林蔵は、通詞が商館員に頼まれた品物を買って手渡しているのではないか、と疑った。それは違法行為であり、許されぬことであった。

通詞は、骨董商の店に入っていった。林蔵は、少しためらったが思いきって店に足をふみ入れた。

通詞が骨董商になにか言うと、店主は奥に入り、巻物を手に姿をあらわした。通詞は金を払い、受け取って布に包んだ。

通詞が振向き、林蔵を見た。林蔵は、通詞の顔から急に血の気が失せるのに気づいた。眼には、恐れの色が濃くうかんでいる。

通詞は、よろめくような足取りで路上に出て行った。

林蔵は、通詞があきらかに自分の素性を知っていることを感じた。巻物がどのようなものか察しはつかないが、通詞は商館員の依頼をうけてそれを買い求め、渡すのだろう。買物をしたことを林蔵に見られたことで顔色をかえたのは、林蔵が隠密として長崎に来ていることを知っているからにちがいなかった。

かれは、その通詞の動静をさぐったが、骨董店で会った翌日から、病いと称して家にとじこもっていることを知った。林蔵は、推測通り、通詞が商館員の買物をし、それを林蔵に察知されたことに恐怖をいだいているのを知った。

林蔵は、通詞の態度から役人や通詞たちがすでに自分の顔を知っていて長崎に来ている目的にも気づいていることを感じた。注意してみてみると、路上ですれちがう者の中には、一瞬おびえの表情をうかべて視線を伏せる者が多いのにも気づいた。

しかし、かれは頓着《とんじゃく》することなく、オランダ商館員と接する機会のある長崎の者たちの動きを丹念に探った。それによって、洋書その他を商館員から入手し、その代償に日本の物品を贈っている者がかなりいることを知った。

林蔵は、探索をつづけながらも、長崎が祭の多い町であることに呆れていた。九月中旬にオランダ船が出帆していって警護の肥前、筑前、大村、島原の各藩士がそれぞれの藩にもどっていっても、町のにぎわいはつづいていた。

丘陵に紅葉の色がひろがり、やがてその色が消えると、風が渡るたびに樹林から枯葉が雀の群のように一斉に舞いあがり、海面に落ちた。十二月一日は、川渡餅という餡の入っている餅を、商人が売り歩いた。その餅を食べると水難にあうこともないという言いつたえがあり、船頭の家や船宿では殊にそれを祝う。商人が、家並の間を売り声をあげて日没まで歩きまわっていた。

その日から三日まで、節季候《せきぞろ》と言われる祭があって、太鼓をうち三味線をひいて歩く者たちが往き交った。それを子供たちが追い、町には音曲の音色がみちていた。

林蔵は、一応調査を終え、ひそかに旅仕度をととのえると、翌早朝、宿を出た。

道を急ぎ、日見峠を越え坂の途中で足をとめた。そこは腹切坂と呼ばれ、供養塔が立っている。文化五年（一八〇八）、イギリス軍艦フェートン号が不意に長崎へ入港、オランダ商館員を捕え、食糧、薪水を要求して去った。その責任を負って長崎奉行松平図書頭は自刃した。その年の当番は佐賀藩であったが、警備の兵は早々に帰藩していた。職務を怠ったのである。佐賀藩士早田助兵衛は、帰藩して報告しようとし、この坂にかかったが、お咎めをうけることはまちがいないと考え、自刃して果てたため腹切坂と呼ばれていた。

林蔵は、供養塔を見つめていたが、再び歩き出した。

林蔵は、長崎道を急ぎ、小倉で船便を得て海峡を渡り、下関から船で瀬戸内海を進み、姫路藩領の室津についた。

かれは、泊りを重ね、健脚を利して東海道を進み、江戸に入った。

早速、村垣淡路守のもとに赴き、長崎探索の結果を報告した。商館員に依頼されて巻物などをしきりに買っていた通詞を例にあげて、役人、通詞などが個人的に商館員たちとかなり親しく交っていることを告げた。また、シーボルト事件については、長崎の者たちの間に、シーボルトや処罰された関係者に対して同情している空気がかなり強いことも伝えた。その報告は筆記され、老中大久保忠真に提出された。

その後、林蔵は、巻物などを買っていた通詞が、職を追放されたことを知った。

天保二年の正月を迎えたが、江戸の空気は暗かった。気候不順によって米価が暴騰《ぼうとう》したためであった。

林蔵は、江戸に帰ってから自分に向けられる人の眼が急に変っていることに気づいた。それまで初対面の者は、林蔵であることを知ると、驚きの声をあげ、畏敬にみちた眼でいんぎんに挨拶した。林蔵が北蝦夷、東韃靼を踏査し、蝦夷をもふくめた地図を作り上げたこと、エトロフ島にロシア艦が来襲した時決戦を強く主張したことに、人々は敬意をいだいていたのである。

伊能忠敬は、林蔵を評して「非常の功を成した非常の人」とたたえ、藤堂藩の儒者である斎藤拙堂は、「偉男子」と書き、またゴロブニンは「日本幽囚記」の中で「大旅行家、学者として有名なばかりでなく、卓越した武人として名誉の者」（井上満訳）と記したが、これらの讃辞は一般の者の林蔵を見る眼であった。

しかし、江戸に帰ってから会う人の眼には、敬意の光が消えていた。素気なく挨拶するだけで、顔見知りの者たちの中には視線をそらせて立ち去る者もいた。

林蔵はいぶかしんだが、やがてその理由を知ることができた。思いがけず、長崎と同じように、シーボルト事件が発覚したのは、林蔵の幕府への密告によるものだという説が流れ、しかもそれは定説に似たものになっていた。人々は、天文方の高橋作左衛門を獄死にまで追いやった林蔵を卑劣な男であるとし、白眼視する風潮が一般的になっていたのである。

殊に西洋の知識に深い関心を持つ者たちは、林蔵に激しい憎しみをいだいているようだった。かれらは、高橋作左衛門がシーボルトに地図の複製その他を贈ったのは、それと交換に西洋の文献その他を入手したかったからで、いわば学者としての西洋の知識に対する強い執着心によるものだ、と解釈していた。そのような作左衛門の意図をうちくだき、さらに死におとし入れたことは許しがたい行為だ、と考えているようだった。

林蔵は、憤りを感じた。シーボルトから作左衛門を通して送られてきた小包を開くことなく勘定奉行にとどけたのは、国法にしたがった当然の行為で、密告などしたおぼえはない。非は作左衛門にあって、捕えられ獄死したのも自然の成行きだ、と思った。

年があらたまり、林蔵を白眼視する傾向はさらに強くなった。

たしかにシーボルトから送られた小包を、そのまま勘定奉行にとどけ出たのは国法に従った行為だが、それを利用して作左衛門を罪におとし入れたのは許しがたいという。林蔵が日頃から作左衛門を嫌っていたことが、密告説を裏づけさせていた。

著名な蘭学者小関三英は、郷里の鶴岡（山形県）にいる兄の仁一郎に林蔵に対する非難の書簡を送っているが、それは林蔵に対する蘭学者たちの空気をしめしたものでもあった。

三英は、林蔵が小包をひらかず幕府へ差し出したことを述べた後、

「高橋作左衛門殿を訴え候も右間宮（林蔵）氏にて御座候」

として、作左衛門が西洋についての豊かな知識を持っていることをねたんで幕府に密訴した愚かな忠義者と罵っている。また、林蔵が時々蘭学を学んでいる者の家を訪れては、地図などかくし持っているのではないかと探りを入れるので、林蔵がくると洋書などをあわててかくすのを常としている、とも書いている。

さらに林蔵は、幕府への忠誠心が強く、

「（国法にそむくようなことをした者は）殺さないでは置かぬと申事、常に口外致候。高橋（作左衛門）氏は右の牙《きば》に触《ふれ》候」

と、記している。ついで林蔵の現在の役目について、

「（毎年のように）日本国海辺をカクシ目付（隠密）に成りて相廻り申候。御地抔《など》にも度々参候由に御座候」

と、林蔵を警戒するようつたえている。

林蔵にとって、密告者と考えられていることは心外であったが、それに付随して、さまざ

まな説がまことしやかに流れていることにも気づいていた。

その一つは、シーボルトが江戸に来た時、ひそかに人を介して林蔵に樺太の図を譲って欲しいと頼み、もしそれを承諾してくれれば、莫大な金品を送ると申出たが、林蔵に断わられたという説。二は、林蔵がシーボルトとりわけ親しく交り、シーボルトが江戸から長崎へ去る折りに自分の頭髪を一本ひきぬいて、紐つきのビイドロの器に入れて林蔵に贈った。これは、特別親しくなった者だけにおくる贈物だという説。三は、シーボルトが林蔵に三度面会を申しこんだが、断わられたという説。

これらの話が入り乱れていたが、林蔵は、シーボルトに面会を申込まれたことも、まして親しく交ったこともなかった。

林蔵は、自分に対する評価が一変してしまったことに呆然としていた。しかも、その傾向は、日を追うて激しさを増しているようだった。眼にさげすみの光を露骨にうかべる者や、不快そうに顔をそむける者もいる。隠密の蔑称であるイヌという言葉を背後できいたこともあった。

いつの間にか親しく交っていた者たちが、自分の周囲から消えていた。書簡を送ってみても、返書はなく、たとえ返事があっても短い素気ないものであった。路上ですれちがう近所の者も、以前とはちがって挨拶をせず、立話をしている者たちも、近づくと急に話をやめる。

かれは、常に自分の背に冷い視線を意識していた。

かれは、人々の冷い態度をほとんど意に介することはなかった。自分は正しいことをしただけで、密告などしてはいない。噂を立てるならば、立てるがいい、と思っていた。

ただ一つ、堪えがたい憤りを感じたのは、幕府に忠誠であることをしめすため密告したという説であった。普請役という職を失うことを恐れ、さらに昇進を願う余り作左衛門を密訴したという。

かれは、役職に未練をいだくことはなくなっていた。年齢も五十歳を越えたので故郷に帰り、余生を安楽にすごしたい気持もいだいていた。いつでも役人の地位を投げ捨てる気持すら持っていた。まして、昇進など望むことは考えてもいなかった。

そうした林蔵の胸中を、勘定奉行村垣淡路守は敏感に気づいていて、もしも強い言葉で注意などすれば辞任の願書を突き出すにちがいないと考え、林蔵の機嫌を損じぬような態度で接していた。筆頭老中の大久保忠真は、海防問題に大きな関心をいだき、林蔵を高く評価してその意見に耳を傾けていた。いわば、林蔵は、大久保をはじめ老中たちの篤《あつ》い信頼を得ていて、そのような林蔵を辞任させるようなことになれば、村垣は立場を失うのである。

村垣は、林蔵が妻帯もせず、かれの死とともに家が絶えるのを惜しみ、吟味役の中川忠五郎に林蔵の家系を調査させたことがあった。その結果、間宮家の本家である治兵衛の次男である十歳の哲三郎が、林蔵の生家の養子として家をつぐことになっていることを知った。

中川の報告を受けた村垣は、将来、哲三郎を故郷から江戸へ呼び寄せ、林蔵の役人職をつがせるべきだと考えた。

村垣の意をうけて、中川は林蔵に会い、そのことをつたえた。

「お断わり申します」

林蔵は、即座に答えた。

「なぜだ」

「私がこのようなお勤めを果しているのは、私だからできるのです。哲三郎が何度生れかわったとしても、私の真似はできません。私は百姓の出です。子孫の栄達などなにも望みません」

林蔵は、淀みない口調で言った。

「しかし、村垣様は、林蔵殿の功績を大いに認め、幕吏としての家を後の世にまで残させたいと考えておられる。悴《せがれ》を江戸に呼び寄せ、訓育したらどうか」

中川は、説得した。

「お断わり申します」

林蔵の強い口調に、中川は苦笑し、口をつぐんだ。これ以上説得すると、それでは役人をやめる、と言い出しかねない林蔵の性格を知っているので、中川は話題を変えざるを得なかった。

林蔵は、足をきたえるため家の近くを早足で歩くことをつづけていたが、近隣の者の自分に向ける冷い眼にわずらわしさを感じていた。

住む場所はどこでもよく、かれは、その地にいるのがいやになって転居した。荷物は地図類と地球儀が主であった。

三月中旬、村垣淡路守から使いの者が来た。林蔵が転居先を奉行に届けていなかったので、使いの者は、荷物を大八車で運んだ者をようやく探りあてて訪れて来たという。使いの者から渡された村垣からの書簡には、至急、奉行の役宅にくるようにと記されていた。

村垣の役宅に赴いた林蔵は、蝦夷で異国船騒動が起ったことを知った。

蝦夷の地を支配する松前藩の藩主松前志摩守章広は江戸にいたが、参勤交代で松前に帰るため出立し、千住、越谷をへて三月十三日に粕壁宿（埼玉県春日部市）に入った。その直後、夕七ツ半（午後五時）、松前からの急飛脚に接した。

松前章広は、書状の内容に驚いた。

二月十八日夕七ツ（午後四時）頃、厚岸場所のウラヤコタン（浜中町）の沖に三本マストの異国船一隻があらわれたが、日没とともに見えなくなった。その夜から翌朝にかけて豪雨になったが、五ツ（午前八時）頃、日本人番人一人とアイヌ二人が沖に異国船が碇泊しているのを見出した。船は、二千四、五百石もある大船であった。

番人とアイヌたちは驚き、厚岸の会所に急いだ。が、雨で川が氾濫していて、厚岸にたどりついたのは翌二十日の朝四ツ（午前十時）頃であった。

会所の支配人嘉吉は仰天し、早速、厚岸の勤番所へ急報した。勤番所の責任者は松前藩士谷梯小左衛門で、谷梯は部下の松崎多門と新井田又四郎を馬でウラヤコタンに出発させた。谷梯は、とりあえず異国船現わるの報を書面にしたため、昼夜をわかたぬ急飛脚で松前につたえた。

松前では大いに驚き、三月一日、物頭松前監物を大将に、七十六名の藩士が一番手として厚岸に向け出発した。と同時に、江戸から帰藩の旅をしている藩主松前章広にも急飛脚を立てた。その急飛脚を三月十三日に粕壁宿で受けた章広は、ただちに届書をまとめ海防担当の老中大久保忠真に急報したのである。

章広は行列を組んで道を急ぎ、翌十四日の昼九ツ（正午）に栗橋宿につき、第二報に接した。かれは、それをすぐに江戸へつたえた。その第二報は、事件が重大化したことをしめしていた。

二月二十日五ツ半（午前九時）頃、異国船からおろされた小舟でキリタップ（霧多布）に異国人たちが上陸してきた。そこは、夏に漁をする家が立ち並ぶ地で、人はいなかった。かれらは、家々に入りこんで物品をあさった末、家をはじめ物置小屋、網小屋をことごとく焼きはらって引揚げた。

厚岸の国泰寺では、武運を祈ると同時に異国船の退去を願って祈禱がおこなわれた。勤番所では、同月二十三日、谷梯小左衛門が、鉄砲の心得のある者と弓術や乗馬に長けたアイヌたち五十人ほどをひきいて、キリタップに出発、幕をはって陣をかまえた。

翌二十四日昼八ツ（午後二時）頃、ホロトという地に異国人が三艘の小舟でつぎつぎに上陸してきた。そして、陣所に近づいて鉄砲を連射、陣所側でも応戦して撃ち合いとなった。七ツ（午後四時）頃、小舟に残っていた者が帽子を振り、それが合図らしく異国人たちは本船に引揚げていった。その後、六ツ半（午後七時）頃、本船から一発大筒を放つ音がきこえた。

この撃ち合いの報は三月二日夜八ツ（午前二時）に急飛脚で松前へ伝えられ、翌朝、家老蠣崎次郎を大将に六十六名の藩士が、二番手として厚岸にむかって出陣した。その中には、林蔵が測量術を教えたことのある徒士の今井八九郎もまじっていた。

栗橋宿からの松前章広の第二報は、幕府に大きな衝撃をあたえた。大筒や鉄砲を打ちかけ家々を焼き払った異国船の行為は、文化三、四年に樺太、千島、蝦夷（北海道）を襲ったロシア艦の動きと同じであった。異国船がどこの国の船かあきらかにされてはいないが、襲った場所から考えてロシア船と推定された。ゴロブニンの釈放で日露の国際関係は平穏になったはずだが、再び戦いを挑《いど》んできたのかも知れなかった。

海防担当の老中大久保忠真は、林蔵の意見をきくため村垣淡路守に命じて出頭させたのである。

林蔵は大久保に問われ、やはりロシア船だと思う、と答えた。近年は、イギリスを主とした捕鯨船が日本近海でさかんに操業しているが、家を焼き払い、大筒、鉄砲を打ちかけてきた厚岸に来航した船は、その行為からみてロシア船の公算が大きかった。しかし、ゴロブニンの釈放によって、ロシア政府の日本に対する態度は好転しているはずで、そのような行動に出るとも思えなかった。もしも、異国船がロシア船であるとしても、文化三、四年に来攻した船と同じように、ロシア政府の意向を無視した者の仕業ではないか、と判断した。

このようなことを、林蔵は大久保に答え、しばらく続報を待つことになった。

第三報は、三月十六日に旅行中の松前章広から急飛脚で送られてきた。章広は、道を急いで下野国太田原宿（栃木県大田原市）を過ぎ、十六日に鍋掛宿に入ったが、深夜の八ツ半（午前三時）に夜を徹して走ってきた飛脚から報告書をうけ、それをすぐに大久保忠真に急報したのである。

それによると、二月二十六日夕七ツ（午後四時）頃、異国船からおろされた小舟四艘で七、八十名の異国人が上陸、五十名ほどが日本側の陣所の裏山に登った。海岸と山の両方から鉄砲を打ちながら押し寄せ、その勢いに陣所にいた者たちは敗走し、ウラヤコタンの西方四里半（一八キロメートル）のノコペリペツに退いた。翌二十七日朝、またも上陸した異国人たちが漁師の家などを焼きはらい、アイヌのイコシャバを捕えて本船に引返した。

翌朝、異国人たちは、小舟にイコシャバをのせて上陸し、釈放した。イコシャバの話によると、本船に連行され、食物、酒を出されたが一切口にせず、それに当惑した異国人たちが、かれを釈放したらしい、という。

さらにイコシャバは、前日の撃ち合いの混乱時から姿がみえぬ谷梯小左衛門の従者である小者の利三吉が、異国人に捕えられ本船にとじこめられていることも告げた。イコシャバは、異国人から刃物一挺、書付一通を渡されていて、それらも松前章広の手紙とともに大久保忠真のもとに届けられた。

二月二十八日から三月二日まで、異国船は碇泊をつづけ、なんの動きもみせなかったが、三日昼八ツ（午後二時）頃、異国人が捕えていた利三吉を小舟に乗せて上陸し、釈放した。利三吉は、異国人からの書簡と青小玉、菓子などを所持していた。

異国船は、翌四日朝五ツ半（午前九時）頃、帆をあげ、北西の風に乗って出帆、東南東の方向に去り、帆影を没した。

松前へ急ぐ松前章広は、三月二十日に奥州伊達郡桑折宿（福島県）で、小者の利三吉が異国人から渡された横文字の書簡を受け取った。章広は、ただちにそれを大久保忠真に急送した。

大久保は、語学に通じた天文方の訳員である宇田川榕庵を招き、その書簡をみせた。榕庵は、その横文字が英語である、と答えた。

大久保をはじめ老中たちの驚きは、大きかった。無法な行為からみてロシア船と予想していたが、それがまちがっていたことを知った。

大久保は、榕庵に命じて急いで翻訳させた。書簡は船長からのもので、大意は次のようなものであった。

——私たちが船を岸に近づけると、日本人の武士が多数のアイヌと共に合戦の用意をしていた。私たちは、薪や水が欲しい時には各国の地に上陸して補給し、船の修理が必要な折りには港に入る。今回もそうした気持で近づいたのだが、敵視されている気配なので、そのまま碇泊し、様子をうかがっていた。そのうちに、日本側では、私たちの十倍にも人数をふやし、戦さの構えを露骨にみせた。私たちは、侮《あなど》りをうけるよりは一戦交えて懲《こ》らしめてやろうと考え、戦いを挑んだ。そして、村に突進すると、日本人が逃げたので引揚げた。その折り、家を焼いたが、焼払うことは本意ではなかった。

イギリス人は鬼でも猛獣でもなく、薪、水が不足した時には港に入り、代価を払ってそれらを入手したいだけなのだ。こんなことを言うのは失礼かも知れぬが、貴国の人たちの戦術はきわめて未熟だとお見うけした。イギリスでは、十二万の兵を備え、絶えず訓練をしている。私たちは兵ではないが、本国に帰ってから、少数の者で十倍もの日本の軍兵を敗走させたという話をすればヨーロッパ中の笑い話になるだろう。貴国は、オランダに貿易を許しているが、イギリスも同じように優遇して欲しい——

と結ばれていた。

このイギリス船はレディ・ロウエナ号で、船長は三十八歳のB・ラッセルであった。

同船は、三百二十三トンのバーク型捕鯨船で、前年の一八三〇年（天保元年）八月二十日にロンドンからシドニーに入港、十一月二日、日本近海方面に向った。鯨を捕えながら北海道厚岸に近づき、船の修理のため碇泊し、また薪、水を得るため乗組員を上陸させた。それによって、日本側との戦闘がおこったのだが、船長は威嚇を目的としていたので、深追いすることはしなかった。

一八三二年七月、レディ・ロウエナ号は、漁を終えてシドニー港に帰った。途中、捕えた鯨を煮て油をとったが、それは六百樽にも及んでいた。B・ラッセルは、その後、オーストラリアに住み、立憲議会員の要職につき、一八八〇年（明治十三年）、シドニーで死去している。

利三吉が渡されたイギリス船船長からの手紙には、船の種類について記されていなかったが、林蔵は、まちがいなく捕鯨船だと断定した。

大久保忠真は、捕えられた利三吉から詳しく事情を聴取するため、かれを江戸に呼び寄せた。利三吉は、松前藩士遠藤又左衛門に連れられて、その年の七月十日に江戸についた。

七月二十日、利三吉は、村垣淡路守に引渡されて吟味をうけ、林蔵も同席した。利三吉は、三十二歳であった。

利三吉の陳述――

私の父は力松、母はしのと申す馬形町の百姓にございます。両親とも、私が五歳の時に死去しましたので、親類筋の者に引き取られ成長しました。

昨年、厚岸勤番谷梯小左衛門様の小者に召しかかえられ、厚岸に勤務いたしました。

本年二月二十日、ウラヤコタンに異国船が来ましたので、主人に従い二十三日にウラヤコタンに赴きました。二十四日に異国人が上陸、双方から鉄砲を撃ち合い、二十六日にも小舟四艘で上陸して参りました。

私は、移動中、主人から一町（一〇九メートル）ほどおくれアイヌたちと同行しておりましたところ、鉄砲の撃ち合いが激しくなり、アイヌは散り、私も逃げました。そのうちに道に迷い、谷にころげ落ちて岩にでも体をぶつけたらしく気絶しました。気がついてみますと、船内の真っ暗な三畳ほどの所に押しこめられ、脚が痛く、今にも死ぬのではないか、と思いました。昼夜の別がわかりませんでしたが、時折り異国人が松明を手に見まわりに来ました。話しかけられても、言葉は通じません。

大・小便をその小部屋でしておりましたので、それに辟易《へきえき》したらしく異国人が、手真似でついてくるようにという仕種をし、男について階段をあがり、下に海がみえる小用所で用を足し、また元の場所に戻されました。

異国人は、酒らしいものと麦饅頭《まんじゆう》のようなもの（パン）を持ってきてすすめました。何日か食べずにいたので、空腹のあまりその麦饅頭を半分食べました。

それから間もなく、異国人が来て、階段を登らされ、さらに上の方へ行きました。何日ぶりかで空を見ました。異国人が一人、火を焚いていました。

　異国人は陸の方を指さし、小舟に乗せてくれました。その時、書面を懐に押しこみ、また青玉などを首からかけられました。船の片側に大筒が四挺あるのを見ました。

　それから七人の異国人の乗った小舟で岸につき、異国人たちは山の方向にむかって鉄砲を四、五発打ち、刀のようなものを腰にさげた五人の男が半里（二キロメートル）ほど送ってきて、引返して行きました。私は山越えをして、その夜はノナヘクベツのアイヌの家で泊らせてもらい、翌日、厚岸にもどることができました。

……この陳述に対して、たとえ小者の身分とは言え、主人の谷梯小左衛門から遠くおくれ、しかも異国人が攻撃してきた時、逃げたことは不届きであると判定された。また、腰におびていた刀を異国人に奪われたことも追及された。

　これに対して利三吉は、逃げたことについては弁解の余地はなく、「恐れ入り奉り候」と、その非を認めた。しかし、脇差の件については、逃げる途中、落してしまったか、それとも気絶している間に異国人に奪われてしまったのか全くわからず、意識をとりもどした時に初めて失っていることに気づいた、と陳述した。

　村垣淡路守は、九月二日、利三吉に対し、今後、松前藩領外に出ることを禁ずる旨を申渡し、松前藩に身柄を引渡した。

が、この吟味をおこなっている間に、江戸に近い地でも異国船騒ぎが起っていた。

その年の六月二十五日、岩城領平潟の沖に異国船が現われた。船は航行中の千石船に鉄砲を打ちかけて追い、乗組員が海中にとびこんで逃げたので千石船に乗り移り、帆綱を切断、米十五俵、衣類、道具などを奪った。また六月二十八日にも常陸国（茨城県）那珂湊沖に現われ、日本船から物品を掠奪して去った。

北海道でも異国船騒ぎが起り、松前藩に衝撃をあたえた。七月二十六日、異国船一隻が内浦湾に現われ、鰯漁をしていた漁船を捕えて薪水のある場所をたずね、有珠場所の海に碇を投げた。翌二十七日、十六人の異国人がボートで上陸、樹木の伐採をはじめた。それを知った近くの絵鞆に在勤していた松前藩士牧田七郎右衛門が藩兵をひきいて出陣、異国人との間で鉄砲の撃ち合いがおこなわれ、異国人たちはボートで本船に引返した。

この船は、二日後、鷲別沖で箱館の商船日吉丸を大筒で威嚇砲撃をして去った。

このような異国船騒ぎに、幕府は強い危機感をいだいた。

林蔵は、海岸異国船掛として大久保忠真に自分の意見を述べた。

かれは、日本領土に近づくそれらの異国船は、すべて捕鯨船であることを指摘した。かれらは、鯨の多い日本近海に集って操業している。日本人のように鯨の肉を食べることはせず、船内で脂肪を煮て鯨油をとる。その作業をおこなうためには多量の薪が必要で、それは、有珠場所に上陸した異国人たちが樹木を伐採したことでも裏づけられる。人の眼にふれぬ無人の海岸に上陸し、ひそかに樹木を伐り倒し、本船に運んでいることも十分推測できる。日本は、それら異国の捕鯨船の群れに取りかこまれているのだ、と述べた。つまり、最近続発している異国船騒ぎは、文化三、四年に千島、樺太、蝦夷北部を襲ったロシア艦の事件とは、本質的に別のものである、と強調した。

それらの異国船の扱いについて林蔵は、長い間、容赦なく打ち払うべきだと考えてきていたが、厚岸を襲った捕鯨船の船長からの手紙の訳文を読んでから、考え方が変ってきていた。厚岸を襲った捕鯨船は、たしかに建物を焼き、鉄砲を打ちかけてはきたが、ロシア艦とはちがって威嚇の意味しかなく、その証拠には死傷者が一人も出なかった。かれらは、捕鯨に必要な薪と水を望み、それをかたくなに拒む日本側の態度に立腹しておどしをかけた。かれらとの間の紛争を避けるには、薪水をあたえて穏便《おんびん》に退去させる以外にない、と考えるようになっていた。

林蔵は、そうした信念を率直に大久保に伝えた。

「林蔵も年をとって、思慮深くなったな」

大久保は、笑いながらもしきりにうなずいていた。

大久保は、視野の広い人物で、一般の風潮である異国船を容赦なく打ち払うべきだという主張に対して、林蔵が反対の意見を持っていることに強い関心をいだいたようであった。

その年は、異国船騒ぎとともに米価の高騰によって飛騨国高山、周防国大島郡、長門国美祢郡などで打毀《うちこわ》しや一揆が起り、世情は不安定であった。勘定奉行村垣淡路守定行は、突然のように病死した。

天保三年、奥羽地方一帯は凶作に見舞われ、翌四年も全国的に不作であった。殊に奥羽地方の被害は、甚大だった。四月中旬から陽がささず霧が立ちこめ、気温は低く、七月中旬になっても袷を着る仕末であった。農作物は育たず、その上八月一日には、大暴風雨にさらされて、わずかに育った作物も吹き倒されて水びたしになった。

各地で打毀し、一揆が多発、江戸でも幕府が、米の買占めを禁じて高騰を抑えることにつとめたが、九月には窮民が蜂起《ほうき》し、富裕な家の打毀しをするという事件も起った。

林蔵は、農家の出の幕臣として、九月に勘定奉行へ上申書を提出した。それは、農家が田畠をつぶして梨を植えたり、花、植木などを栽培する傾向があるが、主食を確保するためにそのような田畠をつぶすようなことを厳禁する布令を出すべきだ、という趣旨であった。

その年の十二月、林蔵は、海防の隠密御用に対する功労を認められ、

「年来格別出精相勤候ニ付」

として、足高《たしだか》二十俵が下賜された。

その頃、林蔵のもとに水戸藩から接触の手が伸びた。仲介をしたのは、水戸藩彰考館員の酒井市之充（画家横山大観の祖父）であった。酒井は伊能忠敬の門人で、水戸藩領でさかんに測量をおこなって地図作成につとめ、林蔵とも面識があった。

酒井は、深川の林蔵の借家を訪れ、対坐すると、思いがけぬことを口にした。藩主徳川斉昭がぜひ林蔵に会って話をききたいと望んでいるので、迎えに来たという。

徳川御三家の一つである水戸藩の藩主が、下級役人の自分になにをたずねるのか、かれには察しがつかなかったが、すぐに酒井とともに小石川の藩邸に行った。

かれが広い部屋に控えていると、徳川斉昭が藩士とともに出てきて坐った。その中には斉昭の信任篤い藤田東湖や彰考館館員友部好正もいた。

林蔵は体をかたくし、畳に額をすりつけるようにして平伏した。

「面をあげよ、心安らかにするように……」

斉昭が、言った。

林蔵は、顔をあげた。東湖が、かれを呼び寄せた事情について説明した。

水戸藩では、異国船の出没を憂えて海防意識が強く、殊に蝦夷地に対しての関心が大きかった。文化四年にロシア艦来襲事件が起った折りには、秋葉友右衛門、奥谷新五郎を箱館に派遣して実情を調査させた。

斉昭は、蝦夷地について正確な知識を得たいと考え、それをあたえてくれる人物を物色した。それについて、前年の四月二十三日に水戸藩に招かれ英語の辞書の作成につとめていた蘭学者青地林宗が、林蔵を推薦した。林宗は、ゴロブニンの「日本幽囚記」を「鄂羅斯人遭厄紀事」として翻訳した関係から、林蔵の蝦夷地についての見識を高く評価していたのである。

林蔵は、斉昭に問われるままに、文化四年、エトロフ島でロシア艦の来襲をうけた折りの体験を述べた。

斉昭は興味深げに耳をかたむけ、ロシア側の武器、戦法などについて執拗に質問した。林蔵は、そのいずれもがロシア側の方が圧倒的にすぐれていた、と答えた。

斉昭の蝦夷地についての質問は、多方面にわたった。アイヌの生活、信仰、和人との関係、蝦夷地の気象状況、動植物、生産物、道路、航路、商業、農漁業、風俗などをたずね、それについて林蔵が答えると、克明に記録させた。

さらに斉昭は、異国船に対する松前藩の防備力について質問した。

林蔵は、松前付近の防禦《ぼうぎょ》の設備はととのっているが、他はすこぶる手薄である、と答えた。

「松前藩のような小藩では、あの広大な蝦夷地の警備などとてもできるものではございませぬ。私見を申し上げれば、蝦夷地を幕府が直轄すべきで、松前藩にもどしてしまったことは大失政と申すべきです」

林蔵は、断定するように言った。

また蝦夷地には豊富な資源があるのに、松前藩はこれを請負人にすべてまかせ、わずかに運上金などを徴収しているにすぎない。請負人も支配人のなすままにまかせ、支配人はアイヌを酷使しているので、異国人がアイヌたちに親しく接すれば異国人になびいてしまうだろう。松前藩は無力で、とうてい蝦夷地の経営、防備などできるはずはない、と述べた。

斉昭たちは熱心に耳をかたむけ、しきりにうなずいていた。

「貴重な話をきいた。また、ぜひ蝦夷地の話をして欲しい」

斉昭は、満足そうに言った。

林蔵は、手厚いもてなしを受け、藩邸を辞した。


天保五年を迎え、林蔵は五十五歳になった。

シーボルト事件の密告者であるという噂は、月日の経過とともに消えるかと思ったが、逆に疑いのない事実として定着していた。洋学をまなぶ者たちの林蔵に対する憎悪と恐怖は激しく、林蔵の姿をみると顔色を変え、あわただしく立ち去る。家の近所の者たちも、密告者であるとともに隠密であることを知り、おびえたような眼を向けてくる。林蔵は、そうした空気がわずらわしく、転居を繰返していた。

徳川斉昭からの呼出しは、ひんぱんであった。その度に林蔵は気軽に腰をあげて江戸の藩邸や水戸へ赴いて、斉昭の質問に答えていた。

林蔵は、藤田東湖らの話をきいているうちに、ようやく斉昭の真意をつかむことができた。

水戸藩では、蝦夷地を松前藩にまかせるべきではなく、その経営と警備を水戸藩がおこなうべきだという意見が強く、斉昭もそれに賛成した。徳川御三家の尾張、紀伊の両家にくらべると、水戸家の禄高は少く財政が窮乏していたので、蝦夷地の開拓、経営によって経済的な打開を試みようと考えている。それを幕府に請願《せいがん》するためには、あらかじめ蝦夷地に対する正しい知識を持つ必要があり、蝦夷地の事情に通じている自分の教えを求めていることを知った。

斉昭は、林蔵を重宝がって定まった謝礼をあたえ、優遇した。

江戸の米の事情は深刻化し、幕府は、関東諸国に命じて米を江戸に送りこませたりしていた。

二月七日昼、神田佐久間町二丁目から出火、折りからの強い西北風で燃えひろがり大火となって、翌八日朝ようやく鎮火した。が、翌九日またも日本橋で、十日には西丸下、十一日に小石川、十三日に本郷でそれぞれ火災が起り、江戸市中に混乱がつづいた。

十二

六月中旬、林蔵は、老中大久保忠真の下屋鋪《しもやしき》に招かれ、隠密の旅に出ることを命じられた。行先は津軽と松前藩領であった。

五月末日、箱館の沖合三里（一二キロメートル）ほどの海面に、三本マストの異国船一隻があらわれた。翌六月一日には、海峡をへだてた津軽領の砂賀森、母衣月《ほろづき》の沖合にも帆影をみせ、二日には三厩《みんまや》沖に来て海峡を北へ進み、箱館西方の白神に近づいた。警備の松前藩士が大筒を打つと、船は去った。

また、六月十三日に同じ船と思われる異国船が、津軽藩領の竜浜崎の沖に出現した。津軽藩士が大筒を打ちかけると沖へ去ったが、再び大胆にも引返してきた。そして、母衣月に三人の異国人が上陸し、その地に駈けつけた津軽藩士に交易をしたい旨の仕種をした。藩士たちはこれを捕えようとしたので、異国人たちは本船へもどった。翌日、その船が箱館の近くの汐首の沖にあらわれたので、大筒を数発打つと退去した。

これらの報告が相つぎ、大久保は、その実情を知るため林蔵に探査を命じたのである。大久保は、松前、津軽両藩からの報告が、藩の恥辱となるようなことをかくしていると察し、海防にそなえるため事実を探ろうとしたのである。

林蔵は、まとまった路銀を大久保からうけとると、下屋鋪を出た。そして、家にもどり、翌早朝、家に戸締りをして大久保から指定された日本橋大伝馬町にある大丸屋呉服店の江戸店に行き、奥の一室に入った。津軽藩領は何度も通過し、松前は長い間住んでいた地であるので、顔見知りが多い。かれらの眼をあざむいて的確な情報を集めるには、変装の必要があった。

老中の指示によって、大丸屋では、奥の部屋に隠密用の変装具がすべて用意されていた。百姓、商人、僧侶、占師、鋳物師、高野聖などの衣服、笠、杖などが置かれていた。林蔵は、奥の部屋に案内されると、店の者に旅の俳諧師の衣服を用意させ、さらに乞食が身にまとうものも出させ、それを手行李《こうり》の中に押しこんだ。時によっては乞食の身なりをする必要もあると考えたのである。

大丸屋では、旅に持ってゆく物がすべて用意されていて、林蔵は、もう一つの手行李に矢立、旅硯、手帳、手拭、薬などを入れ、二つの行李を手拭で結びつけて肩に振り分けた。

かれは、借料をはらうと店の裏口から出た。

暑い夏で、その年は前年とちがって農作物の育ちは良く、大豊作が予想されていた。

かれは、奥州街道を北へむかった。相変らずの健脚で、素速く人をつぎつぎに追い越してゆく。妙な老俳諧師と思われそうだったが、一日も早く現地へつきたかった。日本橋から千住へ出て、粕壁、宇都宮、白川、郡山、福島と泊りをかさね、仙台に至った。江戸から九十一里（三五七キロメートル）の地であった。かれは、さらに北へと道を急いだ。噂通り、稲のみのりはきわめてよく、百姓出の林蔵には大豊作であることが感じられた。

一関、水沢、黒沢尻、花巻をへて、盛岡に入った。江戸から百三十九里（五四六キロメートル）で、一戸、三戸、五戸をへて野辺地から津軽領内に入り、青森湊から蟹田をすぎ、平舘宿の岡村屋五郎兵衛の旅宿に泊った。その宿場は人家七十軒ほどで、家は板がこいで屋根に石がのせられていた。

夜になると雨になり、波の音が宿をつつんだ。

林蔵は、まず平館宿で異国船騒ぎの折りのことをさりげなくきいてまわった。三里先の砂賀森の沖に船が現われた時は、平館からも望見でき、人々は、恐れおののいて山の方に逃げたという。

翌々日の朝、平館からさらに北へ向った。一里ほど行くと、崖が海ぎわにつづき、左手に滝が落ちているのが見えた。寒村を過ぎ、岩石のふちをまわって山越えをし、砂賀森にたどりついた。

人家が四軒の淋しい村で、そこから海をへだてて松前の山並が望まれた。

林蔵は、人家に入り、

「旅の者だが、平館宿でこの沖合に異国船が現われたときいた。まことでしょうか」

と、たずねた。

家の者は、外に出てくると、おびえた眼をして沖を指さし、声をうわずらせてその折りのことを話した。林蔵は、感心したようにうなずきながら、船の形、大筒の有無、それに津軽藩の処置などをさりげなくたずねた。

砂賀森を出て山越えし、犬もぐりという洞穴をぬけて母衣月についた。十四、五軒の人家があった。異国人が三人上陸したといわれる地であった。

林蔵は、民家に入りこむと、その折りの話を巧みにひき出した。異国人が上陸してきたので、母衣月の者は恐れて逃げたが、その間、異国人たちは、家に入って道具を奪い、薪、水を運んだという。

津軽藩士が少人数繰り出したが、銃を持つ異国人に恐れをなして近づくことはしなかった。報告書では、打ち払ったとあったが、事実ではなく、その後も異国船は徘徊《はいかい》をつづけていたという。村の者たちは、俳人姿の林蔵を怪しむ者はいなかった。

大泊、山崎、一本木をすぎ、夕方、三厩の一里八町（四・八キロメートル）手前にある今別の宿に入り、小倉屋という宿に草鞋をぬいだ。その宿場は、一時は賑わった町で三百戸以上の人家があり、娼家もあったが、天明の飢饉で他の地に移る者が多く、七十戸ほどに減っていた。霧がたちこめ、宿屋の畳は湿っていた。

かれは、蝦夷地へ渡る港の三厩は、しばしば投宿した地なので顔見知りが多く、その地に泊るのは避けたかった。

そのため、今別の宿屋から使いを出して、三厩から松前へ渡る舟便を探してもらった。もどってきた宿の者は、風向がよければ二日後に出る舟便があるという。かれは、男に謝礼の金をあたえ、今別宿でさらに情報を集め、二日後の夜明け前に宿を出ると道を急いで三厩に入り、顔を扇子でかくすようにしてすぐに乗船した。

海は穏やかで、舟は海峡を渡り、夕刻には松前に入港した。

かれは、ひそかに宿をとると、翌日、夜明け前に宿を出て、俳人姿の衣服を草むらの中にかくし、用意してきた乞食の衣服をまとった。さらに、髪を乱して土をこすりつけ、顔や手足も汚した。持っている百両近い金は、袋に入れて腰に結びつけ、それを破れた衣服で巧みにかくした。

夜が明け、朝の陽光がさしてきた。物売りの声が、町の所々からきこえはじめていた。かれは、歩き出した。ひどく身が軽くなったような感じであった。樺太北部、東韃靼を歩いた折りのことが思い起され、なつかしいような気分でもあった。

かれは、素足で坂を町の方へおりて行った。

乞食姿がこれほど気楽なものであるとは知らなかった。日頃から足を鍛えるため、冬期以外は裸足で歩きまわることもしているので、裸足は気にならない。汚れた衣服なので、気の向くままに地面に坐りこむことができるのも好都合であった。

夏は盛りで、薄い衣服一枚の方が涼しく快かった。

かれは、町の中を歩きまわったが、乞食が呆れるほど多いのに驚いた。老いた者もいれば子供連れの女もいる。松前は豊かな町であるのに、意外であった。

林蔵は、前年の奥羽地方の大凶作が深刻な影響をあたえていることを知った。蝦夷地は、奥州からの米の移入によって支えられていたが、凶作のため移入量がいちじるしく減少し、江差地方の漁獲も少かったので、秋になると深刻な食糧不足に見まわれた。貧しい者たちは野草、木の実、海草などで飢えをしのぎ、松前藩は藩米を出し、また富裕な商人からも貯蓄米を供出させて、札米《ふだまい》として一日に米三合を安い価格で窮民に売っていた。さらにそれすら買えぬ者には米を無料であたえ、商人も救済につとめたので、餓死する者はいないようだった。

凶作に見舞われた南部、津軽、秋田の農民たちは、飢えを避けるため土地をはなれ、ひそかに舟で海峡を渡り、蝦夷地に難をのがれた。松前藩では食糧人口の増加を防ぐため旅人の渡来を禁じていたが、藩の眼のとどかぬ海岸に上陸する者があとを絶たず、藩でもやむなく保護する政策をとった。松前の町で家々を物乞いして歩いているのは、奥州からのがれてきた者たちであった。

林蔵は、かれらの境遇に同情したが、乞食が多いことは変装しているかれにとって有利であった。路上で顔見知りの藩士や商人などに会うこともあったが、かれらは気づかず通りすぎていった。

林蔵は、日没になると、草叢《くさむら》にかくした俳諧師の衣服に着がえ、宿屋にもどることを繰返しながら、異国船騒ぎの情報蒐集につとめた。

その年も六月二日に異国船が一隻津軽海峡に現われ、津軽領竜飛岬の砲台から大筒を打った。その船が松前に近づいたので大筒を打ち、松前の町は大混乱におちいったという。

林蔵は、これらの話を町の者からきき出し、詳細に書きとめた。

異国船についての最大の事件は、三年前の天保二年二月に厚岸場所を襲った騒ぎで、この折りには、松前藩から一番手、二番手、三番手の兵が出陣している。この騒動の実態を探りたかった。

かれは、当時の勘定奉行村垣淡路守の役宅で、急いで帰藩する松前藩主松前章広からの事件の経過の報告を耳にしていた。その報告には、出陣した藩士らの名と人数が記されていたが、二番手の出陣者の中に思いがけぬ者の名を見出し、驚いた。それは、徒士の今井八九郎であった。

八九郎は松前藩士の子として松前に生れ、文化十年、二十四歳で家督をつぎ、松前奉行所同心になった。文政元年、林蔵が蝦夷地測量のため松前に行った時、八九郎の熱心な願いをいれて測量術を教え、測地に連れて行ったこともある。いわば、八九郎は、林蔵の唯一の弟子とも言うべきで、厚岸の異国船騒ぎの実態をきくには好適な人物であった。

林蔵は、弟子の今井八九郎から情報を得ようとし、奉行所の近くに行って地面に坐り、八九郎の姿を探し求めた。

林蔵が隠密になっていることは松前藩でも知っているはずで、八九郎に公然と会えば、奉行所同心であるかれに迷惑をかける。人知れず会う必要があった。

夕刻、奉行所の門から出てきた八九郎の姿を眼にした林蔵は、腰をあげると、八九郎の後を追い、人気のない坂の途中で、

「八九郎」

と、声をかけた。

八九郎が振向き、乞食に名を呼び捨てにされたことに気分を害したらしく、立ちどまって険しい眼を向けてきた。

「林蔵だ。間宮林蔵だよ」

林蔵が笑いながら近づくと、八九郎は、かれの顔を見つめ、ようやく気づいたらしく、

「先生。なんでこのような……」

と、言った。

「密命をおびているので、乞食姿に身を変えている。ききたいことがあるのだが、今夜、旅宿に来てくれぬか。俳諧師の植田露月という名で逗留している」

林蔵は、宿の名を口にした。

「わかりました。参上いたします」

八九郎が、うなずいた。

「それでは待っている」

林蔵は、踵《きびす》を返すと坂道を足早にくだっていった。

宿にもどり、夕食をすませた頃、廊下で声がした。障子をあけると、大きな風呂敷包みを手にした八九郎が立っていた。

八九郎は、部屋に入ると手をつき、

「御壮健の御様子、なによりに存じます」

と言って、頭をさげた。

林蔵は、八九郎に測量術を教えてから以後のことをたずねた。

八九郎は、文政四年から二年間エトロフ島に在勤し、文政八年北蝦夷地勤番を命じられ江戸詰となったこともある。文政十一年、松前藩からの命令で蝦夷地全域の測量に手をつけたという。

「これは一昨年から今年にかけて測量しました大河の図の一部で、今、地図作りにかかっております」

八九郎は、風呂敷の中からとり出した図を畳の上にひろげた。それは石狩川の図で、地名、距離、家の戸数、滝などが克明に記され、「此タキより沼口迄大難所之由」などと書かれている。図を一見した林蔵は、八九郎が高度な測量術を身につけていることを感じた。

「私も、石狩をはじめ多くの川をさかのぼり測量したが、難儀をした。どのようにして測量したのか」

林蔵は、地図を見ながらたずねた。

「まことに忠実な蝦夷人（アイヌ）が二人、力を貸してくれまして、かれらと川をさかのぼりました。主食は干した鰊《にしん》で、かれらの生活そのままを見習い、寝食を共にしております」

「それはよい心掛けだ。蝦夷人なくして測地は叶わぬ」

林蔵は、深くうなずいた。

「ところで、八九郎は、三年前の厚岸の異国船騒ぎの折りに、二番手の一人として出陣したな」

「よく御存じで……」

八九郎は、驚いたように林蔵の顔を見つめた。

「実は、その折りの異国船騒ぎについて調べるよう御老中様から密命をうけて来た。松前藩主から報告書は来たが、その内容が事実を正しくつたえたものかどうかを知りたい。八九郎が厚岸へ出陣したことを知ったので、それについてききたいのだ」

林蔵は、低い声で言った。

八九郎はうなずくと、問われるままに答えた。

かれの口からもれる異国船騒動の話は、報告書とはかなりの差があった。厚岸場所に在勤していた松前藩士たちは、上陸し鉄砲を打ちかけてきたイギリス人たちに、ただ恐れおののいて逃げまどっただけで、刀や槍、旗なども投げ捨てて奪われた。その醜態については、口外することをかたく禁じられている、という。

林蔵は、予想した通りだ、と思った。文化四年、ロシア艦の攻撃に恐れをなして逃げた奉行所役人たちの姿が思い起され、そのようなことが今でも繰返されているのか、と、腹立たしくてならなかった。

「この話をお前からきいたことは、だれにも洩《も》らさぬ。迷惑は決してかけぬ」

林蔵が言うと、八九郎は無言でうなずいていた。

やがて、八九郎は家へ帰っていった。

林蔵は、翌日、報告書をまとめ、ひそかに飛脚に託した。七月十一日であった。

かれは、五日ほど松前にとどまると、船便を得て海を渡り、三厩から街道を南へむかった。


江戸にもどった林蔵は、老中大久保忠真の下屋鋪に赴いて帰着の挨拶をし、補足的な報告をして家にもどった。すでに秋風が立ちはじめていた。

それから間もなく、水戸藩主徳川斉昭が、念願にしていた蝦夷地を藩に賜わるよう老中大久保忠真に書を送ったことを知った。斉昭は、前年の七月二十五日に病没した松前藩主松前章広の喪の公表を待って、願書を提出したのである。

勘定奉行所の者の話によると、大久保は大いに驚き、斉昭との間で書を交して真意をさぐったが、原則としてそれをうけ容れぬようだという。林蔵は、もしも蝦夷地が水戸藩にゆだねられれば警備、行政、経済などあらゆる点で改善され、自分もそれに力を貸したい、と思った。

かれの懐中は、常に豊かであった。両親の死によって故郷へ送金する必要もなくなり、妻子もいない一人住いなので経費もかからない。寒中でも炭火は必要とせず、夏も蚊帳は吊らなくても平気で、身なりも一向にかまわなかった。

かれは、甲冑を一領持っていたが、その武具が好きであった。町の武具屋で見かけて買い求めたものだが、それが癖になってさらに数領の甲冑を買い、家の中に並べて見惚れていた。

気温が低下した頃、老中大久保忠真から柑本兵五郎に従って蝦夷地巡見にむかうよう命じられた。大久保は、徳川斉昭から蝦夷地の警備を松前藩にまかせておくのは心もとなく水戸藩に一任して欲しいという願書をうけたので、松前藩の警備状況の実態を把握する必要を感じ、巡見使の派遣を思い立ったのである。また大久保は、林蔵に、巡見を終えた後、奥州から山陰、さらに九州をへて四国の海岸線をひそかに探索するよう命じた。それは、海岸防備と各藩の政情その他をさぐる隠密の旅であった。

林蔵は旅仕度をととのえ、再び隠密用具をそろえてある日本橋大伝馬町の大丸屋呉服店に行き俳諧師と乞食の衣裳を借りた。

十月上旬、林蔵は柑本兵五郎にしたがい、役人姿で駕籠に乗って江戸を出立した。蝦夷地、伊豆七島につぐ柑本との旅であった。柑本は、体が衰えていて往年の元気は失われていた。

　松前についた柑本は、その地にとどまって松前藩から警備状況を聴取した。林蔵は、弟子の同心今井八九郎と新谷文作を従えて実地調査をし、海岸線の測量もおこなった。

　林蔵の巡見は、普請役としての公然とした仕事で、かれの行先には先触れがされていて、丁重なもてなしを受けた。すでに雪が深かったが、今井も新谷も雪中の旅にはなれていて、案内のアイヌたちと林蔵に従って精力的に動いた。

　今井は、この後、樺太へ新谷と渡り、海岸線を測量するつもりだ、と林蔵にもらした。

　天保六年正月を迎え、林蔵の巡見の仕事も終り、それを報告書にまとめて柑本兵五郎に提出した。林蔵の調査した松前藩の警備状況は心もとないもので、藩士たちの士気もきわめて低かった。柑本の顔には憂慮《ゆうりよ》の色が濃かった。

　林蔵は、柑本に人払いを頼み、老中の密命をうけて日本海沿岸を九州方面まで隠密の旅をすることを柑本に打明け、刀と衣服を江戸へ持ち帰って欲しいと依頼した。

　柑本は承諾し、

「道中無事を願っている」

　と、低い声で言った。

　林蔵は、宿所にもどると役人の衣服をぬぎ、刀とともに使いの者に託して柑本のもとにとどけさせた。そして、翌早朝、俳諧師の衣服を身につけ、乞食の衣を入れた手行李を肩に、港に行くと、あらかじめ出帆を知っていた船に乗って渡海し、三厩についた。

かれは、船で海岸線を進もうと考え、まず弘前に出て碇ケ関の津軽藩番所で手形改めをうけた。

それより羽州久保田藩領内に入り、大館の越前屋に投宿した。そして、翌朝早く宿を出て雪道を急ぎ、能代大湊についた。活気のある町で、港には千石船が碇泊し人家も多かった。

翌日、船で湊町へ渡った。戸数千軒もある町で遊里もにぎわっていた。その夜から吹雪になり、二日逗留した後、船で酒田湊に入り、寒風に吹かれながら陸路を海岸沿いに進み、八瀬波をへて村上城下に投宿し、情報をさぐった。

瀬波湊から船で柏崎に赴き、陸路を加賀の金沢に入った。加賀藩は入国者に対する警戒がきびしいことで知られていた。藩の機密がもれることを極度に嫌い、隠密であることが知れれば殺害されるおそれがあった。

林蔵は、注意をはらいながら加賀藩領を過ぎ、船で湊から湊へと渡り、福井藩領三国湊についた。雪は深く、家々は雪に埋れていた。そこで敦賀への船便を得、さらに小浜へ至った。

それまでの旅で感じたことは、日本海沿岸には異国船を見たという話がないことであった。林蔵は、日本に近づく異国船がすべて捕鯨船であると信じていたが、その考え方がまちがっていないことをあらためて確認した。捕鯨船は、太平洋の日本近海に集中し、そのために起る異国船騒ぎは太平洋に沿った海岸にかぎられている。日本海に異国船が現われぬのは、鯨がいないからにちがいなかった。

林蔵は、さらに旅をつづけ、鳥取をへて松江に至った。

その間、かれは隠密らしき男に何度か出会った。相手も勘でわかるらしく、林蔵に鋭い眼をむけ、薄笑いして無言で通りすぎてゆく。幕府にかぎらず、各藩でも情報蒐集のため多くの隠密を放っているのだ。

松江から海岸線に沿った道を進み江津に泊り、翌朝、松平六万一千石の浜田藩領に入った。

午食時になり、浜田城下まで一里半（六キロメートル）の位置にある下府の茶屋に入った。かれは、部屋の奥に奇妙な物が置かれているのに眼をとめた。毛におおわれた大きな実のようなものであった。

かれは、それに見おぼえがあった。記憶をたどり、ようやく長崎の骨董商の店に置かれていたことを思い出した。その折り、眼にしたこともない物なので店主にたずねると、南の異国に群生する椰子という高い樹木にみのる実で、火難除けになるという。茶屋の部屋におかれているのは、その時見た物と同じであった。

林蔵は、長崎にしか入らぬ異国の木の実が浜田藩領にあるのを不思議に思った。海岸への寄り物かと思ったが、朽ちてなどいず新しく、潮の流れに長い間もまれたようなものではな

かった。林蔵は、茶屋の主を呼ぶと、

「あの大きな実は、どのようにして手に入れたのか」

とたずねた。

「松原浦の舟乗りから買い求めました。かなりの価でしたが、火難、水難、盗難除けになると言うので……」

主は、少し誇らしげに言った。

茶屋を出て歩き出した林蔵は、思いがけぬ物を眼にしたことに落着かない気分になっていた。舟乗りから買ったというが、舟乗りはどこから入手したのだろう、と思った。

かれが、老中大久保忠真からこの度の隠密の旅に課せられた使命に、薩摩藩がおこなっているらしい中国、朝鮮との抜け荷（密貿易）の実態を探ることもふくまれていた。すでに幕府は、多数の隠密を薩摩藩領内に潜入させていたが、林蔵も、海防調査とともにその探査をおこなうように命じられていた。

抜け荷の噂のある薩摩藩領なら、椰子の実を眼にすればやはり噂は事実かと思うが、そのような噂もない浜田藩領内で眼にするのは不可解であった。もしかすると、薩摩の船が浜田藩の主要港である松原浦に入り、ひそかに抜け荷の品を売っているのかも知れなかった。もしも、そうだとすれば、薩摩藩の抜け荷の規模は想像以上に大きく、それをたしかめることは大きな意味がある、と思った。

かれは、浜田藩の城下町である浜田に入り、宿をとった。

町は、あわただしい空気につつまれていた。藩主松平周防守康任が、但馬の出石藩の騒動に連坐したかどで隠居を命ぜられ、それによってお国替え（転封）があるのではないかという噂がしきりだった。そのため、経済混乱が起きていて、物価は高騰し人心は動揺していた。

林蔵は、ひそかに町の者たちから日本ではみられぬ品物を見たことがあるかを探ってまわったが、ほとんどの者が首をかしげた。口封じをされているのか、とも思えたし、旅人である自分を警戒しているのかも知れぬ、とも思った。

そのうちに、美しい光沢を持つ机や小箪笥を、富裕な家の奥の間でみたともらした男がいた。それは黒檀か紫檀であるようだった。また、椰子の実を災難除けに飾ってある家がかなりあるという話も耳にした。それらは、茶屋の主が言ったように松原浦の舟乗りから買い求めるという。船が入港した後、そのような珍しい品々が出回るが、すぐに売りさばかれてしまうらしく消えてしまうという。

「帰ってきた舟乗りたちの顔の黒さは、恐しいほどです。長い間、舟を乗りまわしているという噂ですが、墨のように黒い」

女の一人が、顔をしかめて言った。

かれの疑惑は、深まった。

異国の品物がひそかに出まわっているらしく、それらは松原浦に舟が入った後にいちじるしいという。舟に積まれてきた品々であることはあきらかだった。

それに、航海して帰ってきた舟乗りたちの顔が異常なほど黒いということも不思議だった。舟乗りが日焼けしているのは当然だが、墨のように黒いということは、長い航海をし、しかも陽光の強い海域を航行したことをしめしている。船が薩摩との間を往復しているとしても、日数はそれほどかからず、そのように顔が黒くなるまで日焼けするとは思えなかった。

もしかすると、と、かれは思った。想像するのも滑稽《こっけい》なほどだが、松原浦の舟は遠く南の異国にまで行き、ひそかに交易しているのではないだろうか。幕府がオランダ、中国との貿易を許しているのは、長崎一港だけだが、浜田の舟は、ひそかに御禁制にそむく行為をしているのかも知れなかった。

かれは、さらに入念な探査をつづけ、松原浦にほとんど例をみない大船が出入りしていることも耳にした。それは、回船問屋会津屋八右衛門の持船であるという。遠洋航海は、普通の千石船では不可能だが、大船なら可能である。

林蔵は、松原浦に足を向けた。話にきいた大船は碇泊していなかったが、西回り航路の重要な寄港地らしい良港で、異国へむかう舟の基地にふさわしい港のように感じられた。

かれは、確実になにかある、とひそかに思った。

翌朝は寒気がきびしく、宿を出立すると浜田をはなれ、道を急いだ。萩を過ぎ、千崎に至って船に乗り、海を渡って豊前小倉についた。その地に一泊し、翌朝、木屋ノ瀬をへて飯塚で宿をとった。

かれは足を早めて街道を進み、久留米をへて細川五十四万石の熊本に至った。それより海岸線づたいに八代、日奈久、佐敷をへて水俣に入った。

いよいよ薩摩藩領に入るが、その国境いに野間関がある。藩の関所は、藩内の物資の流出をふせぐと同時に入国する者を調べるが、薩摩藩は諸藩の中でも最も入国者に対する取調べがきびしかった。

翌朝、かれは宿を出ると、怪しまれぬようにゆっくりした足どりで野間関へむかった。

物々しい関所で、通過する心得の書かれた高札が立ち、袖がらみ、刺股《さすまた》、撞棒《つくぼう》の武器が威嚇するように飾られている。いかめしい門の外には、旅人がむらがって手形改めの順番を待っていた。荷をつけた馬も、数頭つながれていた。

かれは長い間待たされ、ようやく順番になって、冠り物をとり、面番所に行って頭をさげ、手形を渡した。

番人が手形を役人に差出すと、三人の役人が手形の裏までひるがえしながら、時折りこちらに鋭い視線を向けている。

役人がおりてくると、

「江戸からどのような道をたどってきた」

と、強い薩摩訛りの声で言った。

林蔵は北国から旅をして来たことを口にし、

「老い先短く、余生の名残りに句を遊びながら旅をいたしております」

と、神妙な言葉づかいで答えた。

役人は、再び上の間にもどると、他の役人と低い声で言葉を交していた。

やがて、役人が、

「通れ」

と、言った。

林蔵は手形を受け取り、いんぎんに頭をさげると面番所の前からはなれ、門を出た。かれは安堵し、道を進んだ。薩摩藩は幕府の隠密の入るのを極度に警戒しているが、五十六歳の林蔵が隠密であるとは思えず、旅の俳諧師として怪しむこともなかったのだろう。

薩摩藩の抜け荷（密貿易）は、早くから噂にのぼっていた。

薩摩藩は、幕府の許可を得て琉球国との間で限られた品目の貿易を許されていた。それは、藩の重要な財源になっていたが、財政の悪化にともなって品目外の貿易もおこなっている節があった。

琉球国は、薩摩藩の強い要求によって中国の福建省で買い求めた品物を薩摩藩に売っているという噂がしきりだった。中国との貿易は長崎にかぎられていて、中国品を輸入することは違法であり、しかも薩摩藩が買い入れた中国商品をひそかに長崎で売りさばいているので、長崎での輸入商品の相場は下落しているという。

それを察した長崎奉行の訴えをうけた幕府は、隠密を薩摩藩領に放ち、実情を探っていたのである。

林蔵は、海岸線を歩きまわり、風聞通り抜け荷がおこなわれていることを察知した。薩摩藩が琉球国へ輸出するのを許されている品目は、反物、器物、国産の煙草、紙類などにかぎられているが、鮑、昆布、煎海鼠《いりこ》なども輸出している気配があった。それらの海産物は長崎での中国向けの重要な輸出品で、長崎の貿易活動に重大な打撃をあたえていることが察しられた。林蔵がそれに気づいたのは、薩摩の船が北国方面にしきりに赴き、海産物をのせて帰ることを繰返していることを知ったからである。

隠密であることが露見すれば、容赦なく殺害される。幕府から放たれた隠密の中には、そのような運命をたどった者も多い。

林蔵は、一応、目的も果したので、急ぎ藩領外へ出て帰途につくことにした。

さすがの林蔵も、長い旅で疲れきっていた。鹿児島から江戸へは四百十一里（一六一四キロメートル）もあり、陸路をたどるのは気が重く、大坂までは船便にたよりたかった。九州から四国の海岸を巡見する役目もあるので、日向方面へむかう船便にたよることにした。船は、桜島のかたわらを過ぎて南下し、佐多岬をまわって志布志浦で風待ちをした。その地は、抜け荷の中心地と言われるにふさわしい良港であった。

船は、順風を得て都井岬をまわり、北上して日向随一の良港細島に入った。そこは千石船の出入りがひんぱんで、大きな船問屋が並び、港は活気にみちていた。

林蔵は同じ船で延岡の浦城に入り、さらに臼杵に至った。一泊後、別の船で四国へ渡り、八幡浜浦、吉田、宇和島をへて清水についた。さらに下田、宇佐、手結、奈半利の沖合を過ぎ、室戸ノ鼻をまわって甲ノ浦についた。甲ノ浦は阿波国に近く、参勤交代をはじめ大坂へ赴く重要な港であった。

林蔵は、大坂へむかう船に乗った。大坂町奉行矢部駿河守定謙に会う必要を感じていたからであった。

林蔵は八年前の文政十年に伊豆代官柑本兵五郎に従って伊豆七島巡見の旅に出た時、島々の若者に鉄砲の発射訓練をさせるため、出発前に先手鉄砲頭の矢部彦五郎に教えを乞うた。それがきっかけで、矢部との親交はつづき、林蔵がシーボルト事件の密告者と噂されて人々から冷い眼を向けられるようになってからも、それは変ることはなかった。

矢部は、その後、先手鉄砲頭の役目に火附盗賊改めを加役されたが、天保二年十月二十八日に堺奉行、さらに四年七月八日に駿河守定謙として大坂町奉行に栄進していたのである。

林蔵は、浜田藩領で椰子の実を眼にしたことがきっかけで蒐集《しゅうしゅう》した情報を、一刻も早く矢部につたえたかった。浜田藩の米蔵は大坂にあり、町奉行の管轄下にある。薩摩の抜け荷となんらかの関係があるのかも知れないが、かれには浜田藩内独自の行為に思えた。

船は、甲ノ浦を出ると、翌朝、由良沖を過ぎ、二日後の夕方、大坂へついた。

宿をとり、翌日、人や大八車の往き交う道を急ぎ、大坂町奉行所へおもむいた。

門に詰めている者に、

「御奉行矢部駿河守様に、間宮林蔵がお眼にかかりに参上したと申しあげていただきたい」

と、言った。

役人は、俳諧師の姿をした林蔵にいぶかしそうな眼をむけたが、奉行所の奥に入っていった。

やがて役人が引返してくると、

「こちらへ」

と言って、林蔵を丁重に奉行所の中へ導いた。

奥の部屋に坐っていると、矢部が入ってきた。

「よく来て下さった。そのお姿によると、御内密御用の旅をなされておられるようですな」

矢部は、なつかしそうに向い合って坐った。

林蔵は、矢部に問われるままに、昨年、江戸を出て松前へ渡り、雪中を巡見の後、日本海沿岸をへて九州、四国をまわって大坂へ来たことを告げた。

「御老齢でありながら、相変らぬ御健脚」

矢部は、呆れたように言った。

「ところで、お耳に入れたいことがあります」

林蔵は、声を低めて言った。

浜田藩領内で南の異国でしか産することのない椰子の実を眼にしたこと。それを不審に思って内偵した結果、あきらかに中国、天竺、呂宋などの品物が売られていて、それらは松原浦に入港する二千石以上の大船で運びこまれていることを告げた。

矢部の顔には、激しい驚きの色がうかび、

「浜田でそのようなことが……」

と、信じられぬように言った。

「舟乗りたちの顔は、墨の如く黒い由です。それは、長い月日、舟に乗り、しかも遠く南の暑い海へ乗り出している証拠に思われます。私には、浜田藩領内で抜け荷がおこなわれているとしか思えませぬ。もしもそうだとすれば、御禁制にそむく一大事。矢部様の手でお探りなされてはいかがか、と思い、参上いたした次第です」

林蔵は、淀みない口調で言った。

矢部の顔は、紅潮した。かれは、立ち上ると、廊下に出て腕を組んだ。

「事実かどうか。いずれにしてもただちに隠密を放ち、探ってみましょう」

矢部は、林蔵を見つめ、低い声で言った。

「それでは、これで……。江戸へ急ぎます」

林蔵は、頭をさげると立ち上り、廊下へ出た。


林蔵が江戸へもどったのは、五月中旬であった。

かれは、大久保忠真の下屋鋪におもむいた。大久保は、林蔵の帰りを待ちかねていて、かれと対坐した。

林蔵は、隠密の旅の報告をした。

海防については、捕鯨船の立ちまわらぬ日本海沿岸には異国船騒ぎがないことをつたえた。

かれが、浜田藩領内に抜け荷の気配があることをつたえると、大久保はすでに知っていた。林蔵がその情報を教えた大坂町奉行矢部定謙は、ただちに急飛脚で大久保に報せ、許可を得て隠密多数を浜田藩領内に放ったという。

林蔵は、大久保の質問に応じて浜田藩領内で蒐集したことを詳細に報告した。

「もしも、事実なら一大事だ。老中たちも驚いておる」

大久保は、興奮した面持で言った。

林蔵は、薩摩藩の抜け荷については全く疑いの余地がない、と言った。

大久保はうなずき、林蔵の知らぬことを口にした。大久保の命令で多数の隠密が薩摩藩領に潜入していたが、内偵の結果、確実な情報を得ることができた。それによると、薩摩藩では琉球国を通じて中国の商品を輸入し、また、中国の船も薩摩藩領内の港にひそかに入港して貿易をしている。さらに、薩摩藩は朝鮮に船を出し、朝鮮からも船が来て貿易をおこなっている。それらの中国、朝鮮の商品は、長崎以外に北国の越後などに運んで売りさばかれ、輸出品の海産物は蝦夷（北海道）の松前で買いこんでいるという。

このような情報を得たので、大久保は、薩摩、松前両藩に対して厳重な警告を発したという。

林蔵は、諸国の経済事情についても報告した。昨年は米が豊作だったが、今年は気候不順で春になっても気温があがらず、凶作が予想される。各藩の財政状態は悪く、西に行くに従ってその傾向が強い。殊に代官の質が悪く、天領の領民は悪政に苦しんでいる、と伝えた。大久保は、調査報告に耳を傾け、それらを詳細に記録させた。

林蔵が隠密の旅からもどってきたことが知れると、水戸藩主徳川斉昭の命令をうけた藤田東湖、友部好正らがしばしば来訪するようになった。斉昭は、依然として、蝦夷地を松前藩に代って自ら経営し防備を強化することを悲願とし、その準備を積極的に進めていた。それには林蔵の蝦夷に対する意見を仰がねばならず、林蔵も斉昭の求めに応じて水戸に赴き、質問に答えたりした。

林蔵は、一人住いを気楽に思っていた。一生無役の恩典で、毎日、役所に行くこともしないですむ。天気の良い日には、釣竿を手に近くの川に行って鮒や鯉を釣った。川岸に寝ころんで眠ることもあった。

甲冑の趣味は変らず、武具屋に行っては気に入ったものがあると買い求め、運ばせる。木版作りにも興味を持ち、論語の文字を刻み、いつかはそれで論語を刷ってみたいと思っていた。

かれは、時折り大久保忠真の下屋鋪に行き、台所で横になって午睡し、起きると挨拶もせず家へ帰ったりした。

その年の十一月二十八日、川路聖謨が、林蔵の直接の上司にあたる勘定吟味役に就任した。

川路は、徒士の子として豊後に生れ、小普請組川路三左衛門の養子になった。その後、寺社奉行吟味物調役に進み、但馬国出石藩仙石氏のお家騒動の取調べにあたり、その処置がきわめて当を得たものとして高く評価された。老中大久保忠真は、三十六歳の川路が非凡な人物であることを認め、大抜擢をして吟味役に昇進させたのである。

川路は海防関係を担当し、それには林蔵の力を借りなければならなかった。かれは、初めて会った林蔵が容易ならざる人物であることを見ぬいた。

川路は、視野の広い男で、西洋事情に深い関心と知識をもつ多くのすぐれた人物と親しく交っていた。伊豆韮山の代官江川英竜（通称太郎左衛門）、水戸藩士藤田東湖、大坂町奉行矢部駿河守定謙、三河国田原藩の江戸詰年寄役（家老）末席で、西洋の知識を積極的に吸収していた渡辺崋山らであった。

川路は、蝦夷地についての知識と異国の情報に豊かな知識をもつ林蔵を深く敬愛して「先生」と呼び、林蔵も二十歳近く年下である川路の識見を評価し、たちまち親密な間柄になった。自然に、川路を介して江川英竜、渡辺崋山らとの間に交りもでき、江川や渡辺は林蔵の話に耳をかたむけ、海防その他について熱っぽく意見を交し合った。

川路は、林蔵の死後、日記に、

「われに奇を好むの癖あり、奇人を好む也。林蔵・渡辺崋山の類也」

として、奇人――非凡な人と高く評価し、林蔵が先見の明があったことをたたえ、

「間宮林蔵がいひしことなど実に思ひあたるなり。（中略）林蔵の非凡なることは、予も夙《つと》に之を知りたり。」

と、追憶している。

天保七年正月を迎え、林蔵は、五十七歳になった。髪は白く、額に皺《しわ》がきざまれていた。

前年の秋の米作は、惨たんたるものであった。夏は気温が低く、凶作になり、米価は高騰した。そのため幕府は、困窮した者たちに救小屋を設けて救済にあたった。

その冬は逆に暖く、畠に菜種の花が咲くなどして雪も降らず、大凶作が予想された。天候

は不順で、春になると寒気におおわれ、北風が連日吹き、人々は強い不安におそわれていた。

その頃、大坂町奉行矢部駿河守定謙から浜田藩領の情報がつぎつぎに江戸へ送られてくるようになった。矢部が前年の五月に浜田藩領内に潜入させた隠密たちは、林蔵が指摘したように驚くべき抜け荷をおこなっていることを探知した。

矢部定謙は、捕り方役人を派し、浜田で回船問屋を営む会津屋八右衛門と船乗りの十助、半右衛門、新兵衛、さらに浜田藩士大谷作兵衛、三沢五郎右衛門、村井荻右衛門の七名を捕え、大坂に押送した。また、大坂の商人淡路屋善兵衛も召捕った。

かれらは、投獄され、町奉行所で矢部定謙のきびしい吟味をうけた。その結果、かれらの自供によって抜け荷の全容があきらかになった。

会津屋八右衛門の父、清助は、浜田藩の回船御用を勤めていた。

清助は、二千五百石積みの大船をつくり、藩の荷を大坂、江戸へ運んでいたが、文政二年秋、紀州沖で遭難した。かれは奇蹟的にも無人島に漂着し、オランダ船に発見されて助けられ、スマトラ、タイなどで過し、文政五年、オランダ船で長崎にもどった。かれは、役人の吟味を恐れて海中に飛びこんで岸に泳ぎつき、そのまま故郷の浜田へもどったという逸話の持ち主であった。

やがて清助は死に、八右衛門が家をついだ。かれは、父が藩の荷を難破で失ったことを申訳なく思い、藩に少しでも弁償したいと考え、同時に衰微した家運の挽回《ばんかい》を願った。その打開策として、かれは竹島（現在の竹島ではなく韓国領鬱陵島）に眼をつけた。

元和四年（一六一八）、伯耆国米子の商人大谷甚吉が、越後から持舟で帰る途中遭難し、無人島の竹島に漂着した。島に魚介類が豊富であるのを知った甚吉は、米子に帰った後、商人村川市兵衛とともに幕府へ竹島支配を願い出て許された。

元禄五年と翌年、朝鮮人の漁師があわびを採取しているのを眼にして、大谷、村川両家から幕府に訴えが出された。幕府は、対馬の宗氏を通じて朝鮮に抗議させたが、朝鮮側は自国の領土であると主張して対立した。幕府は、宗氏に竹島の領有権についての記録を探らせたが、日本領であるという証拠は見当らず、朝鮮側の主張を認めて竹島を朝鮮領とし、鎖国政策にもとづいて島への渡航を禁止した。

会津屋八右衛門は、竹島にひそかに渡って生い繁る竹材や豊富な海産物を眼にし、密航を決意した。それには資金がいるので、藩の勘定方橋本三兵衛に助力を乞うた。

橋本は、八右衛門が莫大な利益をあげれば、それだけ藩に運上金が入るので賛成した。

橋本は、家老岡田頼母に相談した。岡田は、竹島が無人島とは言え、朝鮮領であると認められていることに難色をしめした。そのため、橋本は、八右衛門らと対馬に赴き、宗家の竹島についての記録をしらべた。その結果、竹島が朝鮮領であるという確証もないことを知った。

この報告をうけた岡田は、年寄役松井図書とともに藩主松平周防守に願い出た。藩主は、幕府に気づかれることを恐れたが、黙許の態度をとった。

天保元年、八右衛門は船を仕立てて竹島に渡り、大量の竹材と海産物を持ち帰った。さらに橋本と相談し、江戸、大坂で日本刀を買い集め、それを輸出品として朝鮮人、中国人とも貿易をはじめ、さらに台湾、安南、呂宋まで渡航し、珍奇な産物を運び入れた。これによって八右衛門は莫大な利益を得、藩にも多額な運上金が差出された。林蔵が浜田藩領で眼にした椰子の実は、南洋方面に行った八右衛門の船が持ち帰ったもので、航海を終えてもどってきた舟乗りたちの顔が黒かったのは、南の海を乗り回していたからであった。

吟味が進み、かれらは矢部定謙から寺社奉行井上河内守に引渡されることになり、八右衛門らは江戸へ護送され、六月十日、入牢した。さらに、家老岡田頼母、年寄役松井図書、勘定方橋本三兵衛ほか三名の藩士も、抜け荷に関係していることがあきらかになり、六月九日、井上河内守が、かれらに対する江戸への出頭命令書を急飛脚でつたえ、それは二十一日に浜田へついた。

江戸へ押送された八右衛門らの吟味は、寺社奉行井上河内守、江戸町奉行筒井伊賀守、勘定奉行内藤隼人正によっておこなわれた。

事件に関係した浜田藩家老岡田頼母、年寄役松井図書、勘定方橋本三兵衛らの江戸への出頭を待っていたが、江戸にいた浜田藩主松平周防守康任から、七月十九日、老中水野越前守に思いがけぬ届書が出された。

それによると、江戸からの出頭書が六月二十一日に浜田へ着いたので、岡田らは二十七日に出発の予定を立てた。が、岡田は、二十五日夜から暑気あたりで、また松井も翌日夜から激しい腹痛を訴えたので、出発を七月一日に延期した。ところが、岡田は二十八日夜、松井は二十九日の朝にそれぞれ自殺し、それが急飛脚で浜田藩江戸屋鋪につたえられたという。

九月二十日、大坂町奉行矢部定謙が江戸へ招かれて勘定奉行になり、吟味はさらに進められた。

その結果、十二月二十三日、会津屋八右衛門と勘定方橋本三兵衛は死罪を申渡されて鈴ケ森で首をはねられ、二十一名の者たちがそれぞれ役儀取上押込、押込、永牢、追放などの刑に処せられた。また、松平康任は永蟄居を命じられ、奥州棚倉にお国替えになって家督をついでいた松平下野守康爵も叱責をうけた。

この事件を重大視した幕府は、全国の諸藩に対し、「異国渡海之儀ハ重キ御制禁ニ候」として、再び竹島事件のような違法をおかさぬようにという触書を、高札所にかかげることを命じた。

竹島事件は、林蔵の探索によって発覚し、かれの隠密としての鋭い勘と業績が高く評価された。

しかし、かれの表情は暗かった。長い間、眼をかけてくれていた筆頭老中の小田原藩主大久保忠真が、十月中旬から病臥するようになっていたからであった。その年の夏頃から、大久保は、口の奥の痛みを訴えていたが、秋風が立つ頃には激しいものになっていた。扁桃癌《へんとうがん》であった。

林蔵は、毎日のように大久保の屋鋪に赴き、そのまま泊ることもあった。吟味役の川路聖謨もしばしば見舞いに来た。

その年は、前年につづく凶作で、越前国勝山、駿河国駿府、陸中国盛岡をはじめ各地で打毀しが起った。全国的に飢饉に見舞われていたが、殊に奥州では最も甚だしく、餓死者が十万名にも及んだ。そのため米をはじめ諸物価が高騰し、人心は激しく揺れ動いていた。

天保八年の正月を迎え、林蔵は、相変らず大久保の屋鋪に足を向け、ぼんやりと縁側などに坐っていることが多かった。大久保の病状は悪化し、食物をのみこむこともできなくなった。痛みが激しく、体は痩せた。すでに筆頭老中職は、水野越前守が代行していた。

医師の治療も効果はなく、病勢はさらに進んだ。老中として巧みに国政をつかさどり、人間的にも魅力にみちていただけに、病いの重いことを憂えて見舞う者がひきもきらなかった。

三月八日、大久保は危篤状態におちいり、翌日息をひきとった。その死は十九日に公表された。

林蔵の悲嘆は、激しかった。かれは、水戸藩の藤田東湖に、

「小田原侯（大久保忠真）、往（逝）く。我輩また力を致すべきやうなし」

と、告げた。

十三

その年の二月、大坂で大塩平八郎の乱が起り、人心はさらに動揺した。

林蔵は、浅草俵（田原）町に住んでいたが、以前に住んだことのある深川の冬木町に再び転居した。

五十八歳になったかれにとって、老中大久保忠真の死は大きな痛手になった。一介の普請役にすぎぬ自分を、大久保はしばしば身近に招き、異国事情について熱心に耳をかたむけてくれた。林蔵が、一時、シーボルト事件の密告者として白眼視された時も、大久保は慰めの言葉をかけ、厚遇することを変えなかった。自分が今まで仕事をつづけてこられたのは、大久保がいたからだ、と思っていた。

林蔵は、悲しみをいやすため久しぶりに故郷の上平柳村へもどってみようと考えた。両親も死に、家にはだれもいないが、故郷の空気にふれれば少しは気持も安らぐにちがいない、と思った。かれは、老いのために気が弱くなっているのを感じた。

寒気がゆるみ、桃の花が咲きはじめた頃、家を出た。

健脚を誇っていたかれの足も、さすがに衰えをみせていて、途中、茶店で休みながら故郷への道をたどった。

上平柳村に入ったかれは、専称寺に行った。住職は、隣村の葬式に行っていて留守で、かれは墓所に行くと墓に水をかけ、手を合わせた。墓地に、人影はなかった。墓地を出ると、草の萌えはじめた小道を生家にむかった。

竹藪の中の道をぬけて家に近づいたかれは、不意に足をとめた。家は、荒れているというより朽ちていた。しばらく呆然と立ちつくしたかれは、よろめくような足どりで近寄って行った。

戸を開けようとすると、戸の下部が腐っていてはずれた。

かれは、家の内部を見つめた。蜘蛛の巣が張り、床はくずれ落ちている。その中におびただしい緑色のものが床下から屋根を貫いてつらなっていた。孟宗竹であった。裏手は竹藪になっているが、いつの間にか根が床下にのび、竹がはえている。屋根は所々くずれ、空の色がのぞいていた。

かれは、顔色を変え、恐しいものを見たように後ずさりすると、足早に道を引き返した。間宮本家に行くことも、隣村の名主飯沼甚兵衛を訪ねる気も失せていた。

自分には故郷はなくなってしまった、それも故郷を捨てた報いなのだ、とつぶやいた。両親を放置したまま気ままに生きた自分に、神仏が罰をあたえているのだ、と思った。

かれは、重い足どりで道をたどり、冬木町の家にもどった。

体から芯がぬけたような疲労を感じた。老中大久保忠真の死に遭い、また朽ち果てた生家を眼にしたかれは、生きる希望を失ったような気落ちを感じた。家の中に密生していた竹の群がおびやかすようによみがえった。家はすでに竹林になり、家そのものが磔《はりつけ》になっているように感じられた。

梅雨の季節に入った頃、突然、体の異常を感じた。発熱して頭が痛く、関節にも疼痛が起った。

風の病いにちがいないと思い、ふとんを敷くと身を横たえた。そのうちに胸、腹に大豆ほどの大きさの赤い発疹がみられるようになった。

食事時には身を起して煮炊きをしたが大儀でならず、外出もできないので隣家の老婆に頼んで買物をしてもらったりした。眠りにつくと孟宗竹の幹の緑の色がのしかかり、うなされて眼をさました。体に汗がふき出ていた。

数日後、訪れる人があった。

半身を起して入口をうかがうと、伊能忠敬の親類筋にあたる水守章作が立っていた。忠敬の死後、その測量原簿と林蔵の蝦夷実測野帳など数百冊に及ぶ資料は、忠敬の親友久保木清淵が保管の任にあたっていたが、久保木は文政十二年八月に病死し、その役目を章作が引きつぎ、時折り保管状況を林蔵のもとに報告しにきていた。

「いかがなされました」

水守が、気づかわしげに言った。

林蔵の病臥したのを見たことのない章作は、部屋にあがると枕もとに坐った。

林蔵は、章作に症状を話した。

「それはいけませぬな。お医者様に診てもらってはいないのですか」

「疲れが出ただけだ」

「そうかも知れませぬ。東奔西走なされ、常人では到底真似などできぬお働きでございますから……。これを機に十分お体をお休めなさって下さい。しかし、お医者様には一応診てもらう方がよろしゅうございます。懇意にしております診立てのよいお医者様がおりますので、お連れしましょう」

章作の言葉に、林蔵は黙ったままうなずいた。

章作は、台所の方に眼を向け、

「炊事などはどのように……」

と、たずねた。

「それが大儀でならぬのだが、やむを得ず起きて煮炊きをしている」

林蔵は、顔をしかめた。

「それでは、だれか適当な雇い女を探してみましょう」

た。
その日の夕方、章作は供の者に薬箱を持たせた五十年輩の医者を案内して再びやってき
かれは、地図その他の管理方法を手短かに報告すると、匆々《そうそう》に帰って行った。
章作は、言った。

医者は枕もとに坐ると、半身を起した林蔵に症状をたずね、脈をとり、心音をきいた。そして、胸、腹、背にあらわれている赤い発疹を入念にしらべると、

「湿毒《しつどく》でございますな。相違ありませぬ」

と、言った。

林蔵は、驚き、思わず苦笑した。湿毒は、湿瘡《しつそう》または梅毒と言う。かれは、松前にいた時、遊女屋にしばしば足を向けたが、その折りに毒をうけたにちがいない、と思った。五十歳を過ぎてからは、旅先で女と体を接することも稀になっていて、湿毒は長い間潜伏し、年老いて疲れが出た時にあらわれるともいう。松前で遊んだ女たちの顔が、思い起された。

「湿毒でございますか」

章作が、生真面目な表情で言った。一人身で旅の多い林蔵が女と遊ぶのは当然のことで、湿毒にかかるのも無理はないと思っているようであった。

医者は、薬を調合し、帰って行った。

しばらくすると、家の戸口で女の声がした。

「来たようです。伊能忠敬様の家で働いておりましたおりきをおぼえておられましょう。よく働いた女です」

章作が、腰をあげながら言った。

「そんな女がいたな。それがどうした」

林蔵は、いぶかしそうな表情をした。

「林蔵様が病いで寝ておられることを知合いの者に話しましたら、それを伝えきいてやってきて、ぜひ身の回りのお世話をしたいので雇って欲しい、と申します。働き者ですので、渡りに舟と思い、一応林蔵様のお宅にうかがって雇って下さるかどうかお頼み申し上げたらどうか、と申しました。いかがでございましょう」

章作は、林蔵の顔をうかがった。

伊能家で働いていた頃のおりきは十七、八歳だったが、それから二十年ほどがたつ。声が大きくよく笑う娘で、章作の言う通り働き者であったことも思い出された。

雇われることを望んで家までやってきたおりきを、断わることもできず、

「働いてもらおう」

と、林蔵は言った。

その日から、おりきは、林蔵の家で働くようになった。

四十歳に近くなったおりきは、一度嫁に行ったが、夫の死に目にあい、それから寡婦を通

していた。娘時代の面影は残っていたが、さすがに目尻に皺がきざまれていた。

おりきは、炊事、洗濯、掃除と小まめに働くが、林蔵にはその動きが少し荒々しく感じられた。一人だけで暮してきたかれは、自分の家に他人が入りこんでいることが煩《わずら》わしくも思えた。おりきは隣室で寝たが、時には鼾《いびき》をかき、それが気になって眠りにつけないこともあった。

しかし、病臥している身ではおりきがいなければ不自由な生活を強いられることはあきらかで、かれは不機嫌そうな表情をしながら身を横たえていた。

水守章作が、勘定奉行矢部駿河守に林蔵が病臥していることをつたえたので、吟味役川路聖謨をはじめ奉行所の者たちが見舞いに来た。林蔵は、かれらの口から、その年の六月二十八日、アメリカ船モリソン号が浦賀に入港し、浦賀奉行が砲撃を命じて追いはらったことをきいた。さらにモリソン号は、七月十日に薩摩湾にも現われ、再び砲撃をうけて去ったことも耳にした。

林蔵は、その話に落着かなかったが、奉行所に行ける状態ではなく、終日、身を横たえていた。

九月三日、伊豆国代官江川英竜の使いの片岡伴六郎が、江川の見舞いとして可寿て以羅（カステラ）を届けてくれた。また、水戸藩の藤田東湖らもつぎつぎに病状を気づかって訪れてきた。

林蔵は、ふとんの上に坐ってかれらと話をした。

その年は全国的に凶作で、各藩領内で一揆が起り、奥州方面ではまたも多くの餓死者が出た。

年が明けても、林蔵の容体は変らなかった。

かれは、病臥しながら世情の動きを見つめていた。アメリカ船モリソン号の来航に衝撃をうけた筆頭老中水野忠邦は、江戸湾防備の強化を企て、革新的な開明派である川路聖謨、代官江川英竜らに意見を問うた。川路、江川らは、林蔵のもとに使いの者を出し、それに対する意見を乞い、林蔵は自説をつたえた。

江川英竜と対立する洋学嫌いの目付鳥居耀蔵の発言力が、急に増してきているようだった。

林蔵は、四月に徳川斉昭が、再び蝦夷地を水戸藩領にして欲しいという願書を老中水野忠邦に出したことを知った。斉昭は、林蔵に最近の松前藩の蝦夷地に対する経営と防備状態を視察してもらいたいと考え、東湖に命じて病状をさぐらせた。が、病状が思わしくないのを知ると、勘定奉行矢部定謙に依頼し、林蔵と第一回樺太調査をした勘定方の松田伝十郎と大島東作を蝦夷地の国後島へ派遣した。

その直後、林蔵は、三月に焼けた江戸城西丸の再建問題で、財政窮迫を理由に難色をしめした勘定奉行矢部定謙が、西丸御留守居役に左遷されたことを奉行所の者から耳にした。竹島事件の摘発に協力した矢部の不運に、林蔵は心を痛めた。

林蔵の家にくる者たちは、家事をするおりきの姿を眼にして、

「御新造様でございますか」

と、声をひそめてたずねた。

林蔵は、頭をふり、

「雇い女だ」

と、答えるのが常であった。

容態は、はかばかしくなかった。時折り、不意に高熱を発し、頭痛におそわれる。腰痛も激しかった。

かれが顔をしかめて腰をおさえていると、おりきはふとんの裾《すそ》に坐り、手を入れて腰をさする。

「よい、よい」

林蔵が制すると、

「よいわけがありませぬ。こうすれば少しはお楽になりましょう」

と言って、おりきはかまわず腰をさすりつづける。

林蔵は、仕方なくおりきのなすままにまかせていた。

おりきは、いつの間にか給金をとらなくなっていた。月々、家計費に添えて給金をあたえ

ていたが、給金を家計に使っているようだった。

「給金を取ってもらわねば困る。取らぬと女房にまちがわれる」

林蔵は、注意した。

「まちがわれてもようございます。私は、押しかけ女房のつもりでおります」

おりきは、平然と答えた。

長い間、一人きりですごしてきたかれは、声が大きく動作の荒いおりきがうとましかった。自分で炊事、洗濯もし、気ままに過したかった。体さえ達者になったらおりきに暇を出そうと思った。おりきがいなければ、養生もできぬ身がもどかしかった。

かれの体の回復を最も待っていたのは、徳川斉昭であった。蝦夷地の経営と防備を松前藩に代っておこないたいという希望は、一層つのり、それには林蔵の豊富な知識を必要とした。

その年の暮れには、斉昭が書簡で、藤田東湖に南蛮渡来の薬を手に林蔵を見舞うように命じた。

その書簡には、林蔵が今もって病いが癒えず引きこもっているのは今まで勤めにはげんできた疲れが出たからで、「有用の人材に候間　為㆓天下㆒早く全快いたさせ度《たく》候」と記し、それにつづいて、この薬は効果がいちじるしいので林蔵に服用させたく、また神仙丸を持ってゆくように、とあった。さらに、林蔵の病いが癒えて勤務できるようになった時には、手すきの折りに藩邸へ招き、話をききたい。北方問題は最も重要なので、「是非間宮全快後には逢候て北方の事情承度《うけたまわりたく》」と、強い希望を記していた。

藤田東湖は、それらの薬を手に林蔵の家を訪れ、藩主が平癒を心から待ち望んでいることをつたえた。

林蔵はふとんの上に坐って、厚く礼を述べた。

天保十年が明け、林蔵は還暦《かんれき》を迎えた。

林蔵は、おりきの助けを借りて斉昭から贈られた薬を発疹のできた部分に塗りつけた。それは思いがけなく効果があって、発疹も目にみえて小さくなった。その上、発熱することも稀になり、頭と腰の痛みもうすらいだ。

林蔵は、ふとんから起きて畳の上に坐り、ぼんやりと空をながめたりするようにもなった。おりきは、林蔵の髪をすき髭を剃った。かれの白い髪は少なくなっていて丁髷も小さく、地肌も透けていた。

相変らず訪問者は多く、林蔵はその度に坐ってかれらと話をした。声にも張りがもどり、話に倦《う》むことなく口を動かしつづけた。その眼には、多くの危難をくぐりぬけた鋭い光がうかんでいた。

その年の五月、林蔵は、訪問者の口から一つの悲報を耳にした。

川路聖謨を介して親交をむすんでいた渡辺崋山が、北町奉行所に捕えられ投獄されたという。

崋山は、西洋の新知識を交換する尚歯会の事実上の盟主として、町医師高野長英、蘭学者小関三英、勘定吟味役川路聖謨、代官江川英竜らとともに会合をもっていた。崋山は「愼機論」、長英は「夢物語」を著わし、来航したアメリカ船モリソン号を幕府が砲撃で撃退したことを批判し、時勢におくれた鎖国政策を頑に守ることは、かえって外国の侵略をまねくおそれがある、と警告した。

この著書が、洋学嫌いの目付鳥居耀蔵を刺激し、鳥居は、老中水野忠邦に告発状を出し崋山と長英を捕えたのである。逮捕を恐れた小関三英は、自殺した。

林蔵は、親しい川路聖謨と江川英竜も鳥居耀蔵に敵意をいだかれているので、川路たちの連坐を恐れていたが、幸い難はまぬがれたようであった。

その頃、徳川斉昭の命をうけた藤田東湖から、伊能忠敬の作成した日本地図の写しを欲しいという申出があった。斉昭は、徳川御三家の一つである水戸藩の当主で、それを拒むいわれはなかった。

かれは承諾し、地図を保管している忠敬の親戚の水守章作に連絡をとり、章作から東湖に贈らせた。

秋に入ると、林蔵の体はさらに回復し、外出もできるようになった。

かれは、釣竿を手に近くの川に行って釣糸を垂れた。おりきと顔を合わせるよりも、一人でいる方が気楽で、夕方近くまで川岸に坐っていた。

おりきが嫌いというわけではなかった。病床にある時は、病いが癒えたらおりきに暇を出し、自分だけの生活にもどりたい、と思っていた。が、病床からはなれられるようになると、そうした気持も失せた。

老いた身では、今さら自炊をするのも億劫《おっくう》だった。おりきは家事の切り盛りが巧みで、まかせておけば安心だった。湿毒をわずらってから、性に対する欲望はすっかりなくなり、おりきを女として考える気持もなかった。

しかし、おりきは、林蔵が頼みもしないのに、肩をもんだり腰をさすったりする。おりきが手をとめて黙っているので顔を見ると、光った眼をじっと向けていることもある。押しかけ女房だと自分で言っているが、おりきが妻としての性の営みも得たいと思っていることはあきらかだった。

旅をし、測量や隠密の仕事をしながら長い歳月独身を通してきたかれには、同居するおりきをどのように扱ってよいのかわからなかった。旅先で女の体と接したことは数知れないが、同じ家に住む女を抱くことなど照れ臭くてならない。それに、湿毒という病いもあるかれには、おりきと体を接することなどできるはずもなかった。

その年の暮れ、渡辺崋山に永蟄居《えいちっきょ》、高野長英に永牢《えいろう》が申し渡されたことを知った。

林蔵は、若い頃、異国船を容赦なく打ちはらうべきだと信じていたが、いつの間にか進歩的な開明思想をいだくようになり、さらに川路聖謨、江川英竜らと親しくなるにつれて、それはゆるぎない信念になっていた。日本近海で操業する欧米の捕鯨船との摩擦は、それらの異国に日本侵略の理由をあたえるきっかけになる、と憂慮していた。川路が、部下である林蔵を先生と呼び、崋山も親しく近づいてきたのは、林蔵の主張に敬意をいだいていたからであった。

林蔵は、崋山が永蟄居を命じられたことを悲しんだ。

斉昭は、自分が贈った南蛮渡来の薬が効果をしめしたことを喜び、その後も藤田東湖に薬を林蔵のもとにとどけることをつづけさせていた。

林蔵は、その年の十月、再び斉昭が老中水野忠邦に、蝦夷地を下賜して欲しいという願書をさし出したことを知った。その願書は却下され、翌月、斉昭は、書を直接、将軍家慶に提出したが、それも容れられなかった。

それでも斉昭は諦めることもなく、蝦夷地経営の悲願はさらにつのっていた。斉昭の蝦夷地についての構想は、林蔵から得た知識によって立てられたもので、「北方未来考」として記録されていた。

その概要は、まず斉昭が隠居し、自ら蝦夷地に乗りこむことを基本としていた。

石狩川上流の湖岸に拠点をもうけ、付近一帯を焼き払って勇威《ゆうばり》に城を築く。家臣を城下町に住まわせ、学校、育児館、遊里を設け、水戸藩領から農民、浪士、罪人を移して開拓に従事させ、殊にアイヌと友好関係を保つ。道路を開き、関所を設け、海岸の要地に兵を配して大小の砲を据え、鉄砲を製造する。大船を建造して航路を確保するとともに、異国船の防禦にもあて、密偵を放ってラッコ島（ウルップ島）以北を探らせる。将来は蝦夷地の国名を日出国とし、地図には北海道と記す。

以上のような大規模な構想で、斉昭は、真剣にその実現を念願としていた。

斉昭は、その内容を充実させるため、林蔵に会って親しく意見を乞いたいと言ってきていたが、さすがに林蔵も水戸まで行く体力はなかった。

正月が明けた頃から、樺太で越冬した折りに凍傷にかかって曲った指がひどく痛むようになり、おりきに酒を熱くさせてその中に指をつけた。それで一時は痛みもうすらぐが、寒風にさらされるとすぐにぶり返し、家の中にとじこもって過していた。

奉行所に足を向けることも絶え、時折りやってくる奉行所の者に意見を述べるだけであった。三十俵三人扶持、年金十両、足高《たしだか》二十俵に加えて水戸藩から顧問料を渡されている身分なので、生活は恵まれていた。

六月中旬を過ぎた頃、勘定吟味役川路聖謨の使いの者が来て、川路が江戸をはなれることを知った。川路は、すぐれた業績を認められ、佐渡奉行に栄進したのである。

川路は、七月十一日に江戸を立って佐渡へ向った。

その頃から、林蔵は、家の近くの小料理屋などに行って酒を飲むこともするようになった。体は衰えていたが、酒は強く、何本も銚子をお代りした。

その年の十一月下旬には、店で津の藤堂藩の儒者である斎藤拙堂から初対面の挨拶をされた。林蔵は問われるままに斎藤とその知人を前に海防論を説いた。斎藤たちは、敬意にみちた眼で、林蔵の話に耳をかたむけていた。

長年、飢饉《ききん》に見舞われていた諸国も、ようやく作物の生育がよく、庶民の生活は落着きをとりもどしていた。

翌天保十二年四月、失脚していた矢部定謙が南町奉行に返り咲いた。老中水野忠邦のはからいによるもので、矢部の使いの者が林蔵にそれを伝えた。親しい矢部の復帰は、林蔵にとって朗報であった。

五月十五日、将軍家慶は、老中水野忠邦の意を入れ、老中を集めて幕政の大改革（天保改革）を告げ、役人の腐敗、無気力をいましめ、奢侈《しゃし》を禁じた。

その年の十月、林蔵は、永蟄居の刑をうけて故郷の田原にあった渡辺崋山が自刃したことを耳にした。それにつづいて南町奉行矢部定謙が、目付鳥居耀蔵によって職を追われたことも知った。崋山が捕えられたのも、鳥居の告発によるもので、崋山、定謙と親交のある開明派の川路聖謨が、鳥居によって災いをこうむるおそれもあった。

鳥居は、老中水野忠邦の推挙のもとに定謙に代って南町奉行に就任した。かれは、忠邦の天保改革を徹底した方法で実行に移した。

かれは、使用を禁じている奢侈品の摘発に乗り出し、市民から多数の銀製の煙管などを没収し、役人の私行を探るなどして、江戸城内外の者たちから恐れられた。江戸の空気は、陰惨なものになった。

天保十三年の正月も、暗い空気がよどんでいた。

林蔵は、再び体の不調を感じるようになった。痛みはないが、目まいがして立っていることができず、横になる。動悸《どうき》も速くなっていた。体がだるく、殊に足に力が失われていた。健脚を誇っていた足の筋肉も、すっかりたるんでいた。

二月十七日、戸川播磨守安清が上司の勘定奉行に就任した。戸川は、林蔵の業績を高く評価していて、着任後すぐに見舞いの品物をとどけさせた。林蔵は、ふとんの上に坐って使者に厚く礼を述べた。

七月二十四日、幕府は異国船に対しての扱いをあらためる薪水給与令を発した。文政八年以来、幕府は渡来した異国船を理由のいかんを問わず打ち払うべしと命じていたが、薪や水をあたえて穏便に退去をうながすことにあらためた。これについて南町奉行鳥居耀蔵は反対したが、伊豆代官江川英竜が強く支持し、老中水野忠邦は江川の主張を容れて発令したのである。

林蔵は、その改革を喜んでいた。清国はアヘン戦争でイギリスに侵略され、長崎のオランダ商館を通じて、イギリスの次の侵略国は日本だという情報がしきりだった。それに恐れをいだいた幕府は、異国に侵略の口実をあたえぬため穏便な方法をとったのだ。

その発令後、林蔵に対して勘定奉行戸川播磨守を通じ老中水野忠邦から、林蔵の所持する樺太から東韃靼におよぶ地域の自製の地図を写して差出すようにという命令があった。幕府は薪水給与令とともに、防備の強化を考え、殊に北辺の地勢を十分に熟知する必要を感じたのである。

林蔵は、おりきを水守章作のもとに赴かせ、章作に保管している原図を持ってくるよう依頼させた。

翌日、章作が、雇っている男に原図を背負わせて運びこんでくれた。

しかし、林蔵は、身を横たえたまま部屋の隅に置かれた原図を眺めているだけであった。体を起してはみるが、動悸が激しく、目まいにおそわれ、再び身を横たえる。かれには、写図をする体力も気力も失われていた。

かれは、奉行所の使いの者から矢部定謙の不幸を耳にした。矢部は、南町奉行に就任した折り不正があった、と鳥居耀蔵に糾弾《きゅうだん》され、桑名に禁錮《きんこ》された後、絶食して死んだという。

林蔵は、親しい友をまた失ったことに暗たんとした思いであった。

その年の十二月十三日、伊豆から江戸へ来た代官江川英竜が、十九日に使いの者を寄越して山葵《わさび》十五個を贈りとどけてくれた。

さらに十日後には、江川が林蔵の家を訪れ、海防のことについて意見を交した。江川はアヘン戦争の例からみて、イギリスが日本を侵略することを憂えていることを口にした。これに対して、林蔵は、ロシア使節レザノフのもらした言葉を通詞馬場佐十郎の実兄為八郎からきいたことだが、と前置きして、異国では、一国を侵略する時には他国の諒解を必ず求めることを原則としている、と述べた。もしもイギリスが日本を侵略する意図をいだいているとしても、それを他国が同意するとは考えられず、そのおそれは少いと思う、と告げた。

江川は、深い感銘をうけたらしくうなずき、八ツ半（午後三時）すぎに帰っていった。さらに翌日、江川から見舞として鮮魚一籠《かご》を贈ってきた。

林蔵は、好意を謝し、塩引鮭などを返礼としておりきに届けさせた。


天保十四年が、明けた。

林蔵は、地図の写しの仕事をすることもせず、ほとんど寝たきりであった。真っ白になった頭髪は地肌がすけ、眉毛も白くなっていた。

かれは、うつらうつらと眠り、時折り眼を開けると天井をぼんやりと見上げていた。

林蔵が再び病臥したことがつたわり、見舞いの書状や品物がとどけられた。水戸藩の藤田東湖、西宮宣明、元尚歯会の紀州藩の儒者遠藤勝助らをはじめ、遠く佐渡から川路聖謨の見舞い状も寄せられた。

政情の変動は激しく、九月に老中水野忠邦は、鳥居耀蔵の画策によって失脚し、それにともなって林蔵と親交のあった勘定吟味役羽倉外記も職を追われ、逼塞《ひっそく》を命じられた。

天保改革に反感をいだいていた市民は、改革の立案者である忠邦の失脚に狂喜した。そして、忠邦が西丸下の役宅を引払うため引越しの準備中、数千の市民が押しかけ、邸内に石を投げ、辻番所を打ちこわした。さらに水野邸の不浄門も破ったので、町奉行鳥居甲斐守が人数を繰出し、ようやく鎮圧することができた。

林蔵は、おりきからその政変をきいたが、ただ眼をしばたたいているだけであった。

年が暮れ、正月を迎えた。

かれは、おりきの作った雑煮を少し食べたが、すぐに箸を置いた。食欲もとみに少くなっていた。

勘定奉行戸川播磨守は、林蔵が病みおとろえていることを知り、家督が絶えるのを惜しんだ。故郷の生家は哲三郎がつぐが、普請役の家をつぐ者はいない。

戸川は、養子になる者を物色し、浅草蔵前の札差の青柳家の子である鉄次郎に目をつけた。十五歳で、算術が得意であった。戸川は吟味役に命じ、林蔵を訪れさせて養子縁組に同意するようすすめさせた。

林蔵は、しばらく思案していたが、かすかにうなずいた。

寒い日がつづき、しばしば雪が舞った。溝の水は凍り、毎朝、霜柱が立った。林蔵は、白い呼気を弱々しく吐きながら身を横たえていた。

二月十九日七ツ半（午後五時）頃、おりきは林蔵の様子がおかしいのに気づき、枕もとに坐ると、声をかけた。返事はなく、肩をゆすってみたが反応もなかった。

おりきは、狼狽《ろうばい》し、隣家の男に頼んで医者のもとへ走らせた。すでに、夕闇がひろがりはじめていた。

おりきは、行灯をともし、再び林蔵の肩をゆすったが、体がゆれるだけであった。家の戸口に出ると露地に眼を向けた。林蔵がこのまま息をひきとってしまうのではないか、と不安でならなかった。

やがて、露地の入口から提灯の灯が二つ現われ、ゆれながら近づいてきた。隣家の男の後に、薬箱を手にした供のものを従えた医者が小走りに歩いてきた。医者は、部屋にあがり、林蔵の枕もとに坐ると脈をとった。ついで、胸に耳をあてて心音をきき、瞼をひらいて眼をのぞきこんだ。行灯の淡い光に、林蔵の青い顔がうかび上っていた。

医者は、さらに体をしらべ、耳朶《じだ》を指ではさみ、顔をあげた。

「いかがでございましょう」

おりきは、不安そうにたずねた。

「心音も脈も弱く、耳朶も冷いが、今すぐということはない。ただし、余病が出なければの話だが……」

　医者は、低い声で言った。

　おりきは、安堵したように息をついた。

「しかし、六十五歳という御高齢でもあり、身内の方をお呼びになった方がよろしいでしょう」

　医者は、林蔵の顔を見つめながら言うと、腰をあげた。

　提灯に灯が入れられ、医者は供の者と露地を去った。

　隣家の男が、上り框《かまち》に坐って林蔵に視線を向けている。

「お医者様は、身内の者を呼ぶようにと言われました。これから手紙を書きます。御面倒でしょうが、明朝早く、常陸国筑波郡の故里に手紙をとどけていただけませんか。路銀は十分にお渡ししますから……」

　おりきは、頼んだ。

　男は承知し、家を出て行った。

　おりきは、机の前に坐り、筆をとった。伊能忠敬の家に奉公していた時、見よう見まねで読み書きは身につけていた。

　急ぎ候間、仁儀（義）は真平《まつぴら》御免被下《くだされ》候。然《しから》ば林蔵儀今日七ツ半時頃ヨリふと打ふし、……色々手当テいたし候得共、宜敷方《よろしきかた》も相見へず誠に困入候間、何卒この文参り次第ニ、此者（使いの者）同道ニて御出《いで》被下度、偏《ひとえ》ニ奉二持（待）入一候。尤《もっとも》いし（医師）事申候ニハ、余病出不レ申候ハヾくわ（火）急の事も無二御座一候得共、御大切儀ニ候間御手当テ大（第）一と申事ニ候ハヾ、くれ〴〵御談事《だんじ》申度事斗《ばか》り山々御座候間、御出之程偏ニ〳〵御まち申上候。（略）

　二月十九日暮六ツ時認メ

そこまで書いておりきは、

　　間宮内

　　　利（り）き

と、記した。林蔵は妻と認めてはくれなかったようだが、おりきは、妻でありたかった。手紙の送り先は、林蔵が最も世話になった飯沼甚兵衛の家督をついでいた甚兵衛であった。

おりきは手紙を手に家を出ると、隣家の男に旅費とともに渡した。

おりきは、部屋にもどると、枕もとに坐った。林蔵は、眼を閉じたまま弱々しく呼吸をしていた。

三日後、郷里から本家の当主浦七、狸淵村名主飯沼甚兵衛、生家をつぐ哲三郎が来て、おりきとともに林蔵を見守った。

林蔵は、時折り眼をあけ、浦七たちが声をかけるとかすかに反応はみせたが、すぐに眼を閉じる。水を飲ませると、咽喉を越えた。

二十五日の朝から、林蔵の意識は失われた。医者が呼ばれ、心音が極端に衰えていることがあきらかになった。

翌日の夕刻、林蔵の呼吸は間遠になった。医者の指示で、死水が唇に濡らされ、やがて呼吸は絶えた。医者は、臨終を告げた。

おりきは、しきりに涙をぬぐっていた。

浦七が勘定奉行役宅に赴き、かれの死を戸川播磨守に伝えた。戸川は、死を悼《いた》み、吟味役に弔問させた。

家督相続のこともあり、その死は表立ったものにせず、内々で遺体を荼毘《だび》にふした。将軍家慶は、見舞い金という名目で銀子を贈った。

遺骨は、郷里の常陸国筑波郡上平柳村の専称寺に、歯のみを深川の本立院の墓地に納めた。本立院の墓は、林蔵の号である倫宗を使い、間宮倫宗蕪崇之墓とし、裏面に天保十五年二月二十六日歿と刻まれた。法名は、顕実院宗円日成信士であった。また専称寺では、後に威徳院巍誉光念神佑大居士という法名をおくった。

林蔵は、生前、自分の所蔵している地図その他を死後焼き捨てて欲しいと洩していて、勘定奉行の戸川播磨守も、それが遺族に災いをあたえることを気づかい、奉行所ですべて収納することになった。浦七も飯沼甚兵衛も、それに従い、諸書物入櫃三、司柳行李一、絵図面入箱一、分間野帳《ぶげんのちょう》二綴、分間道具入箱一、十匁筒、小筒などの武器を差出した。

家をつぐのは鉄次郎に内定していたが、戸川播磨守は、奉行石河土佐守、榊原主計頭と連署で、林蔵の跡目《あとめ》相続伺を老中に提出した。これに対して、老中土井大炊頭から、

「林蔵儀……勤功モ有レ之候者之儀ニ付　其方共心入《こころいれ》ヲ以テ相応ノ人物相撰《えらび》抱入候上　家名為《らせ》二相名乗一候様……」

という許可書が下付された。

翌弘化二年八月二十六日、十六歳の鉄次郎が家督をついだ。

鉄次郎は孝順と名を改め、安政元年に樺太調査に従事し、万延元年には箱館奉行調役に昇進した。ついで慶応三年には、御広敷添番頭《ひろしきそえばんがしら》に進み、高百俵、足高役料二百俵をあたえられる身分になった。さらに明治維新を迎え、新政府に勤務し、明治元年清水湊役、三年権小属、八年開拓少主典となり、明治二十四年六月十日に六十二歳で死去した。

哲三郎は、そのまま上平柳村の生家をついだ。

おりきは、林蔵の遺した金をもとに金貸しをしていたが失敗し、万延元年、孝順の世話をうけながらこの世を去った。

本立院の林蔵の墓のかたわらに葬られ、まみやと刻んだ小さな墓碑が立てられた。

シーボルトは、伊能忠敬の作成した日本地図、間宮林蔵の千島、樺太、東韃靼図の海外持出しを企てたかどで、永久追放の処分を受け、文政十二年十二月五日、オランダ船コルネリ

ウス・ハウトマン号で日本をはなれた。

幕府は、天文方高橋作左衛門がシーボルトに贈った地図をすべて没収し、海外持出しを防ぐことができたと信じていたが、事実は異っていた。シーボルトは、家宅捜査をうける直前に、それを予測して画工のデ・フィレニュフェの協力を得て、日本、千島、樺太、東韃靼の地図の複製をし、商館長の金庫その他にかくし、捜査の眼からのがれたのである。

かれは、苦心の末、それらの地図を他の資料とともにひそかにコルネリウス・ハウトマン号にのせ、日本を去ることができた。

かれは、バタビアをへてオランダに行き、ライデン市に居を定め、六年間にわたって日本で蒐集した美術工芸品その他を展示した。と同時に、「ニッポン」と題する二十分冊におよぶ大著述に手をつけた。

一八三二年（天保三年）、シーボルトは第一巻を出版した。その中には、間宮林蔵が樺太、東韃靼へ旅をしたことも紹介されていた。シーボルトは、林蔵が事件の密告者であるという噂を信じ、「日本政府側からわれわれに対する審問の契機を作った人物」として憎しみをいだいていたが、地理学の上で偉大な功績をあげたことを認め賞讃していた。

林蔵については「専門の測量技師で、スケッチにもすぐれ、地点測定のために必要な天文学的知識も持っていた」として、樺太が東韃靼の半島と信じられているが、林蔵はその調査の旅で樺太が島であり、東韃靼との間に海峡があることを発見した世界最初の人物であると記した。さらにシーボルトは、林蔵の海峡発見を証明するために海峡とアムール河の河口をえがいた林蔵の地図も挿入し、その海峡をマミヤの瀬戸１８０８（間宮海峡）と名づけていた。

シーボルトは、一八三四年（天保五年）、ロシアのセント・ペテルブルクに行き、クルーゼンシュテルン海軍大佐を訪れた。クルーゼンシュテルンは、ロシア屈指の世界的な探検家で、樺太の探検もおこない、途中で断念して引返した経歴の持主でもあった。かれは、樺太が半島であるとかたく信じていた。

シーボルトが、樺太と東韃靼との間に海峡があることを示した林蔵の地図を見せると、クルーゼンシュテルンは、

「これは日本人の勝ちだ」

と、叫んだ。この一挿話《そうわ》も「ニッポン」に記された。

しかし、「ニッポン」は一部の人の眼にふれただけで、依然として樺太半島説が定説になっていて、一八四六年（弘化三年）にその地域に入った米露商会の探検船もアムール河の河口を発見できず、半島説を信ずる者が主流になっていた。

その定説をくつがえす動きが、一八四九年（嘉永二年）にみられた。その年、東部シベリア総督ニコライ・ムラヴィヨフは、ニコライ一世の裁可《さいか》を得て、アムール河から海へ出るコースを探るため、清国領のアムペル川下流地域の探検を企てた。ゲンナジー・ネヴェリスコ

イ大佐を指揮者とする遠征隊が編成され、樺太の北からアムール河の河口方向に船を進めた。

遠征隊は、樺太北部から船を進め、遂にアムール河の河口に達することができた。四十年前に初めて河口を確認した間宮林蔵以来の第二番目の壮挙《そうきょ》であった。

さらにゲンナジー・ネヴェリスコイ大佐は船を南下させ、樺太と東韃靼との間に幅七キロの海峡があるのを見出した。一八四九年（嘉永二年）八月三日のことであった。すでに十五年前の一八三四年（天保五年）に、シーボルトがロシア人探検家クルーゼンシュテルンに、林蔵の海峡を明記した地図を見せ、クルーゼンシュテルンを驚かせたが、なぜかロシア人の間にそのことはひろがっていなかったのである。

ロシアは、ゲンナジー・ネヴェリスコイ大佐の海峡発見が世界最初のものであると信じ、狂喜した。アムール河をくだれば太平洋へ出られることを知ったのである。

ロシアは、アムール河が戦略的に重要であることに気づき、海峡を発見したことを厳秘にし、他国へ洩《も》れぬよう配慮した。と同時に、アムール河を確実に守るためには樺太の存在も重要である、と判断した。

海峡の発見は、一八五三年（嘉永六年）から一八五六年までつづいたクリミア戦争で、戦略的な価値を発揮した。ロシアとトルコの間に起った戦争に、イギリス、フランスがトルコと同盟をむすび、ロシアに宣戦布告をしたのである。

その頃、ロシアは、カムチャツカのペトロパヴロフスクなどの守備隊へ補給物資を送るのに、アムール河をひそかに使用していた。

一八五五年（安政二年）五月、J・G・B・エリオット司令官指揮のイギリス艦隊が、間宮海峡の最もせまい部分の南にあるデ・カストリー湾にいるロシア艦隊を発見した。ロシア艦隊は、それに気づいて湾から出ると、北に針路を向けて逃げた。

エリオット司令官は、樺太と大陸が地つづきである半島説を信じていたので、ロシア艦隊を半島のつけ根である大きな湾に追いこんだと喜んだ。そして、湾を封鎖《ふうさ》し、数週間にわたってロシア艦隊を探しまわった。その結果、エリオット司令官は、樺太と大陸の間に海峡があり、ロシア艦隊はそれをぬけて、アムール河の河口から河をさかのぼって逃げたことに気づいた。

この出来事によって、海峡の存在がイギリスをはじめ各国の間に知れ、樺太半島説が誤りであることがあきらかにされた。

シーボルトの「ニッポン」には、日本から持出された林蔵の「東韃地方紀行」なども収録され、林蔵の名は、シーボルトによって世界的に知られるようになった。また、各国語に翻訳されたゴロブニンの「日本幽囚記」にも林蔵についての記述があり、かれのことはヨーロッパ人の間にひろがった。

シーボルトの命名になるMamiya-seto（間宮海峡）という名称が不動のものになったの

は、一八八一年（明治十四年）に刊行されたフランスの地理学者エリゼ・ルクリュの「万国地誌」第六巻「アジア・ロシア」によるものであった。これによって、世界地図の地名に、日本人としてただ一人林蔵の名が刻まれたのである。

明治三十七年四月二十二日、東京地学協会の申請にもとづいて、林蔵に正五位が贈られた。

あとがき

間宮林蔵の名と業績を知ったのは、小学校六年生の折りに学んだ国語の教科書による。「間宮林蔵」という題のもとに、「樺太は島なりや、又大陸の一部なりや、世界の人の久しく疑問とする所なりしが、其の実地を探険してこれが解決を与へたるは、実に我が間宮林蔵なり」という書き出しではじまり、樺太が島であることを確認して間宮海峡を発見、海峡を渡ってシベリヤ大陸を旅して帰るまでのことが、簡潔に記されている。

これが、私と間宮林蔵の初めてとも言える出会いである。

昭和四十九年、「北天の星」という小説を書いた時、間宮林蔵のことについてふれた。冒頭に、文化四年、ロシア艦がエトロフ島の日本の漁場に来攻した折りのことを書いたが、その漁場に林蔵もいて、攻防戦に参加した林蔵のことも取りあげたのである。

さらに翌年、「ふぉん・しいほるとの娘」という小説を執筆した時、またも林蔵と接触した。シーボルト事件が発覚したきっかけが林蔵と言われ、かなり重要な人物として林蔵のことを書いたのである。

私の林蔵に対する関心は増し、歴史小説を書く度に資料を集めてもらう古書店に連絡をとってみたところ、資料はない、という。私の手もとには、洞富雄氏の著書である「間宮林蔵」(吉川弘文館刊)があるのみであった。その著書によると、林蔵はシーボルト事件後、幕府の隠密となったとある。謎の多い人物らしいことを知った。

私は、洞氏のお宅を訪れ、御教示をいただいた。氏は、「間宮林蔵については、赤羽栄一氏が専門の研究者です」と言われ、赤羽氏の著書である「間宮林蔵」(清水書院刊)という書物の存在を教えてくれた。むろん、私は入手した。赤羽氏の著書には、洞氏の「間宮林蔵」に対する批判が、かなり甲高い調子で記されていて、その著書をすすんで推薦《すいせん》した洞氏のおおらかな性格が興味深く、同時に林蔵研究に打ちこむ赤羽氏の情熱も感じた。

赤羽氏はすでに故人になっていて、それをうけついで林蔵の故郷での伝承を調査している大谷恒彦氏にも会い、著書の「間宮林蔵の再発見」(筑波書林)も読んだ。

私は、林蔵が隠密として足をふみ入れた長崎、鹿児島に旅行をし、さらにかれがとどまることの多かった北海道へ行った。

北海道行政資料課へ行って資料閲覧をさせていただいたが、その折り、驚くほどの厳正さで林蔵と林蔵をとりまく人物たちの史料蒐集をしている谷澤尚一氏という北方史研究者がおられることを耳にした。

東京在住というので、帰京後お眼にかからせてもらいたいと思った。そして、翌日、北海道大学図書館に秋月俊幸氏をたずねた。氏に来客があったが、驚いたことに秋月氏と話をしているのが谷澤氏であった。私にとっては奇蹟に近い幸運で、嬉しさの余り、日は高かったが、同行の編集者小孫靖氏とビール園に行き、生ビールを何杯も飲んだ。

帰京後、私は、谷澤氏のお宅にうかがい、林蔵についての膨大《ぼうだい》な資料を見せていただいた。氏の史料に対する態度は一貫していて、あくまでも原史料に眼を通し、しかもそれらについても正確と考えられるものだけを採用する。厳正ということに、すべてを傾注している。

私は、その後も氏のお宅にうかがい、氏も私の家に足を運んで下さった。氏の口にする言葉の端々に、歴史に対する鋭い、そして厳しい姿勢を感じた。

私の「間宮林蔵」は、氏の提供して下さった史料を基礎に成ったものである。また、作中にしばしば登場する山丹人という北方種族と、間宮の瀬戸（海峡）の世界史的意義については、洞富雄氏の著書を参考にさせていただいた。さらに、林蔵が隠密として摘発した浜田藩の密貿易事件については、島根県立図書館の藤岡大拙氏から関係書類を提供していただいた。

史料は、あたかも庭の飛石のように点在している。私は、その史料と史料の間の欠落部分を創作によって埋めていった。この作業についても谷澤氏の意見をおききしたが、氏は頑な史料蒐集家ではなく、おそらくこうであったのではないか、と、少し笑いながら話して下さったりした。

たとえば、林蔵の晩年に身の廻りの世話をした内妻りき。「甲子夜話続篇」に「ただ一人の雇婆あり」と書かれている女性が、りきで、林蔵の危篤を故郷に報せるりきの手紙も残され、末尾に、「間宮内　利き」と記されている。

このりきの素姓について、どのように書くべきか迷っていたが、谷澤氏が興味深い指摘をして下さった。伊能忠敬が病臥していた時、娘の妙薫に送った十二月十一日付の書簡の中で、

「……りき女ゟ《より》鮒廿九枚、つる女親元ゟ鯉一本被レ送、……鯉、鮒ハ、不残家内ニ而《て》到二賞味一候」

とあって、忠敬の家に勤めていたりき、つるという女性が、忠敬の病気見舞に鮒、鯉を贈ったことが知れる。

林蔵は、当時、忠敬の家に同居していて、当然、りきを知っている。りきは、忠敬の家に勤めている間に、初歩的な読み書きはおぼえたはずで、林蔵危篤の書簡を書いたりきと同一人物かも知れぬという。書簡の文章が荒っぽく、誤字もあることから谷澤氏の推測が、当っているように思えた。あくまでも想像ですが、と氏は笑っていたが、私は、りきをそのような素姓の女として書いた。晩年に内妻となったりきが、林蔵の旧知である方が自然に思えたからである。

林蔵の墓石について、さまざまな推測がなされている。林蔵の故郷の専称寺に、間宮林蔵墓と刻まれた墓碑がある。問題は墓石の両側面に刻まれている二人の女性の戒名である。右側面には、林誉妙慶信女、左側面に養誉善生信女とある。

林誉妙慶信女は専称寺の過去帳に記載され、庄兵衛娵と記されている。庄兵衛は林蔵の父であるから、その戒名の女性は林蔵の妻ということになる。が、林蔵が妻帯した気配はなく、両親が、旅に明け暮れて故郷に帰ることのない林蔵の嫁として家に入れた女性と考えられる。谷澤氏もその解釈に同意し、大谷恒彦氏もその説をとっている。

養誉善生信女とは、どのような女性であったのか。寺の過去帳にはないが、墓碑に刻まれているのだから、林蔵の妻と考えられる。

林蔵の故郷には、第二回目の樺太探検後、アイヌの娘を妻とし、故郷に連れ帰ってきたという伝承がある。戒名の女性は、その娘ではないかという。が、当時の情勢を考えると、風俗、習慣の異るアイヌの娘が林蔵の故郷に来たとは思えない。小説としては彩り豊かになるが、それを裏づける確証がないので採用することはしなかった。

谷澤氏は、その戒名の女性は内妻りきではないか、と言い、私もそれが自然だ、と思った。りきは死後、故郷の専称寺とは別に東京の本立院に建てられた林蔵の墓のかたわらに葬られ、まみやと刻まれた小さな墓碑が建てられた。林蔵の遺族が、りきを憐れんで戒名をつけ、専称寺の林蔵の墓の左側面に刻んだのではないのだろうか。

これはあくまでも想像の域を出ないが、そのような解釈が無理のないように思える。

また、林蔵が隠密の旅をした折りの変装についても、谷澤氏から史料の提供をいただいた。それは、長岡藩士の長沢茂好、植田勝応が藩の隠密として他国を探索した旅日記で、俳諧師に姿を変えて追及の眼をのがれている。この隠密行を参考に、林蔵も俳諧師とした。乞食に変装したことは史料にあるが、乞食姿だけで探索の旅をつづけたとは考えられず、このような形にしたのである。

江戸時代の測量法については茨城大学教授藤井陽一郎氏、長崎への隠密の旅には永島正一氏、鹿児島の密貿易関係では鹿児島大学名誉教授増村宏氏の御教示を得た。

執筆中、御協力いただいた三社連合の牛尾氏、講談社の小孫靖氏に御礼申し上げる。

その他の参考文献……大谷亮吉著「伊能忠敬」(名著刊行会)、ジョン・J・ステファン著・安川一夫訳「サハリン」(原書房)、川路寛堂編「川路聖謨之生涯」(世界文庫)

解説

細谷正充（文芸評論家）

作家を、自作について語るタイプと語らぬタイプに分けると、吉村昭は明らかに前者である。自著の巻末に「あとがき」を付すことが多く、そこで物語の成り立ちや取材の様子などを記しており、作品解読のよき道標になってくれるのだ。もちろん本書もそうなのだが、「あとがき」を参照する前に、そこに至るまでの作者の軌跡を簡単にたどってみよう。

一九二七年、東京の日暮里に生まれた吉村昭は、少年時代から読書に熱中。やがて自分も小説を書きたいという思いを抱き、大学時代から同人誌に作品を発表する。一九五八年に「鉄橋」が第四十回芥川賞の候補になったのを皮切りに、四度、芥川賞候補になるが受賞には至らなかった。しかし作家としての地歩はしだいに固まり、一九六六年、「星への旅」で第二回太宰治賞を受賞する。

そしてこの年、もうひとつの転機が訪れる。綿密な取材をもとに、戦艦武蔵の誕生から沈没までを描き切った『戦艦武蔵』を上梓。冷徹なる詩情で人間を見つめてきた従来の作品と、まったく違う、新たな世界を切り拓いたのである。この作品は大きな評判を呼び、以後、作者は記録文学の書き手として多彩な題材に取り組んでいったのだ。

そんな作者が、いかにして歴史小説に進出したのか。ロング・インタビュー「『書くこと』と『書かない』こと――吉村昭と歴史小説」で、歴史小説を書こうと思った動機を問われ、

「あれはね、心臓移植を『神々の沈黙』という小説に書きましたでしょう。あれを書くときに、ある編集者に言われたんですよ。これは医学の歴史を調べないと、そういう基礎を持ってないといけないいんじゃないですかって。それで『日本医家伝』というのを書いたんです。それがね、医学の歴史小説を書いていく発端なんですよ」

と、述べている。ちなみに『日本医家伝』は、江戸中期から明治初期にかけて活動した十二人の医者を取り上げた短篇集だ。このような経緯で歴史小説に足を踏み入れたからか、作者の初期の歴史小説は、医者及び、なんらかの形で医学とかかわった人物を主人公にしたものであった。異国から伝わったばかりの種痘を広めようとした町医・笠原良策を描いた『め

っちゃ医者伝』(後に大幅な加筆・改稿を成し『雪の花』と改題)。「解体新書」の翻訳を通じて、前野良沢と杉田玄白の相克を見詰めた『冬の鷹』。数奇な運命によりシベリアに抑留されながらも、日本に種痘術をもたらした五郎治の生涯を追った『北天の星』。フォン・シーボルトの娘に生まれ、女医の道を志した稲の人生をたどった『ふぉん・しいほるとの娘』といった具合である。

そして本書の「あとがき」によれば、『北天の星』『ふぉん・しいほるとの娘』で間宮林蔵に触れたことから関心を深め、資料を集め出し、取材を重ねていったのである。その成果が『間宮林蔵』なのだ。「東京新聞」等に一九八一年十一月一日から翌八二年六月十三日にかけて連載され、同年九月に講談社から単行本が刊行された。

タイトルで一目瞭然だが、本書の主人公は間宮林蔵である。農家に生まれながら、下級役人になった彼は、測量技術を身につける。だが、エトロフ島のシャナ会所に腰を据えて、海岸線を測量している折、ロシア軍艦のナイボ来襲騒ぎに遭遇。抗戦を主張するも、会所の責任者に退けられ、撤退することになる。敗走者の咎《とが》めを避けようとした彼は、これが切っかけとなり、樺太《からふと》北部の調査を引き受けることになる。当時、樺太が半島か島かは謎であり、世界地図の唯一の空白地帯であった。幾多の困難を乗り越え、樺太が島であることを確かめ、さらには東韃靼《だったん》まで足を延ばした林蔵は、幕府や世間から大いに称揚される。以後、有能な幕吏として、測量や隠密活動に従事した。しかし、シーボルト事件に絡んであらぬ噂が立ち、彼の評判は思いもかけぬ方向に変わっていくのだった。

本書を読んで、しみじみ感じるのは、優れた作家に発見された人物の幸せである。間宮林蔵といえば、マミヤ海峡の発見者として世界地図に名を残した日本人であり、歴史の教科書に載るほどの重要人物だ。私が小学生の頃になるが、学習雑誌などで、よく林蔵の樺太北部の調査の様子が描かれていたものである。でも、私の記憶が確かなら、林蔵ひとりで調査していたように書かれていた。だから長らく、林蔵がひとりで樺太北部に赴き、ひとりでマミヤ海峡を発見したと思い込んでいたのである。

それが大間違いであることを知ったのが、本書によってであった。いくら林蔵が蝦夷《えぞ》地に馴れ親しんだといっても、所詮はよそ者である。現地に根をおろしている人々の協力がなければ、とてもではないが樺太北部から東韃靼まで行けるはずがない。事実、最初はアイヌ、途中からギリヤーク人の協力を仰いで、難事業を達成しているのだ。

だからといって林蔵の功績が損じられることはない。冷徹な技術者の能力と、熱い心を持つ彼だからこそ、実現可能だったのである。そんな林蔵の樺太行の全貌が、克明な描写を積み重ねることで明らかにされていく。作者がこだわり続けた〝漂流物〟に通じるサバイバル場面の連続は、ものすごい迫力だ。事実だからこそ伝わってくる面白さが、ここにある。

さて、樺太が島であることを確認したことが林蔵の人生のハイライトであったが、物語ではまだ半分が終わったに過ぎない。以後、作者は、林蔵の後半生を追っていく。林蔵が有為の人材であることに気づいた幕府は、彼を活用。測量に派遣する一方、隠密仕事を命じる。そして彼は「ゴロブニン事件」「相馬事件」「シーボルト事件」「竹島事件」等、日本史に刻まれた事件にかかわっていく。この中で特に留意すべきは、やはり「シーボルト事件」である。事件そのものについては本書に詳しく書かれているので繰り返さない。ただ、作中で囁《ささや》かれる林蔵への悪評は、私も小説や歴史読物で何度も目にしたものであることをいっておく。

たしかに林蔵の行動が、大事件に発展する切っかけのひとつになったことは間違いない。しかしそこに、悪意や邪念はなかった。ただ林蔵は、幕吏として正しいと思ったことをしただけである。

これに関連して目を向けたいのが、間宮林蔵の実像だ。少年時代に土木工事に強く魅せられ、長じて測量に熱心に取り組んだ林蔵の本質は、技術者といっていい。そして技術者とは合理主義者である。だから彼は、自分の権利を主張する。たとえば、ロシア軍艦が来襲したときに、自分が抗戦しようといったこと。あるいは樺太北部の地図等の資料を、高橋作左衛門に求められても、差し出さないこと。彼は常に、自分が成したことに対する、正当な評価を要求するのだ。

しかし一方で、非常に用心深い振る舞いもする。東韃靼まで足を延ばした行為が、国禁を破ったことになるかもしれないと危ぶんだ彼は、国益の観点から罰せられることはないと思いつつも、力のある役人から言質を取るまで江戸に行こうとしない。合理主義者は、自己の行為も客観視できるのである。そんな性格の林蔵だからこそ、一抹の身の危険を感じるや、幕吏として正しい行動に出たのだ。事実を知ってみれば、彼の行動は筋が通っている。見当外れの悪評が立ち、おまけに長年にわたりそれが真実として伝わってしまったことは、不運としかいいようがないのだ。そうした「シーボルト事件」に関する林蔵の黒い噂を払底することも、本書のひとつの狙いといっていいだろう。

さらに本書の前半と後半を併せると、もっと大きな作者の意図も見えてくる。間宮林蔵という人間を使って、江戸後期の数十年にわたる時代の流れを活写しているのだ。密度の差こそあれ、これほど実在の事件にかかわった人間も珍しい。そのような事件の連なりから見えてくるのは、やがて幕末へと至る巨大な時代のうねりなのだ。ひとりの人間の生涯を描くことで、歴史そのものも表現してのける。本書のみならず、作者の歴史小説すべてにいえる、優れた読みどころなのである。

ところで今回、本書の解説を書くにあたり、他の吉村作品を眺めているうちに、ちょっと気になったことがあった。自伝『私の文学漂流』の中で、「芥川賞候補作となって、『文藝春秋』（昭和三十四年三月号）に掲載されたことは、一応、文壇への道の出発点に立ったような感じはした」と述べている「鉄橋」の書き出しは、

「長い鉄橋のたもとの線路の近くで、焚火が赤々と焚かれていた。保線夫や警官が数人、顔を赤く染めながら火に手をかざしていた。漆黒の夜空には、冷え冷えと銀河が流れている」

というものであった。これに本書の書き出し、

「文化四年（一八〇七）四月二十五日早朝――千島エトロフ島のオホーツク海沿岸にあるシャナの海岸の三ヵ所に、大きなかがり火がたかれていた。吹きつけてくる風に炎が音を立ててあおられ、火の粉が磯に散る。夜明けの気配がきざし、星の光はうすれていた」

を、重ねてみるとどうだろう。焚火とかがり火。銀河と星。なんとなく似ているではないか。いささか強引に解釈するならば、焚火とかがり火は、人間を象徴している。だって人間は〝火〟を手に入れることで、文明を発展させてきたのだから。

一方、銀河と星は、天であり、自然であり、世界の象徴である。ならばこのふたつの場面は、人間と世界を表現しているのではないか。人間がいて、世界がある。世界があり、人間がいる。それはまさに作者が描き続けてきた物語の核なのである。

吉村昭は、ブレない。揺るがない。自分が何を書きたいのか熟知し、最初から最後まで真っ直ぐに追究していった。それを文学者の矜持などといっては、かえって失礼であろう。なぜなら作者にとって、あまりにも当たり前の行為だったのだから。

本書は一九八七年一月に講談社文庫より刊行されました。

|著者|吉村 昭 1927年東京生まれ。学習院大学国文科中退。'66年『星への旅』で太宰治賞を受賞する。徹底した史実調査には定評があり、『戦艦武蔵』で作家としての地位を確立。その後、菊池寛賞、吉川英治文学賞、毎日芸術賞、読売文学賞、芸術選奨文部大臣賞、日本芸術院賞、大佛次郎賞などを受賞する。日本芸術院会員。2006年79歳で他界。主な著書に『三陸海岸大津波』『関東大震災』『陸奥爆沈』『破獄』『ふぉん・しいほるとの娘』『冷い夏、熱い夏』『桜田門外ノ変』『暁の旅人』『白い航跡』などがある。

新装版《しんそうばん》 間宮林蔵《まみやりんぞう》

吉村《よしむら》 昭《あきら》

2011年10月14日第1刷発行
2023年4月4日第14刷発行

講談社文庫
定価はカバーに
表示してあります

KODANSHA

発行者――鈴木章一
発行所――株式会社 講談社
東京都文京区音羽2-12-21 〒112-8001
電話 出版 (03) 5395-3510
販売 (03) 5395-5817
業務 (03) 5395-3615

Printed in Japan

デザイン―菊地信義
製版―――株式会社新藤慶昌堂
印刷―――株式会社KPSプロダクツ
製本―――株式会社KPSプロダクツ

ISBN978-4-06-277077-4

講談社文庫刊行の辞

二十一世紀の到来を目睫に望みながら、われわれはいま、人類史上かつて例を見ない巨大な転換期をむかえようとしている。

世界も、日本も、激動の予兆に対する期待とおののきを内に蔵して、未知の時代に歩み入ろうとしている。このときにあたり、創業の人野間清治の「ナショナル・エデュケイター」への志を現代に甦らせようと意図して、われわれはここに古今の文芸作品はいうまでもなく、ひろく人文・社会・自然の諸科学から東西の名著を網羅する、新しい綜合文庫の発刊を決意した。

激動の転換期はまた断絶の時代である。われわれは戦後二十五年間の出版文化のありかたへの深い反省をこめて、この断絶の時代にあえて人間的な持続を求めようとする。いたずらに浮薄な商業主義のあだ花を追い求めることなく、長期にわたって良書に生命をあたえようとつとめるところにしか、今後の出版文化の真の繁栄はあり得ないと信じるからである。

同時にわれわれはこの綜合文庫の刊行を通じて、人文・社会・自然の諸科学が、結局人間の学にほかならないことを立証しようと願っている。かつて知識とは、「汝自身を知る」ことにつきていた。現代社会の瑣末な情報の氾濫のなかから、力強い知識の源泉を掘り起し、技術文明のただなかに、生きた人間の姿を復活させること。それこそわれわれの切なる希求である。

われわれは権威に盲従せず、俗流に媚びることなく、渾然一体となって日本の「草の根」をかたちづくる若く新しい世代の人々に、心をこめてこの新しい綜合文庫をおくり届けたい。それは知識の泉であるとともに感受性のふるさとであり、もっとも有機的に組織され、社会に開かれた万人のための大学をめざしている。大方の支援と協力を衷心より切望してやまない。

一九七一年七月

野間省一